梨园醉梦

（上）

王静嘉 著

北京燕山出版社

图书在版编目（CIP）数据

梨园醉梦 / 王静嘉著 . -- 北京：北京燕山出版社，2024.10. -- ISBN 978-7-5402-7357-6

Ⅰ . I247.5

中国国家版本馆 CIP 数据核字第 2024QJ7857 号

梨园醉梦

著　　者：王静嘉
责任编辑：满　懿
封面绘画：刘　婷
装帧设计：侯沁言
出版发行：北京燕山出版社有限公司
社　　址：北京市西城区琉璃厂西街 20 号
邮　　编：100052
电话传真：86-10-65240430（总编室）
印　　刷：北京金康利印刷有限公司
成品尺寸：880mm×1230mm　1/32
字　　数：649 千字
印　　张：23.5
版　　次：2024 年 10 月第 1 版
印　　次：2024 年 10 月第 1 次印刷
定　　价：98.00 元（上、下册）

目 录

第一部分　相见欢

第一章　梨园初遇生是非…003
第二章　即生风波见知心…034
第三章　良辰美景奈何天…060
第四章　言笑晏晏生日宴…077
第五章　别有情愫暗暗生…086
第六章　欢愉今昔此良时…125
第七章　风雪患难表真情…146

第二部分　相悦浓

第八章　锦绣年华欢好时…165
第九章　上元佳节灯如昼…185

第三部分　流水意

第十章　此情此景道无常……205
第十一章　落花有意流水情…230
第十二章　多少恩怨多少情…239
第十三章　无可奈何巧成拙…256
第十四章　平地无常起风波…279

第四部分　生风波

第十五章　大祸临头起波涛…319
第十六章　几许泪雨断愁肠…343

第一部分

相见欢

第一章

梨园初遇生是非

- 壹 -

月光莹莹,透过枝丫照在姑娘的脸上,本就如出水芙蓉的姑娘此刻格外动人。那姑娘坐在窗边的摇椅上,仰面静静地看着月光,只见她眉头微锁,似乎在沉思着什么。

"这么晚了还不睡,在想什么呢?"师姐苏红袖将一件碧色大衣披在姑娘的肩上问道。

"师姐,你怎么回来了?"那姑娘站起身问道,"你不是跟着师父去程家唱戏了吗,怎么这么快就回来了?"

"唉,别提了!"苏红袖叹了口气道,"那程家本不是什么正经人家,我们到了程府原打算安安稳稳唱一出戏,拿了赏钱便也结了。哪料想程家三少爷竟瞧上了五师妹,非要纳她为妾。"

"咱们虽是唱戏的,但好歹也是正经人家的女儿,岂能容他胡来?"

"好话好说不成，他们竟动起手来，咱们戏班子也不能容他欺负。几个师兄师弟护住了五师妹，也惹怒了程老爷。最终戏也没唱成，白跑了一趟。"

"哼，岂有此理，这事可不能就这么了结了。"那姑娘愤愤道，"那痞子轻薄五师姐，欺负咱们戏班子，又岂能容他放肆？待明儿我非把他们告到官府，给他们些苦头吃才不枉受了这些委屈。"

苏红袖摇了摇头，苦笑道："小七啊，你这性子啊，还是那么急躁。如今这世道，哪是咱们去告了官府，人家就能替咱们摆平的。那程家家大业大，搞不好又会使咱们戏班子的名声扫地。既然护住了五师妹，也就就此作罢了吧，多一事不如少一事。"

冷月无声，洒下一地光辉，那个被叫作小七的姑娘抬起头，望了望天边的月色，沉默了片刻。俄顷，又转身向苏红袖道："师姐，为什么世道如此险恶？为什么世间有如此多的不公平？为什么官府要这样趋炎附势，让恶人当道，好人受罪？要不是这些软弱无能的官员，国家不至于沦陷到洋人手里，我们也不会受如此大的屈辱，现在这世道成了什么样子，还不是……"

小七话音未落，苏红袖连忙遮住她的嘴，轻声道："我的小祖宗，这话可不能乱说，要是传了出去，你、我，包括咱们戏班子，都不得好死。"小七已然红了眼眶，握住挡在自己嘴前的那只手，愤声道："为什么？为什么连说话的自由都没有？就因为咱们无权无势，就活该受人欺负吗？我乔锦月实在看不过去了，我这一辈子都忘不了，我娘就是被那些人残害致死的。"

苏红袖也红了眼眶，反手握住乔锦月的手，颤声道："我又怎么会不知道，可是现在这局势咱们能说什么。我的爹娘也是被他们害死的，要不是师父和戏班子收留我，估计我早就没命了。"

寒夜寂寂，冷风吹拂在两个女子的脸颊上，月光下，两个女子的身影显得格外消瘦。

乔锦月打了个寒战，用袖角轻拂了鬓边的乱发："师姐，小七自幼在师父、父亲和师兄师姐们的庇佑下长大，没受过什么委屈。可是师兄师姐们受了委屈，我却什么都做不了。我真希望有一天自己能强大起来，可以保护咱们戏班子的所有人。"

苏红袖抬手轻抚乔锦月的头，宠溺地看着师妹："小七啊，你自幼便是这个性子，受不得半点委屈。师姐也知道，你心系咱们这个大家庭。不光是你，我们每个人都是一样。总之呢，咱们每个人都平安就是最好的，况且咱们这么大个戏班子也不可能任人欺负。其余的人怎么样，是善也好，是恶也罢，都与咱们没关系，你说是吧？"

乔锦月轻声叹了口气，点点头道："师姐，我又何尝不明白呢，只不过是瞧不惯这世道罢了。咱们寻常百姓，又有什么办法改变这世道呢？"

是夜深沉，天空中的几点星辰微微发亮，宁静的夜空中，枝头倦鸟也沉沉睡去。苏红袖转身道："天色也不早了，回去睡吧，明儿还得练功呢！"

"嗯，回房吧！"她们二人携手，走进房间。

- 贰 -

次日清晨，一缕暖阳照进屋舍。乔锦月从睡梦中醒来，缓缓起身，走向窗边望着太阳伸了个懒腰。见枝头的鸟儿喳喳地叫着，模样甚是可爱，乔锦月不禁微微一笑。向来乐观开朗的姑娘将昨日的忧愁都忘却了，只见窗外风景甚好，心情也格外舒畅。

屋内已经没了苏红袖的身影，乔锦月知道师姐定是早起帮师父做饭去了。平时总是这位善良贤惠的大师姐帮着师父照顾她们这几个师妹。

乔锦月走到梳妆台前，梳了个"飞云流雪"式的发髻，略施粉黛，对镜相照，俊俏的容颜更显花容月貌。仔细斟酌一番最终着了一件蓝色衣裙出了屋门。

"师父，师姐们，我来了！"乔锦月推开餐房门，叫道。

"大呼小叫什么，大老远的就听到你的声音了。"一个中年妇人嗔怪道。那妇人语气是嗔怪的，眼神却是温柔的。这个妇人便是乔锦月的师父陈颂娴。陈颂娴年轻时已是津城名角，早先便有"妙音娘子"的称号。虽然已年过四十，却容颜姣好，丝毫不显老态。

"哪有啦，师父。"乔锦月娇声道，"您与我隔了不到三尺的距离，哪来的什么大老远。"

陈颂娴戳了下乔锦月的头，温声笑道："得了吧，就你会耍嘴皮子，今儿又是最后一个到的吧？"

乔锦月摇着师父的手，撒娇道："哎呀，我这不是得梳妆打扮嘛！"

陈颂娴笑道:"小小年纪,就知道臭美!"

在座的六位师姐见状,也都笑了起来。三师姐唐伊不忘补上一句:"师父,小七年幼,让她好好美一美吧,这么大的姑娘正是爱美的时候。"

乔锦月嘻嘻笑道:"还是三师姐懂我!"

陈颂娴无奈挥手笑道:"你们这帮丫头,好了好了,快吃饭吧!"

苏红袖应声道:"就是呢,快些吃完饭,好去练嗓子。"

陈颂娴道:"不了,今儿就不用练嗓子了,暂且放你们一天假,好好去歇一歇吧。"

众姑娘皆诧异道:"怎么了,师父?"

苏红袖更是紧张道:"怎么了师父,不会是又出了什么事儿吧!"

陈颂娴看了一眼苏红袖,安抚道:"没事的,不用那么紧张。"

她饮罢半盏茶,接着道:"忘了和你们说了。用过早膳后,师父得去蓝门街文周社一趟。师父瞧着你们这几日练得也挺辛苦,索性就放你们一天假吧!"

"文周社?就是那个说相声的班子。"乔锦月对文周社有所听闻却不甚了解,只记得母亲生前与班主夫人交好,自己与班主也见过几面,不过年头太过久远,也记不太清了。更何况她不喜欢相声,她认为说相声的人只凭一张嘴嘚啵嘚啵的就能讨饭吃。哪像自己这些唱戏的人要长年累月练习基本功才能登台。

这些年文周社与湘梦园的交集并不多,主要是这相声班子和戏班子都红遍了津城,接二连三的演出不断,也没时间打理别的事了。哪想到今日师父竟要去文周社探望。

"没错。"陈颂娴道,"用过早膳后,你们都各自回去吧。红袖、小七,你们两个随我来一趟。"乔锦月诧异,心想:"师父去文周社拜访,叫上我和师姐做什么?"

早膳过后，苏红袖和乔锦月进了陈颂娴的房间。

陈颂娴招手道："过来，你们俩先坐下。"

没等师父开口，乔锦月便抢先问道："师父，你去文周社拜访。叫我和师姐做什么，我们也不会说相声。难不成，您要让我们俩上台唱一段？"

陈颂娴看着乔锦月，轻声笑道："你这孩子，净会打趣。"随即正色道："昨日程府闹的那么一出你师姐都告诉你了吧。"

乔锦月点头道："嗯，我都知道了。那帮恶人欺人太甚。"

陈颂娴道："便是为了这事儿了。昨儿咱们在承安街程府唱戏，恰巧遇上文周社的人也在承安街演出。昨儿班主不在，咱们戏班男徒弟只去了你们两个师兄弟，余下我和几个女弟子哪能敌得过他们一众人。好在咱们与文周社有些交情，要不是他们一行弟子相助，恐怕那程家人不会放过咱们。"

苏红袖恍然大悟道："竟是如此，我竟不知昨日里帮咱们出头的一行人是文周社的，如此看来，咱们也理应去答谢。"

乔锦月也认同道："如此说来，他们也是侠义之士，师父去答谢他们也是应当的。只是我和师姐与他们也不相熟，为什么要叫上我们啊？"

陈颂娴道："我这七个弟子中，你唱戏是最好的，况且你母亲生前又与文周社班主夫人交好。而你大师姐也是湘梦园女弟子中的担当。所以师父思来想去，便决定由你们两个陪师父去。戏曲与相声本就不分家，咱们两家这些年交情是淡了些，但以后难免有更多相交的时候。毕竟这世道凶险，咱们两家联合，才会强势一些，不致再受恶霸欺负。"

乔锦月抬眼道："师父你的意思是要我和师姐二人过去，得给他们唱一出喽！"

陈颂娴点头道："正是。曲艺和相声本也是需要交流共进的。"

乔锦月是津城名角，平时从不轻易开嗓，多少人求都求不来她一出戏，因而性子里便带了些骄傲。如今师父要她在文周社开嗓，她自然是不肯的，更何况她本就不喜欢相声这一行当，又怎会应了师父？

乔锦月站起身疾声道："师父，我才不要去。平时不是重要场合你都不会让我上场，如今又怎能让我在那个相声班子里开嗓？"

她一出此言，便意识到自己所言有些过了，就算自己不轻易开嗓，但他们毕竟也是帮了戏班子的人，她又怎么能够这么说他们？随即她又婉言道："师父，我的意思也不是瞧不上他们，说到底也是他们帮了咱们，要感谢便登门拜访也就是了，又何必多此一举叫咱们唱一出？"

陈颂娴正色道："小七，你这性子什么时候能够收敛点？坐下。"

"哦！"乔锦月还是听了师父的话乖乖坐下。

陈颂娴道："师父此去的目的不仅是答谢，也是为了能和他们交流共进。"

"总之多些朋友，以后的路也能更好走一些。更何况他们也是正经的学艺之人，你给他们唱一出，他们也给咱们演一出，彼此多些交流，总之不能委屈了你啊！"

苏红袖也赞同道："师父说得对，多些朋友，以后的路也便更好走一些。他们帮了咱们，按理说咱们也该去的。"

乔锦月道："可是要去也应该是我爹这个班主去，也不是您带着我们两个女弟子去啊！"

陈颂娴道："你爹在京城演出，得过些日子才能回来。等你爹回来都什么时候了，太晚去倒显得我们没诚意。况且这点小事我也没打算告诉班主，你们也别乱说，免得又惹班主担心。"

乔锦月攥紧袖口，低头委屈道："可是，师父，师姐。我不喜欢他们相声那一行当，也不想看他们表演。他们都是男人，咱们女子和他们来往那么多干吗？也不怕失了体统。"

陈颂娴听此言，不禁喷笑道："你这丫头，你还知道什么是体统。这是什么年代，都民国了，谁还在乎这些。再说了，你师兄弟们是不是男人，和你搭戏的是不是男人？谁不知道，你这丫头的性子哪里会在乎这么多，只不过是在为自己不想去找个借口。"

乔锦月被说破了心事，不禁面颊有些发热，低声嘟囔道："可我就是觉得不合适嘛！"

陈颂娴拿起折扇，敲了一下乔锦月的脑袋："好啦，你个小丫头，快和你师姐去收拾梳妆一下，回头再来带上这两个箱子，在大门口等我。"

"好吧，师父说去就去吧。"乔锦月不情愿地应道。这刚满十九岁的姑娘虽然娇纵任性，但从小到大也是很听师父的话的。她虽任性，但也懂事，知道师父带领她们几个弟子不容易，也向来不会违背师父。哪怕自己不喜欢，可毕竟是那个相声班子的人救下了自己的师姐。自己前去答谢，也是情理之中，对此，也没有什么可抱怨的。

陈颂娴笑道："这才是乖孩子！"

乔锦月向来爱素净，最喜爱浅色衣衫。小姑娘虽然爱美，但若非演出并不会浓妆艳抹，只是依照自己喜欢的样式简单地略施粉黛，梳一个最喜欢的发髻，再配一套素色衣衫。

乔锦月本也不喜去那个相声班子，也没有想盛装出席博得他人眼球。索性没有换礼服，也没有改发髻，依然穿着自己这件蓝色衣裙。

- 叁 -

"小七,你就穿这身去啊?"大门外,身着礼服的苏红袖问道。

乔锦月说道:"我向来都是穿这身的,也懒得换了。"陈颂娴也着了一件华丽的礼服:"上次师父不是给你们每人一件礼服吗,你怎么不换上?"乔锦月噘嘴道:"师父,你知道的,我向来不喜欢这些花花绿绿的。"苏红袖皱眉道:"哎呀,这样显得多不尊重人家啊!"陈颂娴无奈,摇头笑道:"你这丫头倒真是怎么随意怎么来,罢了罢了,想必人家也不会在意你的穿着。走吧!"

苏红袖与乔锦月拾起礼盒,随陈颂娴上了马车。津城很大,文周社与湘梦园距离也不近,大约半个时辰,才到达蓝门街文周社,乔锦月在马车上昏昏欲睡。随着社内弟子的引荐,三人到了正厅,乔锦月细细打量一番,这文周社的院子很大,比自己的湘梦园还要大,中间有好几座屋舍,想不到说相声的班子比戏班子还要大。乔锦月一路望,一路随师父进了正厅。

"哈哈哈,贵客前来,有失远迎啊!"说话的是一位四十多岁的中年男人,身穿一件绣花藏蓝色长衫。此人便是文周社的班主,胡远道,胡先生。"多年不见,妙音娘子还是风采依旧啊!"站在他旁边的正是他的妻子柳氏,柳疏玉。乔锦月年幼时见过他们二人,脑海中依稀有些印象。只见这夫妻二人都是慈眉善目,乔锦月也并没有如想象中的那般厌烦。

陈颂娴笑道:"今日突临贵地,略备薄礼,不成敬意。"语罢,便叫两个徒儿手端锦盒上前。"这是颂娴从安徽老家带来补气血的野生山参,还望先生和夫人笑纳。"

柳疏玉叫弟子收了山参，胡远道笑道："来便来了，贵客何必如此客气，送这么大的礼。"陈颂娴道："今日前来探访，也是想着感谢贵社弟子在承安街的相助之恩。也多亏了先生和夫人教得好，培养出这么一众心怀侠义的弟子。"胡远道道："昨日的事我家徒弟们和我说了，原是小事一桩，相声班子与戏班子本就是一家人，帮自己人是理所应当的，再说仗义相助也是梨园的门风，陈夫人何必如此客气。"

柳疏玉拍了拍脑门，笑道："哎哟你瞧我，光顾着说话了，陈姐姐快坐。小杜，快上茶。"陈颂娴微微福了下身子，亦笑道："多谢夫人款待！"

胡远道看着陈颂娴身后的两位姑娘，只见一个端庄，一个俏丽，便道："这两位姑娘便是陈夫人的徒弟吧。"

陈颂娴回头，招呼两位弟子上前，先拉起苏红袖的手，介绍道："这个是我的大徒弟，苏红袖，是我们湘梦园女弟子中的担当，平时也是这个大徒弟帮我打理园子上下的各种杂事。"

陈颂娴示意，苏红袖俯身行礼道："苏红袖见过先生，夫人！"

柳疏玉仔细打量着苏红袖，从上至下看，是个可人的姑娘。柳疏玉点头称赞道："这姑娘眉目端庄，颇有陈姐姐年轻时的神韵。"

苏红袖回之一笑："夫人过誉了，弟子怎能及得上师父呢。"柳疏玉倒也喜欢，怎么看都是个沉稳的姑娘。陈颂娴拉过乔锦月，说道："这个是我的小徒弟乔锦月，她……"陈颂娴话音未落，乔锦月便抢先道："先生，夫人好，我叫乔锦月，是师父的七徒弟。我在戏班子里唱的是生角儿和旦角儿，青衣、花旦、刀马旦、小生什么的，我都能唱。"

以乔锦月的性格，讨厌的人绝对不会多说半句话，但若遇到喜欢的人，反而会变得滔滔不绝。她原以为相声班子的人都会带些市侩气，可见了班主和夫人后并未觉得如想象中的那般讨厌，所以话便多了起来。胡远道被这个小丫头逗笑了："哈哈，这小丫头倒是蛮可爱的，想必唱功也是了得呀！"

陈颂娴瞪了乔锦月一眼，嗔道："无礼！"

柳疏玉忙伸出手制止道："陈姐姐莫怪！"随后又不可置信地看着乔锦月道："你是乔锦月，小七？"乔锦月点头道："弟子在师父的徒弟中排行第七，所以大家都叫弟子小七。"柳疏玉惊道："你母亲可是徐秀云？"乔锦月点点头道："先母已经故去多年了。"

柳疏玉握紧了手中素帕，惊喜道："这是徐师妹的女儿啊，多年未见，已经长这么大了！"陈颂娴点头笑道："这丫头正是秀云夫人的女儿，不知先生和夫人是否记得，十几年前秀云夫人在世时，您二位还见过这小丫头呢！"语毕，又瞪了乔锦月一眼："只是这丫头不知礼数，一点儿都不像她娘。"

胡远道看着乔锦月道："记得记得，想不到当年的小丫头已经长这么大了，还长得这么漂亮，真真是一朵出水芙蓉啊！"他顿了顿又道："听说津城戏班子里出了一位年轻的名角儿，就是这个丫头吧。"

陈颂娴道："我这徒儿倒是继承了她爹娘的好嗓子，名角儿称不上，倒是在津城戏曲行当小小有些名气。"柳疏玉饮了一口茶，笑道："有秀云妹妹的天赋异禀和陈姐姐的悉心教导，这孩子年纪轻轻就成了名角儿也是意料之中的事。"

柳疏玉向乔锦月招手道："好孩子，过来，让我瞧瞧。"乔锦月依言走上前去。柳疏玉仔细打量面前的姑娘，这姑娘未着华服，一身蓝色素衣，显得如芙蓉般清秀。柳叶眉配着一双闪亮的眼睛，确实是倾城之色。

柳疏玉欣慰道："好孩子，生得漂亮，和她母亲年轻时一个样。"胡远道道："这孩子年纪轻轻便成了名角儿，想必唱功也是极其了得，不知今日可否有幸一闻呢？"陈颂娴道："先生之请，小徒必然不能拂了这番盛情之邀。小七，你就唱一段你最拿手的青衣吧。"

乔锦月在戏班子中唱的是旦角儿和小生，但主要是旦角儿，旦角儿中唱得最拿手的便是青衣。她原以为自己定会不情愿开口，但见了胡氏夫妇，却并未有想象中的讨厌，自然也愿意为此开嗓。于是便点点头道："那弟子便唱一段程派《锁麟囊》的选段《春秋亭》吧！"

乔锦月清了清嗓子，细腻轻柔的嗓音从口中流出。

"春秋亭外风雨暴……必有隐情在今朝……"

《春秋亭》是《锁麟囊》中的选段，也是京戏中最难唱的一段，韵律和节奏都不好掌握。湘梦园中除陈颂娴外没有人敢唱这段，恰恰乔锦月将这一段学得极好，音准掌握得恰到好处。如此，《春秋亭》便成了乔锦月最得意的唱作。

乔锦月音毕，这娇媚的嗓音让所有人回味其中。

胡远道拍手叫好："这孩子这么年轻，《春秋亭》这么高难度的唱段竟能掌握得如此恰到好处，实在了得！"柳疏玉亦是点头称赞："这孩子果然不逊色于她母亲，真真是个上驷之才！"

扭过头，见师父和师姐皆向自己投来赞许的目光，乔锦月心中甚是得意。得意之余，也不忘把师姐的才华展示出来。

乔锦月微笑道："多谢先生和夫人的称赞，师姐的唱功不比小女子差呢。让师姐也给二位展示一下吧！"苏红袖忙摇头怪道："小七！"

胡远道亦道："陈夫人的徒弟想必都不是等闲之辈，唱一段吧，老夫正好也想听听。"

苏红袖站起身，福了一礼，轻声道："小女子虽然是师父的徒弟，但唱功是远远比不上师妹的。"

陈颂娴也赞同道："红袖你也不必谦虚，先生盛邀，你也唱一段吧，就唱你最拿手的那个《苏三起解》吧！"

"是。"见师父也这样说，苏红袖便不再推辞。

"苏三离了洪洞县，将身来在大街前……"苏红袖的嗓音也是温润得动人心弦，虽不及乔锦月，却也别有一番风味。"若遇清官……"

"爹，娘，我回来了。"苏红袖还没唱完，声音便被一个男人的声音打断。

苏红袖惊得回头,只见一个年轻的男子,身着一件绿色长褂,面带喜色,兴高采烈。那男子也惊得站住身,只见面前一位绝色佳人,一袭华丽红衣,一头秀发,面色红润略带娇羞,仿佛是天仙降世。四目相对,一时间竟相对无言。

"没有规矩!"胡远道责怪道,"没见到有客人来吗,大呼小叫什么。"

"啊?爹!"那男子回过神,朝父亲拱手道。

胡远道略有一丝不悦,忙道,"犬子无规矩,还请姑娘和夫人见谅!"

"无妨无妨。"陈颂娴道:"想必这位就是少公子吧!"

"仲怀,过来。"柳疏玉招手示意那位少年到自己身边。

"哦……哦……"方才那一眼惊艳,少年似乎并未回过神来,木呆呆地走到母亲身边。柳疏玉笑容中略带歉疚之色:"犬子在家中放纵惯了,向来不守规矩。惊到了苏姑娘,老身在此给姑娘赔不是了。"

苏红袖忙躬身道:"不碍事,区区小事,怎敢让夫人向小女子赔不是。"

胡仲怀只见那姑娘眉目带有秀色,面若凝脂,一时间便挪不开眼了。

"仲怀,这位夫人是湘梦园的名角儿陈夫人,这两位姑娘是陈夫人的徒弟,这位是苏红袖,苏姑娘,旁边的那一位是乔锦月,乔姑娘。"

"啊?哦哦。"

"你这孩子怎么回事?"柳疏玉皱了皱眉头,责怪道,"还不向夫人和二位姑娘见礼。"

胡仲怀向三位拱手道:"小生见过陈夫人,苏姑娘,乔姑娘。"

陈颂娴示意般点点头,苏红袖与乔锦月也回了一礼。陈颂娴望着胡仲怀,笑道:"少公子意气风发,确实是年少有为之才!"

柳疏玉看了胡仲怀一眼，笑道："他呀，向来这个样子，小小年纪，能有什么作为！"话音刚落，她似乎又想起什么来，向儿子问道："今儿不是去给你师兄助演了吗，怎么这么快就回来了。"

胡仲怀轻轻叹息一声，答道："嗐，娘啊。二师兄的场子你也知道，每次场子都被那些女看客们围个水泄不通。我瞅着实在无趣，演完自己那场，就回来了。"胡远道点点头道："也罢，回来了就好生待着吧。"

柳疏玉饮了口茶，说道："多年未见，陈姐姐的戏还像以前一样好吧？这几年，带出这几个弟子，也不容易吧！"陈颂娴捋了捋鬓边微垂的发丝，感叹道："这几个孩子都是我从小带到大的，有她们在啊，也便多了不少欢乐。倒是你，那时候也是个名角儿呢，怎么现在梨园都见不到你的身影了！""我啊，自从有了仲怀和那些徒弟之后，也就在家里为他们打点家事，早就不登台了……"说起旧事，二人纷纷感叹，从前时光静好，而今都已长了年岁，不复旧时光阴。

乔锦月自然对他们的旧事没兴趣，她那性子早就坐不住了。东瞧瞧，西看看，甚是无聊。柳疏玉似乎也看出了她的不自在，便道："锦月，我瞧着你在这儿也很是无趣，不如跟你师姐到院子里随便逛逛吧。"陈颂娴略觉不妥，忙站起身道："夫人，这不合规矩吧。"

柳疏玉笑道："无妨的，只是逛逛而已，碍不着什么事的。"乔锦月自然是满心欢喜的，忙站起来道："多谢夫人。师父你放心吧，我们只是去逛逛而已。"陈颂娴见状，也无言再反对，便叮嘱道："那便去吧。切记，不可生事端。"胡远道也道："两个小姑娘能惹什么事端，放心去吧。"

见此状，胡仲怀亦起身："爹，娘。就让孩儿带两位姑娘去吧！"

"你就别去了，留在这儿陪着爹娘吧！"柳疏玉明白，两个小姑娘在这陌生的院子里本就不自在，若是多了自己的儿子去，反倒会更不自在，便只让她们两个人一起出去转转，制止了儿子。

"你就在这儿老实地坐着吧！"

"哦。"见母亲不允自己的请求，胡仲怀心里也是一阵阵的失落。

- 肆 -

"师姐,我们走吧。"乔锦月拉起苏红袖的手兴高采烈地走出了屋门,只剩下胡仲怀望着苏红袖的背影,呆呆出神。

"哎,总算出来了,再不出来可要闷死了。"院中小路,乔锦月一边看着花园美景,一边伸着双臂。苏红袖看着乔锦月,笑道:"你呀你呀!什么时候能按捺住自己的性子。"

乔锦月撇撇嘴:"按捺住性子,那就不是你的师妹小七了。"她边说着边向前走:"想不到这院子里的风光还挺好看,倒比咱们湘梦园还美呢。"苏红袖也四处望了望,点头赞成道:"绿树成荫,泉水叮咚,确实是人间美景。"

二人不知不觉间,便已走到了花园的尽头。透过栏杆,只见院子的西门侧有一间大屋子,屋子外围满了人。仔细看,大多都是些年轻的女孩。见眼前这般景象,乔锦月疑惑道:"咦?师姐,前面围那么多人,是在干什么?"苏红袖向不远处瞧了瞧,说道:"想必是文周社的剧场吧。"

乔锦月仔细看了看,那屋子确实是剧场的建设,但还是不解:"看起来确实是个剧场,只是剧场外为什么会围着这么多年轻的女孩?"苏红袖转身,也不愿多想:"这与咱们也无甚干系,走吧小七。"

乔锦月转过身,却又回头看了一眼,似是不甘心:"可是我想知道这是谁的场子,为什么场外还会有这么多人?"

"姑娘有所不知,前面剧场里演出的正是我师兄顾安笙。"胡仲怀从小路缓缓走来:"二位姑娘,又见面了。"

"少公子？"乔锦月没想到，在花园里竟然又遇到了胡仲怀："你不是被夫人留在正厅了吗？"胡仲怀笑了笑，说道："我也觉得闷得慌，找了个借口，溜了出来。"

"溜了出来？"乔锦月向前一步，盯着胡仲怀，眯起了双眼，不知在打量着什么，"怎么这么巧，又和我们姐妹俩撞见了？哦，我知道了！"乔锦月伸手指向胡仲怀，将胡仲怀吓了一跳。"你跟踪我们，是不是！"

"没有没有！"胡仲怀吓得急忙摆手："我……我只是来赏赏花而已，确实巧啊，又遇到了二位姑娘。"

"小七，不得无礼！"苏红袖按下师妹的手臂。一向守礼的苏红袖自然不能容许师妹在别人家胡闹，忙微俯身向胡仲怀行了一礼："师妹胡闹，让少公子看笑话了。"

"苏姑娘不必如此拘礼。"胡仲怀见到苏红袖满心欢喜，本想上前一步扶一下苏红袖，哪料想苏红袖本能似的躲过了胡仲怀的手。胡仲怀愣在原地，不知该说什么是好。气氛尴尬了两三秒，胡仲怀连忙转移话题："乔姑娘想看我师兄的场子吗，我师兄每次开演，都座无虚席，所有的票都被一抢而空。剧场外面的姑娘，都是没买上票的，她们想等演出结束的时候能够看上我师兄一眼呢！"

乔锦月心想，那么多女孩围在场子外，只为了看他一眼，这不是电影明星才能拥有的排场吗？一个说相声的，何德何能？于是便道："想必你这位顾师兄定是功底极好，很招着客喜欢呢！"胡仲怀见乔锦月起了兴趣忙说道："我这位师兄不仅功底极好，更是相貌堂堂，玉树临风，是津城多少女孩的梦中情人呢！"

相貌堂堂，玉树临风？乔锦月从前一直很不喜欢相声这个行当，自然也不信说相声的还有长得好看的。她以为是胡仲怀在乱扯吹捧自己的这位师兄，但剧场外围了那么多女孩也是事实，胡仲怀此言又不像是在吹捧。想到此处，好奇心重的姑娘更来了兴趣，想看一看这个顾安笙究竟长什么样子。于是便向胡仲怀问道："如此说，你这位师兄比起你来，相貌如何？"

"比起我?"眼前的胡仲怀也算得上是个周正少年,相貌虽平平却也端正,是个干净澄澈的男子。但若说以他的相貌能得津城一众姑娘追捧,确是难以置信。"我这位师兄自然是比我英俊了千倍万倍啊!"

乔锦月捏着下巴,抿嘴道:"如此说来,倒也是个奇人呢!我倒是想亲眼看看,这顾安笙究竟是个什么样的人。"胡仲怀闻言忙道:"想见他倒也不难,随我到剧场后台,便能看到我师兄的场子了。"

乔锦月嘻嘻一笑,拍手道:"那正好,你带我们去看看吧。"一旁的苏红袖是个老实人,自然不愿意陪师妹去胡闹。她眼神示意乔锦月不要去,可乔锦月对这个顾安笙满心好奇,哪里会听她的?于是苏红袖便向胡仲怀开口道:"少公子,师妹向来爱胡闹,少公子不要和她一起胡闹了。万一惹出什么事端,又给贵社添麻烦。"胡仲怀笑道:"苏姑娘过于谨慎了,乔姑娘好奇,在下便带乔姑娘去看看,不会惹什么事端的,姑娘放心。"乔锦月背过手得意道:"真是没看错人,胡家少公子果然仗义。"

苏红袖拗不过二人,只好随二人同去。她无奈地摇摇头,自家小师妹从小就任性,做师姐的能有什么办法,只能宠着、惯着,只要她喜欢就好。

胡仲怀是文周社少公子,凭着这一层身份,剧场的工职人员也不会为难,任由他出入。他带领二人轻而易举就进入了后台。胡仲怀向乔锦月指道:"你在这帘子后看得清楚,也听得清楚。怎么样,少公子我够义气吧?"乔锦月竖起大拇指道:"不愧是少公子,真有你的。"乔锦月兴高采烈,苏红袖却有些慌张,总觉得这样做似乎不合礼数。胡仲怀也瞧得出来,何况他本就是奔苏红袖而来,一心想有一个与苏红袖单独相处的机会。于是便借口道:"咱们这么多人挤在这么个小地方容易被发现,不如乔姑娘你在这里瞧,我带着苏姑娘在剧场外等你。"

苏红袖本不想在这里偷看,但放心不下师妹,一时犹豫并未作答。乔锦月一心想看顾安笙,也没有太在乎,随意道了声"好"。苏红袖不忍破坏师妹的兴致,就随胡仲怀出了剧场。

"刚才我两个师弟说了一段，让他们下去休息一会儿，接下来这场节目由我们给您说。"幕布外传来男子富有磁性的声音。乔锦月轻掀幕布，只见两个身穿浅蓝色大褂的男子立于堂前。这身大褂的颜色与自己衣裙的颜色正巧相符，是自己喜欢的素净。立于左方的想必就是那个惹得一群女子倾慕的顾安笙。

那男子转过身，微微含笑。乔锦月正巧瞧到了他的正脸，剑眉星目，明眸清澈，牙似玉，唇如珠，的的确确是个相貌堂堂的英俊少年。只见他长身玉立，轻拍醒木，一个转身，一个回眸，都像极了那戏文中的翩翩公子，当真宛若画中之仙。乔锦月长年累月在各地唱戏，各色各样的公子少爷所见无数，但从未见过如此俊俏风雅的男子。

乔锦月从前总认为，说相声的都是平庸之辈，像胡仲怀那般相貌的已是上上之品，不承想相声这行当竟有长得如此俊俏的少年。果然如胡仲怀所言，当真是个玉树临风的少年。此时此刻，乔锦月对自己从前的看法也有了改观。从前一向讨厌相声这一行当，便也以为做这一行的人都不怎么好，今日得见，胡先生和柳夫人待人真诚，胡仲怀又热情爽朗，现在又见得相声班子里有这样一位英俊少年。果然事情不是亲眼所见，不能妄下定论。

乔锦月透过幕布继续看，虽然自己不懂相声，但面对这样一位翩翩公子，怀春的少女已然被吸走了心神。

"相声演员有四门基本功课，了解相声的朋友都知道，说、学、逗、唱，干好哪一门都不容易……说到这个唱啊，我们相声演员的本门唱是太平歌词，其余都是学唱……太平歌词唱得好的人有很多，例如我师父胡远道，可惜他已经死了。"听到此处，乔锦月皱起了眉头，她不了解相声但知道相声的目的是逗观众笑，可胡远道活得好好的，拿自己的师父来调侃，也太不尊师重道了。

梨园古训是尊师重道，在湘梦园，哪怕是背后说师父坏话，都要挨一顿鞭子，更何况是在演出中，当着那么多观众的面调侃师父做笑料，若是换作在湘梦园，早就被逐出师门了。这个顾安笙哪来这么大的胆子？

只见一旁的搭档忙拦住他:"哎哎哎,你别胡说,咱们师父胡先生活得好好的呢。"

"什么?纯属造谣。"顾安笙仰起头,说道,"都死了多少年了,你不知道?"

"哈哈哈哈……"

伴随台下看客们的笑声,乔锦月越发觉得刺耳。这岂止是不尊师重道,是恶劣到了极点。师父谆谆教导之恩,在他眼里却成了取乐的对象。

"现在啊,就只有我一个人会唱太平歌词,除了我,没人会。"

"你唱得好我承认,但怎么可能就你一个人会啊,你看看我,我就会啊。"

"不可能,就只有我会。"

太平歌词是相声演员的本门唱,也是戏曲的补充唱段,作为戏曲行当,乔锦月对太平歌词并不陌生。虽然会的人不多,但简单的也能唱上几段。且不说自己,但凡是听过相声、戏曲的人,也都能哼上几段。这个顾安笙竟然说只有他自己会唱,可曾将其他人放在眼里?

眼前这个人确实是个风流倜傥的少年,但这个男子狂妄自大的有些过分了,根本不是表面上看起来的风度翩翩,乔锦月大失所望。

后面的表演乔锦月看着实属无聊,在说的这一方面他表现得很是一般,相声内容毫无笑点,又不怎么好,只有台下那些女看客们在一味吹捧。乔锦月好生失望,这个男人空有一副好面孔,功底水平实在称不上好,又无礼狂妄,当真是人不可貌相。台下这些女看客们,恐怕只是为了看他的一张脸才慕名而来,而不是真正的欣赏艺术吧。

乔锦月一个人在幕后默默看到结束,她认为这类表演实在没什么意思。一想到顾安笙对师父的侮辱,心生闷气,不由得撞了一下桌子,发出"咚"的一声响,而自己的半个身子,竟然跃到了幕布之外。

由于表演已经结束，看客们纷纷退场，所以没人注意到角落里的乔锦月。但那一声响，还是惊到了台上的顾安笙。

乔锦月不承想自己竟如此冒失，受了惊，急忙慌张地跑离了后台，这一切正好都被顾安笙看在了眼里。

乔锦月跑得迅速，顾安笙没有看见她的正脸，只见到一个慌忙逃离的蓝色背影。他不知道后台怎么混进来这样一个女子，但瞧着女孩慌忙离开的样子实在可爱，不禁笑了一下。乔锦月从后台出了剧场，所幸退场时纷乱嘈杂，也没有人多留意她。出了剧场，乔锦月见胡仲怀与苏红袖仍然在等自己。

苏红袖见乔锦月慌张的样子，忙问："慌慌张张的，怎么了你这是？难不成又惹什么祸了？"

乔锦月掸了掸刚刚蹭到的墙上的灰尘，摊着双手道："这么个地方能惹什么祸，演出结束了，我自然就出来喽！"

胡仲怀急忙问道："怎么样怎么样，觉得我顾师兄怎么样？"

"不怎么样。"乔锦月没好气地说，"长得还不错，但是这功底水平啊，就难说了。"

乔锦月的反应大出胡仲怀所料，他本以为像乔锦月这样的小姑娘都会喜欢顾安笙。万万没想到乔锦月对顾安笙竟会有如此评价。便诧异道："这里像你这样的姑娘，没有几个不喜欢顾师兄的。你难道瞧不上他？"

"肤浅！"乔锦月横了胡仲怀一眼，"她们那帮小姑娘也只不过是看上他的长相罢了，他这样的人，也不过只靠脸来卖票。"

胡仲怀瞪大了眼睛："你这话又是从哪儿说起？"

"从哪儿说都是事实……"

- 伍 -

"好了好了。"苏红袖怕乔锦月言行无状，连忙制止，"咱们出来也有些时候了，再不回去叫长辈们担心了，快些回正厅吧。"乔锦月不愿多言，胡仲怀也极听苏红袖的话，二人并未再争论。三人顺着小路回了正厅。

剧场外，乔锦月依然听得到那些女看客们说的话。无非就是"能看一眼顾公子，走再远的路也值了""顾二爷真的是英俊潇洒，风流倜傥啊""能买到顾二爷的票，真是不容易啊"之类的。乔锦月对顾安笙的印象本就不好，听到这些言语，越发觉得这些女看客们庸俗肤浅，心下对顾安笙也更多了一些厌恶。

三人回到正厅时，已经到了正午时分。胡远道和柳疏玉一再邀请陈颂娴留下一道用膳，陈颂娴不好推托，便答应了下来。此时，乔锦月见到一个身着蓝色长褂的人缓缓而来，这个人正是顾安笙。

顾安笙步入厅前，问道："师父，叫徒儿前来所谓何事？"

胡远道招手道："孩子，过来。"只见顾安笙走到胡远道身边，胡远道接着说道："今日有贵客前来，你这个入室弟子自然是要来招待的啊！"胡远道将目光移向陈颂娴，拱手道："陈夫人，这位是小徒顾安笙。是我最早的一批弟子中出类拔萃的一个。安笙，这位陈夫人是为师故交，湘梦园的名角儿。"

顾安笙微微鞠了一躬："陈夫人。"

陈颂娴见顾安笙仪表堂堂，温和有礼，心里着实喜欢，便笑道："这位小公子生得俊俏，是个不错的孩子。"

胡远道又指了指苏红袖和乔锦月："这两位姑娘是陈夫人的徒弟,苏红袖苏姑娘,乔锦月乔姑娘。"

"苏姑娘,乔姑娘。"顾安笙先后与苏红袖和乔锦月见礼,抬起头来,正对上乔锦月的目光。顾安笙一眼便认出来了那个蓝色背影,当下便明晓,那个帘子后面逃走的女子就是乔锦月。

乔锦月因着对顾安笙心有不满,没有回礼,只是愣愣地瞧着他。二人对视了三秒钟,一时间,周围的空气似乎也凝结了。

柳疏玉看出了不对,诧异道:"怎么,你们两个见过吗?"

顾安笙将目光移开道:"徒儿没有见过乔姑娘。只是觉得这位姑娘似曾相识,好像在哪里见过。"顾安笙不知道乔锦月是怎么到后台的,更不知道乔锦月为什么在后台。此时在师父师娘面前,也不好多说什么,只能当作什么都没发生过。

乔锦月在心里冷笑一声,好一个顾安笙,剧场里狂妄无边,在长辈面前却能装作如此彬彬有礼。呵!似曾相识?你个顾二爷难不成还是宝二爷?装什么贾宝玉?自己可不是娇滴滴、病恹恹的林黛玉。她淡淡地答了一句:"顾公子场子的票多少人想买都买不到,小女哪儿有这等福气见过顾公子呀!"苏红袖轻轻拉了拉她的衣襟,示意她别再说下去。乔锦月话音刚落,便意识到自己说漏了什么,不过也没有人在意她的这句话,索性就划过了。

胡远道看着顾安笙,微笑道:"他在我的众弟子里排行第二,可惜啊我那大弟子身患绝症,幼年早夭。现在在我的这些徒弟中他是辈分最大的了,别看他年轻,基本功可扎实得紧哪!"顾安笙微微低头,谦逊笑道:"师父过誉了,弟子着实不敢当。"

排行第二?难怪会被那些女看客们称为"顾二爷"。可这个顾安笙,担得起"爷"这个称号吗?乔锦月抬头,斜眼看着顾安笙,微微露出鄙夷的神色。顾安笙,你还真是人前人后两副面孔,怎么在你师父面前,就能装得这么谦逊!

柳疏玉也是极其疼爱这个徒弟的,随之笑道:"我们这个徒弟啊,在戏曲方面也是有所专长。安笙，我记得你也会唱《锁麟囊》来着，今儿你就给各位贵客展示一下吧。"顾安笙本不爱出风头，不想在客人面前展露风采，便微微俯下身，道："弟子于戏曲只是学唱，不敢称之为专长。更何况三位贵客均是正宗的京戏名角儿，弟子怎敢班门弄斧呢！"

此时的乔锦月也甚为好奇，她以为顾安笙只是会说相声，没想到他也会戏曲，更何况自己最拿手的《锁麟囊》他竟会！既然这样那自己倒想听听，顾安笙的《锁麟囊》唱得如何？于是乔锦月上前一步道："《锁麟囊》是小女子最拿手的一出戏，没想到做相声行当的顾公子竟然也会。这样小女子便想听听，这说相声的戏曲能唱得如何呢？"

顾安笙面朝乔锦月，轻声道："在下只是会些片段而已，实在不敢与姑娘相较。"乔锦月撇撇嘴道："小女子请顾公子唱一出，难道顾公子如此不肯赏脸吗？"乔锦月一再邀请，顾安笙拗不过，更何况当着长辈的面，也不好不给这位年轻的姑娘台阶下。只好应了下来："如此，在下便献丑了。"

"耳听得悲声惨心中如捣，同遇人为什么这样号啕……"顾安笙唱的是《锁麟囊》中西皮流水的选段，乔锦月听得这声音温婉而细腻，更像一个男旦温和的唱腔。不承想顾安笙的相声毫无特别之处，歌喉确是极好的。此时此刻，面前的这个人举手投足都是戏台上角儿的范儿，又是一个立于堂前的翩翩公子模样。哪怕是乔锦月这般挑剔的人，对顾安笙的唱腔也是极其服气的。

一曲完毕，在座满堂众人皆沉醉在这珠圆玉润的唱腔之中。陈颂娴不禁称赞道："想不到顾公子这么一个说相声的角儿，戏曲竟能唱得这般绘声绘色，当真是少年英才，出类拔萃！"顾安笙微微含笑，鞠了一躬道："多谢陈夫人称赞，在下只是略懂些皮毛，不敢与夫人和二位姑娘相比。"

乔锦月见师父对顾安笙赞许有加，心中颇有微词，但顾安笙的唱腔极好，着实挑不出毛病。要不是因为剧场瞧见他那般做派，乔锦月必然对他是认同的。乔锦月有心想让他难堪，于是便道："顾公子的这一出西皮流水唱得果然是极好，这着实在小女子的意料之外。"

"今日得见,小女子方才晓得,相声角儿会唱的也不仅仅是太平歌词呢!"顾安笙不知乔锦月是故意想让他难堪,以为乔锦月是真的不知晓,便解释道:"乔姑娘有所不知,太平歌词于相声演员来说是本门唱,而戏曲只是学唱。于戏曲,您是本行,而在下是学唱,学唱不敢与本行相提并论。"乔锦月嗤笑一声道:"这个我自然知道,戏曲不仅仅是我们会唱,太平歌词也不仅仅是你们会唱。"

一旁的胡仲怀插言道:"怎么乔姑娘也懂得太平歌词吗?"

乔锦月道:"懂得不敢说,会的也不可能有顾公子多,但较为普遍的,比如说《白蛇传》《韩信算卦》之类的,我也听过几段。"她清清嗓,唱道:"杭州美景盖世无双,西湖岸奇花异草四季清香……"一曲完毕,乔锦月的视线始终没离开过顾安笙,她想看看顾安笙知道她会唱太平歌词后脸色会怎样难看。她有意想让顾安笙难堪,好让他明白,太平歌词不只是你顾安笙一个人会唱,我乔锦月也会。

顾安笙的反应却大大超出乔锦月的意料,他微笑着点头道:"没错了,乔姑娘这一段《白蛇传》是太平歌词中较为普遍的一段。的确这几段不仅是我们相声演员会唱,津城的百姓大多也都会唱。"顾安笙的言语让乔锦月愣了几秒,不知道说什么好。她以为顾安笙听到自己口中的太平歌词,会惊讶,会难堪,绝没有想到他反应竟如此平淡。明明在剧场时他说的是只有他自己一个人会唱太平歌词,在厅堂却坦然承认市井百姓都会几段。这个人前后言语极其不一致,可以见得有多虚伪!

乔锦月厌恶面前这个男子,心中也大大的不肯服气,于是便仰起头道:"《锁麟囊》这一出戏,前几年程砚秋先生唱的满中华都知道这一出。毕竟是近几年新出的戏,大家都耳熟能详,你会唱也正常。不知那些年头久远的戏曲,顾公子又会几出呢?"

她停顿了两秒,接着道:"既然都提到了太平歌词《白蛇传》,那么不知京戏《白蛇传》顾公子可否会唱呢?"

顾安笙迟疑了片刻,只道了句:"在下略知一二。"

"这样吧。"乔锦月道,"今儿本姑娘愿意陪顾公子唱一出《白蛇传》比试一番,你看如何?"不等顾安笙开口,乔锦月便开言唱道:"蓦然见一少年信步湖畔,恰好似洛阳道巧遇潘安。这颗心千百载微波不泛,却为何今日里陡起波澜。"顾安笙自知自己京腔比不上乔锦月,本想找个借口退却。但乔锦月已然开嗓,顾安笙便无法再推辞,只得附和唱道:"适才扫墓灵隐去,归来风雨忽迷离。百忙中哪有闲情意,柳下避雨怎相宜?"

二人娓娓唱道,乔锦月虽着便装,依然不忘添加上在戏台演唱的动作,顾安笙也是极尽配合。细腻柔滑的唱腔,加上窈窕柔美的身段,男子与女子俱是一袭蓝色素衣相互对和,仿佛真是那古时西湖断桥相遇的才子与佳人。二人唱得尽兴,众人听得入迷。仿佛这一出故人戏,二人皆成了戏中人儿。胡仲怀看得入迷,情不自禁地道了句:"顾师兄与乔姑娘真是一对才子佳人啊!"

乔锦月本就不喜欢顾安笙,听到这话心里生了怒火,秀眉紧蹙道:"你在胡说些什么?"顾安笙听此言也有些略微不适,急道:"胡言乱语!"胡仲怀见状急忙闭嘴,内心却不觉好笑,心想:这俩人还真是如出一辙。

"妙,妙,真的是妙极了。"胡远道拍手称赞道,"这一出戏好是经典啊!"陈颂娴点头道:"顾公子与小徒从未合作过,第一次合唱竟能搭得如此默契,确实是妙啊!"

在湘梦园,和乔锦月搭戏的师兄弟不在少数,但每一个与自己搭戏到这般默契地步的人先前都得练过不下十次。今日第一次与人搭戏,自己也没想到竟唱得如此顺畅,又何况是一个不是正当唱戏的人。骄傲如乔锦月,也觉得这段戏配得极妙。无论之前所见如何,她的心里也是十分佩服面前这位男子的唱腔。此时此刻,乔锦月再厌恶顾安笙也松了口,赞道:"顾公子唱腔极佳,小女子着实心服口服。"

顾安笙摇了摇头,轻声笑道:"乔姑娘夸赞了,在下是比不上乔姑娘的。"可是偏偏这样虚伪的谦卑惹得乔锦月厌恶,她又蹙了下眉,想讽刺顾安笙几句,却被胡仲怀打断。只见胡仲怀望了望天边的景色,见一轮红日当头,便道:"都已经响午了,大家先去用午膳,比试的事用完膳再说吧。"

胡远道笑道："我这记性，光顾着看两个孩子唱戏，竟忘了已到了午膳的时候。咱们快去吃饭吧！"这时已然到了晌午时分，班主发话，众人也没有再提别的。便都随胡远道去了餐厅用午膳，再无多言。

午膳过后，胡远道夫妇领着陈颂娴去剧场听相声。因为顾安笙的事，乔锦月对相声更无兴趣，便借口想赏赏园中风景推辞而去。胡仲怀为了接近苏红袖，又借口想学唱戏，请苏红袖教他，苏红袖作为客人，自然不能拂了主人相请，便答应他随他而去。此时只剩乔锦月一个人在花园里逛。

"乔姑娘好雅致，一个人在这里赏风景。"闻得一男子的声音从后方传来，乔锦月转身，只见还是一袭蓝色长衫的顾安笙站在那里。乔锦月也不想与他分说之前的事，便随意地点点头道："是啊，你们这文周社的花园景色还真是美！这个时候顾公子不是应该准备演出吗，怎么在这里呢？"

顾安笙道："今天上午的演出已经结束了，下午也没什么安排，难得清闲，所以出来散散心。"乔锦月嘴角勾起一抹不屑的笑："哎呀，那可真是巧了呢。"顾安笙微笑道："晌午一面，在下倒是觉得与乔姑娘甚是投缘，可否能邀乔姑娘共同赏这园中之景呢？"顾安笙此举大出乔锦月意料，自己与顾安笙还没有熟识到那种地步，为何要答应他？但又想顾安笙之前应了自己的比试邀约，眼下拒绝也说不过去。何况，乔锦月也想知道顾安笙为何邀约自己，于是便应了。

"请。"顾安笙做了个有请的手势，乔锦月随之走进了园中小径。

丝丝凉风吹拂在脸庞，拂起了乔锦月的发丝，衣袂随风而起，宛若画中之仙。而身侧的顾安笙手持一把折扇，长身玉立，缓步慢行，举手投足间散发着翩翩风度。此情此景，二人像极了折子戏中的才子与佳人。

"早闻顾公子是个玉树临风的少年，引得津城无数女子青睐。却未承想，顾公子不仅会说相声，还会唱戏。就连我这个戏角儿，也是佩服得紧呢！"

顾安笙摇摇头，微笑道："乔姑娘过誉，在下只是偶尔听师父的唱片而学来的戏曲，并无深刻了解，更无师传授。因相声与戏曲本就相通，在下学的这些是为了配上相声桥段的学唱，而引得看客的兴趣。"

"哦？"乔锦月的目光由林间的桃花转向顾安笙，"那顾公子是无师自通，当真了得。只是顾公子拥有这般好的相貌，哪怕是站在台上不说话，都会有无数的女看客前来。而顾公子费尽心思去学我们戏角儿的戏，又是不是多此一举呢？"闻言，顾安笙不禁微微皱了下眉，这姑娘此言着实荒唐。于是正了面色道："乔姑娘好会说笑，看客是来看表演的。如果没有好的表演，哪有人愿意前来。我们这里的每个人都是一样的，必须练好基本功，为看客呈上最上乘的表演。"

乔锦月在心里冷笑一声。为看客呈上最上乘的表演？难道就是在表演中侮辱师父，高傲自大？于是侧身睥睨着顾安笙道："顾公子眼里上乘的表演，难不成就是侮辱师父，狂妄放肆啊！"顾安笙愣了愣，几秒后又笑了一下："乔姑娘未看过在下的相声，如何得知在下的表演形式？该不会乔姑娘是在后台看过吧？"被顾安笙说中实情，乔锦月惊了一下，很快便故作镇定道："我……我当然没看过，我听……听别人讲的。"

"听别人讲的？乔姑娘是听谁讲的？"顾安笙摇着折扇慢慢道来，"乔姑娘初次来到文周社，也是初次见到在下，又是谁，能告诉乔姑娘在下是怎么讲相声的？"顾安笙进一步靠近乔锦月，目光紧紧落在乔锦月的脸上："上午在后台撞桌子的那个姑娘就是乔姑娘你吧？那飞云流水的发髻，浅蓝色的裙衫，在下是不会认错的。"

顾安笙的气息扑在了自己的脸上，乔锦月从未与男子离得如此近，不由得面颊发红，后退了两步。一切既然已经被顾安笙识破，乔锦月便也不再装下去。于是捋了捋鬓边的发丝，镇定道："是，是我无意间闯入后台，然后瞧见了你的演出，就看了一会儿，那又怎样啊。的确是，我听到了你说太平歌词只有你一个人会唱，但其实你知道会唱太平歌词的绝对不止你一个人。而且你竟敢说你师父已经死了，你知不知道你有多么大逆不道？可胡班主现在身体康健，活得好好的，却被你咒已经死了。这就是你所说的上乘之品？"说到此处，乔锦月的声音已然带着愤愤之声。

言毕，顾安笙忍不住笑着摇了摇头，这个小姑娘竟然是这样想的，她这个样子却还有些可爱。

见状乔锦月更是生气，仰起头疾声道："你还笑！长辈面前风度翩翩的顾公子在看客面前却放肆得不成样子。倒还真是会伪装呢！"

顾安笙却不动声色，平和道："难怪乔姑娘见在下第一面就如此针锋相对，原本在下还莫名其妙，现在想来必是乔姑娘误会了。"

"误会？"乔锦月瞪了顾安笙一眼，"事实就摆在眼前，有什么好误会的！"顾安笙顿了顿道："乔姑娘没有听过相声，所以不懂相声这一行当的种种规矩。干我们这一行的向来是'台上无大小，台下立规矩'，意思就是台上可以不论尊卑，不论辈分，什么话都能说。但台下必须尊重师父，尊重长辈，规矩甚严，无人敢违背。这样的形式在相声行当叫作'砸挂'，就是……"

"别解释了。"乔锦月哪里肯信顾安笙，疾言道："目无尊长就是目无尊长，哪里还有什么理由，分明就是你信口胡言罢了。你这样的人，还被称为顾公子？呵呵，好一个顾公子，不过是个人前人后会变脸的伪君子罢了。"

乔锦月言辞凌厉，言即如此，顾安笙再温和的性子也忍不住不悦。便沉下脸道："乔姑娘请注意言辞，相声是表演就等同于你们唱戏也是表演一样，要是戏里戏外分不清还听什么相声。这种'砸挂'形式很多人甚至是我师父都用过，怎么可能是信口胡言，要是脏了乔姑娘的耳朵，那就永远别来听相声了。"乔锦月在湘梦园备受宠爱，从未有人对她言辞如此犀利。

顾安笙这一番言语，听得乔锦月满腔的怒火都迸发了出来："哼，我说呢，难怪你顾安笙如此虚伪，原来你师父也是一样的人。我说你为什么人前人后会变脸，上梁不正下梁歪，说的就是你们师徒吧！"

"够了！"顾安笙也起了愠色，冷了面颊厉声道，"乔姑娘你说我什么我就姑且忍了不与你计较，但是我师父容不得你乱嚼舌根！"他当她是个天真任性的小姑娘，姑且不和她计较这些犀利的言语。但她言辞侮辱自己的师父，他自然是容不得的。乔锦月也不依不饶，上前一步，冷笑道："怎么你师父旁人说不得，你自己就可以任意侮辱了！"

"难道你乔锦月刁蛮任性，不知规矩也是你师门的教导吗？"

"我师门的规矩是什么样的，关你什么事，反正我不会像你那样侮辱师父！"

"我们相声行当的规矩你又懂什么！"本是一幅才子佳人的浪漫画卷，刹那间就变成剑拔弩张的对敌场面，这猝然间的变化让人措手不及。二人的争吵声极大，那剑拔弩张的画面在景色宜人的花园里显得格外突出。但他二人却不知，花园另一端的苏红袖和胡仲怀将这争吵声听得一清二楚。

"那边好像有人在争吵。"胡仲怀朝林边的另一侧望了望。

苏红袖也朝那声音的方向看了一眼："好像是我小师妹的声音。"

胡仲怀点头："是乔姑娘的声音，好像是在和我师兄争吵。"

苏红袖凝神细听，进而皱了眉头道："又是小七，这丫头恐怕又惹什么祸了。"

胡仲怀道："别急，咱们过去看看是怎么回事。"

苏红袖与胡仲怀朝林边走去，只见顾安笙与乔锦月在争吵。双双都涨红了脸，二人均是理不让人，俨然一副剑拔弩张之态。

"小七！""师兄！"听到这两声呼唤，二人止住了争吵，双双回头望向从另一侧跑来的两人。

"师姐！"乔锦月红着眼眶跑到苏红袖身旁，一头扎进苏红袖的怀里，带着哭腔道："师姐，这个人他欺负我！"

"好了好了，小七不哭。"苏红袖拍着乔锦月的肩膀，轻声安抚。苏红袖一向宠爱这个小师妹，虽然知道师妹任性妄为，但见师妹这副可怜之状，也是十分不忍心，急忙安抚。

胡仲怀见状，不由得心里发蒙，愣在原地："师兄，你们这是……"

"唉，罢了罢了，咱们回去吧！"顾安笙叹了口气，又换回平和的语气对乔锦月道，"乔姑娘，在下一时言行无状，许是言语得罪了乔姑娘，是在下的不是。其余的事情也不必再提，咱们以后各自安好便罢了。"

"哼！"乔锦月瞪了顾安笙一眼，便扭过头去不再说话。

"小七！"苏红袖朝乔锦月使了个眼色，乔锦月依旧不予理睬。

苏红袖只得转身，向顾安笙行了个万福礼，并道："小女子不知顾公子为何与小师妹争吵，也许小师妹言语冲动得罪了顾公子。师妹向来冲动，还请顾公子不要放在心上。如有得罪之处，小女子愿代师妹向顾公子赔个不是！"

顾安笙出手制止道："苏姑娘也不必如此，我们两个人都有做得不对的地方。是也罢，非也罢，咱们就此翻过这一篇，也都别计较了，乔姑娘你觉得如何？"

乔锦月吸了一下鼻子，并未作答。乔锦月虽然任性，但也明是非。事情毕竟是由自己挑起来的，自己一向如此，冲动的时候不管不顾，过后了才知道后悔。自己当时太过冲动，言辞难免有些过分，现在已经平静下来，心里也明晓自己的错处。可乔锦月一向是被宠大的，哪怕知道是自己的错，也不愿意主动去道歉。

而顾安笙呢，顾安笙对师父是极其爱戴的，见旁人对师父有所诋毁，固然是要生气的。但他明晓乔锦月心直口快没有恶意，但当时却是抑制不住的疾言厉色，将这快人快语的小姑娘训斥一番。毕竟弄哭一个小姑娘，自己也觉得有些过分了。就这样僵持了几秒钟，气氛便尴尬在那里。

见乔锦月不说话，胡仲怀便打了个圆场："咱们两家交情甚深，虽然我不知道你们两个因为什么争吵，但肯定是因为一些微不足道的小事。不过是误会罢了，犯不上。不如就依师兄所言，就此罢了，以后谁都不必再提，咱们两家依旧是朋友。"

"咳咳咳。"乔锦月咳了两声，拭了拭眼角的泪道，"好吧好吧，少公子的面子也不能不给，今儿就瞧着胡少公子的面子姑且不作计较了。也别管是谁对谁错，就翻了这一篇吧！反正以后各自忙各自的，也不会再有见面的机会了。"言毕，乔锦月便转身离去。

"哎，小七！"苏红袖忙喊道，乔锦月依旧不肯回头。苏红袖只得道："师妹不懂事，小女子向二位公子赔罪。既然此事罢了，小女子也告退了。"

"苏姑娘你……乔姑娘她……"胡仲怀见两位姑娘都离开了，更是发蒙，何况自己从头到尾都不明晓事情的因果。如今只剩自己与顾安笙立在原地，顾安笙依旧不言语。

胡仲怀便问道："师兄，到底怎么回事嘛，好好的你怎么与乔姑娘吵起来了？"

"唉！"顾安笙叹了口气，摇头道，"真是个难缠的小丫头！"随即便拿手中的折扇敲了一下胡仲怀的脑袋："你还问，都怪你！"

"师兄你打我干什么。"胡仲怀捂着脑袋，愣愣问道，"分明是你与她吵起来的，这事与我有什么干系？"

"还不是你惹下的祸根。"顾安笙斜睨胡仲怀，戏谑道，"好啊，我问你。咱们剧场向来管理甚严，闲杂人等一律不能进入。她一个小姑娘是怎么进去的？要不是你这少公子拿出你的权力，在背后行方便，她无论如何都进不去。你还真是我的好师弟呢，处处给我惹麻烦！"

"我……我，哎呀！"胡仲怀垂下脑袋，故作哀声道，"我又不是故意的，我让她进去还不是因为我想……"话未说完，胡仲怀急忙停住，毕竟自己对苏红袖的那点小心思，还不能让师兄知道。

哪知顾安笙却目光紧紧地盯着师弟："你想，你想怎样啊，想给你师兄多安排一朵桃花啊。桃花没有，却来个冤家。"

"好了好了师兄，咱们也回去吧！"

第二章

即生风波见知心

- 壹 -

自那日文周社一别,已时隔三个多月。双方都与往常一样,该演出便演出,该练功便练功。乔锦月也像从前一样,时而在湘梦园的剧场唱戏,时而随戏班子到大门大户唱戏。时隔多日,乔锦月已经忘却了那时与顾安笙的种种不快,甚至快忘了有顾安笙这个人。

中秋佳节,向来是普通人家团聚的时刻,与此同时,也是梨园子弟们最忙碌的时候。在这几天,家家户户都要团聚,也常常会请戏班子、相声班子来唱戏、说相声。接连两三天,乔锦月都有演出,东奔西走,跑遍了整个津城。虽然行程很累,倒也忙得不亦乐乎。

这一日是乔锦月中秋节前后应的最后一次演出,准备回湘梦园时,天色已晚。

晚霞当空,一行人正走在回湘梦园的路上,乔锦月伸了伸双臂,长呼一声道:"总算是结束了,这几天,可忙死咱们了!"

苏红袖看了乔锦月一眼，笑道："是啊，逢年过节，都是咱们戏班子最忙的时候。过了这两三天，咱们也能好好休息一阵子了。"

乔锦月眨眨眼道："师姐啊，你是不是也觉得这几天挺累的啊？"

苏红袖点头道："忙活这么多天，累是肯定累的。不过只要能登台，再累也是开心的。"

乔锦月嘻嘻一笑："说得倒也是啊！"她又朝四周看了一圈，思忖一番道："眼下是忙完了，明后几天也没什么事。这几天我着实闷得慌，现在没什么事，我想去集市上逛一逛，师姐你们先回去吧。"这时已经到了黄昏，苏红袖一向谨慎，瞧天色已晚，自然想到要多加防范。于是摇头道："这时候天色已经不早了，要想去明天咱们一起去吧。"

"不嘛，师姐！"乔锦月摇了摇苏红袖的袖口撒娇道，"我就想现在去，没事的，光天化日之下，能有什么事啊。"

苏红袖凝眉道："这里离湘梦园还有一段距离，你一个小姑娘家的，大晚上出去干什么啊？"这时，身后的师兄毕哲道："小七喜欢玩儿，红袖你就陪她一起去吧，记得天黑前回来就行。"

乔锦月笑道："还是师兄疼小七！"又朝苏红袖吐了吐舌头："看吧，师兄都说没事的！"

苏红袖无奈笑了笑，点了一下乔锦月的鼻尖："你呀，可真是个调皮鬼，你一个人我也不放心，我陪你一起去吧。"

乔锦月兴奋地跳了起来："好啊好啊，师姐对小七最好了。"

二人告别了一行人后，来到了集市。人来人往，车水马龙，好不热闹。乔锦月瞧得兴起，却不知，早已被人虎视眈眈地盯上了。

"那个娘儿们瞧着好眼熟，是不是之前给咱们唱戏的那个？"说话的男人一身西装好生富贵，又一副不学无术吊儿郎当之态。此人正是程府的三少爷程显威。一旁的随从道："少爷看得没错，这个姑娘就是那天那个戏班子里的大师姐。"

"哼哼，真是冤家路窄啊！"程显威冷笑一声，"想不到这么快又被咱们碰上了。上次容她们逃过一劫，这次可就没那么容易了！招财、进宝，快跟上！"身后那两个随从跟着程显威紧紧跟上苏红袖与乔锦月的脚步。此时夜幕已降临，见暮色四合，她二人准备离开集市回湘梦园。突然乔锦月拍着脑袋叫了一声："哎呀！"

苏红袖被吓了一跳："怎么了，小七？"

乔锦月皱起了眉道："师姐，刚才试衣服时，我把项链落在布庄了。"

苏红袖无奈地摇了摇头："你真是丢三落四的，走吧，我陪你回去拿吧。"

"不用了师姐。"乔锦月轻轻推开苏红袖，"你在这等着我，我很快就回来。"

苏红袖没有乔锦月体力好，走了这么久，也疲惫得不想再多走了。便点头道："也好，我在这等你，你尽量快些。"

"嗯！"与苏红袖告别后，乔锦月飞快朝后街走去。程显威见状，纳闷道："那小娘儿们怎么回去了，这个又是谁啊？"那个叫进宝的随从道："听说大师姐和小师妹交好。这个应该是湘梦园的小师妹，也是班主的女儿。"

"哦，原来是湘梦园的大小姐！"程显威故意拉长了语调，"机会来得正好，那就从这个大小姐下手，她要出了什么事，也够那帮戏子受的了！"

- 贰 -

乔锦月为了方便,抄了近路。此时此刻乔锦月周围是一片荒草,荒无人烟。天色已渐渐深沉,气氛更是阴森森的。乔锦月不禁觉得寒毛耸立,不由得加快了脚步。

"哟,小丫头,走这么快是要去哪啊!"程显威上前一把拦住乔锦月。乔锦月抬头看了程显威一眼,心想这又是哪家的花花公子闲着无聊拿自己解闷。本就焦急,索性没有理睬程显威。

"站住!"一旁的招财、进宝再次拦住了乔锦月,"敢对程家三少爷不敬!"

"烦着呢,走开!"乔锦月想推开这两个人,奈何她一个小姑娘力气再大也推不过这两个男人,于是被推回去在原地打了个趔趄。

程显威慢慢靠近乔锦月,捏起乔锦月的下巴道:"小丫头模样长得倒是不错,想不到脾气还挺大,知道我程家三少爷的名声吗?"

程家三少爷?乔锦月只觉得这个名号听起来耳熟,仿佛之前听谁提起过,但又一时想不起来。

等等,程府?程家三少爷?乔锦月猛然想起,不就是几个月前想霸占五师姐那个恶霸吗?想到这里,乔锦月心里更加厌恶,挣扎躲开程显威:"哼,我当是谁呢,原来你就是那个想强占我家师姐的恶霸。"

"哼哼!"程显威道,"亏你这个小丫头还算识相,不过你们这个戏班子也忒不识抬举了。你那师姐连我程显威的女人都不肯做,还敢跟我较劲,谁借给那贱婢的胆子?"

见那程显威言语有损师姐名誉，乔锦月怒火中烧，恶狠狠道："你们这些富家少爷游手好闲，不学无术，欺负良家女子就是你们的本事吗？"

"哈哈哈哈……"程显威仰天大笑，嘴角露出一抹讽刺，"好一个良家女子，不过就是最卑贱的戏子，能被本少爷看上是你们的福气，竟敢有脸称自己是良家女子？"

乔锦月自然也不肯买账："我们清清白白凭本事吃饭，难道你们这些富家少爷整天游手好闲挥霍家里的钱财就是有本事吗？哼，你叫程显威，就是显示你的威风？"

"好啊好，说得真好。"程显威狠狠地拍了两下手，"我程显威人如其名，就是爱显示自己的威风怎么了？前些日子你们戏班子得罪了程府，今日你又得罪了本少爷，可要当心你这条小命哟！"

乔锦月瞪了程显威一眼："耍什么威风，你应该知道我是湘梦园班主的女儿，要是我在你这出了什么事，你以为我们湘梦园能放过你们。"

"真是笑话！"程显威抓起乔锦月的衣衫，"一个戏子而已，装什么大小姐派头。你也不想想，我们这么大一个程家，难道会怕你们一群戏子？"程显威渐渐靠近乔锦月，嘴凑到乔锦月的耳边，小声道："不过，你要是愿意做本少爷的小老婆。本少爷原谅你们这群戏子，也未尝不可。只要你跟了本少爷，本少爷包你锦衣玉食……"

"啪！"话未说完，程显威的脸上便狠狠挨了一巴掌，这一巴掌来得猝不及防，打得程显威两眼冒金星。回过神，只见乔锦月怒目圆睁，恨恨道："你这个不要脸的无耻之徒！"

程显威没想到自己一不留神便挨了一个女子的巴掌，而且还是下九流的戏子，他堂堂程家三少爷怎能受这种气？于是便上前一步，掐住乔锦月的脖子："你这娘儿们真够胆大的，敢打本少爷，看本少爷今天不整死你。"程显威靠近乔锦月，作势想要撕扯乔锦月的衣服。

"放开我，放开我！"乔锦月猛烈挣扎着，见程显威不松手，便一口咬在程显威的胳膊上。"啊！"程显威终于疼得松开了手，乔锦月又一个箭步冲上去，狠狠一脚踹在了程显威的小腹上。

毕竟梨园子弟的身手可不是白练的，乔锦月擅长扮刀马旦，力气也是极大的。这一脚用尽了力气，将程显威踹倒在了地上。他的脸擦到了树皮上，露出一道血迹，模样狼狈至极。

"少爷，少爷，没事吧少爷！"招财、进宝二人忙上前扶起程显威。

"你你你你……"程显威吃痛，勉强站了起来，伸出手，颤颤巍巍地指着乔锦月，"你这个娘儿们可真够狠的。"

乔锦月拍了拍被程显威拽过的衣衫，厌恶道："简直无耻至极！"

程显威使了个眼色，招财、进宝两个人过去，擒住乔锦月。这一次，他们是有备而来，任凭乔锦月再大的力气，也挣脱不了这两个男人。

"干什么，放开我……"乔锦月叫喊着，却被程显威捏住了下巴，无法言语。程显威将乔锦月的脸捏到变形，恶狠狠道："小丫头，我瞧你是敬酒不吃吃罚酒，哼哼，这是你逼我的，带走！"

程显威一瘸一拐地走出了荒草地，走到一辆豪华轿车前，打开车门，对着招财、进宝道："把这娘儿们给我塞进去！"

"放开我，我不进去！"乔锦月用尽力气躲闪，招财和进宝见她不老实，便一脚踹向她的腿。"啊！"乔锦月只觉膝盖一痛，便跪在了地上。

"小七，小七！"这时苏红袖从远处赶来。她在原地等了乔锦月好久，乔锦月一直未归，苏红袖便去寻找。这时见乔锦月被两个男人擒住，又惊又慌。

"师姐，救我。"乔锦月忍着痛哀声呼唤。

程显威回过头，苏红袖看清了程显威的正脸，这时心里猛然一颤，竟然又招惹上了程家人！苏红袖见乔锦月跪在地上，头发凌乱，脸上又沾满了灰尘，心里很是难受。便也不顾周围有几个男人，上前便想带走师妹。"放开我师妹！"

"去你的吧！"招财一把推开苏红袖，"又来一死娘儿们，我说戏子真是犯贱！"

"走！"推开了苏红袖，招财、进宝把乔锦月拉上车，关上车门。"嘀……"一声车铃响起，轿车便扬长而去。

"师姐，救我，我不要跟他们走……"车上的乔锦月声嘶力竭地叫着。

"小七，小七……"苏红袖一边呼唤，一边跟上那辆轿车。可人的脚步终究跟不上车速，苏红袖一个跟跄跌倒在了地上。抬起头，只见那轿车越行越远。苏红袖隐隐约约还能听到乔锦月的呼唤声，可望着渐渐远去的轿车，乔锦月的声音也逐渐随着奔走的轿车而去，埋没在飞扬而起的尘土之中。

"小七！"苏红袖绝望地坐在地上，泪水已滑过脸庞，"都怪师姐不好，师姐不该让你一个人回去，小七……"事已至此，苏红袖只恨自己，是自己的粗心，才让师妹遭此横祸。

"不行，得找师父和班主，不然小七就真的危险了！"苏红袖突然意识到，现在不是自责的时候，更不是难过的时候，得尽快叫人营救师妹。于是赶忙站起身，胡乱拍了拍身上的尘土，在微弱月光的照耀下，朝着湘梦园的方向奔去。

"得，就这了吧！"不知行驶了多久，程显威终于将车停了下来。乔锦月在车里被绑住了双手，又蜷缩了好一段时间，只觉得气闷难受，想要作呕。"把这娘儿们放下来吧。"

"是，少爷！"招财和进宝依言，将乔锦月从车上拖了下来。

"你们到底想怎样？"乔锦月嘶叫道。

"想怎样？"程显威斜眼一笑，"你得罪了本少爷，还想有好果子吃？今晚是死是活就看你的造化了！"

乔锦月朝四周望了一圈，见杂草丛生，周围荒无人烟，阴森森的气氛叫人毛骨悚然。心里更添了一份畏惧，便叫道："救命啊，救命！"

"哼哼哼！"程显威冷笑道，"你就叫吧，叫破嗓子，这里也不会有人来救你的！"

乔锦月挣扎着，耗尽了力气，是啊，这样一个地方，怎么可能会有人到这里来。心下绝望，便也放弃了呼救。正在绝望之际，乔锦月依稀瞧见了不远处的树后有两个人影。不知是自己眼花，还是真有人，乔锦月决心最后一试，于是便用尽力气喊道："有没有人啊，救命！"那树后的两个人仿佛听到了呼救，其中的一个人对另一个人道："哎，角儿，那里好像有人在呼救！"另一个人朝远处看了一眼，说道："好像是一个女子被人劫持了。"

荒草丛生之处，又是一片漆黑，没有灯火，他二人只能依稀瞧到不远处有几个人影。究竟是谁，在做什么，二人无从得知。

其中一人说道："咱们过去看一下吧！"

他二人便朝乔锦月的方向走去，乔锦月见有人前来，心中便燃起了一丝希望，声音便也更大了："救命啊，快救救我！"

"是谁在那里？"

话音刚落，二人均已看清楚了对方的面孔，双方皆是吃了一惊。

- 叁 -

"顾安笙！""乔锦月！"二人几乎同时将对方的名字呼出口。殊不知，那两个人影就是昔日文周社的顾安笙与他的搭档林宏宇。

林宏宇也瞧见了乔锦月，看清楚了她的面孔，便惊异道："你是乔姑娘？你怎么会在这里？"

乔锦月慌乱之中无法作答。顾安笙瞧见乔锦月惶恐的神情和凌乱的发丝，再加上后面三个男人，便已明了，这乔锦月的的确确是被劫持了。眼下无须多言，救人最重要。顾安笙上前一步，厉声道："你们放开她！"

那进宝啐了一口："呸，又来一个找死的，要想活命的话赶紧滚！"顾安笙回头朝身后的林宏宇使了个眼色，林宏宇点头，当下明晓了顾安笙的意思。他上前两步踢开进宝，林宏宇速度极快，进宝来不及反应，便跌得退后了两步，也松开了乔锦月。顾安笙一把拉过乔锦月，揽在怀中。

这时的乔锦月已然不同于那日在文周社中神采奕奕的乔锦月，顾安笙只见她花容失色，眼角挂着泪痕，凌乱的发丝，衣衫上又沾满灰尘。那样一个骄傲的姑娘，怎么能受得了这样的委屈？"顾安笙……"乔锦月虚弱地叫出了顾安笙的名字，抬起的手悬在半空中一刻，又落了下来。乔锦月憔悴到如此不堪，顾安笙竟也心中一酸。他贴在乔锦月耳边只轻声说了两个字："别怕！"

简短两个字，声音不大，却掷地有声。于乔锦月而言这两个字就是莫大的安慰，她的脸贴在顾安笙的胸口，依稀感受得到他的心跳。这个怀抱好温暖，仿佛包裹住了自己所有的委屈与惶恐。这一刻悬在眼角的眼泪又一次流了下来。

程显威倚靠在那辆轿车上，斜眼瞅着顾安笙，用着阴阳怪气的语调说道："哟，我瞧着这胆子是一个比一个大啊，不打听打听本少爷是谁，就敢来坏本少爷的好事！"

"我管你是谁！"顾安笙却连看都没有看一眼程显威，冷冷道："她一个小姑娘能做什么，你们把她折磨成这个样子于心何忍？"程显威站直身子，整了整西装领口道："只要本少爷高兴，想干什么就干什么。你乖乖把这个娘儿们留下赶紧滚，本少爷就当什么事都没发生过。你要是非跟本少爷作对，哼哼，有你好看的！"

顾安笙不动声色，双眼直直盯着程显威："我管你是什么大少爷，这姑娘我是不会让你伤她分毫的！"乔锦月微微抬起头，看着顾安笙的面孔。黑夜中看不清他的脸，只微微瞧见那一双眼睛中写满了坚定。此刻的他完全不是台上那个轻浮狂傲的少年，这一瞬间，乔锦月觉得顾安笙有着那种从未有过的高大与温暖。

程显威咬牙喊道："招财、进宝！"

"是！"二人得令，向顾安笙走去。一个掰开顾安笙的胳膊，另一个拉扯住乔锦月。顾安笙一个说相声的文弱书生，自然打不过两个地痞流氓，于是被猛烈地推倒在地。

"顾安笙！"乔锦月又一次落入招财的手里，嘶吼地叫着顾安笙的名字。回过头狠狠地瞪着程显威："你们的目标是我，别动顾公子。"

"乔姑娘！"顾安笙站起身，试图再一次从招财手里抢过乔锦月。这一次，他们是有备而来的，没等顾安笙动手，便又一次被推倒在地。程显威施令："把这娘儿们弄上来，咱们换个地方。"

"是！"他二人携着乔锦月上了车，车门一关，小轿车又扬长而去。

"角儿，你没事吧！"林宏宇扶起顾安笙。顾安笙站起身，拍了拍身上的尘土，摇摇头。看着远去的轿车，又是担忧又是叹息道："乔姑娘她，这怎么办啊？"林宏宇叹了口气，摇头道："唉，角儿，咱们已经尽力了。那富家大少爷咱们得罪不起，乔姑娘能否逃过这一劫，只能看天意了。"

"不行！"顾安笙眉头紧锁，"她一个小姑娘怎么能应付得了三个男人，这次我绝不能袖手旁观。"

林宏宇见顾安笙坚持，便只得道："要么咱们回旅馆叫上师兄弟们去救乔姑娘吧！"

顾安笙抓紧林宏宇，叮嘱道："你去，回去叫上师弟们。我先去看看。"说罢，便疾驰而去。

所幸那辆车并没有开走太远，行到七八百米之处就停了下来。顾安笙跟在后面，看到程显威对那两个随从说了几句什么，他们两个便架着乔锦月上了山。顾安笙在后面紧紧跟随他们的脚步，可这荒郊野岭，夜色深深，很难看得清人影，顾安笙跟了几步便不见三人的踪影。十几分钟后，顾安笙在山腰处看见那两个人下了山，却没有见乔锦月的身影，三人进了轿车，便离开了这个地方。

这样一看，那乔锦月铁定是被他们扔在了这苍梧山上。这深山之处常有野兽出没，她一个姑娘难保不会有性命之忧。顾安笙自然是放心不下，既然知道了乔锦月一定在这山上，那踏破铁鞋也要把她救出来。只是夜这么黑，山又这么高，又该到哪里去找乔锦月？

另一边，苏红袖回了湘梦园，将整件事情的经过告诉了陈颂娴与班主。已过多时，那程显威早已不知去向，一行人没有头绪，不知要到哪里去找乔锦月。

"红袖，你确定小七是在这里被带走的吗？"

"是的，就是在这儿。都怪我不好，我不应该让小师妹自己一个人走。"苏红袖自责不已，言语间都带着哽咽。

乔咏晖严肃道："现在不是你自责的时候，关键是我们要尽快找到月儿，确保月儿没有危险。要真没有头绪，我们就直接去程府要人，为了月儿也顾不了那么多了。"

这时见一辆轿车驶来，苏红袖望去，竟发现那车分外眼熟。不是旁人，正是程显威的车。苏红袖忙道："师父、班主，那个是程显威的车。"

乔咏晖问道:"你确定吗?"

苏红袖点头:"我记得没错,那辆车绝对是程显威的!"

陈颂娴急忙道:"快走,跟上去,先别被他们发现。"

一行人朝轿车驶去的方向赶去,为了避免被发现,一行人躲在了墙角。角落里,瞧见程显威从驾驶室的位置走出来,随后,那两个随从从后车门走了出来。只听得其中一人说道:"哎,招财,你说咱们把那丫头扔在那个地方,她能不能挨过今晚?"

另一人说道:"挨得过今晚也挨不过明天,那苍梧山上荒无人烟,那丫头就算不被野兽吃了,也得饿死在那深山上。"

程显威冷哼一声:"哼,跟本少爷作对能落得什么好下场。算了,别提那晦气的娘儿们了。都是那娘儿们,连累本少爷到现在还没吃饭。赶紧进去吃一顿好的吧!"话毕,三人便进了饭庄。

"苍梧山,是那个苍梧山!"苏红袖听清了他们的对话,"班主、师父,他们把小七扔在苍梧山上了。"

乔咏晖点点头道:"幸好被咱们遇到了,他们没对月儿动手。咱们赶紧去救月儿,晚了就危险了!"

"是!"

此时,苍梧山上的乔锦月被绑住了双手扔在一片荒草丛生之处,此时此刻,乔锦月已经被折磨得筋疲力尽,嗓子也喊哑了。

绝望之余,抬头看见那一轮圆月当空,月光映在脸上,那双忧伤的眼睛里噙满了泪水。这是自己生平受过最大的委屈。

乔锦月天资聪颖,在学戏上总是强于他人。又因为年龄最小,自幼便得长辈宠爱。梨园子弟都是要挨打的,可偏偏乔锦月是个例外,念、唱、做、打,一学就会,因此没怎么受过批评。哪怕是淘气惹祸,师父和父亲也只是骂几句而已,更别提挨打。这一次,竟无端被几个男人打,乔锦月如何能受得了这种委屈?

近日陆陆续续的演出结束，如果自己没有被捕，想必此时应该正和家人们一起吃庆功宴吧！可如今自己流落在这荒郊野岭，家人们又该是怎样的焦急？想到这里，那含在眼眶里的泪水终于溢了出来。

"嗷呜！"思绪被这突如其来的叫声打断，乔锦月猛然回头，只见一匹野狼朝自己奔来。自己被绑住了双手，腿又被踢伤，无论如何都是逃不了的。乔锦月只能勉强站起来，跌跌撞撞朝前方跑了几步。事已至此，能逃得了一时便是一时，若是逃脱不了，那就是命数了。

双脚灌铅般地走了几步，乔锦月不知自己踩到了什么东西，脚底一空便掉了下去。掉下后方才知道自己掉进的是猎人捕获猎物时挖下的洞，这洞口足足有五米多深。那匹野狼发现走到了洞口边，却无法进入洞中，只在洞口徘徊了数步便离开了。乔锦月重重地摔在洞底，又冷又疲惫，霎时间，便晕厥了过去。

另一边，顾安笙仍然在寻找乔锦月。这荒山无路，顾安笙的每一步都走得十分艰难。

"乔锦月！乔锦月！"每一声带着期盼的呼唤，却换不得半点回应。终于在千难万险之中，顾安笙的脚步慢慢靠近乔锦月所在的地洞。

意蒙胧间，乔锦月恍惚听见有人在喊自己的名字。顾安笙，没错，这是顾安笙的声音！乔锦月苏醒了过来，用尽全力叫道："我在这里，顾安笙，我在这里啊！"

"乔姑娘！"顾安笙终于得到了回应，他顺着声音走向地洞，在黑暗的洞口中，瞧见了虚弱不堪的乔锦月。"乔姑娘，你怎么在这里？"

"顾公子，我……我……"乔锦月一句话未说出口，便已喘息不止。顾安笙见状更是着急："你等着，我马上救你出来！"

乔锦月的牙齿开始打战，挣扎了半响，只吐露出三个字："小心啊！"荒山的黑夜里，没有任何援助。乔锦月又虚弱得不能自理，顾安笙想不到什么立刻救乔锦月出来的方法，索性心一横，直言道："你等着，我下去救你！"

"你别……"乔锦月话未说出口,顾安笙便已跳入洞中。黑暗中,乔锦月蒙胧的双眼依稀又看到了顾安笙那熟悉的身影,便再次晕厥了过去。

"乔姑娘!"顾安笙见那个活泼跳脱的乔锦月被折磨成这个样子,心中的怒火一下子便燃了起来:"这些恶霸,真是要生生害死一个好好的姑娘啊!"而眼下也不是愤怒的时候,顾安笙急忙解开了绑在乔锦月手上的绳子,只听见乔锦月口中吐出了一个字:"冷!"

"冷……冷的话那这样。"顾安笙也顾不得什么男女之防,一把便把乔锦月揽入怀中,紧紧抱着,用自己的体温为她取暖。不知过了多久,乔锦月渐渐感觉身上有了温度,慢慢苏醒了过来。

"顾公子……"缓缓睁开双眼,乔锦月发现自己竟在顾安笙的怀里,不禁感觉不适。急忙想躲开,奈何地洞太小,刚起身,便又跌入顾安笙的怀里。"小心!"顾安笙用手护住了乔锦月的头。

乔锦月在顾安笙怀里,小心翼翼地抬头,不料想竟对上了顾安笙的视线。双双凝视,却又双双同时移开视线。空气顿时凝结,二人都不知该如何开口。沉默了片刻,顾安笙先开口道:"怎么样,你觉得好些了吗?"乔锦月轻轻点头道:"这会儿感觉好多了,谢谢你,顾公子。"

狭窄又漆黑的地洞,二人只能凭借微弱的月光才能看得到对方的脸。乔锦月仰面,只见那地洞高有数尺,凭他们二人之力,是无法立即回到地面上的。乔锦月深深叹息了一声道:"顾公子何必跳下来救我呢,眼下我们都陷入这地洞中,恐怕现在都没办法出去了。"

顾安笙毅然决然地摇了摇头:"不,你陷入这地洞中,我没有办法立刻救你出来。如果我不下来,恐怕你就要被冻死在这地洞之中了。现在你缓过来了就好,你也别担心,我们总会有办法出去的。你这个样子,我还能顾及上什么别的吗?"

顾安笙这一番言语仿佛触到了乔锦月心中最柔软的地方。顾安笙,我乔锦月何德何能得你以身犯险来相救?乔锦月回想起自己那次在文周社与顾安笙针锋相对,而顾安笙却丝毫不计前嫌舍身相救,比起顾安笙,自己太狭隘了。

脑海中思绪回荡，乔锦月低下头来自责不已："唉，像我这样刁蛮任性，胡搅蛮缠的丫头，上次出言伤害到了你，你今天为什么还要以身犯险来救我？"

顾安笙笑了笑，轻轻拍了拍乔锦月的肩膀，安慰道："别说这些了，我知道你是个坦诚直率的好姑娘，况且那日我也有错。今日恰巧遇上你有危险，我又岂能袖手旁观，坐视不理，哪有这样的道理？"

乔锦月抬起头来，看着顾安笙。这一刻的顾安笙好温情，温情得让自己想要沦陷。或许是一切都怪自己太肤浅，没有看清这个人的本质。顾安笙，他人很好，他真的很好很好。是自己当初误会太深，他真的不是自己以为的那种人。乔锦月深深叹息："顾公子，你是个善良的好人。是我对你误会太深，你还能原谅我吗？"

顾安笙笑着摇了摇头："说什么原谅不原谅的，我根本就没有怪过你。"顾安笙朝洞口处望了望，沉思了片刻道："现在天这么黑，我们终归是什么也看不清。只能在这将就一晚了，明早天亮了再想办法出去。"

乔锦月也没有什么其他的办法，只能点头赞成。又似乎想到了什么，问道："不过话说回来，你为什么会出现在这荒郊野岭？"

顾安笙回答道："我们社里最近两三天的演出在这里，可这里离文周社太远，所以我们住在这附近。我们来的时候途经此处便在这儿歇了脚，可我那搭档粗心大意，竟把我们的行囊落在此处，那行囊里有好多重要的东西，我们不得不深夜回来取。哪知我们取完行囊后，竟遇见了你被人劫持。"

乔锦月低下头，自责道："这样的话，你们明天就有演出吧，唉，都是因为我，害的你也陷入这孤立无援的境地。耽误了明天的演出，怕是会有不小的损失吧。"

顾安笙温声道："这倒没事，你不必自责，就算我不在师弟们也会替我补上。谁又说我们明天一定出不去呢，我临别前已经让我的搭档带人过来找你了，也许他们很快就能找到我们，到时候我们就能出去了。"

乔锦月的身子微微动了一下，扯住顾安笙的袖口道："你们又何必为了我一个人如此大费周折呢？"

顾安笙摇了摇头，安慰道："只是举手之劳，哪有大费周折，师父们不是也和我们说过，咱们湘梦园、文周社是一家吗，既然是一家人那就铁定是要救的。"

真的只是举手之劳？举手之劳却要害你舍身跃入这险境，与我共受这艰苦，你要我心里如何过意得去？乔锦月再洒脱直率也不是不懂是非之人，顾安笙的以德报怨此时此刻真的让她无地自容。凝神中，有冷风灌入洞穴，乔锦月不禁打了个寒战。见状，顾安笙温声问道："又冷了吗？"乔锦月点点头，却又摇了摇头，没有说话。顾安笙便脱下自己的皮衣，披在乔锦月的肩上，乔锦月急忙制止："不，顾公子你不必……"

"听话，快穿上。"顾安笙按住乔锦月的手，"你这个样子，会受风寒的。你不必担心我，我是男儿身，身体总比你强。"顾安笙坚持，乔锦月也没有再推却，只得披上顾安笙那件皮衣。刹那间，似乎已经不再有寒意，许是温暖的不仅是身体，更是心中添上的那一抹温存。

顾安笙问道："你呢，你又为何会落入那几个小混混的手中？"

"唉，也都是我太任性了！"乔锦月说道，"今天是我们最后一天演出，结束了我心里高兴，想和师姐去集市上逛逛。回来的路上我才想起项链落在了江南布庄，我为方便抄了近路，哪知遇见那十恶不赦的程显威。他对我百般羞辱，我岂能从他？于是他就让他的手下把我打伤，带到了这个地方。"

"又是这个程家！"顾安笙握紧右拳，恨恨道："我听师弟们说，几个月前那个程显威就要强娶你们湘梦园的人。你不知道，这个程府和我们文周社结下了不少梁子，他们从来不把我们梨园子弟当人看，不是刁难，就是羞辱。"

乔锦月低下头，黯然神伤："难道我们这些凭本事吃饭的人就活该受他们欺负吗？这个世道从来就是不公正的，我们这些寻常百姓无能为力。"

顾安笙点点头，神色也凝重了起来："这个世道就是这个样子的，谁有钱有势就谁说了算。像咱们这样的人，只能自己保护好自己，才能免遭恶人之手。"言语之间，顾安笙无意碰到了乔锦月的胳膊。乔锦月只觉得突然一痛，下意识地便叫了出来。

"怎么了？"顾安笙撸起乔锦月的袖子，只见乔锦月的胳膊淤青一片，见这如花似玉的小姑娘被伤成这样，不由得一阵心疼："这是他们掐的？"乔锦月点点头。顾安笙愤恨道："下这么重的手，竟对一个小姑娘下这么重的手，好狠的心……"

顾安笙的这句话，竟引得乔锦月哭了出来，乔锦月泪水潸然而下："他们欺负我，他们好狠的心。他们掐伤了我的胳膊又踢伤了我的腿。我从小到大父亲和师父从来就没有打过我，他们却对我下这么狠的手。"

见乔锦月哭得委屈，顾安笙心里也不是滋味，他拍了拍乔锦月的肩，柔声安慰道："没事了啊，别哭。"顾安笙转移了话题："你说你父亲和师父都没打过你，那他们对你真的是很宠爱，梨园子弟哪有从来都没挨过打的呢？"乔锦月擦了擦脸，点头道："我从小学得就快，我又是年龄最小的，师父和父亲都宠我，所以不会打我。"顾安笙轻声道："那你可比我幸运，我没有你天资好，从小学艺可没少吃苦。"

乔锦月抬起头，睁大眼睛问道："胡班主和柳夫人都那么仁慈，他们也会打你吗？"

顾安笙款款说道："师父和师娘对我是真疼，但也是真严格。大师兄早夭，我便是师父最大的弟子。从小便被师父寄予厚望。"

"每天都要练基本功，我那时候淘气不爱学，师父便会打我，每天都要给师父唱十几段太平歌词，背十几篇贯口。音不准一个巴掌，背错一个字又一个巴掌。从小到大这些年，都是这么过来的。"

原以为只凭一张嘴扯东扯西就能混饭吃的相声演员，原来也要受这么多苦。是自己目光太短浅，竟对人家吃过的苦作取笑。

- 肆 -

乔锦月哑然,对顾安笙的经历感慨万千,情不自禁地抓住了顾安笙的袖口,凝重道:"顾公子,我原本以为你们说相声的只凭一张嘴,上台能说话就行,不需要下功夫就能有无数看客,没想到你这条路,走得比我还艰辛,你竟吃了这么多的苦!"

顾安笙云淡风轻地笑了笑,继续说道:"你天资本就比别人好,又是自幼跟着你父亲和师父两位津城名角儿,我想有他们带你,你自幼成角儿不是问题。可我就没这么幸运了,小时候师父没有几个弟子,对我们管得严。"

"后来师父的弟子多了,师父便也没时间再管我们了,演出的时候师父不会跟着。前些年,压根就没有多少人请我们去演出,文周社剧场的看客也没有几个点我们的相声。票卖不出去就无事可做,甚至还会给师父添烦恼。"

"这些年我一直努力地练基本功,后来终于有一天我有了些名气,渐渐地,知道我的人也多了。后来喜欢听我相声的人越来越多,不知道什么时候竟变得一票难求,面对突然的红火我也很意外。到如今我终于成了津城一个小角儿了,日子比从前好过了不少。我也看过报纸上的新闻,有很多人说顾安笙一夜成名,但他们并不知道,我成名之前经历了什么。"

乔锦月细细听顾安笙叙述自己这一番经历,心中五味杂陈,说不清是惊讶,是同情,抑或是难过。自己是凭借种种优越的条件成了名角儿,而顾安笙这条路却走得远比自己艰难,自己当时的想法竟然……

千般思绪难以言说,乔锦月只说了一句话:"背后的艰辛只有自己知道,他们说你一夜成名,也只是在那一夜知道了你。"

顾安笙继续道:"自打我在这津城有了少许名气以来,各个报刊社言论不断。也有人说,顾安笙只不过是凭一张俊俏的脸吸引了津城的名门少女,顾安笙红得莫名其妙,顾安笙相声水平实在一般。其实这些我都知道,我也不予理会,只要自己做好自己该做的事,对自己问心无愧就好。"他活得通透洒脱,面对流言蜚语从来不在乎,只专心做好自己的事。那一份认真,那一份执着,难道不是自己一直追求的吗?明明都是相同的人,而自己却和那些讨厌的记者一样,曾那样想过他。想到此处,乔锦月不禁汗颜。

乔锦月垂下眼道:"在这人际关系复杂的津城,做自己想做的事,不受外界评判的影响,一直都是我这些年来追求的。直到现在,我才明白,原来我们都是一样的人。而我却和我最讨厌的那些捕风捉影的记者一样误会你,以为你是那样的人。现在看来真是我目光太短浅,根本没有看到你的本质。或许以后,我真该像师父说的一样,学会多听少说多观察,方能看得到事情的本来面目。"

瞧见乔锦月那一副自责不已的可爱模样,顾安笙情不自禁地笑了出来,道:"你师父说得没错,不过还有一点你更需要改正。"顾安笙没有继续说下去,却引得乔锦月的好奇,她抬起头问道:"是什么?"

顾安笙顿了顿道:"你天真烂漫,心思纯净,是个好姑娘。但你不该对任何人任何事都没有戒备,不是所有人都和你一样是个好人,就好比那程显威。你万万不该离开你师姐,一个人在那么晚的时候去了人烟稀少的地方,不然你哪会遭这个罪?"

顾安笙的这番言论乔锦月也深深认同,便点点头道:"你说得没错,我确实不应该对任何人任何事没有戒备,程显威自然也不是好人。不过你再想,那程府上次欺压我湘梦园不成,始终怀恨在心,今天遇到我了,所以报复在我身上。报复完我,他们也就罢手了。如果没有今天的事,他们一定不会善罢甘休,说不定什么时候又会找上湘梦园报复其他人。我虽然看不惯他们欺负百姓,为非作歹,虽然我也想要让他们自食恶果,但这个世道的不公正我们都知道。我们终究没有办法对付他们，这也是个事实。如果再来一次，我还是会选择遇见他们，这样一来，他们报复完我，便不会再对湘梦园动手了。至少这样，湘梦园其他人都是安全的。"

这娇小的女子说出这样一番言语，顾安笙着实震惊，震惊之余，更多的是心疼。这个柔弱的女子，竟想用自己的安危换取他人的平安。

顾安笙看着乔锦月，目光如炬："你总替别人着想，可曾顾虑过你自己？"

乔锦月微微一笑道："是师父、师姐她们自幼照顾我到现在，她们为了我付出了那么多，她们又顾虑过她们自己吗？我只要她们好，哪怕用我的命换，只要她们安好，我就没有别的顾虑了。"

顾安笙对眼前这个女子又是佩服，又是心疼："她们对你好你是要予以回报没错，可你总该为自己想想啊！"

乔锦月眨了眨眼，却转过身反问顾安笙："如果文周社出了同样的事，你一定会比我还奋不顾身吧！"这一问，却问的顾安笙哑口无言。他自然不必多说，他也一定会。最终他只看着乔锦月那柔弱而又坚定的面孔，道了句："你总是为别人着想，换作我，我也会。也许我们本就是一样的人，只是我们都不了解彼此。"

夜色渐深，不知过了多久，乔锦月已经靠在顾安笙的肩上沉沉睡去。那一刻仿佛是从未有过的寂静与安宁，如同褪去了世间所有的浮华，只留下这两个孤单的人，相互依偎静静守候在原地。但他们不知道，另一边寻人未果又是怎样的焦急难安。

文周社与湘梦园的人都到苍梧山找来了。胡仲怀带着一行人在山中，正撞见了苏红袖一行人。"苏姑娘！"胡仲怀惊喜道："苏姑娘，你怎么也在这里？"苏红袖一心念着师妹，也无心其他，便只答道："我师妹被程府的人扔到这里，现在我们怎么都找不到她。"

陈颂娴见这一行人也在此处，略感惊奇，便问道："怎么胡公子你们也在这深山之中？"

胡仲怀道："那寻的便是乔姑娘了。师兄叫我们来这里救人，结果我们寻到这里却找不到师兄的踪影。师兄救的人原来就是乔姑娘，只是我们都找不到人影。"苏红袖神色匆忙："事情的缘由等找到人后再说，现在我们最要紧的是找到他们。"

"对，我们快些去吧。"

晨光熹微，一缕阳光映入洞中。几滴露水落在顾安笙的脸上，顾安笙从沉睡中醒来，只见乔锦月依旧靠在自己的肩头沉睡着，活泼的姑娘安静下来，那模样着实可爱。

"乔姑娘，醒一醒。"顾安笙轻轻摇醒了靠在自己肩上的乔锦月。

"嗯……"乔锦月迷迷糊糊地从睡梦中醒来，揉了揉眼睛："这是什么时候啊？"一抬头瞧见了射入洞中的阳光，便道："天已经亮了啊！"

"是啊！"顾安笙点点头，"我们在这里足足待了一夜。"乔锦月想到这一晚竟一直与顾安笙待在一起，不禁红了脸。生平无数次与师兄们一起唱戏，但和一个男子如此近距离地接触这么长时间，乔锦月还是第一次。但顾安笙是为了救自己才陷入这洞中，与他共处一夜也是无奈之举。更何况顾安笙的的确确是个正人君子，绝对不会对自己产生什么非分之想。

"我们想想办法看怎么出去吧！"这时乔锦月瞧见了洞里有好多块砖头，灵机一动，心中生出了主意，便道："你瞧这些砖头，我们搬过来，搭一个石梯，是不是就可以出去了？"顾安笙思考片刻，点头赞成道："嗯，这不失为一个好办法，还是你聪明。"

顾安笙的这一句夸奖，使乔锦月心花怒放，言语间更添了一些活力："还等什么哪，快行动吧！"说着乔锦月就已经动起手来，兴奋之余，那砖头却剐在了手上，留下一道血痕。"啊！"砖头顺势从乔锦月的手中脱落，乔锦月不禁发出一声短暂的惊呼。

"怎么回事？"顾安笙急忙过去，拉住乔锦月的手仔细地看了看："都擦出血了，你说你毛毛躁躁的怎么这么不小心呢？"乔锦月被顾安笙这突如其来的关心弄得有些脸红，抽出自己的手道："一点小伤，没事的，我们继续搬吧！"

"你呀你，就老实待在这吧！"顾安笙无奈地笑了笑，"你这腿上还有伤，行动不便，这些活就交给我吧！"

"哎，可是……"顾安笙没等乔锦月说完，就已经搬了起来。乔锦月目光灼灼地看着顾安笙，这一刻仿佛时间静止了一样，这一份平淡的关心和守护，于自己而言就是毕生最难忘的刻骨铭心的时刻。

"都搬完了，有这样一个石梯，估计我们上去就不成问题了。"

乔锦月依旧在呆呆出神，没有作出回应。顾安笙纳闷，疑问道："哎，你在想什么呢？"

"嗯？"思绪被拉回，乔锦月一眼便望到了顾安笙那沾染了石灰的手和沾满了灰尘的长褂，情不自禁地笑了出来。

顾安笙从头到脚打量了一下自己，觉得并无不妥，不明白乔锦月为何发笑，便朝乔锦月问道："你笑什么呀？"

乔锦月笑道："没想到文文弱弱的相声名角儿顾安笙，干起重活来也有一手呢！"

顾安笙被乔锦月说得有些难为情，不由自主地摸了下后脖颈道："别贫嘴了，快趁早出去吧！"

乔锦月嘻嘻一笑，走到石梯旁，向上望去，却瞧见那石梯距洞口差不多有一米多的距离，要想上去并非一件易事。便道："这石梯距洞口还是有些远，而我们也没有再多的砖头了，恐怕上去也不是一件简单的事。"

顾安笙抬眼望去，想了一想道："我先上去试一试，我个子比你高，上去能比你容易一些。等我上去了，再拉你一把。"

乔锦月点头道："好！"

- 伍 -

顾安笙顺着那不够高的石梯向上爬，毕竟自己也是一个文弱的角儿，对于攀爬这种体力活儿，难免会有些吃力。最终在数次的尝试下，顾安笙成功回到了地面上。

"乔姑娘！"顾安笙朝洞中的乔锦月喊道，"能听见我说话吗？"

"我听得见！""你先到石梯的最上层，我再拉你上来！"

"好！"乔锦月听了顾安笙的话，顺势爬到了石梯的最上层。

"把手给我！""好！"

可就在乔锦月伸出手的那一刻，那不结实的石梯竟轰然倒塌，只留乔锦月一个人悬在半空中。"啊！"乔锦月惊呼道，"怎么办，石梯塌了！"

"没事！"顾安笙紧握着乔锦月的手，吃力地说道，"千万别放手，我马上，马上就能拉你出来！"顾安笙紧紧抓着乔锦月的手，一步步向后退，乔锦月吃痛，却也没发出声来。"坚持一下，马上就可以了！"

"啊，好……好！"

顾安笙最终将乔锦月硬生生地拉回了地面上，而此时二人都已费尽了全身的力气。乔锦月踏上地面的第一脚没站稳，竟直接朝顾安笙扑了过去。顾安笙也毫无防备，被乔锦月扑倒在了地上。

"小七，前面那个好像是小七！"

"是乔姑娘，还有我师兄。"

乔锦月听到不远处熟悉的声音，勉强回头，瞧见了那几个人影，惊喜道："师父，师姐，爹！"她想起身，奈何腿上有伤，挣扎了几下没起来，整个人依旧落在顾安笙的臂弯之中。

"小七，你这样像什么话，快起来！"大师兄沈岸辞将乔锦月扶起来，面色稍稍有些不悦。乔锦月站起身，腿脚依然有些跛。

沈岸辞见状问道："你受伤了？还有你怎么和一个陌生男子在一起，像什么样子。"乔锦月一边拍打身上沾染的灰尘一边道："还不是那个万恶的程家。不过还好幸得顾公子相救，不然这一晚上我就冻死在这地洞里了。"

"一晚上？"沈岸辞瞪大了眼，紧张道，"所以你一整个晚上都和他待在一起，那你们……"

"兄台莫要误会。"顾安笙刚刚被胡仲怀扶起身，听到沈岸辞这么说急忙道，"昨日在下偶然在苍梧山脚下遇见乔姑娘被劫持，便上山寻找。在下在这地洞中发现了乔姑娘，当时夜色已深，这里又清冷无比，在下也没有什么立时救乔姑娘出来的办法，只能自己进入地洞中为乔姑娘取暖，不然怕乔姑娘会出现什么危险。"

沈岸辞还想说些什么，却被乔咏晖拦住了。乔咏晖对着顾安笙道："想必这位就是文周社的顾公子，今日小女多亏有顾公子相救。老夫在此谢过顾公子。"顾安笙鞠了一礼道："在下尽自己所能救乔姑娘，乔老板客气了。"

乔锦月走到乔咏晖身边，撒娇似的叫道："爹，女儿以为见不到你了呢！"

"你个死丫头！"乔咏晖正了正面色，作势要打乔锦月，"要是没有这小顾公子救你，你还有命出来吗？让你胡作非为，这回知道教训了吧。下回你还敢乱跑！"

"啊，别打我！"乔锦月知道父亲只是吓唬自己，嬉笑着作势躲回师父、师姐身边："师父、师姐救我，爹要打我！"

陈颂娴替乔锦月捋了捋鬓发，微笑中也带着几分心疼："傻丫头，平安就好。还好只是受了点轻伤，回去好好将养几天吧。你爹说得对，知道贪玩的危险了吧？以后可不许肆意妄为了。"

苏红袖见乔锦月平安归来，松了一大口气，却也红了眼眶，她上前一步抱住乔锦月："小七，是师姐的错，师姐不应该让你那么晚了一个人走。没事就好，没事就好，以后师姐一定会照顾好你，不会再让你出任何意外了。"

乔锦月拍着苏红袖的肩，轻声安慰道："没事的师姐，不怪你，是我贪玩惹的祸。小七答应师姐，以后再也不会出任何意外了，永远陪在师姐身边，师姐你看好不好？"

苏红袖笑了，戳了一下乔锦月的脸蛋："小丫头就会花言巧语！"

乔锦月退后一步，对着身前湘梦园的众人道："爹、师父、师兄、师姐。锦月胡闹让你们担心了，以后锦月一定会听话，不会再给你们添麻烦。"

乔咏晖也松了一口气，点点头道："你不知道你失踪那会儿我们有多担心，罢了，你知道错了就好。现在没事了，你回去歇几天再演出吧！"

顾安笙瞧见一切已恢复寻常便道："既然乔姑娘已经没事了，在下便告辞了。乔姑娘腿上有伤，回去定要好好歇息，我们改日再会。"

"顾公子！"

"嗯？"乔锦月猝不及防地叫住顾安笙，一时间却不知道该说些什么才好。一晚的相处，此时此刻竟生出了不舍之情。

沈岸辞瞧出了乔锦月的神情，心中有些不悦，上前一步对顾安笙拱了拱手道："小师妹幸得公子相救，在下不明原因，言语唐突了公子，请公子见谅。在下会照顾好小师妹的，公子不必挂心。"

顾安笙轻轻点头微笑道："无妨，在下知道沈公子是担心师妹。"

乔锦月只呆呆地说了一句:"小女子多亏公子相救,只是公子不打算随我们回湘梦园坐坐吗?"

"不必了。"顾安笙微笑道,"在下今天下午还有一场演出,回旅馆整理一下,就要准备去了,也不便多作耽搁。"

"等一下!"乔锦月又一次叫住了顾安笙,脱下了身上的皮衣,"你的这件衣服……"

顾安笙伸出手来制止住乔锦月:"衣服你先穿着吧,这秋日风高,怕你着了风寒。"

沈岸辞却沉着脸道:"这天气不至于寒冷到如此,顾公子的好意我们心领了,这衣服你还是拿回去吧。"

"哎呀,师兄!"乔锦月眼珠转了转,叫住沈岸辞,"师兄,顾公子这件衣服我都给弄脏了,回去洗好了才能还给顾公子呀,不然这也太失礼了。"乔锦月原本是想将皮衣交还于顾安笙,顾安笙拒绝反倒提醒了乔锦月。留下这一个念想,至少以后还会有再见面的机会。

沈岸辞微微语塞,只好挥了挥衣袖:"这……随你吧!"

"嗯!"

顾安笙朝湘梦园众人拱了拱手:"在下今日便先告辞了,各位后会有期。"

乔咏晖回礼道:"既然小顾公子有事,那便不强留你了。他日必将登门致谢,后会有期!"

"后会有期。"

一行人在苍梧山脚下别过,乔锦月望见顾安笙的身影越来越远,心中说不出的滋味,许是不舍,又许是留恋,却也不知再见又是何时。

苍梧山一别之后,又是一个月过去了。

第三章

良辰美景奈何天

- 壹 -

乔锦月伤势渐渐痊愈,休息这几日也没有什么演出。顾安笙的那件皮衣还在自己这里,便总想着借还衣服的机会再去见顾安笙一面。

这天父亲和师父都不在园子里,乔锦月一个人来到了没有人在的正厅。想了又想,终于拨通了文周社那边的电话。"嘀……"电话那边接通了。"喂,胡先生……"乔锦月小心翼翼地说,"我是乔锦月,我想问……"

"我是胡仲怀。"电话那边传来了一个年轻的男声。

"哎,小胡公子呀!"乔锦月松了一口气并问道,"你父亲今儿不在吗,怎么是你接的电话?"

"我父亲出去演出了,这几天都不在。"

"那……"乔锦月迟疑了一下,又问道,"那……那你师兄今儿在吗?"只听得电话那边传来了调笑声:"师兄?我师兄多了去了,你说的是哪一个师兄啊?"

"哼,少贫嘴!"乔锦月被激得拍了下桌子,"你知道我说的是谁!"

"哈哈哈!"胡仲怀笑道,"我就知道你惦记着我师兄,今天下午师兄在小剧场还有一场演出,恐怕今儿是没时间了。不过明儿可以啊,明儿师兄一天都没有演出,你要来的话,明天早点来,我师兄一定在。"

乔锦月闻言,内心颇为激动,忙说道:"好啊,好啊,明儿我一定准时到。"话音刚落,乔锦月似乎意识到了不对,忙又说道:"欸?不对,我还没说我干吗呢,你怎么知道我要去。"

"你不用说我就知道,我师兄啊,也惦念着你呢。好啦,我还有事呢,这就说好了,明儿上午你早些来。就这样,我挂了啊!"

"哎哎哎……"乔锦月的话还没说完,胡仲怀就已经挂了电话。

乔锦月心想:这个胡仲怀也真是能胡闹,不过明天就能见到顾安笙了,管他别的什么呢。

胡仲怀挂了电话,只身走到顾安笙的屋门前,轻声叩门道:"师兄!"屋内传来顾安笙的声音:"门没锁你进来吧!"胡仲怀推开门进了屋:"师兄,你在做什么呢?"顾安笙道:"也没什么可做的,看看下午那场相声的稿子。你来有什么事吗?"

这时,胡仲怀瞥见顾安笙桌子上有一条月亮形状的项链,心中好奇,走过去拿起来看了看:"咦?师兄,你这里怎么会有女人的东西,又是你的哪个女看客送的?"顾安笙却紧张了起来,忙伸手制止道:"别动,放在那里,这可不是我的。"

"嗯?"胡仲怀眯起眼,调侃道,"师兄,这不会是你要送给哪个姑娘的吧!哎哟哟,我一向不解风情的师兄这是看上哪家的姑娘了啊?"顾安笙见胡仲怀没放下项链,只好走过去制止:"别胡说,快给我。"

"不给不给！"胡仲怀绕了一圈躲开了顾安笙，"你不说这是要送给谁的，我就不给你！"

"真拿你没办法！"顾安笙无奈，只得道，"这条项链不是谁送给我的，也不是我要送给谁的。是乔姑娘的！"

"哈哈！"胡仲怀笑道，"我就知道是她，老实交代，你们那一晚到底发生了什么？"

"哎呀！"顾安笙无奈摇头，解释道，"乔姑娘被劫持的事你都知道就不用我多说了。乔姑娘说她的项链落在江南布庄，是在回去取的路上被劫持的。前几天我去演出的时候恰巧经过江南布庄，料想乔姑娘腿上的伤还没有好，也走不了太远。我就进去帮她取回来了，心想什么时候再见到她时，交还于她。"

"啧啧啧！"胡仲怀感叹道，"你对乔姑娘真是用情至深啊！"

"行了行了。"顾安笙对胡仲怀这一番调侃颇感无奈，上前了两步道，"你快把项链还给我！"

"哟，那么紧张干吗？"胡仲怀又绕了一圈道，"你不知道乔姑娘也……"胡仲怀话音未落，那项链却被甩在了床头桌上，镶玉的月亮项链竟碎了一个角。顾安笙见状叹了口气，皱眉，正声道："你说你胡闹什么，这下好了，摔坏了项链，怎么跟乔姑娘交代！"

胡仲怀自知惹了祸，背过手去，低下头，小声道："我也没想到这玉质的项链这么不经摔啊，师兄，我错了，要不我再赔给乔姑娘一条项链吧。"

顾安笙瞥了胡仲怀一眼："这都是独一无二的，你上哪去赔给她一条一模一样的？"胡仲怀也知道自己赔不了，正低头泄气。哪知他突然灵机一动，心生一妙计："欸，师兄，我想到了一个妙计，这月亮项链只是碎了一个角也不是摔得面目全非，不如在这个位置镶嵌一颗玉石。你想就这一个月亮在这里多单调，不如添一颗玉石，倒是会增添一丝色彩！"

顾安笙思考片刻，觉得胡仲怀说的不无道理。于是打开床头桌的抽屉，从中取出一个小盒子，又从盒子里取出一颗蓝色的宝石。

他说道："你这个想法也并无不可，你看这颗蓝宝石怎么样，一会儿我便去走一趟，给这月亮项链镶嵌上这颗蓝宝石，希望乔姑娘不会介意吧！"

"哎呀呀，师兄呀！"胡仲怀惊讶道，"这颗蓝宝石可是去年咱们在北平城演出时，前朝老臣赏赐给你的。这可是你这些年来收到过最贵重的赏赐了，你一直都好好珍藏着从不拿出来。今天你竟然想把这颗宝石送给乔姑娘，我的师兄啊，你可想清楚了？"

顾安笙点头道："身外之物而已，也没什么可舍不得的。"

"是吗？"胡仲怀笑道，"是你真的不在乎，还是你对乔姑娘舍得啊，你是不是瞧上人家姑娘了？"

"闭嘴！"顾安笙拿扇子敲了下胡仲怀的头，"都是你惹出来的事！"胡仲怀捂着脑袋哀叫道："师兄你怎么对师弟这么狠呢！不过我可和你说啊，得快些把这颗蓝宝石镶嵌上，因为啊，明天乔姑娘就来见你了！"

顾安笙疑问道："乔姑娘明天来见我，谁和你说的？"

胡仲怀笑嘻嘻地说道："她刚刚从湘梦园打来了电话，说想来还你的衣服。我告诉她你今天下午有演出，让她明天来，就这么说好了。"

"你这，谁让你给我做主的……唉，真拿你没办法。"

顾安笙白了胡仲怀一眼："唉，罢了罢了，那我快些去吧，争取在明天乔姑娘来之前取回来。"

胡仲怀说道："师兄我替你去吧，你在这好好准备下午的演出吧！"

顾安笙忙伸出手制止："你就算了吧，毛毛躁躁的我可放心不下，你在社里好好待着吧，我自己去！"

胡仲怀只得点点头："哦，好吧师兄！"

为了去见顾安笙，这一日乔锦月特意早早便起了身。梳洗打扮之后，雇了一辆车去文周社。乔锦月喜欢淡雅点的衣服，哪怕是去见顾安笙也不愿穿着太华丽，今日依旧穿了一件偏淡紫色的长裙，仔细地点了一个淡雅的妆容。乔锦月也不知道为什么，一路上心里一直像打着小鼓点一样，怦怦地跳个不停。

　　第一次来文周社的时候，觉得路途好遥远，一路上昏昏欲睡。而今天却觉得很快，不到一刻钟便到了文周社。乔锦月轻叩文周社的大门，开门的是胡仲怀。乔锦月见了胡仲怀便微笑着打了个招呼："胡公子，好久不见！"

　　"好久不见呀，乔姑娘！"胡仲怀客套地回了一句，又朝乔锦月身后望了望，见并无其他人。便问道："就你一个人来的吗？"

　　乔锦月点头："是啊，我父亲和师父他们都出门演出了，这几日都不会回来的。"

　　胡仲怀又问道："那你师姐呢，你们平时不都是形影不离的吗？"

　　乔锦月道："师姐也随师父他们去了，本来我也是要去的，奈何我前些日子受了伤，师父便没要我去。"

　　胡仲怀略感失望，淡淡答了句："哦。"

　　乔锦月的眼珠滴溜溜地转了一圈，瞅向胡仲怀，仰着脸说道："我说你怎么那么热情让我来呢，原来你是想见我师姐呀！早知道这样，我就不来了。"

　　"哪有，哪有！"胡仲怀赔着笑脸，"苏姑娘来了在下自然开心，乔姑娘来了在下也一样开心！"

　　乔锦月扭过头来，翘起嘴角道："哼，这还差不多！"

　　胡仲怀忙伸出手做出有请的姿势："还在这等什么呢，快进屋里呀！"

　　"好！"乔锦月随胡仲怀进了正厅，四周却不见顾安笙的身影，乔锦月便问道，"你不是说顾公子今天在这吗，怎么不见顾公子的身影？"

胡仲怀沏了一杯茶放在乔锦月的桌子前："师兄早上有点事，他说你若是来得早就在这儿等他一会，他随后就到。哪，这是师兄嘱咐我特意为你沏的茶。"

乔锦月饮了一口茶，只觉得清香无比，舒适可口。和平时师父、父亲饮的那种略带微苦味道的茶完全不同。于是便深吸了一口气，细细品味这个味道，并问道："这茶的味道确实好，这是什么茶呀？"

胡仲怀道："是红豆薏米茶，师兄说这茶你一定会喜欢。"

乔锦月与顾安笙见面不过两次，他如何得知自己的口味的？乔锦月惊异道："可是我又没说过，顾公子怎么知道我一定会喜欢这个口味的茶呀？"

胡仲怀笑嘻嘻地答道："那我就不知道了，等师兄回来了，你自己去问师兄吧！"他看了一眼怀表，又说道："时间不早了，今儿下午我还有一场演出，我先去找我搭档对对台词儿。你在这等一会吧，师兄应该很快就回来了。"

乔锦月点点头："你去吧，我自己在这等一会就行。"

胡仲怀走后，乔锦月又饮了几口杯中的红豆薏米茶，只觉得香甜可口，自己着实喜欢这口味，顾安笙他又是如何得知，自己喜爱这口味的？

- 贰 -

乔锦月复又瞧见桌子上有两块木板，她不知道这是什么东西。只记得上一次来到文周社，在后台瞧见顾安笙敲着这样两块木板唱着太平歌词。乔锦月玩心大起，拿起这两块木板模仿着当日顾安笙的打法，打了两下。可自己不会打，刚打两下，便夹到了自己的手，那两块木板从自己的手中脱落。

"啊！"乔锦月吃痛地叫了一声。

"小姑娘，这御子板可不是这么打的！"身后传来顾安笙温柔的声音。

"啊，顾公子！"乔锦月忙将掉在地上的御子板捡起来放在桌子上，复又站起身。奈何自己起得太猛，刚起身便头脑眩晕，摇摇欲坠。

"慢些！"顾安笙伸出手，扶住乔锦月。乔锦月稳住了身子，向后退了一步，对自己的莽撞有些不好意思，低头言道："让顾公子看笑话了。"

顾安笙瞧着乔锦月那紧张的样子实在可爱，便笑道："乔姑娘是想学打这御子板吗，不过这御子板可不是你这么个打法，这样很容易伤到手的。"

乔锦月微微抬起头，说道："我记得上次你唱那个太平歌词的时候就是打着这两块木板唱的，哦，你说这叫御子板？我还真不知道，只是觉着无聊想试着打一下。"

顾安笙点点头道："原来是这样，你要是想学，我可以教你啊！"

乔锦月顿时兴奋起来,声音也提高了两度:"好呀好呀!"紧接着又问道:"可是顾公子你这么早到哪里去了?胡公子只说让我在这里等你。"

"噢。"顾安笙将项链递到乔锦月的手上,"乔姑娘,这是你的项链,还给你!"乔锦月接过项链,瞧了瞧,见这项链与自己丢失那条很像,但大有不同,便抬起头说道:"顾公子,这不是我的项链啊。我确实有一条这样的月亮项链,但我的项链上没有这颗蓝宝石呀。"

乔锦月要将项链还给顾安笙,顾安笙却伸出手制止道:"不,这条项链是你的。你那日在地洞中,提起你是去江南布庄取项链时,被程显威他们劫持的。恰巧几日前,我演出经过江南布庄。心想着你腿上的伤还未好,应该不能走远,我就去帮你取了,想着什么时候再见到你便交还于你。可都怪我太粗心大意,竟把你的项链摔碎了一个角。为了弥补我便将这蓝宝石镶在了这月亮之上,还请乔姑娘勿要怪罪在下自作主张!"

"无妨,无妨。"乔锦月仔细看了看手中的项链,中间的蓝宝石闪闪发光,一见便使人心生喜悦,乔锦月笑道,"这一个月亮单单挂在这里的确太过单调,有了这颗蓝宝石相衬,反倒是增添了一丝色彩。这颗蓝宝石大概是价值连城之物吧,我应该感谢顾公子替我取物、赠物之恩,又怎么会怪罪呢?"

顾安笙点点头,温和笑道:"乔姑娘喜欢就好!"

乔锦月摸了摸月亮项链中镶嵌着的蓝宝石,问道:"这颗蓝宝石光滑而有色泽,想必价值不菲,我又怎么能受得起呢?"

顾安笙忙道:"乔姑娘不必介怀这个,只是寻常之物。我是想着你喜欢蓝色,这颗蓝宝石正巧与你相配,便镶嵌在你这项链上了。"

乔锦月微微福了一福身,做鞠躬状:"如此锦月便多谢顾公子了!"

顾安笙伸出手,虚扶了一下乔锦月:"乔姑娘客气了!"

乔锦月的目光回到桌子上那盏红豆薏米茶上,这才又想起来,问道："顾公子，胡公子说这红豆薏米茶是你特意为我而准备的，他说你说我一定会喜欢这口味，你是怎么知道我会喜欢这茶的？"

顾安笙微微一笑："我记得上次宴席的时候，你最喜爱的一道菜便是红豆羹汤。料想这红豆薏米茶也一定合你的口味。况且这红豆薏米茶有润嗓护喉的功效，对于你这种常年唱戏的戏角儿，护好嗓子也是必备功课。你若是喜爱，我便装一些你拿回去细细品尝。"

这一份细心与体贴，又一次撞入乔锦月的心怀。乔锦月轻轻眨了下眼睛，嘴角含笑道："难得顾公子如此细致入微，看来顾公子与锦月是知音。"

"哦，对了。"乔锦月从桌子上拿起纸袋，小心翼翼地从纸袋中拿出顾安笙的皮衣呈给顾安笙，"这是上次你在苍梧山借给我的那件皮衣，衣服我洗好了，便拿来交还与你。"顾安笙接过皮衣，低头看了一眼乔锦月的腿，声音中带着一丝关切问道："乔姑娘你腿上的伤好了吗？"

乔锦月点头道："本来也是小伤，早已经好了。只是我爹爹和师父他们不让我登台演出，也不许我练功，还要让我再修养一段时间。"

顾安笙亦是赞同道："你父亲和师父说得对，你确实该等到痊愈之后才能练功和演出，不然对自己的身体会造成伤害的。一件衣服我也不着急要，你大可不必为了送还一件衣服走这么远到这来的。"

乔锦月低头攥着袖口处的衣衫，口中小声嘟囔道："我又不是为了一件衣服过来的……"

"不是为了一件衣服？"顾安笙扭过头，仔细看着乔锦月问道，"那你是为了什么？"乔锦月被顾安笙盯得心虚，退后一步，躲过顾安笙热切的目光。既然不知道如何回答，索性也便承认了，于是急切地说道："一方面是为了还衣服。另一方面我也是想过来看看你啊，好歹我们也曾共患难过，那我们就是朋友了。朋友之间有所往来，难道不应该吗？"

顾安笙被乔锦月这急切的样子逗笑了，便顺着她的话道："是是是，你说的没错，我们是朋友，有所往来也是应该的。"顾安笙朝窗外看了看，见微风和煦，秋色正好，便道："今天也没什么事，你来了也别白来。我带着你到花园里转转吧！"

"好呀，好呀！"乔锦月当然乐得同意。

旧历已经进入九月，正是金秋时节。日光照耀在湖面上泛起阵阵金波，青石板十三阶，每一阶旁都开着各种颜色的小菊花。乔锦月不禁陶醉于其中，望着湖光秋色道："这小花园中，秋色连波，波上寒烟醉的景象，倒让我想起了《牡丹亭》中的那一出《游园惊梦》！"

顾安笙道："《游园惊梦》，便是那杜丽娘游园伤春而逝，后为柳梦梅而再度复活的故事吗？"

乔锦月目光转向顾安笙，点头道："正是这一出，你也会唱吗？"

顾安笙道："幼时随师父、师娘去戏园子里看过这一出戏，对这一出戏印象极为深刻，也甚是喜爱。"乔锦月望着湖光秋色，继续道："原来是这样。这《牡丹亭》也是我拿手的一出戏，我曾扮过杜丽娘，我喜欢杜丽娘这一角色，为爱而逝，又为爱而生，是个敢爱敢恨，性情刚烈的女子！顾公子你觉得呢？"

顾安笙点头道："嗯。杜丽娘守礼中不缺叛逆，温婉中不失坚强。生于封建世俗人家，却不束缚于封建礼教。这与乔姑娘你倒是极为相似！"

"与我？"乔锦月下意识地指了指自己，思考片刻，答道，"其实那杜丽娘愿为爱死而复生，她不甘于世俗，不甘于礼教，换作是我，我也会一样的。"

"那柳梦梅不顾家人的反对，执意要娶的女子，必然是一个不同于庸脂俗粉的真性情的女子。顾公子，你若是柳梦梅，你可否会看上杜丽娘这样的女子？"顾安笙目光落在天边的斜阳上，轻声答道："我自然同柳梦梅一样，看上的女子绝不会是世俗的庸脂俗粉。"

乔锦月望着秋色连波的小桥流水，一时触景感怀，情不自禁地吟唱道："原来姹紫嫣红开遍，似这般都付与断井颓垣。良辰美景奈何天，赏心乐事谁家院！朝飞暮卷，云霞翠轩；雨丝风片，烟波画船——锦屏人忒看的这韶光贱！"这轻柔娇媚的嗓音，犹如远山空谷中传来的天籁。

"好好好！"顾安笙拍手叫好，"好一个'良辰美景奈何天，赏心乐事谁家院'便道是美人，美景，美事！"

乔锦月一个转身，正巧撞到顾安笙的胸前，一个转身没站稳，险些跌倒。

"小心！"顾安笙急忙扶住乔锦月，低头目光却正巧碰上乔锦月那倾世容颜，四目相对间，不由得激起了心波中的层层涟漪。顾安笙将乔锦月扶稳，目光停留在乔锦月那清秀的眉毛上，口中道："你今日的眉画得不错，犹如远山含黛！"

"有吗？"乔锦月抚摸着自己的眉梢，被这一声夸赞弄得红了脸。

"自然！"顾安笙的答复温柔而又含情。

乔锦月浅浅一笑，转身观赏这良辰美景。湖中倒映着的，仿佛是那梦中游园的佳人与那书生气的才子。

"顾公子，你刚才跟我说，你们唱太平歌词所打击的乐器，就是那两块木板，叫御子板？"

"是啊！"

乔锦月说道："我不了解你们相声这一行当，上次阴差阳错地闯进后台，第一次看你使用御子板。它看起来使用很简单，而实际上用起来，却是真真的复杂啊！"

- 叁 -

顾安笙点点头道:"凡事都没有看起来那么简单,你曾经以为我们相声演员只是凭借红口白牙谈东论西,但你看不到我们从小练基本功需要下多大的功夫。就好比这御子板,你以为打击起来很容易,实际上,当你真正能用起来时,得练到炉火纯青的地步。"

乔锦月眉眼间透露出意味深长:"我曾经以为,你们相声这一行当并不需要下什么功夫,现在才明白,你们吃的苦,比我们还要多。而且我师父和你师父师娘也都说过,相声和戏曲不分家。你们做相声这一行当的,可以学唱戏曲。如果有机会,我也想多了解一下相声。"

顾安笙看向乔锦月,温声道:"你想听相声可以随时到这里来找我,找仲怀也可以的。我们会在剧场给你安排一个好位置,只是……"

顾安笙故意停住不说话,乔锦月抬起头疑问道:"只是什么啊?"

顾安笙嘴角露出一个温和的笑:"只是你别再悄悄跑到后台去偷看,撞到了东西再落荒而逃了!"

"哎呀!"乔锦月被说得难为情,掩面而笑道,"你不要再提这件事了好不好?"

"好啦!"顾安笙拉下乔锦月掩面的手,说道,"同你开玩笑罢了,你要真想听相声,小剧场随时都可以来。你要想学御子板,我也随时可以教你啊!"听到御子板,乔锦月顿时来了兴致:"真的吗?"

顾安笙从衣袋中取出御子板:"当然,你愿意,现在就可以!"

乔锦月兴奋道:"好呀,好呀!"

顾安笙将御子板递到乔锦月手中，说道："来，你先用右手紧握住它，食指间留出一条缝隙……"乔锦月仔细地听着顾安笙的话学起御子板。满园秋色易醉，才子佳人诉情。

不知不觉间，已从上午到了傍晚。这一天乔锦月都与顾安笙待在一起，午膳也是留在文周社与顾安笙一起用的，寻常又美好的一天，乔锦月心旷神怡，满心欢愉，顾安笙亦然。

"师兄，师兄！可找到你了。"一个文周社的弟子从小径跑到花园，寻到了顾安笙和乔锦月。顾安笙紧张地问道："今天没有我的演出，你跑到这里来找我做什么，难道出了什么事？"

"不是不是，师兄你别紧张。"那弟子扶着石头喘着气说道，"是……是胡师兄，他……他说让你过去帮他助演一下，把乔姑娘也带上。"顾安笙凝眉，奇怪问道："若是下午场，这个时候也到了返场的时间了。他叫我去干什么，难道不知道社里有贵客吗？"

那弟子道："胡师兄就是让您去帮他返场，他说让你过去给看客们唱几句就行。"

"唉，这个仲怀！"顾安笙摇头叹息，无奈笑道，"这个师弟是真会给我找麻烦，罢了罢了，乔姑娘你要是愿意，便随我去一趟吧。"

乔锦月当然十分愿意，忙点头道："好啊，上次我听得你的唱腔是极为精妙的，正好这次还能借着这个机会，再看你在剧场一展歌喉呢！"

"我们走吧！"

"好！"

顾安笙带着乔锦月从后门进入了剧场。拉开幕布，看着台下依旧是座无虚席，顾安笙只得略带歉疚地对乔锦月道："乔姑娘，对不住你了，今天观众席上已经坐满了人，这次只能委屈你在后台了。"

"哎呀，没事的。"乔锦月调皮一笑道，"你放心，这次我不会再碰到桌子，也不会闯到前台再落荒而逃了！"

顾安笙推开了桌子,笑道:"好啦,我先把这桌子移开,你就不会碰到了。"

乔锦月点头:"你倒是想得周到。"

顾安笙朝台上的胡仲怀使了个眼色,胡仲怀会意,点了点头对台下的看客道:"今天感谢大伙来捧我胡仲怀的场,接下来的返场呢,我邀请到一个人,也是你们最想见到的人。那么,就请他上台来为大家唱上几句!"

胡仲怀朝后台点点头,顾安笙整了整衣衫,依旧带着温和的笑容,缓缓走上台去。台下是意料之中的一阵欢呼。

"哇,顾二爷来了,我不是在做梦吧,真的是顾二爷!"

"今天来看胡少公子的场子没想到还能见到顾二爷,这票买得真的是值了!"

"顾二爷还是那么英俊呢!"

…………

乔锦月一看便知,这台下的女看客们,也都是顾安笙的相声迷。

顾安笙朝台下深鞠一躬,温声道:"感谢各位对顾某的抬爱,承蒙各位。今日是我师弟的场子,有幸前来助演,那便为大家唱上一小段吧!"

"好!"台下掌声如雷鸣。

顾安笙清了清嗓,唱道:"原来姹紫嫣红开遍,似这般都付与断井颓垣。良辰美景奈何天,赏心乐事谁家院!朝飞暮卷,云霞翠轩;雨丝风片,烟波画船——锦屏人忒看的这韶光贱!"

乔锦月在后台听得十分清楚,这不就是自己今天所唱的《游园惊梦》吗?

"不愧是顾二爷呀,真的是什么都会!"

顾安笙鞠了一躬，又说道："多谢各位，这一段是《牡丹亭》中的《游园惊梦》，顾某从未唱过。是今日恰巧听一个真正会唱戏的朋友唱了这一段，便学来了。那个人的戏唱得是极好，顾某这一番学唱，实在是自愧不如！"言毕顾安笙便朝后台的乔锦月看了一眼，四目相对，皆是相视一笑。

"好啊，师兄唱得真的是好极了！"胡仲怀拍手说道，"今日感谢各位看客前来，演出便到此为止了，我们下次见！"

此时返场已结束，看客们走的走，散的散。后台的乔锦月，依然能听得到台下的夸赞声。

"来听胡公子的相声返场竟能看到顾二爷，我这走的是什么'神仙运'啊！"

"顾二爷不愧是神才，什么曲种都会啊！"

待看客们出了剧场后，顾安笙、胡仲怀都回到了后台。

"怎么样？"顾安笙问乔锦月，"我刚才学唱的那一段《游园惊梦》怎么样？"

"真的是极好！"乔锦月拍手笑道，"不愧是顾二爷，真是万曲宝库，什么都会！"

"哦，我说呢？"一旁的胡仲怀调笑道，"我方才还纳闷儿师兄怎么唱了这一段从来没唱过的戏呢，原来是听乔姑娘唱的啊，哎呀呀！师兄你对乔姑娘可真是上心呢！"

"你闭嘴！"顾安笙与乔锦月异口同声地朝胡仲怀喊道。

胡仲怀急忙一手捂住嘴，一手举起做投降状："我可什么也没说啊！"内心却想："这两个人还真是有默契！"

一阵风从窗外吹来，拂起了乔锦月的发丝。乔锦月朝窗外望了望，见天边已暮色苍茫，便道："胡公子、顾公子，感谢二位款待。天色已晚，锦月不便多待，此时也该告辞了。"

顾安笙道:"天色已晚,这里离湘梦园又那么远。你一个人回去我实在不放心,可我今晚还要代师父陪新来的弟子练基本功。这样吧,我让仲怀送你回去吧!"

"这……"乔锦月本可以自己回去,不想麻烦胡仲怀与顾安笙,但想起那日黑夜被劫持一事,就觉后怕,便道,"也好,那便多谢二位了!"

胡仲怀拍拍胸脯道:"师兄放心,师弟保证将你的女人安全送回!"

顾安笙敲了一下胡仲怀的脑袋:"胡说什么呢!"胡仲怀朝顾安笙做了个鬼脸。乔锦月与顾安笙道别后,便随胡仲怀离开了文周社。出门后,胡仲怀叫了一辆车,与乔锦月一同上了车。忽然想到一事,就直接开口问道:"胡公子,我对你们相声这一行当不了解,也不知其表演形式。有些不懂的事,我想问问你。"

胡仲怀热情地点头:"你问吧,只要我知道,就一定告诉你。"

乔锦月说道:"我听说你们相声行当有一种表演方法叫'砸挂',这是什么?好像这个对师父有所不敬,又好像不是……"

"你说这个呀!"胡仲怀耐心解释道,"我们相声其实和你们戏曲一样,戏里戏外要分得清,自然不能把相声当真。砸挂就是贬低别人,嘲讽别人做逗哏,但前提这个人必须同自己要好。就比如我们也曾拿师父、师兄弟砸挂,说过师父、师兄弟不如自己什么的。但这些都不能当真,台上可以没大没小,但台下必须尊师重道,若有违背必将逐出师门。"

"原来是这样啊!"听完胡仲怀的解释,乔锦月恍然大悟。心想,当初自己是真的误会了顾安笙,只是一种表演形式,而自己却当了真。

接着胡仲怀向乔锦月讲了许多相声行当的规矩和表演形式,乔锦月一边感叹相声行当的奇妙,另一边也感慨顾安笙学艺之路的不易。

见乔锦月沉思不言,胡仲怀一语打断她的思路:"乔姑娘,乔姑娘你在想什么呢?"

"嗯？"乔锦月刚刚回过神，整理一下思绪道，"我是想既然顾公子送我这么贵重的蓝宝石，那么我应该回赠一些什么，可我不知道他那样不食人间烟火的公子，什么东西能配得上他。"

"哦，你在想这个啊！"胡仲怀狡黠一笑，"这个自然有机会，下个月二十三是师兄的生日，我悄悄告诉你，你就装作不知道。到时候你过来送他一件礼物，我也不告诉他，好给他一个惊喜！"

"可是……"乔锦月心想，胡仲怀的想法是可以，可自己送什么能称他心意，于是便道，"他那样的人，恐怕寻常的物件配不上他，我也不知道该送他些什么。"

胡仲怀想都没想就说道："这个你不必有顾虑，只要是你真心送的礼物，他一定会喜欢。"

乔锦月细想，胡仲怀所言不无道理，便点头同意道："说得也是，容我再考虑考虑吧。"

第四章

言笑晏晏生日宴

- 壹 -

乔锦月终于盼到了十月二十三这个日子，幸得这一日没有演出。乔锦月便一早起身，叫上苏红袖离了湘梦园奔赴文周社。

乔锦月来时，胡仲怀就已经安排好这一日下午让乔锦月与他们一同为顾安笙庆生的事宜。三个多小时的演出时间实在太长，依乔锦月的性子必定是等不及的，于是便想着去后台看看。胡仲怀给后台工职人员打了声招呼，让乔锦月进入后台，自己便陪苏红袖在殿堂里等候。

这一次不同往日，因为今日是顾安笙的生日，看客比往日多得多，甚至买不上票的看客都进到了场子里。剧场的管理也格外严格，后台的工职人员都堵在帘幕口维护秩序，眼下也无人顾及到乔锦月。

乔锦月看不到顾安笙的身影，甚至他说什么，自己都听不清楚。乔锦月更是觉得无聊，只得趴在桌子上，默默地等待演出结束。

乔锦月不知自己什么时候竟然睡着了,睡梦中,恍惚觉得有人在自己身上披了件什么东西。一个激灵,乔锦月便惊醒了。猛然抬头,见顾安笙长身玉立着一件黑长大褂,似笑非笑地看着自己。乔锦月惊得急忙站起身:"你来了?你这场演出什么时候结束的?"

顾安笙笑道:"我这场演出是有多无聊,竟让你在后台睡着了?"

乔锦月有些不好意思,捋了捋被自己压乱的几缕发丝道:"还说呢,你这场演出到底有多少人啊?别说看,我连都听不到,只听得场下的看客们一个劲儿地说'祝顾二爷生辰快乐啊,平安喜乐啊,万事顺意啊'什么的。工职人员都守在帘幕口,我根本瞧不见你的身影。没办法,我只能趴在这里睡一觉喽!"

说完乔锦月调皮地眨了眨眼,她才不会说因为今天要为顾安笙庆生,昨晚兴奋得一夜未眠呢!

顾安笙点点头,好像是相信了乔锦月的话,依旧笑道:"原来如此,这可难为了乔姑娘呢!刚刚返场结束,工职人员告诉我,说仲怀带一个姑娘进来专程是想来看我的。我就知道是你,你在这足足睡了有两个小时了。你说你来了也不说一声,你提前告诉我还能给你安排个座位,也不用在这无聊地睡觉了。"

乔锦月被顾安笙说得有些发蒙,摸了摸头,低声道:"我真的睡了这么久,你来了怎么也不叫醒我?"

顾安笙温声道:"我也是刚来,忙完剧场的事送走看客,就过来看你了。本是看你睡得熟不想叫醒你,又怕你冻着就给你披了件衣服。哪知刚给你披上衣服你就醒了。"

"哦,原来是这样啊!"乔锦月庆幸,自己的睡相没有被顾安笙看到,不然在他面前得多丢人现眼。"哪,这是送给你的生日礼物。"乔锦月将礼盒拿给顾安笙,"打开看看吧!"

"送给我的生日礼物?"顾安笙惊讶道,"我没同你说过,你如何得知今天是我生日的?"

乔锦月晃了晃身子，调皮笑道："胡公子一个月前就告诉我了，既然知道了你的生辰，那肯定要送礼物的啊！"

又是胡仲怀那小子，但此事做得还是蛮合他心意的！顾安笙接过礼盒，温声笑道："你有心了。"他拆开礼盒，竟令自己眼前一亮。是一件崭新银色苏绣大褂，只看一眼便叫人爱不释手。

顾安笙拿出了大褂，从上至下仔细看后道："好漂亮的大褂，这布料也是极为精美，准备这个花了你不少心思吧！"

乔锦月却瞧见大褂有好几处褶皱，追求完美的她不可能不在意，便伸出手去抚平："只可惜这种布料不经压，折几下便出褶了。"

乔锦月伸出手时，正被顾安笙瞧见了手上的针孔。顾安笙一把抓住乔锦月的手，紧张道："你这手上的伤是怎么回事，是不是为我缝制大褂弄得？你这姑娘何必为了一件礼物这么伤害自己。"

乔锦月本不想承认，但瞧着顾安笙紧张的眼神，自知瞒不住，便承认了下来："没关系，正好我也在练女红，哪有练女红不伤着手的，放心吧，没几日便好了。"

顾安笙瞧着乔锦月百孔千疮的手，又瞧着那件崭新的银色大褂，又是心疼又是感动，道了一句："你真是个傻姑娘！"他仔细地将大褂收好，温声而言："这个大褂我很喜欢，这是我见过最漂亮的大褂。我会好好爱护的，锦月，谢谢你！"

锦月。这是他第一次叫她锦月，这一次不是乔姑娘。这一声锦月，包含了所有的感动与柔情。许是一声锦月，便许了一世的挂牵。

- 贰 -

乔锦月想得没有错,能入得了顾安笙眼的绝不是凡世间的俗物。自己用心做的这件大裯,是送到顾安笙的心里了。哪怕自己的手伤得百孔千疮,乔锦月也是开心的。"哦,我差点忘了!"乔锦月道,"我师姐这次也随我一起来了,她和胡公子还在正厅等咱们呢,咱们快回去吧!"

"好!"

正厅中,胡仲怀与苏红袖依然等在那里,只是不见胡远道夫妇的身影。见二人归来,胡仲怀从椅子上跳了起来:"哎呀,师兄,你们俩怎么才回来。这演出早就结束了,我们早听到看客们吵吵嚷嚷地走了。你们俩干吗去了不让我们知道?"

顾安笙未言,乔锦月白了胡仲怀一眼道:"我说小胡公子,你的话怎么这么多啊?"

苏红袖见顾安笙归来,与顾安笙见了一礼,将师父准备的礼盒呈上道:"今日恰逢顾公子生辰,湘梦园特意为顾公子准备了一份贺礼。师父命小女赠予顾公子这把如意玉佩,在此愿顾公子万事顺意,平安顺遂。"

顾安笙接过礼盒,回了一礼道:"在下感恩湘梦园的这份心意,还请苏姑娘代为转告尊师一声多谢。"

"师兄你瞧瞧多好啊!"胡仲怀在一旁调笑道,"你一过生辰便有这么多人送礼物,我怎么就没这好福气?"

"还说!"顾安笙朝胡仲怀挥了下袖子,"都是因为你!"

乔锦月朝厅堂四周望了一圈，见屋内并无他人，便问道："欸？胡班主夫妇呢？"

胡仲怀回答道："我爹娘他们回去打理社中事务去了，他们说，师兄的生辰就交给咱们来庆祝吧！地方我都安排好了，你们别管也别问，都跟着我走吧！"胡仲怀自顾自地往前走，其余三人皆是一脸茫然，愣愣地跟着胡仲怀出了文周社。

"哈哈，就是这里了。"眼前是一个不算大的餐馆，胡仲怀带三人走入，选了一个位置坐了下来。这个餐馆人很少，是个露天场所，周围是一片绿草地，此情此景好不惬意。

"这就是你找的地方啊！"乔锦月四周打量一遍，"这里舒适安静，倒还真是个好地方呢，胡仲怀还真有你的！"

顾安笙亦点头称赞道："想不到你还挺会安排的！"

"哈哈！"胡仲怀笑道，"你们都坐下吧，我已经叫人点了火锅，一会儿就上来了。"四人一同落座，不多时便上了火锅。胡仲怀另为顾安笙点了一碗长寿面，又为四个人叫了四瓶水果酒。

乔锦月倒了一杯酒饮了一口问道："这是什么口味的果汁？味道好奇怪，从前都没有喝过。"

胡仲怀道："这个不是果汁，是水果酒。知道你们唱戏的常年用嗓子不能过量饮酒，特意为你们点了水果酒。放心吧，这个酒喝不醉，也不会伤害到嗓子！"

乔锦月道："想不到啊，你平时看起来吊儿郎当的，私下里这么细致入微。"说罢便用胳膊轻轻碰了一下苏红袖，调笑道："师姐，你说是不是啊？"

苏红袖点头，眉目温柔："胡公子盛情款待，红袖多谢了！"

胡仲怀听得这温声软语，心中如蘸了蜜糖一般，忙道："难得我们能聚在一起，苏姑娘你也别客气！"

胡仲怀倒了一杯酒，举起向顾安笙道："师兄，这一杯我敬你。从小到大仲怀一直在师兄的庇佑下，如今我们都长大了。今天有幸陪师兄度过二十三岁生日，师兄，愿你平安喜乐，以后的日子一直有师弟在。"

这一番言语，顾安笙听了心中亦感动不已，站起身与胡仲怀碰了杯道："多谢了师弟，你放心，师兄以后一定会越来越好。我们师兄弟，永远不离不弃。"

二人一饮而尽。

此时少言寡语的苏红袖也说话了，她也举起酒杯，对顾安笙道："那我也敬顾公子一杯酒吧！虽然我们相识的日子不多，但我知道顾公子是一个品行端正、善良正直的好人。在你生日的这一天，红袖便愿你功成名就，鹏程万里！"

顾安笙也与苏红袖碰了杯道："多谢苏姑娘，安笙也愿苏姑娘平安喜乐！"

一饮而尽后，苏红袖却另倒了一杯酒，对胡仲怀道："胡公子，这一杯，红袖敬你！"胡仲怀见状，惊讶道："你敬我？"

乔锦月在一旁笑道："对呀，就说你呢，师姐敬你呢！"

胡仲怀立刻兴奋地起身举起酒杯，就要与苏红袖碰杯："多谢苏姑娘！"

"你急什么啊？"乔锦月一嗓子便叫住了胡仲怀，只留胡仲怀举着的酒杯悬在半空中，举起不是，放下也不是。

乔锦月轻叹了一口气道："哎，我说你急什么呀，你听师姐把话说完了吗？"

胡仲怀这才恍然大悟，尴尬地摸着脑袋笑道："哦哦哦，对对对。是我太心急了，苏姑娘请讲！"

- 叁 -

　　苏红袖见胡仲怀这滑稽的样子，不禁低眉轻笑了一下道："感谢胡公子的盛情款待，这些日子的相识，红袖知晓你是一个热心、善良的人。红袖也很庆幸能与你相识，红袖也愿意交下你这个朋友！"

　　苏红袖这一番话使得胡仲怀喜笑颜开，忙与苏红袖碰了杯道："多谢苏姑娘！仲怀也喜欢苏姑娘这样的人，日后若有什么困难，尽管来找我，仲怀必定会鼎力相助！"

　　"哈哈哈哈！"乔锦月笑道，"什么鼎力相助啊，师姐能有什么困难需要你鼎力相助啊？"

　　"就你话多！"胡仲怀笑着瞪了乔锦月一眼，"我们都喝了就你还没喝呢，还一个劲儿在这叽叽喳喳的！"

　　"到我了？"乔锦月倒了一杯酒站起身道，"安笙，这一杯我敬你。我只愿你岁月静好，现世安稳，往后余生，一马平川！"顾安笙亦站起身，举杯道："锦月，愿你亦然！"一饮而尽。只言片语，却道尽了最诚挚的情意。最真情的祝愿，尽在不言中。

　　苏红袖听了这祝愿，小声默念道："岁月静好，现世安稳，往后余生，一马平川。小七，你这个祝愿是极好的。但愿你们都可以做到你所愿的样子。"胡仲怀却在一旁打趣道："哎哟哟，你瞧瞧，安笙、锦月，叫得这么亲密嘛！"

　　乔锦月瞪起了眼，站起身拿起酒杯作势要打胡仲怀，胡仲怀急忙捂住脑袋求饶道："哎哟，姑奶奶，我错了，你这玻璃杯砸在我脑袋上，可是要出人命的啊！"

乔锦月这才收回手道:"这还差不多!"顾安笙与苏红袖见此状都忍俊不禁。乔锦月方才坐下,解释道:"咱们都算是有交情的朋友了,所以啊,以后也别姑娘公子的叫了,显得多见外。你们叫我锦月就行了,湘梦园的师兄们就是这么叫我的。"

"好的小锦月!"胡仲怀取笑道,"这么叫还真有点不太习惯呢!"

乔锦月扭过头道:"锦月就锦月,加什么小字!"

"哈哈哈……"在座的所有人都笑了起来。

"算了,既然师姐都敬你了,我也敬你一杯吧!"乔锦月起身,举起酒杯对着胡仲怀道,"感谢你的盛情款待,多余的话也不多说了,就希望你,嗯……"

"希望我什么呀?"乔锦月故意没说下去,胡仲怀急着问道。"就希望你达成你那个心愿吧!"

"哦,明白!"胡仲怀会心一笑道,"那你可别忘了对我的承诺啊!"

乔锦月拍了拍胸脯道:"你放心,忘不了!"二人碰杯一饮而尽,苏红袖却看得一头雾水,问道:"小七,你和胡公子有什么承诺啊?"

"这个嘛?"乔锦月看了胡仲怀一眼,胡仲怀示意她别说,乔锦月便道:"这个还不能告诉你,不过到时候你就会知道!"

顾安笙笑着摇了摇头:"唉,真不知道你们两个在搞什么鬼。"

胡仲怀却急道:"红袖,锦月都说了我们以后不要姑娘公子的称呼了。你直接叫我仲怀就行了,怎么还胡公子啊?"

苏红袖点头笑道:"是,仲怀!"

胡仲怀心中暗喜,道:"哎,这样听着舒服多了!"

"咱们四个一同饮一杯吧!"顾安笙举起杯道,"感谢各位为安笙庆生,有你们,今天的生日安笙过得心满意足!"

"好!"胡仲怀道,"那便愿我们四个人的情谊天长地久!"

"好，天长地久！"四人碰杯，一饮而尽。若得良辰终须伴，韶光正好少年时。此情此景，如似邂逅芬芳，醉了年华。

乔锦月走到草地间，深吸了一口气，似是陶醉道："有美景佳肴，挚友相伴。当真是人生一大惬意之事。若使此刻永恒，那我乔锦月今生便知足了！"

"是啊。"苏红袖走到乔锦月身边道，"便是在湘梦园的这些日子，也难得如此欢聚呢！"

胡仲怀笑道："只要你们愿意，便常来，我和师兄是求之不得呢！"说罢又转头向顾安笙道："你说是吧，师兄？"

顾安笙浅浅一笑，道："自然，你们开心，我也欢愉！"

乔锦月扬起双臂道："愿我们四人，永远开心快乐！"说到这里，乔锦月却叹了一口气道："唉，只可惜出了十月后，我们就要离开津城了，这一去恐怕得一个月，下次再见，估计就得等到封箱的时候了。"

顾安笙走到乔锦月身侧，问道："离开津城？你们要去哪里？"

苏红袖道："大概是十一月初九吧，我们湘梦园要到北平去演出十几天，这次是师父带我们师兄弟、师姐妹去，我和小七也必然得去。"

胡仲怀却走了过去，开怀般地笑道："那还真是巧了，我们文周社下个月也要去北平。不过日子比你们晚一些，我们这一去也是十几天。正好我和师兄领队，说不定还能再见到你们呢！"

乔锦月听得此话心中一亮，激动道："真的吗，那咱们湘梦园和文周社还真是有缘分呢！"

胡仲怀道："哈哈哈，那是当然！"

…………

这一天，乔锦月与苏红袖在蓝门街待到很晚才回去。这一天对四个人来说，都是毕生最难忘之日。倘若岁月如此静好，那此生便无怨无悔。

第五章
别有情愫暗暗生

- 壹 -

日子如流水一般一天天地过去，转眼也步入深秋。眼看着天气一天天转凉，梨园行当的演出却越来越多。进入十一月，湘梦园开始忙碌了起来。

十一月初九那天，基本上半个湘梦园的人都去了北平演出，据说是给官宦人家表演，每个弟子都深知必须要谨慎对待。这一天是十一月十五，是湘梦园来到北平的第二场演出。这一场在张府，张员外家共有三出戏：苏红袖的《女起解》，杜天赐、沈媛儿的《霸王别姬》，沈岸辞、乔锦月的《白蛇传》。

由于乔锦月是最后一出戏，她闲来无事，便在张府四处走动。这一走动，竟发现了一个熟悉的身影。乔锦月忙惊喜地叫道："胡仲怀！"胡仲怀一回头，正好看到乔锦月，惊道："锦月，竟然是你，你怎么也在张府？"

乔锦月走近胡仲怀,笑道:"我们湘梦园今儿在张员外这有三出戏,我被安排在最后一场,现在闲着没事做,便出来走走,我的那出戏还有几个小时呢!你呢,你们文周社不会也在张员外这有演出吧?"胡仲怀一拍手,笑道:"哈哈,那真是太巧了。我们文周社被安排在明天晚上演出,幸得张员外照顾,让我们先住进府中了。"

乔锦月欣喜道:"那咱们真是有缘分呢,同一时候在北平演出就很难得了,竟然还能在同一户人家,竟然有这么巧的事!"言毕乔锦月便朝胡仲怀身后望了望道:"欸?你不是说你和你师兄带队吗,怎么不见你师兄的身影,更没有见到其他人啊?"胡仲怀盯着乔锦月不怀好意地笑道:"嘿嘿,乔锦月啊乔锦月,我说你才几天不见我师兄啊,就这么想他?"

乔锦月瞪了胡仲怀一眼,撇嘴道:"你这小子真没个正形,我是问你,其他人都哪去了,怎么就你一个人在这里?"

"好了好了不逗你了。"胡仲怀正了正神色道,"北平的路我们都不是很熟悉,我先来探路才找到这里。一会儿回旅馆去告诉师兄,他们随后便到。"

乔锦月点头道:"噢,原来是这样啊。不过这次演出可非同寻常,这张员外是京城显赫人家。请到的都是达官贵人们,演好了自然得了名声,拿得了赏赐,但若是出了差错,砸的可是整个戏班子的招牌。这回咱们湘梦园、文周社都要尽全力啊。"

胡仲怀亦赞同道:"这个我知道,这回不是小场合,咱们都必须谨慎。我要去安排住处,就先不陪你了,回头等演出结束,咱们一起去吃庆功宴!"

乔锦月点头道:"好,那你先去吧,我就不打扰你了。"告别了胡仲怀,乔锦月在张府走了一会儿,便回到了戏台后台,准备自己与师兄那场《白蛇传》了。此时,苏红袖的那场《女起解》已经唱完,戏台上唱的是杜天赐和沈媛儿的《霸王别姬》。

"师兄!"乔锦月走到沈岸辞身边,坐下来道:"下一场戏就是咱们两个的了,我们准备一下吧。"

"哦哦……好，好……"沈岸辞言语间带着颤抖，面色苍白，憔悴无比。乔锦月似乎察觉出了不对，走近师兄问道："师兄，你的脸色怎么这么苍白，是不是不舒服啊？"

"没有啊！"沈岸辞拭去了头上密布的汗珠道："没有什么大碍，许是昨日里没有睡好吧。无妨，师妹咱们对对戏词吧！"虽然沈岸辞言语宽慰，乔锦月却依旧不放心。沈岸辞的戏词明显唱得不在调门上，言语又吞吞吐吐、结结巴巴。乔锦月已然发现，沈岸辞的身体绝对是出了问题，当下心中便紧张了起来，问道："师兄，你究竟是哪里不舒服，你这个样子是瞒不了我的。"

"没……没事。"沈岸辞勉强地笑了笑，笑意间却眉头紧锁，"师妹多虑了，咱们头一次见这么大的场面，我有些紧张罢了。"

"不对！"乔锦月眉头一蹙，摇头道，"师兄你瞒不了我的，咱们唱了这么多年戏，什么场面没见过，你什么时候这样过？"沈岸辞摇摇欲坠站起身，似乎要辩解些什么，话还未说出口，就倒了下去。"师兄！"乔锦月惊呼一声，忙走过去问道，"师兄，你怎么了师兄，你别吓我！"在乔锦月的搀扶下，沈岸辞勉强站起身，言语间虚弱不堪："大呼小叫什么，师兄不过是有些腹痛而已，不碍事的，该上场咱还是要上场。没事，别担心。"

乔锦月瞧着沈岸辞的脸色，惊慌之中带着哭腔："师兄，你就别骗我了，寻常的腹痛会虚弱成这个样子吗？咱们别唱戏了，去医院看看吧。万一是什么急病，耽误了，就危险了。"沈岸辞抓住乔锦月的胳膊，吃力道："不行，绝对不可以。你忘记师父是怎么教诲我们的吗，戏比天大，无论出了什么事戏都不能停，而且，今天这是什么场面你也清楚，这要是出了意外，拿不到赏钱是小，要是砸了咱们湘梦园的招牌，恐怕以后都没人会听咱们的戏了。"

乔锦月急道："可是师兄你也不能拿自己的身体开玩笑啊！"

"我……我……"话未说完，沈岸辞就昏厥了过去。

"师兄，师兄，你怎么样啊，师兄……"乔锦月摇晃着沈岸辞，哭道，沈岸辞已然没了反应。

"怎么了，小七？"苏红袖刚唱完戏换上便服，听到了乔锦月的哭声，便寻声而来。一见沈岸辞晕倒了，便惊道，"师兄这是怎么了？"

乔锦月哭道："师兄说他腹痛，痛着就晕过去了，这戏也唱不成了，送师兄去医院吧，万一耽搁了怎么办？"

"可是……"苏红袖皱眉道，"下场戏是你和师兄的《白蛇传》，师兄不在，你和谁配戏啊？"

乔锦月拭去了眼角的泪，站起身道："师兄这个样子，肯定是唱不成了。眼下也顾不了这么多了，先送师兄去医院。距下一场开场还有一个小时，《白蛇传》的事，容我再想想别的办法吧！"

苏红袖沉思片刻，见别无他法，只得点头道："也没有别的办法了，我叫几个人送师兄去医院。你就留在这里想想办法看怎么配下一场戏吧！"

乔锦月点头道："好！"

苏红袖叫了几个今天没有演出的师兄弟、师姐妹，抬着沈岸辞叫了一辆马车，送去了医院。乔锦月望着马车渐渐远去的影子，才将心放下。可唱戏的事，又该如何是好？"小七你看，要不咱们换一出戏，改成《锁麟囊》，咱们几个也能帮你配戏，你看怎么样啊？"这铁定是不可能的，乔锦月摇了摇头，皱眉道："不行啊，周师姐。咱们没有带这出戏的行头，现在去取也来不及了。况且《白蛇传》这一出戏已经报上去了。这要是突然改了，又是怎么一回事？"

周若雪叹了口气道："唉，这招确实是行不通啊。这该怎么办呀，真是棘手！"一旁的毕哲看了看天色道："这《霸王别姬》还有不到一个小时就谢幕了，这要是再想不到办法，只能弃了这出戏了。"

"欸？"周若雪看了看毕哲道："要么毕师兄你看看能不能替大师兄上场，和小七搭这出《白蛇传》。管他好赖与否，这也是没有办法的办法了。"

- 贰 -

"这我真是做不到啊!"毕哲摇头道,"《白蛇传》本来就不是我的戏,一直都是大师兄和小师妹唱的戏,这一时间我也没办法马上学会啊!"

乔锦月叹息一声,坐在了墙沿上,捂住头道:"事到如今,我们也没别的办法了。如果真不成,只能弃了这出戏。一会儿我去给张府的人说一声,但愿能得到张员外谅解,不砸了咱们招牌,就是万幸了。"毕哲与周若雪亦是无言,三人只能以沉默相对。

"锦月!"绝望之时,胡仲怀不知从哪里走来,见乔锦月没了往日的神采,料想是出了什么事,便问道,"这个时候你应该准备上场了啊,怎么还在这里?"

乔锦月低头道:"上不了场了。"

胡仲怀疑问道:"上不了场?可是出了什么意外?"

乔锦月将整件事情的来龙去脉告诉了胡仲怀,胡仲怀明晓了乔锦月心中的焦虑,便拍了拍乔锦月的肩,劝慰道:"你先别急,容我想想,总会有办法的。"

乔锦月摇了摇头,哀声道:"还有不到一个小时了,这么短的时间我们能想到什么办法。仲怀,我知道你是关心我,可事到如今也不必再劝慰我了,没用的。"

胡仲怀思考道:"别急别急,容我再想想……欸,我有一个主意!"胡仲怀突然心生一计,迅速抬起头道,"锦月,你还记不记得咱们第一次见面时,你和顾师兄同唱了一段《白蛇传》?"

闻言，乔锦月的心里燃起一线希望，忙抬起头道："你的意思是想让你顾师兄和我配戏？"

胡仲怀点点头道："正是此意，虽说我们是相声行当的，但师兄的唱功你是知道的，这个时候，也只有他能救得了急了。"既然还有一线希望，自然不能放弃，可乔锦月目光中还有一丝迟疑，便道："安笙他的戏唱得是好，可《白蛇传》毕竟是很长的一折戏。他不见得每一段都会，况且我们也没有时间对词了。"

胡仲怀道："可我们也没有别的办法了呀，师兄正在房里，不如我带你去问问师兄的意思吧！"

乔锦月迟疑了一下，看了一眼一旁的师兄和师姐，两位都点头表示同意，乔锦月便随着胡仲怀去了顾安笙的房间。"让我与锦月配戏？"顾安笙惊道，"我们是相声行当的，虽说有过学唱，但毕竟和戏曲行当是无法比的。"

胡仲怀道："师兄，你说这些我都知道，锦月也明白。可是眼下没有别的办法了，也不要求你唱得有多好多精妙，只要能和锦月搭得上戏就好。若是这出戏唱不成，那湘梦园的招牌就会被砸的，现下也只有你能帮得了锦月了。"

顾安笙略作思忖，道："湘梦园有难，自然是要帮的。但这个忙，未必是我想帮就能帮得了的。《白蛇传》这出戏，我是看过很多次，音带也听过无数次。但像戏角儿那样登台唱戏，我还真不敢试，毕竟你们许多动作我都没练过，短时间怕是也来不及学。万一台上出了什么差错，恐怕……"

"这你不必担心。"乔锦月眼中流露着哀求的神色，言语中带着急切，"安笙，你愿意帮锦月这个忙，便是对锦月恩重如山了。至于许仙这个角儿只是个小生，没有过多的动作要求。只要你会戏词就好，其余的都好说，你若愿意，台上看我指示就行。"顾安笙见乔锦月这副焦急的可怜模样，任凭再困难，也不忍心拒绝了，于是便深吸了一口气道："既然如此，那便依你吧。"

乔锦月眼中放出了光彩，嘴角上扬道："太好了安笙，真是太感谢你了。你的身材和我大师兄差不多，这身行头，你穿着倒也是真合适。"顾安笙换上沈岸辞的行头后，乔锦月打量着面前的顾安笙。顾安笙对着面前的铜镜看着自己的样子，道："《白蛇传》的唱词我唱过许多次，但换上这身行头，还是第一次。"

乔锦月笑着打趣道："你这白面书生的样子，倒还挺像许仙的。"顾安笙又上下打量了一番自己道："这行头是有了，可是妆容……"

"这个是小事。"乔锦月道，"只要不是净角儿的花脸，生角儿、旦角儿的妆容都好化。"乔锦月把顾安笙拉到椅子旁，推他坐下道："你坐下，我来替你化妆吧！"顾安笙抬起头来，看着乔锦月道："你……"

"不用担心。"乔锦月拿出脂粉道，"我从小学戏，化妆的事自然不在话下。"乔锦月蘸了脂粉，细细擦拭在顾安笙的脸上。顾安笙轻闭双眼，二人都未再言语，此时无声胜有声。

乔锦月细细望着顾安笙的脸颊，那俊俏的脸庞是真好看，细腻中带着一丝透彻，想到戏文中的"妆罢低声问夫婿"，乔锦月不禁红了脸颊。虽说乔锦月自幼唱戏，化各种妆容对自己来说都得心应手，但这样近距离地给一个男子化妆，尤其还是这样一个温润如玉的美男子，她还是第一次。

乔锦月技法娴熟，不多时，便化好了许仙的妆容。"化好了，大功告成。"乔锦月将脂粉盒放下。顾安笙睁开眼睛，见到铜镜中的自己，竟吃了一惊，已然完全成了京戏中许仙的样子，顾安笙摸着自己的脸，不可置信道："这么快就成就了这样完整的一副妆容，锦月，还是你厉害。"乔锦月拍掉了手上的脂粉，笑道："你这个样子，一点也看不出不是真正的戏角儿，倒真像是我们湘梦园的名角儿呢！是时候要上场了，你在这等着，我去准备一下。"

"好，你去吧。"

当乔锦月换好戏服、化好妆容时，上一场的《霸王别姬》已经谢幕了。《白蛇传》这出戏最先上场的是扮演白素贞的乔锦月和扮演小青的周若雪。顾安笙在帘幕之后，等待上场。

顾安笙见台前的乔锦月与周若雪纯熟的唱腔与娴熟的动作，心中一直在打鼓。说了这么多年的相声，比这还大的场面也见过，但像戏角儿这样粉墨登场，还真是史无前例。尤其是自己与乔锦月还没有对过戏词，生怕一不小心出了什么差错，弄巧成拙，不但帮不了湘梦园反倒害了他们。

"虽然是叫断桥桥何曾断，桥亭上过游人两两三三。面对这好湖山愁眉尽展，也不枉下峨眉走这一番。"乔锦月这一段戏词唱完，顾安笙已知要上场。顾安笙稳了稳心神，执一把油纸伞，缓缓从幕后走到台前。"好！"台下响起了一阵热烈的掌声，这掌声与顾安笙在小剧场中说相声时的掌声一样。不知为何，那紧张的心绪突然就稳定了下来。

顾安笙上场后，乔锦月示意地点点头，又唱道："蓦然见一少年信步湖畔，恰好似洛阳道巧遇潘安。这颗心千百载微波不泛，却为何今日里陡起波澜？"台上看这粉墨浓妆的乔锦月，似乎比平时多了一丝祥和。台下她是活泼俏皮的乔锦月，台上她是温柔贤惠的白素贞。一身素白，一袭水袖，那柔美的身段，又比平时多了几分惊艳。

顾安笙向乔锦月的身旁走去，边走边唱道："适才扫墓灵隐去，归来风雨忽迷离。百忙中哪有闲情意，柳下避雨怎相宜？"那声音戏韵十足，台下掌声如雷鸣，完全看不出顾安笙并不是湘梦园的戏角儿。顾安笙又多了几分信心，念道："啊，二位娘子，这树下避雨恐有不妥。"

扮演小青的周若雪念道："啊，我们主婢二人扫墓归来，不想遇此大雨，正不知道该怎么办呢？"

顾安笙念道："哦，来来来，就用我这把雨伞吧！"

乔锦月见顾安笙唱腔极佳，演得又极妙，心中自然满意又开怀，喜色也现于脸上，念道："只是君子你呢？"

顾安笙看出来了乔锦月的喜色，知道自己的表现很令乔锦月满意，微微点头，霎时间又增了几分信心，继续念道："我么，不要紧的，不要紧的。"

乔锦月念道："这如何使得？"

顾安笙将伞递上前去，念道："拿去吧。"

这一递，却做大了动作，雨伞挂在乔锦月的戏服上，乔锦月那瘦弱的身躯差一点跌一个踉跄。顾安笙显然有些慌张，想上前一步扶住乔锦月。可又见乔锦月用眼神示意，便即刻收手。乔锦月登台唱戏多年，已经有了丰富的临台经验。她立时退后了一步，又即刻站稳，示意顾安笙自己没事。

这动作做得极快，台下的看客们并没有看出破绽，依旧鼓掌叫好。见乔锦月稳住了脚，周若雪又继续念道："如此多谢了！姐姐。"

在周若雪念白之时，乔锦月又快速小声地对顾安笙说了一句："莫要慌张，且听我指令。"

顾安笙轻轻点头，念道："请问二位娘子家住哪里？"

周若雪念道："啊，啊，啊，就在前面钱塘门外。"

…………

一出戏唱了半场，这半场之间，二人都发挥到了极致。虽说是第一次配戏，未曾试练过，但二人却已然配合得天衣无缝。万众瞩目下，一对才子佳人恰似佳偶天成。

一个时辰过去，一出戏已快完结，二人的情绪也到了高潮。"好恼！鸳鸯遇了无情棒，不由怒气满胸膛。悔不该错把金山上，轻信法海惹祸殃。"此时已经到了水漫金山的情节，《白蛇传》此处便是整幕戏的最高潮。夫妻二人抱头痛哭，生离死别之间，难舍的是深情，难断的是牵挂。一出戏，悲欢离合，仿佛已将喜怒哀乐融入粉墨，唱穿陈词，已不分戏中戏外人。

乔锦月甩一袭水袖，跪在地上，顾安笙紧紧揽住乔锦月，似乎松弛片刻，此生便无法再与心爱的人相见。锣鼓声响，不知不觉间，帷幕落下，整出戏已然到了尾声。

"好!"伴随台下的喝彩声与掌声,台上人已不知是戏中人抑或是戏外人。顾安笙是个戏迷,从小随着师父师娘没少看戏,最钟爱的一出戏便是《白蛇传》。这出戏看过无数次,唱词也都深深地印在了脑海中。但顾安笙从未想到有朝一日自己会扮成许仙到台上唱这出戏,更何况又是在毫无准备的情况下。

面对乔锦月扮演的倾城痴情白素贞,顾安笙似乎已将自己融入了戏中。第一次登台整出戏却配合得天衣无缝,这一刻,自己已然成了许仙。而乔锦月学戏这么多年以来,《白蛇传》一直是拿手戏,这一出悲情戏虽说唱过无数次,但最动情的却是与顾安笙搭的这一次。

不知是白素贞贪恋许仙的怀抱不舍离开,还是她乔锦月贪图顾安笙的那一刻温存,抑或这一刻,自己便已然成了白素贞,他已然成了许汉文。伴随阵阵锣鼓声与看客的喝彩声,二人才从戏幕中回到了现实。

"来!"顾安笙首先站起身,伸出手将乔锦月拉起。乔锦月穿着那一身厚重的行头跪在地上,实在无法起身。最终在顾安笙的搀扶下,才缓缓站起来。拭了拭头上的汗水,方才知晓已经过了两个小时,整出戏已经结束。台下看客如云,他二人都知晓,今日的场合非同小可,台下坐着的都是张员外邀请的达官贵人。

乔锦月望着台下的看客说道:"今日感谢各位老爷、太太前来捧场,锦月在此多谢了。"说罢便向台下行了一礼,顾安笙也随着乔锦月一同向台下的看客行了一礼。

"好啊!"坐在前排的张员外首先站起身,说道,"丫头,你就是湘梦园班主的女儿吧,你这功夫了得啊,不愧是津城名角儿啊。"说着便对着乔锦月竖起了大拇指。

乔锦月微微含笑道:"张员外谬赞了,小女自幼学戏,能有今日的唱腔,是年幼时勤学苦练,便是片刻都不敢耽搁的。"

张员外又看了一眼顾安笙道:"这位小公子唱得也是妙到极致,想必是班主的入室弟子吧。"此言一出,乔锦月与顾安笙都不知该如何回答,若是道出实情,恐会因为顾安笙不是湘梦园的人而惹怒众人,到头来弄巧成拙，还是会毁了湘梦园的门面。要是就此承认，几天后顾安笙还要在张府说相声，若是被认出来，欺瞒之罪惹上张府，也不是一桩小事。

沉默了几秒，顾安笙轻声道："能得张员外青眼，在下荣幸之至。"这般回答恰到好处，既没有承认，也没有否认，也谈不上什么过错。

张员外点头，似是对这场表演极为满意，称赞道："你二人实乃人中龙凤，可造之才啊。唱完这出戏想必你们也累了，先下去休息会儿吧，今晚重重有赏！"

顾安笙与乔锦月齐声道："是，多谢张员外。"

下台后的二人卸了妆，换上便服。乔锦月边整理戏服边对顾安笙道："今天的事真是多亏了你，要是没有你，我们还真不知道怎么收场呢！是你救了整个湘梦园，我们湘梦园都得向你道谢呢！"

顾安笙微笑道："举手之劳，何足挂齿。能救湘梦园于水火之中，也是我顾安笙应该做的。"

乔锦月抿嘴一笑道："不过说真的，安笙，咱们这出戏搭得真是天衣无缝，的的确确是在我的意料之外。咱们事先没有对过词，也没有预演过，完全是临场发挥。一出戏竟能完完整整地唱到最后，更何况安笙你没有正式地学过戏，我真的感觉是个奇迹呢！"

顾安笙也是同样的想法，亦点头道："你说的也正是我想的。我虽说看过好多次《白蛇传》这出戏，也学唱过，但像一个戏角儿这样登台唱戏，是我从前想都不敢想的。锦月，不瞒你说，刚上台时我还略有些紧张，但没想到后来越演越精，完完整整和你唱到最后竟毫无差错，也是我没有预料到的。"

"两个人从没有搭过戏，竟然能把这么长的一出戏唱得这么精妙，这说明了什么呢？说明了你们有与生俱来的默契，是天生的一对啊！"门口传来一个男子的声音，二人俱回头望去，只见胡仲怀笑嘻嘻地朝屋外走来。乔锦月向前走了两步，疑问道："欸，你怎么找到这里来了？"

胡仲怀走到顾安笙身侧，站稳了脚调笑道："我怎么不能在这里？我跟你说啊乔锦月，今天的事还多亏了我呢，要不是我给你出了这个主意，你现在还不知道会怎么样呢？"

乔锦月瞪了胡仲怀一眼，撇嘴道："哼，我就知道你来准没好事，我说胡仲怀，和我配戏的是安笙，帮忙救场的也是安笙，你来邀什么功啊？"

胡仲怀侧脸，扬眉道："你这话说得就不对了，是师兄给你救的场没有错，但主意是我想的，难道我还没有一点功劳吗？"

乔锦月作势敲了胡仲怀一下，佯装叹气道："唉，算你说得有道理吧。等这次北平演出结束了，我请你们一同吃庆功宴吧！"

胡仲怀吐了吐舌头，笑道："嘿嘿，这还差不多。"

顾安笙在一旁瞪了胡仲怀一眼，换了语气道："你说的什么话啊，咱们文周社与湘梦园的交情不浅，临时救场也是举手之劳，怎么能让湘梦园整个戏班出面感谢我们呢？"

胡仲怀摆手道："欸，师兄啊，我没说让整个湘梦园感谢咱，我是让锦月这丫头谢咱们。要不是咱们这次出手相助，她这出戏能唱成吗？"

乔锦月瞥了胡仲怀一眼道："行了行了，你胡仲怀的恩情我乔锦月记在心里了。回头庆功宴我请你们，放心吧，少不了你的。"

乔锦月刚想坐下，又似乎想起了什么，转身敲了敲下自己的脑袋，对顾安笙说道："哎呀，我怎么把这事儿忽略了！"

顾安笙诧异道："怎么了锦月？"

乔锦月抬头，看向顾安笙："安笙，刚才唱戏的时候你已经在张员外和他请的那些达官贵人面前露过脸了，想必他们也识得你的容貌了。而且刚刚张员外问你是不是湘梦园班主的入室弟子时你虽没承认，但也没否认，那张员外他们定是以为你就是湘梦园的人了。我们都忘了你明天在这里还有相声表演，万一他们识出来你不是湘梦园的人，那这欺瞒之事暴露了，罪过可就大了。唉，真是的，我怎么把这么大的事都给忽略了。"

顾安笙却不急不缓，伸出一只手来似是安抚乔锦月，轻声道："锦月，这是一桩小事。我们相声和你们唱戏的不一样。只要报了戏单，演员是随时都可以换的。左右不过是我明天不上场了让其他的师弟替我上场，绝对不会有人看出什么破绽，你就放心吧！"

听了顾安笙这一席话，乔锦月放下了心中的担忧，但眼神中依然带着几分自责，低声道："唉，都怪我不好，害得你失去了这样好的一次展示的机会，我又该怎么才能弥补你啊！"

"这是什么话，锦月。"顾安笙忙道，"这有什么的，本来这次到北平巡演，就是想给那些作为新角儿的师弟们一次展示的机会。我和仲怀都是老人了，这次负责的主要是带队。就算没有今天的事，我也未必会上场。况且锦月我还应该感谢你呢，要不是这次和你唱戏，我还真没想到自己还可以登台唱戏，是你让我有了这第一次唱戏的机会，既然有了第一次，以后我也会再尝试唱戏！"

乔锦月看了胡仲怀一眼，想问些什么，但还没等开口，胡仲怀就先说道："师兄这话说的是真的，我们俩来这本来就是负责带队的，也没打算多上场，想把机会留给新人。不过呀，这次师兄救了你的场也是事实，记得事后要好好谢谢我们啊！"

乔锦月轻声笑了一下，说道："知道啦，你这小子就惦记着这点事。"

乔锦月捋了捋发丝，转而又言道："我大师兄今儿突然腹痛不止，红袖师姐已经把大师兄送到了医院了。不知师兄生的是什么病，虽然已经及时送到了医院，但我还是有些担心，我想去看看他。"

顾安笙点头道："你去吧，顺道带我们也问候一声，待到我们忙完这一阵，再去看望你师兄。"

乔锦月道："好，那便多谢了，告辞。"

- 叁 -

从医院出来后,乔锦月又去了顾安笙的场子。他的场子自然是满堂生彩,门庭若市。

忽然间,猛听得一个声音大声问道:"那顾二爷有没有心仪的姑娘啊?"刚刚焦点全都集中在胡仲怀身上,这突如其来的提问,完全在顾安笙意料之外,顾安笙不由被惊到了。不知为何,那看客话音一落,顾安笙的目光竟移到了乔锦月的脸上,四目相对,却偏偏无言以对。乔锦月的心跳不知为何跳得如此快,她也想知道,顾安笙怎么回答这个问题。

"咳咳。"顾安笙清了清嗓子,故作平静道:"顾某年纪尚轻,谈感情还尚早。"

那女子又说道:"少公子比顾二爷年纪还小,少公子都有了心仪之人,顾二爷还没有吗?"

"是呀,是呀,顾二爷怎么可能还没有心仪的人呢?只怕是不肯告诉我们吧!"台下又七嘴八舌地议论开了。

"是真的没有,感情的事只能凭缘分!"顾安笙又一次声明,但这声音显然是没有底气的。

紧接着又有一个女子问道:"那顾二爷喜欢什么样的女子啊,这个问题总可以回答了吧,不知道我们有没有机会呢?"

顾安笙浅笑,仿佛脑海中在想着谁的样子,说道:"纯真、善良就好。"

"这么简单啊，那我们都可以啊！"

"是呀，是呀，我们都可以啊！"

"不知道谁会有幸成为顾二爷未来心仪的女子呢？"

台下的讨论声越来越大，几乎已到了不可控制的地步。这般场面自然是不行的，顾安笙便出言控制道："好了好了，大家不要争吵，且听我说。"胡仲怀也跟着大声说道："大家不要争吵，听我师兄说话好吗？"两个人的声音，慢慢控制住了场面。

稍稍安静了下来，顾安笙才接着道："各位，我们今天演出的时间已经不多了。问问题这个环节就到此为止了，接下来的时间，我们几个共同为大家唱一段戏吧！"

刚刚的话题总算过去了，也便无人再提及那件事。只有乔锦月仍然在沉思之中，不知为何，心弦竟被轻轻拨动。她也想知道，顾安笙究竟会喜欢什么样的女子。

"我们前些日子刚刚练了一段新的太平歌词，这段是我们从未唱过的，名字叫作《大西厢》。众所周知《西厢记》讲述的是崔莺莺与张君瑞的爱情故事，顾某就不必多说了。今天就由我们几个来拆唱。到谁的时候，谁就上前来唱。"

"好！"台下响起了掌声。

显然顾安笙担任的是领唱，他清嗓唱道："一轮明月照西厢，二八佳人莺莺红娘……"那嗓音干净而纯澈，不同于戏腔那般惊艳，却是别有一番悦耳。乔锦月与台下所有的看客，都被深深打动了。

乔锦月心想，这就是顾安笙，多才多艺的翩翩公子，自己对他的青睐，大概就是源于他的声音吧。

伴随清脆快板声的太平歌词，唱出一曲西厢的悲欢离合。作为名角儿的乔锦月，自然熟知《西厢记》的故事。在红娘的穿针引线下，张君瑞与崔莺莺喜结连理，这正是为人所羡的吧。那一阕词唱毕，乔锦月已然沉醉。

"今天的相声大会圆满结束，再一次感谢各位的到来！"顾安笙与台上演员再一次深深鞠躬，台下看客已纷纷离席，演员也随着退到了幕后。乔锦月也随着离席，但她并未离开，而是待众看客走后，便回到了后台寻找顾安笙。

门缝间，瞧见了那小小的房间内挤满了十几个演员。虽说乔锦月活泼善交际，但面对那么多的男子，乔锦月还是不好意思进去的。只听得顾安笙说道："天色已晚，我与仲怀从旅馆已经雇了一辆大马车来接你们回去。等看客都走后，我们一定要以最快的速度乘上马车。这北平之地不比津城，我们又人员众多。一定要万事小心，以免被别有用心之人围堵，万万不能出了意外，听到了吗？"

那些个男子齐声说道："知道了，师兄。"

顾安笙又对胡仲怀说道："仲怀，此时人走得也差不多了，你带着他们回去吧。"

又听得林宏宇问道："角儿，你不和我们一起回去吗？"

顾安笙说道："我这边还有点事未处理，你们在旅馆等我便好，我晚些回去。"

林宏宇道："好，那你诸事小心。"

顾安笙又说道："仲怀，你们从后门出去吧！"

胡仲怀说道："好的，师兄。天色不早，你回去也要小心。"

"嗯，去吧！"

他们没有多问，以为顾安笙是要留下来处理剧场的事情，便依他所言，速速离去。

见那一行人走出后门，乔锦月便躲闪到了门后，顾安笙目送那一行人离开，良久，转过身，对着门口笑道："别藏了，出来吧，我早就瞧见你了。"乔锦月几乎旋转着从门后闪了出来，笑嘻嘻地说道："你怎么知道我在这里？"

顾安笙浅笑道："我就知道，相声大会结束后你一定会回这里找我。刚刚瞧见门后有个影子在闪动，我就知道是你。怎么，还躲在那里不肯进来呢？"乔锦月低头，卷着衣袖低声道："你们这里那么多演员都是男子，我又不认识他们。我这样一个女子贸然进去，恐怕不好吧。"

"是吗？"顾安笙斜睨着乔锦月，笑道，"想不到一向爽朗的乔锦月也有腼腆的时候！"乔锦月被说得有些脸红，忙躲闪到了一旁说道："我乔锦月再爽朗也是女子啊！这话要是胡仲怀说来倒还正常，怎么你也学会了这般调侃？"

顾安笙偏又上前了一步，问道："这样子你不喜欢吗？"

乔锦月未经思考竟脱口而出："你怎样我都喜欢。"话音未落，乔锦月的心竟猛然颤抖了一下，自己也没料想竟脱口而出这样一句话。然而说出的话如覆水难收，乔锦月径自伫立在原地，不知如何收场。一语中的，顾安笙也意识到了这话中的不寻常。但是自己问话就问得暧昧不明，又怎能怪人家言语唐突？许不是问得暧昧，也不是答得唐突。望穿秋水之间，而是一对心意暗藏的人儿的真情流露吧！

"我……"乔锦月微微语塞，竟不知说些什么，眨着双眼说道，"你……你不是说有要事要处理吗？你还有什么事要做？"

"噢……"沉稳如顾安笙也红了脸颊，呢喃般地说道，"没有什么事了，不过是看你一个姑娘留在这里放心不下，想着送你回去我再走！"乔锦月不禁心生暖意，红着脸颊低声道："安笙，你有心了。"

顾安笙笑道："那就不必多耽搁了，天也不早了，人也散了。我们也该走了。"

乔锦月道："那便走吧！"

夜色阑珊，星辰点点，皓月当空。一抹金丝般的月光笼罩在那少男少女的身上，这般意境恰恰好。街巷小路寂静无人，偶尔间能听得一两声倦鸟归巢的鸣叫声，宁静而安逸。

湘梦园所居住的和安旅馆就在顺德大剧院附近的几公里处，无须雇用马车。既然如此，顾安笙便徒步送乔锦月回旅馆。撩人的夜色令人迷醉，乔锦月在心头暗喜，能与顾安笙在这星月交辉的夜色中漫步行走，是一件让自己身心都愉悦的事情。望着夜空中闪耀的点点繁星，乔锦月感叹道："这皓月当空，繁星点点，想必明天一定是个晴天。"

顾安笙点头道："是啊，明天应该会晴空万里吧。"

乔锦月扭过头，望着顾安笙："近几日还有什么安排吗？"

顾安笙说道："后天还有一次小型的演出，然后基本上算是收官了，你呢？"

"我呀！"乔锦月说道，"我也和你一样，还剩一场演出，余下的时间便去医院照顾师兄。师兄的身体恢复得差不多了，收官后我们就可以吃庆功宴了。"顾安笙点头道："那便是极好的了。"

"哦，对了。"乔锦月问道，"我们初定庆功宴的日子是三日后，在庆愉酒店。还未来得及告诉你们，不知道你们可否能应约呢？"

"都听你的。"顾安笙宠溺般地笑道，"文周社能与湘梦园联谊，也是我们所愿。"

乔锦月点点头开怀道："你们能来那真是太好了，这次北平演出我真的很开心。尤其是来看了你们的相声大会，不过……"说到这里，乔锦月便惋惜道："我唯一遗憾的事就是没能到顺德大剧院唱戏。你应该不知道我们这次演出是分两队的，偏偏我和师父不在一队。师父能到这里唱戏，而我便留在了张府，错过了这次机会。"

"没关系的！"顾安笙安慰她道，"北平演出的机会以后还会有很多，凭你现在的实力与名气，能去大剧院演出的机会还怕没有吗？"

乔锦月想了想，只点点头说道："说得也是。"

月光笼罩一双少男少女，凝月挥霜间，才子佳人的身影被拉得很长很长。

漫步间，乔锦月轻声问道："安笙，你可是真心喜爱《白蛇传》这出戏？"

顾安笙回答道："这出戏是我师娘年轻时唱过的一出戏，师娘当初和令慈秀云夫人一样是津城名角儿。后来师娘嫁给了师父便不再登台，但师父和师娘是因这出戏结缘，所以这出戏便是师父最钟爱的一出戏。我幼年之时便常随师父看这出戏，因此便也爱上了这出戏。以前听着师父的唱片听得最多的便是这《白蛇传》，因而便学会了这出戏。"

乔锦月霎时间明白了，点头道："原来如此啊！"

"可是。"顾安笙话锋一转，随之道，"我爱的是这出戏的曲风之美，但这戏太过于悲伤与凄凉。每每看到结局，便会心情沉重，这并不是我想要的。"

乔锦月亦道："白娘子一片痴心，许汉文听信谗言，最终造成了那一出悲剧。小时候总以为许汉文胆小懦弱，对白素贞的爱不够绝对，白素贞一片痴心最终错付。长大后似乎看明白了许多，那许汉文不过是一个文弱书生，抵不过法海法力无边。他最终还是爱白素贞的，哪怕人妖有别最终也未负誓言。只是痴情不到尽处，悔时方觉已晚。"

顾安笙笑了笑，边漫步边说道："此言有理。我从前觉得他们二人游湖借伞时初相见的意境绝美，本以为一对有情人会终成眷属，奈何曲终人散劳燕分飞。许汉文虽然疑过白素贞，伤过白素贞，但最终还是爱白素贞的，只是悔过时方知已晚。向来缘浅，奈何情深，说得便是他们二人。可是若没有许汉文的那一份不坚定，又如何有后来水漫金山寺的那种种悲剧？每每想到这里，我都会恨，恨许汉文的情意不坚，恨许汉文的胆小懦弱。若我是许汉文，断然不会如此做。"

乔锦月偏头，看着顾安笙，笑问道："若是你，你会怎么做？"

顾安笙面色不改，坚定道："若是我，爱便是爱了。我只求一生一世一双人，管她是人是妖，我只道她是对我一片痴情的娘子。又怎会因疑虑而生嫌隙？"

听他一番言语，乔锦月不禁感动于他的那份执着与决绝，不知是哪个姑娘会有幸得到他付与的真情？她低头轻声道："不知是哪位女子如此有幸能得这位情深不悔的顾公子青眼呢？"

顾安笙的笑意如同和煦的春风，并未直答乔锦月的问题，只说道："相比白素贞与许汉文的爱情悲剧，我更爱的是柳梦梅与杜丽娘的一生一世一双人。"

乔锦月亦点头，赞同道："'情不知所起，一往而深，生者可以死，死者可以生。'我最爱的便是这出戏的这一句话。我也向往杜丽娘与柳梦梅成就的那段人间佳话。"

顾安笙继续道："说得没错，我也爱这句话。'素昧平生，因何到此？'也许只是悄然相遇，可一段情的自始至终，都是源于那份情深不渝。"转而扭头看向乔锦月，说道："既然你也喜欢这出《牡丹亭》，那改日我们来唱一出如何？"

这不恰是乔锦月所想？心骤然一跃，忙喜道："好呀，这也是我所想的呢！"

"汪汪汪……"本是宁静的夜晚，突然传来几声犬吠。一条牧羊犬猛然从乔锦月的面前奔过，冷风掀起了她的裙摆。

"啊！"乔锦月受了一惊，不禁往顾安笙身旁凑了凑。

"小心！"顾安笙不及思量，便一把将乔锦月拉入怀中。

那条牧羊犬奔驰而去，带走了冷风，留下的依然是祥和宁静的夜晚。乔锦月被顾安笙紧紧搂在怀中，耳朵抵在他的胸前，连他的心跳都听得一清二楚。乔锦月心中激起一层浪花，有一霎时，竟不想离开。但终归是脸上一热，挣脱了顾安笙的怀抱。

顾安笙替乔锦月捋了捋微微蓬乱的发丝，关切地问道："怎么样，没受到惊吓吧？"

乔锦月低头，红着脸颊道："没……没事，刚刚谢谢你呀。"

抬眼望去，不知不觉间竟已到了自己住的旅馆。即将分别，乔锦月虽心中不舍就此结束这心驰神往的时刻，但口中还是道："过了马路，便是我们住的旅馆了。你就送我到这里吧！"

顾安笙道："你去吧，我在这里看着你进去我再走。"

"好！"乔锦月伴着细微的星光，踏步而去。临别前，朝顾安笙挥挥手。顾安笙笑着与乔锦月招手回应，待乔锦月走进房门，便踏着月光扬长而去。

几日后，便是庆功宴。厅堂中布满了彩灯，几扇窗子上张贴着用红纸剪的窗花，不是新春，却布置得犹如新春一样。一大张长桌足够坐满文周社与湘梦园的近二十个人。乔锦月犹爱热闹，见这般盛大的宴席，心里也格外兴奋。

"来了，锦月。"顾安笙一打眼便瞧见了乔锦月。

乔锦月慢慢走近，浅笑着回应："嗯，来了来了！"却一想到内心深处那份如真似幻朦胧的情感，竟不敢直视顾安笙的眼睛。

胡仲怀指着顾安笙身边的一个座位，对着乔锦月说道："锦月，你就坐在这里吧！"那个位置自然靠得顾安笙最近，若是平时，乔锦月定是不会拒绝，更不会多心。可既然对顾安笙有了这样的感情，一时间，竟不敢面对顾安笙。

"这……"乔锦月向前走了几步又退了回来，迟疑道，"这恐怕不太好吧，我是不是应该和湘梦园的师兄师姐坐在一起？"

"有什么不好的，既然是联谊，还分什么湘梦园与文周社。"胡仲怀硬是把乔锦月往那边推，在乔锦月耳边小声道，"你忘了咱们之前说过什么了？"

顾安笙亦道："锦月，坐吧。"

乔锦月思索之间，陈颂娴亦道："小七，咱们不必讲究那么多，既然你与顾公子是好朋友，那你就坐在那里吧！"

陈颂娴虽不知道乔锦月的那一番心思，却一语道破这其中关系。乔锦月脸一红，还是听了师父的话，坐在顾安笙身边。抬眼间与顾安笙的目光相遇，乔锦月竟猛然回避低下头来，从何时起，自己面对顾安笙竟也会不自在？沈岸辞本想说些什么，但最终还是收住了口，默默在乔锦月的另一旁坐下。

胡仲怀鬼魅一笑，见乔锦月坐好，便径自走回，在顾安笙对面的位置坐了下来。

"小七，你来了。"苏红袖踏门而入。

"师姐，师姐！"乔锦月站起身招呼道，"师姐快过来，你就坐在这吧，坐我对面。"

"好，都依你的。"苏红袖露出宠溺般的微笑，丝毫未有多虑，坐在了乔锦月指定的位置，也就是胡仲怀的身旁。胡仲怀悄悄给乔锦月投来一个赞许的眼神，乔锦月亦朝胡仲怀眯了眯眼。

"你们两个在搞什么鬼？"那几个小动作逃不过苏红袖敏锐的眼神，一切都被苏红袖瞧得一清二楚。

"嘻嘻，没什么。"乔锦月回头过来，端正地坐好。

胡仲怀瞧着苏红袖温柔到极致的侧脸，温声道："红袖，辛苦你操持这些事了。"

"说什么辛苦不辛苦的！"苏红袖温婉一笑，"我是湘梦园的大师姐，你是湘梦园的贵宾，这本是尽地主之谊。"

胡仲怀的脸凑近苏红袖，轻声问道："那我前来赴约，你开心吗？"

苏红袖边脱下身上那件锦色外衣，边道："我当然开心呀！"

- 肆 -

乔锦月在一旁瞅着胡仲怀那神情，调侃道："哼，不要脸。"

胡仲怀作势伸出了手掌，咬紧牙关小声道："死丫头，又有你什么事啊？"侧头瞥见苏红袖脱下的锦色外衣，又急忙接过那件大衣道："红袖，我帮你挂起来吧！"

见胡仲怀那滑稽而又殷勤的神情，顾安笙与乔锦月都笑了，乔锦月笑得尤为大声。当局者迷，胡仲怀将苏红袖的外衣挂在衣架之上。回过头却不知二人为何发笑，便诧异道："你们笑什么啊？"乔锦月瞧见他那一本正经的神情，越发觉得好笑，边笑边道："笑你乱献殷勤啊！"

苏红袖被说得有些脸红，嗔怪道："小七，越发无礼了。"

乔锦月收敛起了笑，调侃般地说道："师姐，我笑他呢，你脸红什么？"

陈颂娴作为唯一的长辈，慈爱地看着这群孩子们，满心喜爱地笑道："看着你们这群孩子相处得其乐融融，我们这些长辈是打心底里高兴。"

言笑晏晏间，等来了文周社与湘梦园的所有宾客。酒菜上桌，庆功宴便已算正式开始了。多喝了几杯酒，乔锦月面色红润，已是微醺之状。苏红袖搀扶住乔锦月，说道："没什么，师父说她先回去了。倒是你，是不是喝多了？"

乔锦月推开苏红袖扶住她的那只手说道："没事，师姐。就是开心多喝了点，没喝多。"

苏红袖用怀中绣帕拭去了乔锦月额头上的汗水,关切般地说道:"你呀多注意点,咱们唱戏的喝酒过多不但伤身更伤嗓子,你更别喝醉了再生出点什么事端!"

乔锦月猛烈地点头道:"知道了,师姐。师姐,你陪我去一趟洗手间吧。"

"走吧。"苏红袖带着乔锦月离开了厅堂。

"来,师兄,我们来喝一杯!"

"顾公子,你是我们湘梦园的贵人,我们也敬你!"

"好,多谢多谢!"

文周社和湘梦园的弟子纷纷去敬顾安笙,一杯杯酒下肚,顾安笙也略有些醉意。

"安笙!"乔锦月走到顾安笙身边,拉住了顾安笙。顾安笙见乔锦月迈着跌跌撞撞的步伐,显然已经醉了,便带着乔锦月走到一个没人的角落里,说道:"锦月,你喝了多少酒,怎么醉成这样?"

乔锦月已然站不稳,扶住墙说道:"我也不知道啊,我就喝了一点而已,安笙,你看我这是喝醉了吗?我现在觉得很清醒啊。"乔锦月的样子可爱又可气,顾安笙不禁哑然失笑,说道:"你这个样子难道还算清醒?你不能再喝了啊。"

乔锦月说道:"我也不想再喝了,我感觉头好晕,你陪我……陪我出去走一走吧!"微微有些醉意的顾安笙也觉得头脑昏沉,想出去走走,便应了乔锦月:"好吧,我陪你出去走走。"以乔锦月的状态显然走不稳,顾安笙紧紧扶住她以防摔倒。

沈岸辞眼见二人举止亲密地从眼前走过,竟没有理由上前阻止。也只能无奈地狠狠跺了下脚,不料想竟牵动了伤口,疼得咬紧了牙关。

苏红袖发觉到了沈岸辞的不对,便上前问道:"师兄,你怎么了,不舒服吗?"

"没事,不小心触动了伤口而已。"沈岸辞朝他二人走出的方向看了一眼,对苏红袖说道,"不用担心我,回去看好他们吧!"

庆愉酒店后有一座亭子,这般寂静的夜晚,唯有他二人坐在亭中。

乔锦月目光迷离,看着夜空中的星星,喃喃道:"今晚的星星好多好多,安笙,你能不能把它们摘下来,送给我呀!"言毕,乔锦月便伸出手向夜空抓去,仿佛真的能摘到天上的星星一样。

"哎呀!"身子飘忽不稳,一个踉跄竟跌倒在地上。

"地上多凉,快起来!"顾安笙一把将乔锦月拉起来。

"安……安笙。"乔锦月抬起头,迷离的眼中映着顾安笙那满含柔情的双眼,轻轻啜嚅道,"安笙,你为什么对我那么好,好到我都不想离开你了,再这样我怕我会离不开你……"

"傻瓜,"半醉半醒的顾安笙一时动了情,把乔锦月揽到怀里,轻轻抚摩她的鬓发,说道,"我不对你好,对谁好?"

"星星,好亮的星星。"乔锦月的目光又落到满天的繁星上,挣脱顾安笙的怀抱,向星空扑去:"安笙,我们来摘星星好吗?"

顾安笙怔怔地看着乔锦月,朦胧的醉意之间,眼中的乔锦月极美,犹如飞舞的蝴蝶般楚楚动人,又好似九天之上的仙女,澄澈得不含一丝杂质。"乔锦月!"顾安笙一个箭步上前,将乔锦月抵到墙角。此时的乔锦月倒是乖巧,不吵不闹也不反抗。

"安笙!"乔锦月的手攀上顾安笙的肩膀,望着顾安笙那明亮如水的双眼,喃喃道,"安笙,你生得真好看,明眸皓齿,谦谦君子。就是,就是你太清冷了,清冷得我都不敢……"

"乔锦月,你想表达什么?"带着七分醉意,三分清醒,顾安笙凝视着乔锦月的双眸,将那份疑问吐出了口,"乔锦月,你喜欢我吗?"

乔锦月眨巴着双眼,一瞬间所有的感情都倾口而出。"我喜欢……我喜欢你。可是你这么清冷的一个人怎么会喜欢我?我的这份喜欢,只能烂在心里……"乔锦月的意识已然不清醒,醉意朦胧间,吐露的正是凝结于内心的所有深情。

顾安笙眉眼化为春风,含笑间温情道:"你喜欢我,正巧,我也喜欢你。"

恍然间,唇角一凉,不知是什么温柔的东西,覆在了自己的唇边。那份温情,由不得自己拒绝,也舍不得去拒绝。

"安笙!"乔锦月抱紧了顾安笙的腰杆,喃喃细语道:"我一刻也不想离开你,我想,我想永远和你在一起!"

"好!"顾安笙也抱紧了乔锦月:"我也永远不会离开你!"

厅堂中依然是一片欢聚之象,似无人注意他二人已经离开。胡仲怀寻不到顾安笙,便去问苏红袖:"红袖,你看到我师兄了吗?"

苏红袖朝四周看了一眼,说道:"不知道啊,小七也不在这里,大概是陪小七出去了吧!"胡仲怀问道:"那他们出去有多久了?"苏红袖想了想,说道:"刚才我陪小七去洗手间回来后便不见了她的踪影,应该出去有一会儿了吧!"胡仲怀急道:"哎呀,我师兄喝醉了,锦月也喝醉了,他们这么晚还不回来怕不是出了什么事吧?咱们赶紧去把他们找回来呀!"

苏红袖思考片刻,说道:"你这么说确实也是,我刚刚忙着照顾湘梦园这些师弟师妹,竟忘了这一茬。本以为小七和安笙在一起就不会有事,可他们出去的也确实太久了!咱们快去把他们找回来,他们应该不会走远的。"

"好,我们快去!"

亭子里。乔锦月带着微红的脸颊与顾安笙坐在亭中的台阶上,乔锦月呓语:"安笙,我想要天上的星星。我乔锦月是月亮,你是不是就是我的星星啊!"顾安笙看着天上的星星,又看了看乔锦月,温声说道:"你若是月亮,我便是你的星星。"

苏红袖与胡仲怀走到亭子后,看到乔锦月与顾安笙的背影。

黑暗之中模糊不清不敢确认，苏红袖问道："仲怀，你看，那是不是他们两个啊？"

胡仲怀仔细望去，看清楚了他们两人的身形轮廓，的确没有错："没错，是他们。"

苏红袖道："我们快过去！"

"小七！"

"师兄！"

"师姐？"乔锦月揉了揉眼，看着苏红袖说道："师姐，真的是你吗？你怎么找到这里来了？"

苏红袖看着乔锦月这个模样，嗔怪道："大晚上的坐在这里，凉不凉啊，快随师姐回去！"

"我不回去！"乔锦月的头摇得像拨浪鼓一样："我要和安笙在一起！"顾安笙的意识还有一些清醒，站起身道："仲怀，你们俩怎么找到这了？"胡仲怀叹了口气，无奈道："你喝醉了，锦月也喝醉了。我们不来，你们是真不怕出什么事啊？"

顾安笙的目光移向乔锦月身上，信誓旦旦地说道："不会出事。只要我在，永远也不可能让她出事，哪怕是我自己有事，也会护她周全。"胡仲怀知晓，这话换作是平时的顾安笙，是断然不会说出口的。既然能将这样的话说出口，就是借着酒醉的真情流露了。

胡仲怀已然看穿了一切，不过胡仲怀是聪明人，这个时候也不好多言，便劝顾安笙道："好啦，师兄，我们都知道。有什么事明天再说！"

顾安笙走到乔锦月身旁，柔声说道："回去好好休息，明天再来看你！"乔锦月也没有多言，便点头道："好！"

顾安笙又对胡仲怀道："仲怀我们回去吧！"便与胡仲怀离开了。苏红袖对乔锦月说道："小七，我们也回去吧！"

"回去，回去！"乔锦月带着醉意说道："安笙，明天再见你！"

另一边，顾安笙随胡仲怀回了酒店。胡仲怀问道："师兄，你真的醉了吗？"

"我……"顾安笙揉着脑袋道："头好痛，刚刚发生了什么？"

胡仲怀说道："什么也没发生，大家都好好的。我让林大哥把没喝醉的弟子都带回去了，喝醉的也走不了了，今晚就安排住在这里了。"

顾安笙又问道："你把他们都安顿好了吗？"胡仲怀点点头，说道："放心吧，都安排好了之后我才来找你的。"顾安笙拍拍胡仲怀的肩膀，欣慰地说道："仲怀，现在这些事你做得越来越好了，那我就不用担心了。我头有些晕，咱们也回去休息吧！"

"好！"

进了房门，胡仲怀闻到一阵浓烈的香水味，便诧异道："师兄，你身上是什么味道？"顾安笙未在意，随口说道："许是多饮了些酒，沾染了酒气吧！"

"不是酒气！"胡仲怀仔细嗅了嗅这味道，这味道分明熟悉得很，仿佛在哪里闻到过。仔细回想，这味道仿佛是接乔锦月时，乔锦月身上那"秋意浓"香水味。没有错，就是了。"是锦月身上的香水味！"胡仲怀狐疑地问道："师兄，你们俩干什么了，你身上的味道就是锦月的香水味！"

"我……"顾安笙揉着脑袋说道："我也不知道干什么了，都想不起来了。"

胡仲怀忍不住笑了出来："没有近距离的接触怎么可能会有这么浓郁的香水味，师兄，你和锦月做什么了？"直视顾安笙，发觉顾安笙嘴角那一抹粉红的色彩，难道是……

胡仲怀惊讶道："师兄，你的唇角？"顾安笙摸了摸唇角，不知所以然，呆呆地问道："我唇角怎么了？"

"没什么。"胡仲怀重回淡定，他知道顾安笙酒未清醒，此番询问是问不出什么结果的，便道："师兄，你既然头晕就先睡吧，有什么事，明天再说吧！"顾安笙实在疲倦，也没有多说什么便道："那我先睡了，你也去睡吧！"

顾安笙躺下后，胡仲怀又细细思考。身上沾染那么浓烈的香水味，必然是近距离接触过的，若只是平常说说话，不可能沾染得这么重，不然为什么自己带乔锦月坐车到这里，身上却没有沾染一丁点这个味道？想必师兄是拥抱过锦月的，而且不仅仅是一时，应该是很久。

师兄唇边的那抹色彩，一打眼便能看得出是女子的口脂。虽然说相声的也会化妆，但是师兄不上台是绝不会化妆的。这样看来那口脂就是锦月的了，连口脂都能沾染到唇上，那事情一定不简单了。如果是抱一下，倒也说得过去。可是这口脂，那想必师兄是吻过锦月的了。难不成师兄这闷葫芦真的和锦月表白了？这其中必定有情况，只是师兄已经醉了酒也问不出缘由，待他明天酒醒了再说吧！

顾安笙已经睡下，胡仲怀还是放心不下苏红袖那边。便悄悄出了门，去往苏红袖的房间，轻轻叩门。

"红袖！"

"嘘！"开门的是苏红袖，苏红袖做了个噤声的手势，走出门来。

胡仲怀放低了声音问道："红袖，锦月怎么样了？"

苏红袖道："小七这丫头喝醉了，现在已经睡下了，不必担心。你师兄呢？"

胡仲怀答道："师兄也有些醉酒，现在也睡了。我放心不下你们，所以过来看看，红袖你怎么样啊，瞧着你应该没有喝多吧？"

苏红袖温婉一笑，说道："仲怀，谢谢你，这阵子你帮我们的忙还真不少。你不用担心我，我虽然和他们喝了些酒，但没有喝醉。我知道我不能喝醉的，还得看管他们呢！"

胡仲怀温声道："你没事就好，那你们湘梦园的人都安顿好了吗？"

苏红袖点头道："都安顿好了。那些没喝醉的随大师兄回旅馆了，喝醉的肯定是走不了，我把他们安排到酒店住一晚，明天再走。那你们呢，怎么安排的？"

胡仲怀笑道："正巧我们想到一块去了，我也是把没喝醉的送回去，喝醉的都留下了。"

苏红袖关切地问道："那你呢，我瞧着他们劝了你不少酒，你没醉吧？"

胡仲怀轻轻一笑道："你不知道我的体质，我是千杯不醉，我师兄可就没我这么好的酒量了，他喝了这么多，已经不太清醒了。还是你们女孩好，不用被劝酒。"

苏红袖亦是一笑，说道："虽说你身体好，但还是别喝太多。饮酒过量伤身，适当就好，喝得太多终究是没有好处的。"

苏红袖这一番关切的提醒，使得胡仲怀心中一暖，忙说道："知道啦，你说得很对，我以后也会注意的。若没什么事，我就先回去了。忙活了一天你也好好睡一觉吧，我们明天见！"

苏红袖点头道："那你也回去好好休息吧，明天见。"

胡仲怀道了一声"好"便转身而去。

"等一下！"胡仲怀转身离开之际，却又突然被苏红袖被叫住。

"怎么了，红袖？"

苏红袖缓缓走到胡仲怀身边，轻轻掸了掸胡仲怀身上的白色石灰，温声说道："哪里蹭上的石灰，走路也不注意些。"苏红袖那带着嗔怪的声音却极致温柔，胡仲怀这么近距离地看着苏红袖，心中不禁涌起一阵莞尔。那端庄的眉眼间凝结了所有的温情，胡仲怀不由得怔在那里。

"仲怀，仲怀！"见胡仲怀怔在那里，苏红袖轻轻呼唤道。

"啊……啊，红……红袖。"胡仲怀回过神来，摸了摸头道："啊，许是刚刚在水泥墙上蹭的吧。谢谢你，红袖，你心真细。"

"没事的。"苏红袖温声说道:"夜已经深了,你快回去睡吧!"

"嗯嗯,那我回去了。"告别苏红袖,胡仲怀便回了自己的房间。苏红袖那一缕柔情,在他的心里犹如微波荡漾,回味起来如春日暖阳,弥漫了整颗心。

"安笙,我喜欢你,可是你太清冷了……"那一晚如梦似幻的场景,在顾安笙的心中久久回荡。

"我也喜欢你。如若你是月亮,那我便做你的星星……"梦中的顾安笙诉说着自己的真情,可乔锦月的身影已然消失不见。

"锦月!"顾安笙猛然从梦中惊醒。

"师兄,你醒了啊!"

"仲怀?"顾安笙撩开窗帘,见窗外艳阳高照,便问道:"我这是睡到什么时候了?"胡仲怀说道:"这都八点多了,你可真是睡得太久了。"

顾安笙嗔怪道:"那你怎么不叫醒我?"

胡仲怀朝顾安笙吐了吐舌头,故意拉长语调道:"你昨晚喝得那么醉,我叫你你能醒吗,我问你,你可还记得昨晚发生了什么事?"

"我昨晚……"顾安笙揉着脑袋,细细回想道:"昨晚他们都要敬我,我便陪他们多喝了些,好像是有些醉了。你不是告诉我你把他们都安顿好了,那我也没什么要担心的了。"

"嗐!"胡仲怀故作无奈叹息一声:"说了半天也没说到点上,我说的是锦月,乔锦月啊。"胡仲怀最后说"乔锦月"三个字时故意拖了长音。

"锦月?"顾安笙回想道:"昨晚锦月喝醉了,我陪她出去醒醒酒,是你和红袖姑娘把我们接回去的,对吧?"

"你看看你都记得!"胡仲怀眯眼一笑,又说道:"刚刚醒来的时候说的是什么,是不是叫着锦月的名字?"

顾安笙顿了顿，说道："我好想是梦到了什么与她相关的，但又好像不是，总之，很模糊。"

胡仲怀把顾安笙昨晚脱下的那件大褂拿给顾安笙，说道："这是你昨天穿的那件大褂，你闻闻，什么味道？"

顾安笙双手接过闻了闻，说道："除了沾染的酒气，好像还有一丝香水的味道，哪来的？"

胡仲怀说道："这就对了，昨晚我就说怎么觉得这味道这么熟悉。这是锦月身上的"秋意浓"香水味，我接她坐车过来的时候就闻到过了。"

"我还特意问了她，她说这个香水的名字叫'秋意浓'。你俩到底做什么了，你要不是与她亲密接触，怎么会沾染上了这个味道？"

- 伍 -

难不成那个情景不是梦？顾安笙怔怔说道："我记不太清了，我陪她去醒酒，一直和她待在一起，身上沾染上了这个味道很正常啊，况且……"

"得得得。"胡仲怀打断顾安笙的话："别自欺欺人了！师兄啊，这个味道又不是很浓，不是近距离接触过是不会有的。那我与她一起乘车怎么就没有沾染上这个味道？怎么你陪她去醒酒就有了？"

顾安笙莫名有些茫然，怔怔说道："可我觉得那只是个梦……我真的记不清了。"紧接着顾安笙将大褂翻了一个面，似是发觉丢了什么东西，忙问道胡仲怀："咦，我的胸牌呢，仲怀，你把我的胸牌放到哪里去了？"

"你的胸牌不是在你的大褂上挂着吗？"胡仲怀将顾安笙手中的大褂拿过来瞧了瞧，见那胸牌确实不见了："真的没有了啊！可能是你在哪儿刮掉了吧，也没什么事，回头补一个就好了。"

顾安笙将大褂放在桌子上，只道了一句："倒也是。"

"可别想着岔开这个话题。"胡仲怀狡黠一笑，指着顾安笙的唇角说道："师兄，你看看你的唇角。"

"我的唇角？"顾安笙拿过镜子，照了照说道："我的唇角怎么了，什么也没有啊？"

胡仲怀看了看顾安笙，许是一晚过后，那轻微的口脂色已经掉了。胡仲怀灵机一动，问道："师兄我问你，昨天你有涂口脂吗？"

"没有啊。"这一点顾安笙很确定:"你知道的,我不登台的时候是不会化妆的。"

胡仲怀拍手一笑,说道:"这就对了嘛,过了一晚那口脂色可能褪掉了。昨晚回来时,你唇角的口脂色很明显。你又说你没有化妆,那口脂色是怎么来的?而且昨晚你和锦月在一起的时间最长,那口脂色又极像她的,你是不是亲过她了才沾染了那口脂色?"

"越发胡闹了!"顾安笙正色,斥道胡仲怀。而自己的心里确是发慌得狠,蜻蜓点水那一瞬间仿佛一根刺扎在心上,那朦胧的感觉究竟是真还是幻?分不清那是梦是真,难道自己真的……

胡仲怀嘻嘻一笑,说道:"师兄干嘛这么激动,这是不是说明我说得是事实啊?就算什么也没发生,你喜欢锦月也是事实,我都看出来了。而且昨天你还说啊……"顾安笙急切地问道:"我说什么了?"

胡仲怀学着顾安笙的语气,惟妙惟肖地模仿着顾安笙,说道:"只要我在,永远也不可能让她出事,哪怕是我自己有事,也会护她周全。"

顾安笙又不说话了,他似乎记得,自己的确说过这样的话。怎么自己喝了酒竟也控制不住自己,什么话都能说出口?见顾安笙不说话,胡仲怀又问道:"师兄,你是真的不记得了吗?就算你不记得了,你是不是喜欢锦月,你自己的感情心里应该清楚吧。"

顾安笙凝神道:"我当时醉了酒,自己做了什么说了什么都记不清楚了。现在感觉是梦又不像是梦,总之自己也分不清。我对锦月的感情还不是很明晰,我怕我对她做了什么逾越之举,那岂不是污了人家女儿家的名声?我怎么可以……"

胡仲怀却很平静地说道:"师兄你无须介怀这件事,这都民国了还讲究什么男女大防。现在讲究自由恋爱了,你喜欢她,她也喜欢你,抱一下,亲一下有什么过分的?"

顾安笙吸了一口气,说道:"你说的是有些道理,可还不知道人家姑娘是怎么想的,只怕真的发生了什么,她心有忌惮,以后都不会再和我有来往了。"

胡仲怀伸出一根手指，摇了摇，说道："欸！可不是这样，人家姑娘要是不喜欢你，也不会任由你碰她的。人家要是对你也有意思，那可就另当别论了。"

顾安笙看了看天色，发觉为时不早，便不再谈论这个话题，说道："时候也不早了，咱们也该收拾收拾准备回去了。"

胡仲怀看了顾安笙一眼，笑道："也好，等一会儿见了锦月，你自己问问她记不记得了吧！"

另一边，乔锦月也是一样，一梦睡到天明。回想起昨日的情景，亦是说不清道不明。乔锦月醉酒比顾安笙还要厉害，自是想不起来发生了什么。

"师姐，昨晚我好像是喝多了！"刚刚换好衣服的乔锦月朝苏红袖问道。苏红袖看着自家师妹这个晕头晕脑的样子，忍俊不禁道："你呀，不是好像喝多了，是就是喝多了。"

乔锦月愣愣道："师姐，你可还记得昨天发生了什么吗？我记得我好像和安笙在一起，然后……然后就什么也不知道了。"

苏红袖敲了一下乔锦月的脑袋，笑道："你喝多了，我可没喝多。昨天晚上你是和安笙公子出去走了一圈，安笙也有些醉了，后来我和仲怀把你们俩接回来了。"

乔锦月按了按自己的太阳穴，说道："我真是一喝醉，就不记得自己做过什么了。我只是恍惚间记得自己和安笙在一起，但我们说过什么，做过什么，我一点也不记得了。"

苏红袖边收拾桌上的东西，边说道："那我就不知道了，我和仲怀找到你们的时候，你们正坐在亭中，至于你们说了什么，我们也没有听到啊。"

骤然间，犹如有一道光穿过脑海。恍恍惚惚之间，只突然出现了一句话。"如果我是月亮，你愿意做我的星星吗？"乔锦月将这一句话脱口而出，不住地念道："安笙……安笙……"

苏红袖不明白乔锦月神神叨叨的说的是什么，奇怪道："小七你在说些什么呢？什么月亮、星星的。老实说你是不是看上人家顾公子了？"

苏红袖本是随口一问，乔锦月却红了脸，急忙道："师姐你说什么呢？我……我就是不记得昨天晚上发生过什么事了，猛然间想起这一句话了，又不知道是不是我说的！"

苏红袖看了乔锦月一眼，又继续收拾东西道："好好好，你说什么便是什么，我瞧着你对人家安笙公子上心的紧呢！"这一次乔锦月没有急，反过来调笑苏红袖："师姐你别说我，我瞧着你对那胡仲怀公子也是上心的紧呢！昨晚你们俩是不是出双入对的一起回来的？"

苏红袖白了乔锦月一眼："胡说什么乱七八糟的呢？人家胡仲怀可比我还要小两岁呢！"乔锦月绕到苏红袖身边，继续笑道："只要有情，年龄不是什么问题？只怕是有人故意拿年龄来当挡箭牌吧！"

"行啦行啦！"苏红袖岔开话题，把收拾好的包裹放下，道："别说了，咱们也该走了，师父还在和安旅馆等着咱们呢！"

乔锦月深吸了一口气，抿嘴道："好吧！"正打算穿上外衣，却发现外衣上有一块褐色的胸牌，这胸牌并不是自己的。乔锦月将胸牌拿下来，仔细端详一番，疑惑道："这是哪来的胸牌，我没有这样的东西啊！"

"什么胸牌？"苏红袖走过去瞧了瞧，只见上面刻着"文周社领队"五个字。苏红袖说道："你看上面刻着'文周社领队'这几个字，那就应该是胡仲怀或者是顾安笙的。"乔锦月想了想，说道："的确像是他们的，可是他们的东西怎么会落在我身上？"苏红袖道："你昨天和安笙在一起待的时间最长，应该是安笙的吧！"

"或许是他的吧。"乔锦月仍旧疑惑："可是胸牌应该是挂在胸前的，那挂在他衣服上的东西怎么会挂到我身上来了？"

苏红袖也并未多想，随意般地说道："那就不知道了，等一会儿下去问问他吧！"

乔锦月心想，既然顾安笙身上的胸牌挂到了自己的身上，那一定是身体上有了触碰。半梦半醒之间，朦胧般的感觉到顾安笙抱过自己，难不成是真的？但心里的疑问也不能说与师姐听，如此便罢了。苏红袖拿着鸡毛掸子掸下窗台上的灰尘，并对乔锦月说道："你先拿着东西下去等我吧，我简单地收拾一下，一会儿下去找你。"

乔锦月点头："好，那我便在楼下等着你吧！"说罢，乔锦月便带着大包小裹走出了房门。乔锦月住在五楼，从五楼向下走时，正巧看到从四楼出门的顾安笙。只见顾安笙对着房间内说道："你收拾好了就下来，我下去接应他们。"

"砰！"顾安笙关上房门，回眸这一瞬间，恰巧目光与乔锦月对上。双双心里俱是"咯噔"一下，怔在原地止步不动。

"安笙……"

"锦月……"

二人几乎同时开口："我……"一时间，竟相对无言。沉默片刻，顾安笙先开口说道："锦月，你这是打算回去啊！"

"是啊！"乔锦月回答道："我师姐在楼上打扫一下，让我先下去，在楼下等她。你呢，你也打算回去吧？"

顾安笙点点头道："正是，我先下去接应他们，仲怀还在屋里，一会下来。既然碰上了，就一块儿走吧！"

"好！"乔锦月刚答应一声，未留意，手中的包裹便掉到了地上，乔锦月不禁惊呼一声："哎呀！"

"小心！"顾安笙急忙过去将乔锦月扶住。

"没事的！"乔锦月也不知为何，竟然闪躲开了顾安笙，或许是自己还在为那如梦般迷离的情景耿耿于怀吧。但是那一瞬间，只有乔锦月自己留意到了当手中的包裹滑落时，顾安笙在意的不是滑落的包裹而是她自己。也许这是他在意自己的一种本能反应，但无论是何种原因，总之还是又一次暖了乔锦月的心。

顾安笙拾起包裹，说道："你的东西太多了，这些东西，我帮你拿下去吧！"

"哎，不用，我自己拿就可以。"乔锦月话未说完，顾安笙就已经提着大包小裹走了下去，乔锦月只好默默跟上。到了楼下，顾安笙将包裹放在台阶上，对乔锦月说道："东西就放在这里了。"

"嗯，好！"乔锦月看了一眼包裹，笑道："安笙，谢谢你了！"

"锦月，你跟我就不用这么客气了。"

"那个，安笙……"乔锦月想向顾安笙问昨晚的事，但却不知该如何提起这件事，一时微微语塞。顾安笙那深邃的眼眸却始终温柔地看着乔锦月。"锦月，你想说什么？"

"我……"乔锦月被那眼眸看得双颊发热，顿了顿说道："我昨晚是不是喝醉了，你……你不是也和我待在一起吗？昨晚咱们干了什么我都记不清了。"如此，她也只能这般问道。

"嗯……"顾安笙也想起那不知是真是假的情景，骤然心中一紧，脸上却强作淡定道："当时我也有些醉了，记得当时你说让我陪你出去醒醒酒，我便和你去了后院的亭子中走了一圈，就是这样。"

"那……"乔锦月低声问道："那我可对你说了什么，我们……我们又做了什么？"顾安笙一时迟疑，本来这也是自己心中的疑团，可连锦月也什么都不记得了。自己总不能问锦月，自己有没有做过那样的事吧。他只得道："我这个人一喝醉便不记事，我也记不清你说过什么，我们应该只是在亭子中散了散步吧，后来仲怀和你红袖师姐便带咱们回去了。"

"噢，那……那应该是吧！"乔锦月心想："既然顾安笙也不知道，便没有必要再纠结了，就让这件事过去吧！"可是虽然自己是这么劝慰自己的，但难免还会有疑惑。

顾安笙亦是如此，可是二人都记不清事情的前因后果，此事只能不了了之。

"哦，对了。"乔锦月拿出那块胸牌道："这个胸牌上面写着'文周社领队'这几个字，我也不知道怎么落在了我这里，应该是你或者是仲怀的吧？"

"这是我的胸牌。"顾安笙接过胸牌，说道："我还找了呢，没想到竟然在你这里。"

乔锦月轻轻笑了笑道："找到便好。"

顾安笙点点头，又问道："锦月，你们是不是准备回津城了？"

"我们明天走。"乔锦月说道："一会我和师姐先回旅馆，我们跟师父和其他的师兄师姐打理一下，明天就回去了。你呢，你们也快走了吧？"

顾安笙道："是啊，我们今天就打算回津城了。我等一会儿接应下师弟们，然后我们就回去了。"

乔锦月望了望天空，轻轻牵起嘴角道："这短短二十几天的时间，过得真精彩。尤其是能在顺德大剧院看你的演出，真是觉得不白来这一趟。"

顾安笙亦道："我也是这么想的，这一次收获真的还蛮多的。特别是在张府那一天能陪你唱《白蛇传》，让我发现了自己还可以在演戏这方面有所专长。"

乔锦月眨眨双眼，笑道："那你以后也可以尝试一下啊！"

顾安笙亦点头轻笑："那改日要你陪我唱一出《牡丹亭》了！"

乔锦月将手收放在胸前，欣然一笑："好呀，我也正有此意呢！"

忽而听到不远处传来胡仲怀呼唤声："师兄，车来了，咱们该走了！"

"哦，好！"顾安笙朝着远处应答一声，转而对乔锦月道："锦月，我们该走了，回头再见！"

第六章

欢愉今昔此良时

- 壹 -

总觉着时间过得好快,不知不觉间已经到了年末。这段时间以来湘梦园与文周社都各自忙着各自的事,乔锦月便也没有时间再去见顾安笙,而这一天晌午却等来了胡仲怀。

"我和你说件事啊,你一定会开心地蹦起来。"胡仲怀笑道。

乔锦月盯着胡仲怀,狐疑道:"你有什么事能不能赶快说啊?"

胡仲怀斜眼:"是我师兄说,他说他打算和你……"说到这里,胡仲怀故意停住不说了,乔锦月听到顾安笙,便是真的着急,"你师兄说什么了,他想和我干什么?"

胡仲怀狡黠地笑道:"我还没说完,你急什么急啊?封箱的事红袖都告诉你了吧,我师兄说啊,他想在封箱那天和你演一出《牡丹亭》,让你什么时候有时间过去一趟。"

胡仲怀此言一出，乔锦月立即喜上眉梢，声音也提高了几度："啊？是真的吗？"

胡仲怀点头道："当然是真的了，不然你以为我逗你玩呢？"

"可是……"得到了这个消息的乔锦月自然欣喜不过，但今日没有见到顾安笙的身影，始终不安心，便又问道："可是安笙他今天怎么没有随你一起来呀？"

胡仲怀说道："师兄今天有一场演出，所以没有时间赶过来了。不过他可是特意叮嘱我，让我一定要把这件事好好的传达于你呢！"

乔锦月笑容溢出嘴角，没有再发言。心里犹如被暖阳照耀般温暖，他当真是个重诺的人，那日里说过要与自己唱一出《牡丹亭》，本以为只是当作玩笑话，没想到他竟这样放在心上，当真是没有看错人。乔锦月自顾陶醉之际，胡仲怀又对着苏红袖说道："红袖，有一件事，我也要和你商量一下。"

苏红袖温声道："什么事呀！"

"是这样的。"胡仲怀说道："我师兄既然要与锦月唱一出《牡丹亭》，我想着我能不能与你也共唱一出戏。这次封箱，既然是文周社与湘梦园一同举办，我就想着两边的演员能够同台演出，这才算真正的联谊。不过我没有师兄那样的才华，不能唱完一整出戏，就想和你同唱一出戏中的一段两段都可以，不懂之处还望你能教教我，不知道红袖你可否愿意？"

"自然可以。"苏红袖眉眼含笑道："只要你愿意学，我当然愿意教，这种事只要你和我说就可以了，还有什么商量不商量的？"

苏红袖竟答应得如此爽快在胡仲怀意料之外，胡仲怀立即兴奋道："那太好了，这件事就这么定了！"随后又对二人道："锦月、红袖，那我先回去了，若有什么事，我们就直接给湘梦园打电话告诉你们！"

苏红袖道："好！"

胡仲怀转身离去。

既然答应这件事，乔锦月便一直在心里念着，那个人，是真的重诺于自己。《牡丹亭》这出戏乔锦月唱过好多次，也是很喜欢的一出戏，但若与顾安笙搭档，依然还是心中忐忑。次日清晨她便去了文周社大院，刚进大门，肩膀被一只手掌覆住，转头间，映入眼帘的是顾安笙那温润如玉的眉眼。"安笙，你……"张口间，乔锦月竟不知自己该说些什么，便迟迟停驻。

"你怎么在这里啊，锦月？噢，我想起来了。"还未等乔锦月开口，顾安笙便笑道："一等二等你不来，我想你定是迷在了这方庭院之中，我便来寻你。一种直觉告诉我你会在这儿，果然你便在这里。还在这干什么，天这么冷，快随我进屋吧！"说罢，顾安笙便拉起了乔锦月那被冻得通红的小手。顾安笙也许并未在意，可这一刹那的肌肤之亲，又让乔锦月心内微波荡漾起来。纵然是天气严寒，身上寒冷，可心里确是被一阵阵的温暖包裹住。

推开门，顾安笙朝乔锦月做了一个"请"的动作，乔锦月便进去了。那个地方不大，四周都是镜子，周围有一张桌子，两把椅子。乔锦月进去后问道："安笙，我们在这里排练《牡丹亭》吗？"顾安笙点头道："是啊，你瞧这里怎么样？"

乔锦月环顾一周，说道："这四周的镜子环绕，足矣看清自己的动作姿态。况且这里又暖和得很，是个不错的地方。"

顾安笙又道："离封箱典礼还有十二天，也就是说我们还有十二天的排练时间。在这几天的时间里，我有两场演出，除去这两场演出的时间，其余的时间便都可以与你排练。"乔锦月想了想，说道："我大概是在封箱之前有一场演出。不过《牡丹亭》这出戏我已经唱过好多次了，戏词什么的也都能张口即来。想必你对这出戏也是很熟悉的吧，我们倒也不需要花费太多工夫。上次唱《白蛇传》的时候，我们没有排练过就搭档得如此默契，这次想必也是一样。"

顾安笙说道："你说的确实也是事实，不过上次是临场上，完全没有任何的准备。虽说我们最终搭配得很默契，可毕竟中间出了点小差错，只是没有人注意到而已。这次既然是要上封箱典礼，我们就必然要好好准备，不能疏忽。"

乔锦月道:"说得是,那我们便趁着这段时间好好准备一下吧。"

顾安笙笑了笑,又说道:"于戏曲这方面,我始终是个外行,必要之时,还希望名角儿乔姑娘多加指点呢。"

乔锦月亦骄傲一笑,又腰道:"好,那你可要听我乔锦月的了。"

顾安笙亦作势,拱了拱手笑道:"那就多谢乔大名角儿了!"

这段时日,无论是对顾安笙还是对乔锦月来说,都是毕生中最快乐的时光。顾安笙这些日子较为繁忙,一面要准备剧场的演出,另一面要帮助师父准备封箱的事宜,只能在闲暇之余陪乔锦月排练。乔锦月的时间倒是很充裕,除了有一场《西厢记》要演,其余的时间都是闲着。闲暇时间,便去找顾安笙排练。顾安笙有时忙得连饭都吃不上,乔锦月便会带些糕点送给顾安笙。哪怕是不排练,乔锦月也会跟着顾安笙一起,为他做些小事。

这一天,乔锦月刚刚与沈岸辞演完一场《西厢记》,便急匆匆回去换衣服,准备去文周社找顾安笙。沈岸辞见乔锦月这般急匆匆的神色,问道:"小师妹这么急要去哪儿,马上到响午了,不吃饭啊。"

刚刚换好便装的乔锦月说道:"不吃了,一会儿要去文周社排练,就在那边吃吧。"沈岸辞眉梢微微一抽搐,顿了顿,又道:"你是要去找顾安笙是吧?"乔锦月也不避讳,直接点头道:"是,离封箱还有几天,我们也没有几天时间排练了。"

沈岸辞心中一凉,掩饰住那份失落,正色对乔锦月说道:"小师妹,你怎么对这件事就这么上心。平时我们的演出有那么多场,也没见你这么上心去排练啊!"

"哎呀,师兄!"乔锦月翘起嘴角笑道:"我们在一起唱过那么多出戏,该有的默契也早就有了,哪还需要排练啊?可是和安笙不一样,我和他没有正式搭过戏,况且他的本职是说相声,在唱功这方面不及我们,所以要多加练习。这是我们湘梦园与文周社的第一次联谊,我们可万万不能疏忽了啊!"

沈岸辞看了看乔锦月手中的点心盒，问道："这又是你做给顾安笙的点心吧！"

乔锦月点头道："是啊，这几日安笙忙得很，都没有时间吃饭，所以我做了点心给他送去。"看着乔锦月那兴高采烈的神情，沉着的沈岸辞竟也忍不住叹了口气："唉，你前几天说是心血来潮想和师父学做饭、做糕点，也是为了顾安笙？"被一语道破心事，乔锦月不免有些羞涩，低下头轻轻说道："是的。"

沈岸辞竟不自知地握紧了拳头，口中却依然平稳地说道："锦月，你还是个未出阁的姑娘，你这样整日里与一个男子在一起，不怕惹人非议吗？况且……你们男未婚，女未嫁，你们现在……现在做的倒像是恋人之间做的事。"

这一说，乔锦月又红着面颊解释道："师兄，我们……我们还不是那种关系……"既然已如此，沈岸辞自知多说无益，只得道："罢罢罢，你去吧，记得在外面保护好自己便是。"

乔锦月当即便点头道："好的，我知道了，我先去了啊师兄！"说罢便雀跃而去。

沈岸辞只能望着乔锦月那雀跃的背影渐渐离去而深深叹息。

文周社，排练室。

"安笙，你在里面吗？"乔锦月扣门道。

顾安笙打开门，见到乔锦月便立刻笑道："锦月，你今天不是有一场演出吗，怎么来得这么早？"

乔锦月进了屋，坐下道："我不是想着快点来嘛，这不刚刚演完就过来找你了。"

顾安笙瞧着乔锦月那被冻得红扑扑的笑脸，温声道："这么冷的天大老远的跑过来找我，真是难为你了，现下正是晌午时分，还没吃午饭吧！"

乔锦月说道:"我刚刚演出回来就过来了,哪里还有时间吃午饭啊?我知道你也没吃,这不给你带了生煎包,快来吃吧!"

乔锦月打开盒子,给顾安笙递了一个生煎包,顾安笙接过去放在口中仔细品尝,说道:"还是你做的生煎包?味道不错,只是样子还是丑了些!"知道顾安笙是故意调侃,乔锦月撅起嘴道:"知足吧,我可是刚刚才和师父学会,换了别人,我还不给做呢!"

顾安笙笑道:"知道你的这份心意啦,你做的吃食再难看我也会吃的。"言笑晏晏间,顾安笙与乔锦月用完了午饭。

"好啦,我们该忙正事啦!"乔锦月说道:"昨天我和你说的那些个问题,你可有多加练习?"顾安笙点头道:"昨天晚上我在房间练了好多遍,我再给你唱一遍,你听听。"乔锦月道:"好!"

乔锦月认真凝视着顾安笙的姿态,听着顾安笙的唱腔,良久,点头道:"唱腔倒是跟得上了,只不过动作要到位,像我这样,你瞧!"

顾安笙学着乔锦月的动作:"是这样……"不知不觉又到了傍晚,乔锦月离开前却被胡仲怀追了上来,"嘿,锦月。"

乔锦月回头,"干嘛呀你?"胡仲怀转转眼珠:"有一件事要问你,这事要是真的,就真没这么简单了。"乔锦月疑惑:"什么事神神秘秘的?"胡仲怀道:"那我就索性直接问你了,师兄那天晚上喝醉后,是不是亲你了?"胡仲怀这一问,直接惊得乔锦月一颤,忙说道:"什么?怎么可能?"

胡仲怀道:"也可能你想不起来了,可那天我瞧见师兄唇角沾染的口脂色,可是一点不会假的。师兄若不上台,就不会涂口脂,就算涂,也不可能只有星星点点的颜色。"

"而且那种淡粉色的口脂,只有你有。这证实了什么,一定是他吻过你了,你还不相信吗?"乔锦月细细想了想,那日的事在脑海中的印象一直模糊不清,可潜意识里发生过的事在心里还是会有一个影子。若照胡仲怀这番言辞,那个吻,不是梦,是的的确确发生过的事。想到这里,乔锦月不禁红了脸颊,低着头不说话。

见乔锦月不说话，胡仲怀又问道："怎么样，是不是想起来什么了？"

乔锦月想到这里，又抬起头叹了口气，说道："也许你这些推测全都是真实发生过的。可是我不记得了，他也不记得了。他从未和我说过他对我的感情，我一厢情愿又有什么用？若是我主动向他表白，而事实又不是如我所愿的那样，恐怕是日后连朋友也做不成了吧！"

胡仲怀道："说句实话，若是你们彼此都有意，那的的确确应该是他先向你表白。可也许那天晚上他已经向你表白过了啊，只是那晚酒醉，你们都记不得了。"

"我这个师兄啊，别的什么都好，就是感情这方面太含蓄，明明喜欢，就是不肯说出口。"

乔锦月扭头道："如果真是这样，那就算我知道了又如何，他也不会说出口。"

胡仲怀道："我把这些事告诉你，就是想让你清楚，让你知道对他的感情不是你一厢情愿，你也不要轻易放弃这份来之不易的感情。对于他这种不善表露情感的人啊，得需要我这种人推波助澜才行。时机未成熟，你先慢慢等候，我一定会逮到一个适当的机会，促成你们俩。"

- 贰 -

时间定在腊月二十这一天举办封箱典礼。

终于到了这一天,地点定在津城隆华剧院,这一天湘梦园与文周社所有的人都会齐聚于此,共同举办封箱典礼。地点已经选好,该做的准备也已经做好。既是津城鼎鼎有名的文周社与湘梦园共同举办封箱典礼,消息一放出去,隆华剧院的票很快便被一抢而空。封箱典礼时间是在晚上,中午过后,乔锦月便随着师姐们到了隆华剧院准备。

剧院的工职人员与演员加在一起聚集了一百多人,剧院内人山人海,便是想走进去都困难得很。在封箱典礼上有演出的便各自去排练自己的节目,没有演出的便待在后台准备出场时走一个过场。到了这里,乔锦月带着《牡丹亭》的行头想寻找顾安笙换上行头再排练一遍,可奈何人太多,哪里瞧得见顾安笙的身影?

乔锦月想上楼去找顾安笙,可不知被哪个工职人员绊了一跤,重重摔在地上。"啊!"乔锦月的膝盖着地,由于疼痛忍不住叫了一声。可楼梯上来来回回的人很多,都忙忙碌碌做着自己的工作,便无人顾及她。"来,快起来!"倒在楼梯上的乔锦月被小心地扶了起来,抬头只见得顾安笙那温柔的目光。

"安笙!"一见顾安笙,乔锦月便笑了:"安笙,我正要找你呢,想不到你在这里!"望着楼梯上来来往往的人,顾安笙拉着乔锦月上了三楼,并说道:"我们到这里再说话!"二人进了一间小化妆室,关上门,才少了那些喧闹声。

周围安静下来了,乔锦月才问道:"安笙,你刚刚去哪里了,怎么我在楼下都找不到你呢?"

顾安笙道:"我今天来得很早,便先占了这个地方等着你来再排练。刚刚我一个师弟告诉我,湘梦园的人都来了,我就想着下去找你。可谁知,我一出门便见你摔倒在地上。"乔锦月不好意思地笑笑:"今儿的人太多了,我也是着急找你才被挤倒了嘛!不过呀,每一次都是在我正要找你时,你便会突然出现。"

顾安笙语气中,带着一丝嗔怪:"你也真是的,非要在人这么多的时候上楼,这个时候大家都忙忙碌碌的谁能顾及到你这个小丫头?还好被我看到了,万一你要是被谁踩到了或是伤到了,可怎么是好?"乔锦月撒娇般地笑道:"好啦,好啦,知道啦!以后都听你的就是了!"顾安笙不忍责怪,带着一丝宠溺看着乔锦月:"别贫嘴了,趁着现在有时间,咱们再排练一次吧!"

"哦,对了!"乔锦月将包裹打开,拿出行头,说道:"《牡丹亭》的行头我都带了,柳梦梅的戏服是我大师兄沈岸辞的,你看看,你应该能穿得上。"

"好,我试试!"顾安笙换上了柳梦梅的戏服,乔锦月亦换上了杜丽娘的戏服。换好后,二人在梳妆镜前瞧了瞧。乔锦月满意地点了点头,说道:"这身行头还是蛮适合你的嘛!"顾安笙亦点点头道:"的确挺合适。锦月,你这身杜丽娘的装扮,真的好美,犹如仙女下凡一般。"顾安笙一向端庄持重,这样赞美的话从顾安笙口中说出,那定是和从胡仲怀口中说出是不一样的感觉。倘若不是真的被吸引,顾安笙是断然不会说出这样赞美的话。乔锦月被说得有些不好意思,低头道:"好了,别说了,抓紧时间再排练一遍吧!"

"素昧平生,因何到此?"

"良辰美景奈何天,赏心乐事谁家院。"

⋯⋯⋯⋯⋯⋯

换上戏服后的两人,唱起这出戏比排练时更多了些缠绵的意蕴。不知不觉,已见夕阳落山岗,冬日里,天总是黑得更早些。

此时此刻,所有的演员已经齐聚于后台,准备走登场时的过场。

推开后台的门,只见苏红袖坐在椅子上,身着一身锦绣华服,甚是美艳。"哇!"乔锦月惊道:"师姐,你今天好漂亮啊!"

"好看吗?"苏红袖站起身,笑意中渗着一丝娇柔:"这身华服是仲怀为我定制的,我也觉得好看呢!"乔锦月看了胡仲怀一眼,胡仲怀被苏红袖夸赞,心里如抹了蜜一般。乔锦月朝胡仲怀竖起大拇指,胡仲怀亦骄傲地昂起了头。

"咳咳!"胡仲怀说道:"我叫你们来不是让你们看红袖的衣服的,是想让你俩听听我和红袖的这段戏。"

"欸,仲怀?"顾安笙奇道:"你们俩一会儿就要上场了吧,你们为什么不穿京剧的戏服上台,反倒要定制华服呢?"

"师兄,这个你有所不知。"胡仲怀解释道:"我在学唱这方面的功夫不及你,自然不能像你和锦月那样和红袖唱一整出戏,所以我们只选了越剧《梁祝》中《十八相送》这一段。"

"越剧相对京戏我能拿得更准一些,况且无论是什么剧种,红袖这样的戏角儿都不在话下。我们这表演只有唱,没有演,那便不必穿戏服了。可毕竟是要登台的,也不能穿得太朴素,所以就定制了服饰。"

"原来如此!"乔锦月道:"也难怪,你想得还挺周到的。话不多说,你们唱一遍吧,我们听着!"

"弟兄二人出门来,门前喜鹊成双对。从来喜鹊报喜讯,恭喜贤弟一路平安把家归……"

"好!真是太好了!"乔锦月肯定道:"师姐的唱腔我就不必多说了,仲怀你能在这短短几天把这段越剧唱得如此精妙,确实在我的意料之外!"

顾安笙亦惊叹道:"仲怀,真想不到你有这等功力呢!"

胡仲怀将目光移到苏红袖身上,笑道:"这几天一直都是红袖在指点我,能把这段戏唱出来,多亏了红袖呢!"

苏红袖笑道:"梁山伯那悠扬的唱腔你能学得如此惟妙惟肖,是你天资优越,又怎能归功于我呢!"

"好啦好啦!"乔锦月撇撇嘴道:"你们俩就别互吹互捧了,马上到你们了,快到后台去准备吧!"

二人已经到后台做准备了,胡仲怀掀开帘幕,眼见着两位师弟的这场节目要接近尾声,不免对马上要上场的自己有些担忧。此时已经紧张到手指冰凉,虽说相声场子大大小小的剧院去过无数,可对于唱戏,还是第一次,尤其还是和苏红袖一起,心里的阵阵担忧总是免不了的。胡仲怀转过身去,深吸了一口气,平复好心情。在心里不断地告诫自己,不要紧张,不要在红袖面前出一丝一毫的纰漏。苏红袖见胡仲怀一动不动地盯着对面白纸所糊的墙,走了过去,问道:"你在看什么呢?"

"啊……"胡仲怀回过神,看了眼苏红袖说道:"红袖,咱们马上就要上场了,这还是我第一次唱戏,我现在……"看着胡仲怀额头密布的汗珠,苏红袖便知晓了胡仲怀是临场前的焦虑,于是便轻声安抚道:"没事的,仲怀,你不必太紧张。你现在已经唱得足够好了,你要相信自己,一定可以的。"苏红袖那温柔的眼眸如秋波流转,而那双美目中却露出一道异常坚定的目光。有了苏红袖的鼓励,胡仲怀也安了几分心神,点头道:"红袖,我相信你,我也会相信我自己。"

沈岸辞报完幕,胡仲怀与苏红袖缓缓从后台走到台上,到了舞台中央,向台下行了一礼。弹奏声缓缓响起来,苏红袖先开言唱道:"书房门前一枝梅,树上鸟儿对打对。喜鹊满树喳喳叫,向你梁兄报喜来。"

苏红袖嗓音如莺啼般婉转,在苏红袖开唱时,胡仲怀在脑海中飞快地流转一遍练唱时的情景。朝台下的一侧角落里一瞧,正好看到了顾安笙与乔锦月在那。他们纷纷向自己点头表示鼓励,与此同时,自己也更稳固了自己的信心。

看客们纷纷惊叹:"这越剧的调门虽然和京戏不同但真的好听啊!"

"苏姑娘开口,哪有不好听的!"

苏红袖唱毕,胡仲怀便跟着节奏唱道:"弟兄二人出门来,门前喜鹊成双对。从来喜鹊报喜讯,恭喜贤弟一路平安把家归。"

越剧虽然与京戏不同,但有许多相通的地方。对于唱戏的戏角儿而言,越剧也自然不难学唱,但对于说相声的胡仲怀来说,就要困难一些。但胡仲怀发挥得极好,完全没有出任何差错。

"好!"胡仲怀一开嗓,台下便响起掌声。

"从来没有听过胡公子唱戏,真想不到一开嗓竟如此惊艳!"

"胡公子可真是深藏不露啊!"

这一开嗓发挥得极好,胡仲怀瞧见台下一侧的乔锦月给他竖起了大拇指,顷刻间信心又增了几分。苏红袖对胡仲怀轻轻微笑,便是示意鼓励,接着唱道:"出了城,过了关,但只见山上的樵夫把柴担。"胡仲怀顿时信心倍增,面对早已司空见惯的千人剧场,初登场时的那一点紧张也已经烟消云散。

"起早落夜多辛苦,打柴度日也艰难。"

越剧的节奏变化不一,呼气换气间的节奏胡仲怀也掌握的恰到好处,这一次当真是发挥到了极致。

"雄的就在前面走,雌的后面叫哥哥。"

"不见二鹅来开口,哪有雌鹅叫雄鹅?"

…………

一段六分钟的《十八相送》唱到此处已到了尾声,唱毕,胡仲怀与苏红袖对台下深深一鞠躬,慢步走下了台去。

"胡公子唱得太妙了,真是想不到啊!"

"胡公子与苏姑娘这出《十八相送》真的是神仙搭配!"

胡仲怀这次当真是发挥的最好的一次，这一次比排练时的任何一次都要好。

"仲怀，你真的是给了我好多惊喜。"回到后台，苏红袖对胡仲怀说道："起初还担心你在台上会因为紧张而发挥不好，没想到，在台上的你比台下排练的任何一次唱得都要好！"

"是真的吗？"胡仲怀喜道："我刚刚上台时还有些紧张，我也担心自己会唱不好。可是当我唱出第一句时，那紧张的心态便平复了下来。当我听到看客的掌声时，便有了信心，后来唱得也就更好了！"

"啪啪啪！"只听得乔锦月拍着手与顾安笙一同从门外走来。

乔锦月边鼓掌边道："胡仲怀呀胡仲怀，你当真是叫我刮目相看呢！"胡仲怀笑道："哈哈，说实话这真是我第一次在台上唱老生，我也没想到在台上我能发挥得这么好呢！"

"嗯，不错！"乔锦月点头道："你这等功力能配得上我师姐了！"

苏红袖被乔锦月说得羞涩，皱起了眉嗔怪道："小七，你胡说些什么呢？"胡仲怀挤眉笑了一下，只道："我这点子本事都是红袖教的，红袖姑娘且算作我的师父了。"

"看看你都说些什么话？"乔锦月一脸嫌弃地说道："胡仲怀你瞧瞧你都多大岁数了，我师姐这么年轻怎么能收你这么大的徒弟？"

"我不管，我不管！"

胡仲怀反倒像个孩子似的撒起娇来："反正红袖就是我人生中的导师，要不是认识了红袖，我怎么也不能这么快就学会了唱戏啊！"

苏红袖被他逗笑了："那是你自己学得好，怎么能归功于我呢？"

"行了你们俩！"乔锦月调笑般地说道："你们两个都行了吧，就别在这互吹互捧了。"

"我们两个的《牡丹亭》也快要上场了，就不在这陪你们了，我们去化妆准备了！"

"好，快去吧！"胡仲怀道："好好表演，一会儿我们到台下去看你们！"

"那我们两个就走了！"

乔锦月与顾安笙进了化妆间，换好了戏服后，乔锦月便给自己化了杜丽娘的妆，之后又给顾安笙化了柳梦梅的妆。

这是乔锦月第二次给顾安笙化妆，可无论是哪一次，只要碰到他那俊俏的脸庞，心湖就会泛起层层的涟漪。

顾安笙照着铜镜，打量镜中的脸颊，望着镜中恍然从戏文中走出的自己，说道："这柳梦梅与许仙都是小生，怎得这妆容确是不一样的？"

"当然不一样了！"乔锦月说道："戏曲中的每一个人物的妆容都是有差别的。"

"许仙与柳梦梅虽然都是小生，可柳梦梅是穷生，顾名思义，出生贫苦的书生。许仙是扇子生，是稳重儒雅的公子，所以当然不一样了。"

顾安笙转过身看了看一旁整理发饰的乔锦月，笑道："锦月，这方面我还真是没你知道的多，以后还要请你多多赐教呢！"

"好呀！"乔锦月亦转过身，笑道："我可是唱了十几年戏人了，京戏这方面，没什么是我不知道的，你尽管问我好了！"

顾安笙说道："那你和我说一说，就对比上次的《白蛇传》，杜丽娘和白素贞都是旦角儿。我瞧着你今天的妆容也与上次不同，你且跟我说一说吧！"

乔锦月走到椅子一旁，提起戏服，小心翼翼地坐下。

"虽然都是旦角儿，可不同之处大着呢！白素贞是旦角儿中的正旦，也叫青衣，就是戏文中温柔贤惠的角色。而杜丽娘是花旦，也是闺门旦，花旦是戏文中活泼娇俏的角色，而闺门旦是闺阁中尚未出嫁的女子。如此，你便明白了吧？"

顾安笙点头道:"哦,原来如此!"又仔细端详了一番乔锦月今日的妆容,赞叹道:"锦月,你今天的妆容真漂亮!"

"是吗?"乔锦月笑道:"虽然我经常演端庄贤惠的正旦,可我觉得活泼明艳的花旦才更像我自己呢!"

顾安笙亦点头道:"我也觉着花旦倒更像你本色出演呢!"

乔锦月看着顾安笙说道:"欸?那我倒要问问你了,小生有那么多种,你觉得你更像哪个呢?"

顾安笙未曾思考,直接说道:"你是正旦,我便是扇子生,你是花旦,我便是穷生。总之,你是哪一类,我便永远是与你搭配的那一类。"

顾安笙的这句话,听来还真像是模棱两可的表白。是我入戏太深,抑或是你真情流露?无论是真情也好,随意也罢,总之乔锦月听得这话,一颗饱含热情的心瞬间变得如被暖阳照耀般温暖。

乔锦月扶了扶发梢的水鬓,笑了笑道:"好啦,时间差不多到了,我们下去等候吧!"

"好!"

- 叁 -

"下面请诸位欣赏京戏《牡丹亭》,表演者:顾安笙,乔锦月!"

顾安笙已不是第一次同乔锦月唱戏,在戏台上也没有了第一次的慌乱。在台下的赞叹声中,迈着稳健的步伐,与乔锦月在戏台上翩翩起舞。"良辰美景奈何天,赏心乐事谁家院……"随着锣鼓声,一出戏渐渐进入了高潮。戏中人,喜怒哀乐融入粉墨,戏外人,声声喝彩入戏其中。便是那如花美眷,似水流年,柳梦梅与杜丽娘的爱情故事终成佳话。

"仓啷啷……"随着一声锣鼓声,一出好戏便收尾。

"好,太精美了……"

"顾二爷与乔姑娘这一出戏堪称绝配呀!"这一次的喝彩声尤为热烈,似乎都已被这对才子佳人的绝妙演绎所吸引。顾安笙与乔锦月向台下深深鞠了一躬,这一次,却没有直接退场。沈岸辞随后上场,说道:"今日的演出到此结束,感谢各位前来观赏!"

此时,台下的看客才明了,顾安笙与乔锦月这一出戏是压轴表演。

"原来这最精彩的,就是最后一出戏啊!"

"怎么感觉时间过得这么快,我还没看够呢!"

"这文周社与湘梦园的联合封箱,堪称史上一绝啊!"

"诸位且少安毋躁!"沈岸辞维持好秩序,接着说道:"最后,请参与这次封箱典礼的所有演员上场!"

"好！"伴随掌声与喝彩声，文周社与湘梦园所有的演员都纷纷走上了舞台，胡远道与乔咏晖站在舞台正中央。

胡远道说道："今天是我们文周社第一次与湘梦园共同举办封箱典礼，这一次，我们的看客依然座无虚席，我们都非常感谢！"

乔咏晖接着说道："这一次封箱典礼能圆满成功，作为湘梦园的班主，我们十分感谢各位的抬爱！"说罢，便带领台上所有的演员鞠了一躬。沈岸辞走到了舞台中央，"接下来就是返场的时间，诸位如若有什么问题或者有什么想说的话，现在就可以对我们说了。"

"小公子，我有话要说！"台下第一排，一位年迈的老先生拄着拐棍缓缓站起身。

沈岸辞伸出一只手，作出有请的动作，"这位老先生，您请说！"

"咳咳！"那老先生咳嗽了一声，"老朽今年年事已高，自打湘梦园与文周社成立以来，老朽便是你们的忠实看客。看了你们的表演几十年了，老朽今年岁数也大了。风烛残年，能看到你们现在越来越好，老朽心里真的是高兴啊！现在看着这些年轻人渐渐成角儿，老朽是打心里感到欣慰。今天就在这封箱典礼上，祝湘梦园和文周社越来越好！"

"好，老先生说得好！"

"对，祝湘梦园和文周社越来越好！"那位老先生说完后，台下的看客也纷纷叫好。

"谢谢，谢谢！"沈岸辞说道："感谢这位老先生的抬爱，也感谢诸位看客的抬爱，我们湘梦园和文周社一定会越来越好的！诸位还有什么话要对我们说吗？"

"沈公子，我有话要说！"台下一位年轻的女子站起身说道。

"好，这位小姐有什么话要对我们说啊？"

那女子看向顾安笙与乔锦月站的位置，说道："我这个问题要问顾公子与乔姑娘！"沈岸辞当即便愣了一下："哦？你……你要问顾公子与乔姑娘？"顿了顿，才收回心神，"那就请顾公子与乔姑娘上前来吧！"顾安笙与乔锦月相互对视一眼，走到台前。

那女子显然很激动，几乎是喊着说出来："顾公子、乔姑娘，我真的是太喜欢看你们两个演的《牡丹亭》了。尤其是顾公子，想不到说相声的角儿扮起来竟这么好看，唱起来也这么好听！"

沉稳如顾安笙，听得这般赞美与肯定，也耐不住心中愉悦。于是便向那女子深深鞠了一躬，说道："顾某多谢这位小姐的支持，今后顾某也会多加提升自己，不负诸位的厚望！"

那女子又说道："顾公子，我希望还能看到你们俩一起表演。现在文周社和湘梦园不是联谊了吗，不知道我这个愿望能不能实现啊！不得不说你们两个在一起真的是天作之合啊！"

这话说到了乔锦月的心里，乔锦月首先说道："谢谢这位小姐对我们的支持，只要你们喜欢，我们一定会努力争取，为诸位呈现更多更精美的演出！"

乔锦月说完，便看了顾安笙一眼，顾安笙亦点头道："是的，只要有你们支持，我们一定会争取机会再次合作的！"

"太好了！"那女子振奋道："我们都很期待呢！"随之便回头对着身后的看客叫道："你们大家说是不是呀！"

"是呀，是呀！"

"对，我们都期待顾二爷与乔姑娘再次合作呢！"

"没错，没错，顾公子与乔姑娘一起唱戏的确是天作之合！"

看客们议论纷纷，一时间便乱了场面，这时沈岸辞便站了出来控制场面："好了，诸位。感谢各位抬爱，是时候该进行下一个环节了！"

"啊？我们还有问题要问呢！"

"是啊，我们还有话要说呢！"

沈岸辞沉了脸，正色道："诸位不要吵，且听我说。由于我们的时间有限，便不能让大家一一对我们说话了。"

"接下来我们便进入最后一个返场演唱《大西厢》，请演员上场。"沈岸辞暗自一人闷闷不乐，无论是台上人还是台下人，都没有人注意到他的心绪。

封箱演出很便功，结束后，已至深夜，乔锦月、苏红袖，自然是不能回到湘梦园了，胡仲怀便安排了她们在文周社暂住一晚。一早，她们起身正准备回湘梦园。本打算去与他们做个告别，然后离开。

"砰砰砰！"清早便听得一阵急促的敲门声。

"谁呀？"刚刚梳洗打扮好的乔锦月说道："本想着去找他们告别，没想到他们倒先来了！"苏红袖将门打开，见得是胡仲怀，苏红袖便说道："仲怀，你这么早便过来了。我们刚想和你们去告别一下呢，我们马上就要回去了。"

胡仲怀道："我正有事要告诉你们呢，我是来找锦月的。"

"找我？"乔锦月走到门口，问道："找我干什么呀？"

胡仲怀说道："是我娘，我娘昨晚知道你来了。今天想要见见你，你一会儿就随我去吧！"

"啊？叫我？现在就去？"乔锦月对柳疏玉的印象是不错的，自然也愿意去，可是想到师父的叮嘱便犹豫道："可是师父和我们说今天早上必须回去的啊，这样一来，就……"

"你师父那边，我娘刚刚已经打了电话给湘梦园了。"

胡仲怀说道："今儿一早，我娘就跟你师父说了，你师父说我娘想见你，就让你先留下待一天也无可厚非。但是你的红袖师姐就必须先回去了，湘梦园还有事情需要处理。"说罢又遗憾地看了看苏红袖，说道："唉，可惜了。红袖，今儿不能留你在这里了，这马上就年底了，下次见面恐怕要等明年了吧！"

"没事的，仲怀，不用感伤。"苏红袖微笑道："想必也是年底了，师父要我回去处理过年的事宜。忙完这一阵子，年后我们肯定有机会再见的。"

"唉！"胡仲怀长叹一声："那便只有等到年后再见了！"

那天乔锦月在文周社陪柳疏玉闲聊往事，又为她捶背按摩，陪她用膳，直到夕阳西下。柳疏玉对这个机灵可爱的小姑娘很是喜爱。

"玉姨！"傍晚，乔锦月说道："现在已经过了黄昏，我也应该回去了，再晚些可能师父又要责怪了。"柳疏玉撩开窗帘，望了一眼窗外道："锦月，你看外面下着这么大的雪，估计通车不便，恐怕你现在走不了啊！"

乔锦月亦看了一眼窗外，只见大雪犹如撒盐纷纷，已然覆盖了整个文周社，恍然间已一片银白。便说道："是啊，这会儿雪下得这么大，恐怕我今天是回不去了。这可怎么办啊，师父让我尽快些回去，可是这样的天儿，我也回不去呀。"

柳疏玉道："这倒不要紧，我给湘梦园通个电话，告诉你师父。这雪天回去定是不安全的，你师父也不会怪罪于你。"乔锦月犹豫地眨眨眼，但没有别的办法，也只得道："玉姨说的没错，那就麻烦玉姨了。"

"砰砰砰！"听得外面传来一阵敲门声。柳疏玉听得这声音，纳闷道："这大雪刨天的，是谁呀！"

"师娘，你在里面吗？"听得是顾安笙的声音，乔锦月立刻道："玉姨，是安笙，我去看看！"乔锦月拉开门，只见顾安笙一身长袍外披了一件厚绒的披风，撑着一把伞，伞下的披风上沾满了落雪。"锦月！"顾安笙收了伞，将身上的落雪拂去。柳疏玉见得顾安笙，问道："安笙？外面雪下得这么大，你还来这找师娘，是有什么急事吗？"

"哦，不是。"顾安笙走到柳疏玉身边，说道："早晨我听仲怀说，师娘您把锦月留在这了。却不承想，这晚上下了这么大的雪，想必锦月是走不了了，我便想过来看看。"

"你这孩子，心倒是挺细。"柳疏玉道："这么大的雪，锦月的确是走不了了。我刚刚也和妙音娘子通了电话，就让锦月留在咱们这，等什么时候雪停了，什么时候再让她回去。"

顾安笙点点头道："我也是这样想的，师娘安排的极为周到。"

柳疏玉又道："这天也不早了，师娘也该回去休息了。正好你来了，你就把锦月送回她的那间客房吧！"

顾安笙道："好！"随之又对乔锦月道："锦月，跟我走吧，我送你过去！"乔锦月点头道："嗯，好！"又对陈颂娴道："玉姨，我回去了，回见！"陈颂娴点头道："去吧，孩子！"

漫天风雪，雪路泥泞，寒风亦吹得乔锦月鬓发纷飞。顾安笙见状，便将自己的披风脱下，披在了乔锦月的肩上。乔锦月想要拒绝，却被顾安笙制止了，顾安笙说道："这漫天飞雪，寒风凛冽。你是女子，身子不免娇弱，还是披着吧。我是男子，身子骨硬朗，无碍的。"

"可是……哎呀！"乔锦月刚想开口说些什么，却踩在了一块冰块上，重重滑了一下，险些摔倒。

"哎，小心！"顾安笙扶住乔锦月，并紧紧揽住了她的肩膀道："雪天路滑，留神些，你便跟紧我吧！"乔锦月的头紧贴顾安笙的胸膛，肩膀被顾安笙宽厚的手臂揽住。这样近的距离，即便天气再严寒，也抵挡不住那贯穿整颗心的温暖。乔锦月没有说话，点点头，低下头也掩饰不住嘴角含着的笑意。

漫天飞雪撒下一片银白，笼罩在了这不大的院落中。

"天呐！"乔锦月惊叫道："这雪竟然这么大。"

"不要紧。"顾安笙将乔锦月护在自己的臂弯中，说道："还有几步就到了，我们快些走，淋不到的。"

离乔锦月的客房还有几十步的距离，可在这泥泞的雪地里行走，却如同隔山隔海。二人在狂风暴雪中，相互搀扶，一同默默向前方走去。

第七章

风雪患难表真情

- 壹 -

"终于到了。"乔锦月推开门,与顾安笙走进了房间:"还好我们走得快,不然就淋成雪汤包了。"

"锦月,你感觉怎么样?"顾安笙边帮乔锦月拿下那件披风,边关切地问道:"有没有被雪灌进衣服里,有没有冻着?"

"没事,放心吧!"乔锦月道:"我们走得快,我一点都没有被淋到,你呢,你怎么样啊,你把披风给我了,你有没有冻着?"顾安笙说道:"我身子骨比你硬朗,自然是没事的。"

"对了!"顾安笙忽似想起什么似的,说道:"你这里有没有热水壶?"乔锦月指着床头柜,说道:"在那里呢,你要做什么啊?"顾安笙没有说话,走到床头拿起热水壶,接了一壶热水。又从披风中拿出一个纸包,将纸包打开,似是把什么东西倒进水壶里了,并将水煮上。

乔锦月看得诧异，顾安笙亦没有多言。

几分钟过后，热水煮好，顾安笙将水倒进碗里，端给乔锦月，并说道："煮好了，你快趁热喝吧！"闻到那辛辣的气味，看到那发红的水，乔锦月便知晓了："是姜汤！"顾安笙点点头道："没错，快趁热喝了吧，驱驱寒气！"

"嗯！"乔锦月接过那碗姜汤，一饮而尽，顿时觉得身上暖和了许多，将碗放下后呼了一口气道："啊！喝了这碗姜汤，果然觉得腹中暖暖的，不仅是腹中，整个身子都是暖暖的！"

"你舒服了就好！"顾安笙笑道："既然没事了，你就好好休息吧，我也该回去了。"

"哎，你等下！"乔锦月下意识地拉了下顾安笙的袖子。

顾安笙回头道："怎么了，锦月？"短短五个字，声音温和而又宽厚。

乔锦月不得不讪讪收回了手，小声嗫嚅道："外面雪下得那么大，你怎么走啊？"

"哦，这不要紧。"顾安笙道："我的房间离这里不远，何况我也带了伞，没事的。"

"可是……"只见窗外天色昏暗，而又鹅毛大雪，惊雷滚滚。乔锦月想到要自己一个人在这间房里度过漫漫长夜不禁汗毛耸立，心里发寒。于是便吞吞吐吐道："这……这外面又是打雷又是下雪的，天又这么黑，我一个人在这房间里，我真的有些害怕。安笙，你……你能不能……"

"原来是这样！"顾安笙坐了下来，笑道："你是想让我陪你吧，下次这样，直说就好了。"乔锦月竟被顾安笙一个相声角儿抖起了包袱，自知斗嘴是一定斗不过说相声的。便横了顾安笙一眼，撅嘴道："果然是个说相声的，竟拿我开起涮来！"顾安笙轻轻拍抚乔锦月的肩膀，温声道："你放心吧，我不走。你要是害怕，我就在这里陪你。"乔锦月被这一声温情弄得红了脸颊，微笑着点点头。

已说不清多少次，总之每一次这般看似简单的关怀，都会如蜜糖般灌满了内心。沉默了片刻，乔锦月又道："安笙，你和我聊聊从前的事吧！"顾安笙道："可以啊，你想听我说什么？"乔锦月道："今天玉姨和我说了很多你们从前的事，我方才知道文周社原来竟有这么多的经历。玉姨也和我说了好多你们小时候的事，不过我还是想听你亲口说说。"顾安笙看着乔锦月，说道："文周社那段最艰难的日子，师娘都告诉你了吧？"乔锦月点头道："玉姨只和我说了一部分，我想听你说说你刚拜师那一年的事。"

"好，那我就从我刚拜师那一年说起。"忆及如云烟般的往事，历历在目，顾安笙侃侃而道："我是七岁那年拜师父为师的。那个时候我并不在这津城城内，我的家在津城城下的北仓小镇。那一年天降饥荒，小镇里饿死了不少人，就在我们家穷途末路之时，师父来救济了我们一家人，才让我们一家四口得以活命。"

乔锦月问道："一家四口？"

顾安笙点头道："是呀，我没和你说过，我有一个妹妹，叫顾安宁。今年十八岁，刚刚成年。"乔锦月似是觉得有趣，便道："从来没听你说过还有个妹妹，她比我还小一岁。顾安宁，想必是个安静的好姑娘，我倒是想见一见这个妹妹啊！"

顾安笙笑道："这你可说错了，她虽名为安宁，事实上可一点都不安宁。她的性格倒和你有些像，一样的活泼机灵，不过她比你调皮得多，从小就爱胡作非为。"

"这样啊！"乔锦月来了兴致："我倒觉得这样性子的姑娘和我投缘的很呢，什么时候能有机会，我想见一见她！"

顾安笙点点头道："她和你一样的纯真，我想你见了她，也一定会喜欢她的。下次她什么时候来津城了，我就叫上你。"乔锦月兴奋道："好呀好呀！"

"刚刚说到哪儿了？"思绪归心，顾安笙继续道："那一年师父救了我们全家的性命，后来饥荒过去，日子也好过了。"

"可是我家境贫寒,养活不起这一双儿女。那时候我七岁,妹妹两岁,还正是牙牙学语,蹒跚学步之时。作为家中的长子,我应该担起重任。便求着师父收我为徒,师父怜我,便没有拒绝并收下了我。我就随着师父到了津城文周社,学艺之后,一个月几场演出,能赚些钱养活自己,也会定期给家里寄一些。"乔锦月抬起头,惊讶道:"可是那个时候你才七岁呀,谁七岁时都是个孩子。七岁的你就这么懂事,竟主动担起了养家糊口的重任!"

顾安笙言语平淡,像是说别人的故事:"可是我的家境如此,就必须担起重任啊!爹娘在家里干农活养家不容易,妹妹还小,我若不作出如此决定,恐怕家里的生计就维持不下去了。"

乔锦月听得不免觉得心酸,自己那个年纪的时候,还是在师父和师姐的庇护下,是个天真无忧的孩童呢。"可是你那么小就离开了爹娘,你不会想家吗?"

于顾安笙而言,再苦的往事如云烟般散去,在心中便只如一个影子,也不会因提及往事而黯然伤神。他浅浅笑道:"想啊,那个时候当然会想。每天学相声基本功,带着一身疲惫,晚上回到房间,就格外地想爹娘,想妹妹。那会儿每天面对不熟悉的文周社,不熟悉的人,一切都那么陌生,陌生的让我无所适从。不过好在师父虽严,但是真的疼我。师娘待我犹如亲子,师兄和仲怀待我也是极好。渐渐地我便习惯了每天学艺的生活,爱上了相声这一行当。"

顾安笙缓缓而言:"前两年都还好,可是在我拜师的第三年里,文周社遭遇了重大的变故。那一年我九岁,师兄伯怀染了重病,师父师娘到处求医,最终无果,师兄夭折而去。同年,师爷也染了重病,卧床不起,师父师娘整日照料,也没时间管别的事。终有一日,师爷辞世,文周社没了顶梁柱。那个时候文周社跌入低谷,师娘受了打击抑郁成疾,不再唱戏。师父将所有的钱都花在给师兄和师爷治病上了,也没有任何资源条件再去演出。"

乔锦月问道:"那后来呢,那么艰难的日子,你们是怎么熬过来的啊!"

顾安笙继续道："我一直相信，再黑的夜，也有见得到光明的一天。那个时候日子确实很艰难，我们文周社关闭重整，说相声、唱戏营生是肯定不行的了。于是我便开始去餐馆做杂役，到冰场打蜡，赚些钱勉强维持生计，可那时候我还小，任凭再辛劳，也赚不到太多的钱。可是没有办法，为了师父师娘和年幼的仲怀，我也只能这样。每天吃不饱，天没亮就去干活，没有钱坐黄包车去东家干活，便从文周社走到西站，到最后，鞋子都磨破了……"

乔锦月听得心如刀绞，颤抖着声音说道："安笙，你一直云淡风轻，不为功来，不为利往，对任何事都很淡然。想不到你竟受过这么多的苦。"

顾安笙点点头，平和道："正是因为受了这些苦，所以现在觉得世事也不过如此，因而对任何事都云淡风轻。不过再苦的日子也有过去的一天，四年之后，师兄师爷辞世的痛淡然了，师娘的抑郁之症好了，仲怀也长大了。文周社重整成功，师父也收了更多的弟子，文周社亦恢复了往日其乐融融的状态。我便再也不用做苦工赚钱了，那暗无天日的日子也到了头。因为师兄少年夭折，我行二，理所当然成了师父最早收的弟子，也成了师弟们最长的师兄，所以十三岁重回文周社之时，便被师父委以重任。从那时起，便对我要求严厉，每天练快板、背太平歌词、背贯口，片刻也不能松懈。我要是打错一拍，或背错一个字，就得挨一个巴掌。我那个时候年龄小，不懂师父的良苦用心，而且十三岁正是叛逆的年龄，没少惹师父生气，也没少挨打。长大后，我才理解师父对我的心，我是真的很感谢师父，他就像我的父亲一样，谆谆教诲，伴我成长。没有师父，就没有我顾安笙的今天。过了那个叛逆的年龄后，我明白了师父对我的爱，便也立志要报答师父。从那一刻起，我便决心要做好文周社众弟子的师兄，协助师父将文周社创办的更好。与此同时，也要将自己磨练得更优秀，配得上师兄这个称号，才不会辜负师父的厚望……"

听顾安笙将往事娓娓道来，再苦再痛的经历，在他口中亦变得云淡风轻。好像一切的苦难都与自己无关，是在讲述他人的故事。许是已经百炼成钢，抑或已淬炼成金石，千般摧折后，始终浮于白散。殊不知，乔锦月已听得潸然泪下。

顾安笙拾起素帕,为乔锦月拭去了面颊上的泪水,笑道:"傻丫头,哭什么!你这是在怜惜我吗?"

"安笙!"乔锦月闪着一双噙满泪水的双眼道:"我只道你从籍籍无名到红遍津城其中过程历经的不容易,但我却没有想到,你才二十三岁,就经历了这么多,受了这么多的苦。"

顾安笙依旧浅浅笑道:"傻瓜,没有这些经历,也就成就不了今天的顾安笙。好了,不说我了,说说你吧?"

"说我?"乔锦月问道:"你想知道什么,我都讲给你听!"

"嗯……"顾安笙想了想,说道:"就说说你童年时,最深刻的回忆吧!"

"好啊!"乔锦月擦干了眼泪,笑道:"我童年是和师兄师姐们一起度过的,深刻的回忆有好多好多呢……"瞧着乔锦月那兴高采烈的样子,顾安笙不禁在心里失笑。果然是个不经世事的天真的小丫头。说到开心的事,方才的心酸便全都忘了。"我们这些学戏的要保持好身段,上台才好看。所以小时候师父不允许我们吃得太多,可我偏偏不听话,我就是喜欢吃蜜糖糕。大师兄疼我,总会用自己那一丁点零花钱,偷偷给我买蜜糖糕吃,师姐们有好吃的也都会留给我这个小馋猫。有一天,让师父知道了,把他们的手都给打了,师兄师姐也不敢偷偷给我带吃的了。可是我不服气呀,我记得有一次恰好要过年了,师父买了好多蜜糖糕放到仓库里锁上了,那天被我悄悄看见了。我就趁着有一天傍晚没人,偷偷爬窗户翻到仓库里偷蜜糖糕。结果我进去了就出不来了,被锁在仓库里一个晚上,我怎么叫、怎么喊,都没有人听见。"

顾安笙笑问:"那你师父没有发现你失踪了吗?"

"当然发现了,当天晚上师父和师兄师姐怎么找都没找到我,谁也没想到我会在那个仓库里,师父都要急疯。我在仓库里又冷又怕,哭得声嘶力竭,都没有人回应我,我便在仓库里困了一整夜。第二天,师父正打算到仓库里拿些钱去报官,结果发现我就在仓库里。当时我已经奄奄一息了,师父都吓坏了。后来师父喂我喝了些中药,我便缓了过来。师父得知了我在仓库里的真相后，狠狠训了我一顿，从此以后，我就再也不敢贪吃了。"

"哈哈，想不到你小时候也和我一样，都是一个不听师父话的孩子。"

"就是呀，还有一次……"

聊着聊着，就忘记了时间。谈着谈着，就已到了深夜。任凭窗外的狂风暴雪依旧肆虐，二人都已陷入了自己的世界。不知到了何时，乔锦月已经伏在桌子上，沉沉睡去。顾安笙不忍心吵醒乔锦月，便将她抱起，轻轻放在床上。

这里没有女眷，顾安笙亦不能失了礼数为乔锦月宽衣，只好任她穿着外衣睡去。他为乔锦月盖好了被子，拂去脸上微乱的鬓发。看着她那红润的脸颊，微微抖动的睫毛，顾安笙亦忍俊不禁地上扬了嘴角。

这个模样的乔锦月似曾相识，好像那日被困在地洞中，伏在自己肩上沉沉睡去的模样。此时此刻，方心生感慨，已不知何时，这个纯真可爱的小丫头已闯入自己的生命里，似乎成了自己生命中不可或缺的一部分。

窗外鹅毛大雪，顾安笙无法回去。何况乔锦月怕黑，不敢一个人待在房间里，自己亦不放心离去。于是便伏在乔锦月的床边，守着她，静静安睡。暴雪天气，不见日光。即便天明，屋内仍旧是一片昏暗。

不知何时，乔锦月已从睡梦中醒来。见顾安笙伏在自己床前睡着，便轻轻摇晃他："安笙，安笙！"

- 贰 -

"啊,锦月!"顾安笙醒转,直起身道:"锦月,你醒了!"

"嗯!"乔锦月说道:"你没有走啊,你不会是就在这里睡了一晚上吧!"

"是啊!"顾安笙道:"雪一直没有停,而且你不是怕黑吗,我就在这里守着你,不然你夜间醒来又会害怕了。嘶……"听到顾安笙那一声呻吟,乔锦月忙问道:"怎么了,安笙!"

"没事。"顾安笙有些吃痛地说道:"胳膊被压得久了,有些麻痛了。"乔锦月忙道:"我给你按一按吧!"说罢便拉过顾安笙的胳膊,轻轻按摩,边按边神情自责道:"安笙,其实你不必在这里陪着我的,你这样睡一晚得多难受啊!"

"没事的,锦月!"顾安笙笑道:"你在这伏在桌子上睡着了,我哪有走了不管的道理,更何况大雪一直未停,我也走不了啊!"乔锦月的轻轻按摩,使顾安笙的手臂舒适了很多,也不再麻痛了,于是便满面享受道:"锦月,经你这么一按摩倒是舒服多了!"

"是吗?"乔锦月嘻嘻一笑道:"那我就多给你按摩一会吧!"

"欸?"乔锦月又忽地问起:"你说我是伏在桌子上睡着了,我记得好像也是。可为什么我醒来的时候是在床上?难道……"

乔锦月没有再说下去,这般情形哪还会有别的可能?这里只有自己和顾安笙两个人,若不是顾安笙将自己放在床上,自己又怎可能在塌上安然入睡?乔锦月虽然没有继续说下去,而心里,却早已想到了。

"哦，是这样。"顾安笙却面不改色，不慌不忙道："我见你睡着了，便不忍心吵醒你，只好将你抱到床上。这里只有我们两个人，又没有女眷，我又不能替你换衣服，只好让你穿着这身衣服睡了一晚上。"

乔锦月微微脸红，喃喃道："原来是这样。"又微微垂下头，小声道："我竟浑然不知。"凭乔锦月对顾安笙的了解，他对女子一向是知礼守礼的，绝不会有半分逾越之举。但凡有半点失礼，那他定然会向自己表意致歉，好比那日跌落地洞之时。而今日，自己被他抱到床上，又同居一室共度一夜，他竟不以为然。若说他不守礼数那是不可能的，或许是他下意识的已经把自己当作……

"锦月，现在是什么时候了？"思绪被那低沉的声音打断，乔锦月慌忙看了下桌前的闹钟，说道："已经八点了。"顾安笙站起身，伸了伸胳膊道："想不到已经这么晚了。"又看了看窗外，雪仍未停歇，但似乎比昨日里小了些，于是便道："雪小了点了，我们一直在这里待着终归不是个事儿，走吧，我带你去吃点东西吧！"乔锦月亦朝窗外看了看，道："雪确实小了，收拾下东西我们就走吧！"

"好，我等你！"

乔锦月简易地梳了个妆，顾安笙静静坐在一旁等待。这是他第一次凝神静看女子梳妆，只见那倾泻如瀑的长发，勾勒如远山的细眉，情不自禁地嘴角上扬。这样的乔锦月，是极美的。"好了，我们走吧！"梳妆完毕的乔锦月拎起包，对顾安笙道。顾安笙依旧凝神，嘴角勾起的那一抹笑意若隐若现。乔锦月诧异，叫道："安笙，安笙，你想什么呢？"

"啊！"顾安笙思绪飘回，惊站起身道："没什么，你梳完妆，我们就走吧！"一路上冰雪覆盖，连绵大雪虽已小了些，却仍未停歇。二人撑起雨伞，一步一艰地走到了餐房。

"我们找些东西吃吧！"顾安笙一边将伞收起，一边打开橱柜。在橱柜里翻来翻去，却没有找出什么吃食，只见顾安笙拿出两个包装盒，叹了口气道："唉，看来是真的没什么吃的了，就剩下几包挂面了，锦月，只能先委屈一下你了。"

"哎呀，这有什么的！"乔锦月浑然不在意，笑道："有总比没有好吧，挂面也一样能吃。"顾安笙道："便也只能吃这个了，你等一下，我煮上。"乔锦月点头道："好！"顾安笙烧了一锅水，将挂面撒在锅里煮上，这时，只听见屋门"吱呀呀"地响了一声。"这大雪天的，饿死我了！"只闻其声，不见其人。

"谁来了？"顾安笙边煮面，边说道："锦月，你去帮我看看是谁来了。"

"好！"乔锦月走近屋门口，只见胡仲怀一边收伞，一边碎碎念道："这大雪天的，什么吃的都没有，都要冻死了，饿死了，真是的……"

"仲怀！"

胡仲怀见到乔锦月，惊道："锦月！你怎么在这里？"乔锦月说道："这么大的雪，我们也出不去，我和安笙过来找些吃的。"

"哈哈，真是巧了！"胡仲怀道："我也是看这天雪下得太大了，只能到这来找些吃的了。"

"唉，可惜你来晚了！"乔锦月哀叹一声，两手一摊道："已经没什么吃的了，就只剩两包挂面了。"

"啊？不会吧！"胡仲怀大失所望，急忙跑到顾安笙那里去，说道："不会吧师兄，就真的只剩两包挂面了！"顾安笙道："是呀，我们来的时候就剩这两包挂面了。"

"啊啊啊！"胡仲怀仰天一声叹："不要啊，我真要饿死在这大雪天里了。"

乔锦月见胡仲怀这个样子，不禁哑然失笑："瞧你这个样子，我们三个人一起吃吧，虽然不多，但有总比没有好吧。"胡仲怀耷拉着脑袋，似有气无力道："也只能这样了，唉，我们三个苦命的孩子啊！"

挂面煮好，顾安笙将其分作三份，放在三个碗里，摆放在三人面前。为数不多的挂面，吃起来淡然无味，填不饱肚子，却也无可奈何。三人很快就吃完了，胡仲怀捂着肚子道："这点东西根本不够吃，唉，真是的，这大冬天的下什么暴雪呀，害的我们都被困在这里了。"乔锦月瞥了胡仲怀一眼："现在还好呢，昨晚雪下得更大。这雪害的我回不了湘梦园，只能被隔在这里。"

顾安笙向胡仲怀问道："仲怀，我们这就剩下这些吃的了，那师父、师娘他们怎么办，不能让他们也饿着呀。"胡仲怀道："我爹娘的房间里，备了一些糕点，可也只够今天早上吃的。这雪要这样下下去，恐怕我们真的要在这里饿着了。"

顾安笙叹了口气道："唉，我们文周社这么多人，也不能都这么饿着吧。就算现在还储备了些，可也不够一天的吃食啊！"乔锦月默默低下头，念叨道："好想吃生煎铺子的生煎包啊！"她朝窗外望了一眼，即刻转过头，对顾安笙道："这雪下得也没这么大了，不如我出去买一些，大家也都能有的吃了。"

"不行！"顾安笙摇摇头，严肃道："雪还未停歇，况且这冰天雪地的，道路又滑，你这样出去，太不安全了。"胡仲怀亦道："离咱们文周社最近的一家生煎铺子也在丽珊河对岸，还要经过丽珊桥。路途不算近，你这样出去恐怕不行。"

乔锦月走到窗边望了望，又走回到餐桌旁坐下，似是不甘心，"可我们也不能一直这么饿着啊！"说罢，便气馁地趴在了餐桌上。良久，又抬起头，央求般地对顾安笙说道："安笙，我真的饿了。就让我出去买一些吧，放心，不会有事的。我多买些，大家也都不用饿肚子了。"

"这……"顾安笙抵不住乔锦月的央求，犹豫了一下，"这雪还没有停，要么我和你一块去吧！"听顾安笙松了口，乔锦月立即兴高采烈道："没事，我自己去就可以了！"

胡仲怀又问道："可是去往丽珊桥的那家生煎铺子你知道怎么走吗？"乔锦月站起身，"不就是丽珊桥吗，我知道的。放心吧，我去去就回。"说罢便拿起了雨伞，飞快地跑了出去。

"可是，哎……"顾安笙想说些什么，乔锦月就已经跑了出去。顾安笙只得无奈摇摇头，"唉，这丫头，跑得倒是快！"

出了文周社的门道路着实泥泞，大雪还未有人清扫，加上这小雪未停歇，乔锦月走的一步一艰。"哎呀！"突然被一块冰溜滑了一下，险些摔倒。幸而乔锦月反应快，迅速站稳。

"轰隆隆！"

"啊！"听得一声惊雷劈天而来，乔锦月一惊，险些将伞扔出去。

另一边的顾安笙亦是一惊，忙从座中站起身凝起了眉，"这样的天气，锦月不会出什么意外吧！"

"师兄，你坐下。"胡仲怀将顾安笙拉下来，说道："师兄，你别说那些不好的，不过就是下了点雪，锦月不会出事的。少安毋躁，师兄，锦月一会儿就会回来的。"顾安笙点点头，紧皱的眉头却未舒展，只道了声："好吧！"然而胡仲怀虽劝慰顾安笙，可看着这漫天大雪，自己也免不了心慌。只得在心里默默祈求：老天爷，千万不要让锦月出事。

那声惊雷过后，又下起了雨，雨竟下得越来越大，闪电与惊雷一个接着一个。乔锦月费劲力气，才握住了伞，那瘦弱的身躯，好几次险些跌落在雨雪中。终于过了丽珊桥，看见了标着"牛记生煎"的那家铺子。乔锦月顶着淋湿的头发，和湿了半边的衣襟，满身的落雪走进了铺子。乔锦月收了伞道："老板，我要二十个生煎包！"

"好嘞，姑娘！"那老板包好生煎包，递给乔锦月，并问她："姑娘，要这么多啊！"乔锦月接过生煎包，"是呀，这雨雪下得太大，我们也走不了太远，我和家人都没什么吃的了，就多买一些。"那老板亦道："是啊，这雨雪天气，生意也不好做，今天也就你一个人来了。姑娘，你家在哪儿住啊？"乔锦月回答说："我家在文周社附近。"

"文周社！"那老板又问："文周社离咱们这还隔着一条丽珊河，也不算近啊。姑娘，我瞧着这雨下得比刚才大了，你回去一定要注意安全啊！"乔锦月点点头，"嗯知道了，谢谢老板，我会注意的！"说罢便出了门，刚走出门，一阵狂风便袭面而来，直打脸颊，乔锦月不禁打了个寒颤，艰难地朝丽珊桥的方向走去。

"轰隆隆，哗啦啦！"狂风来得更猛，暴雨下得更大，闪电一道接着一道。见这天气愈加恶劣，顾安笙难免坐立不安，焦急道："这雨下得越来越大，早知道就不让她出去了。怎么这么久她还没有回来啊，真是急死人了。"胡仲怀劝慰着他，"师兄，你别着急。锦月不会出事的，再等一会儿，她一定会平安回来的。"

　　话音刚落，只听得门又"吱呀呀"一声响，顾安笙忙奔过去道："锦月！"然而刚刚进门的不是乔锦月，而是高海辰和韩豫凡两个人，高海辰见到顾安笙，便道："顾师兄，你也在这啊！"胡仲怀亦走到门边，见他二人立于门前，穿着湿透的衣衫，拎着大包小裹，便问道："怎么是你们两个，这是干嘛去了？"高海辰将东西放下，"胡师兄，我们两个去买吃的了。我们没什么吃的了，这么等着也不是办法，我就和豫凡去买了些吃的。哪知我们出去时雨不大，回来的时候竟然下这么大。你瞧，我们衣服都湿透了。"

　　韩豫凡亦感叹，"唉，师兄。我们出去一趟不容易啊，我们都险些回不来了。这狂风暴雨又夹雪的路上还结了冰，多迈出一步都艰难。那丽珊河又涨结了水冰……"

　　"丽珊河涨结了水冰？"听到丽珊河，顾安笙慌忙问道："你们可在丽珊桥上看到乔锦月乔姑娘了？"

　　"乔姑娘？"高海辰摇了摇头，说："没有看到，不过丽珊桥的路上都结了冰，想必是很难走的。"

　　韩豫凡亦说："是啊，我们俩回来的时候还听到路人说，有人不慎在丽珊桥上滑落，跌栽进几尺深的雪里了。唉，这种天气外出真是危险……"此时此刻，顾安笙已然慌了神，颤抖着双手，声音都带着颤抖，"锦月，糟了，锦月不会是……"说罢，便抓起了伞，飞一般地跑了出去。锦月，你在哪里，锦月，你可千万不能出事！锦月，锦月，你一定要平安，哪怕是用我的生命来换你的平安。

　　丽珊桥上，冰雪滑得厉害。

　　"啊！"乔锦月踩到一块冰雪之上，这一次没有躲开，正好重重摔倒在桥上，头撞在桥的栏杆上，险些晕厥。

- 叁 -

她艰难地站起身，却又被狂风将其瘦弱的身躯卷到桥的角落里，手中的伞，已被吹得变了形。

此时此刻，天上落下的已不仅是雨，还夹杂着鹅毛般的大雪。雨雪相融，模糊了视线，已然看不清前方道路，泥泞的桥路上，乔锦月每走一步，都如脚上灌铅。

另一边，顾安笙独自撑着伞，在狂风中奔走。再恶劣的天，再大的雨雪又有何妨，只要能找到她，只要她能平安。颤抖的手撑着雨伞，心仿佛被麻绳紧勒。此时此刻，心中才明晓她对自己有多重要。

"哎呀！"那狂风将伞吹断，落在河里到了桥下，被大雪掩埋。乔锦月真的怕了，这狂风暴雨又夹着雪，自己已无法行走。发丝中灌满了雪，乔锦月扶着栏杆，一步一步地在光滑的冰面上向前走。一双小手已被冻得红肿不堪，又一阵狂风袭来，拍打在皮肤上。乔锦月的双手被冻得僵硬，手一松，整袋生煎都掉到了桥下。

"生煎，我的生煎！"乔锦月惊叫道，好不容易买到的生煎，竟全部掉在了河里。不过现下什么都无所谓了，只要自己能平安回去。

那狂风袭击着她瘦弱的身躯，加上地面雪滑，乔锦月被风拍打得跪在了地面上。此时又冷又累，她已然无法再站立了。"我错了，本不该大雪天跑出去，现在回不去了，怪谁！"脸上的积水不知是雨还是泪，面前的路被冰雪阻隔。

乔锦月绝望了，这般情形，怕是回不去了，只恐会丧命在这风雪之中。

"我不想死！"乔锦月哀叫着："师父，师姐，爹，我不想死，我想回去见你们！"

"安笙！"此时此刻乔锦月已有气无力，用仅剩的一丝力气勉强呼叫出这个名字："安笙，你在哪里啊？安笙，救我。"冰天雪地中，路途被阻隔。能听到的只有雨雪声，空空荡荡无人回应。

"锦月，锦月！"顾安笙在雨雪中艰难地奔走，浑身湿透却已浑然不在乎。

"我听说有人不慎跌落在了丽珊河里。"脑海中回荡着韩豫凡的那句话，不由得浑身颤抖，只怕那个人是锦月……不，绝不，绝不能。顾安笙猛烈地摇着头，保持自己的意识清醒。锦月不会出事，更不可能出事，她一定会平安回来，回来后，她还是那个活泼可爱的俏丫头。狂风暴雨夹杂着雪，他不顾一切地去寻她。

提到嗓子眼的心，猛烈颤抖的双手，直到此刻，他方才明了，她已经成了自己生命中至关重要的那个人，亦是不可或缺的一部分。若没了她，不知自己日后该怎么活下去。锦月，你在哪里？锦月，你一定要平安。锦月，直到此刻，我才知晓我对你的情意。若你能重新回到我身边，我一定会牢牢地把你守在我身旁，如果这一刻真的来临，我绝对不会迟疑。这一生，我亦不会放手。只是锦月，你在哪里，为什么你杳无音讯？

顾安笙在泥泞的冰雪中艰难奔走，乔锦月在覆满冰霜的丽珊桥上踟蹰步行。冰天雪地中，一对有情人相互痴念，却始终无法见到心心念念的那个人的身影。那个脑海中挥抹不去的身影啊，此时此刻，你在哪里？一路上，半个人影也不见，她不会真的弃自己而去了吧。不，锦月，你那么善良，那么好的一个女孩，你不可能那么狠心留我一人在这世上。

"安……安笙……"冰雪覆盖在那瘦小的身躯上，她整个身子都僵硬了。快要晕厥时刻，还剩半分残存的意识。也许我真的要丧生在这丽珊桥之上，只是生命的最后一刻，我希望还能再见你一面，你究竟在哪里？

"锦月，锦月！"听到那熟悉的声音似乎在拼劲力气叫喊着自己的名字，难道真的是他吗？

"安……笙……"残存的意识清醒了些，她用尽全部力气站起身，朦胧的双眼中见得桥对岸的那一袭长衫身影。真的是他，真的是他！

"锦月，是你吗？"见得桥上那匍匐的身影，真的是她，她在，她真的在，她没有弃自己而去。"锦月，锦月！"见到那悬挂在心尖上的人儿，那嘶喊的声音提高了几分，化作欣喜。"锦月，别怕，我在呢，我来了！"他一路狂奔至丽珊桥，她亦用尽最后的力气向他奔去。一对有情人，在雨雪交加的丽珊桥上奔向彼此。

"安笙！"她奔至他身边时，已耗尽了最后一丝力气，最终跌在了他的怀里。他紧紧抱住了她，脚底一滑，亦与她共同跪倒在了丽珊桥上。这一刻他永远不会再放手！

"锦月，你不能再离开我了，这一次我不可能再放手！你听好了：我爱你，你这一生休想再离开我半步！"他终于将藏在心里至深的感情表露出了口！

"你怎么才来啊！"她亦哭着捶打着他的肩，哀哀叫道："你为什么才明白，我等得太久了，太久了！"

第二部分

相悦浓

第八章

锦绣年华欢好时

- 壹 -

"安笙,把我的衣服拿给我吧!"浴室中沐浴完毕的乔锦月对着浴室外的顾安笙说道。"好!"顾安笙将衣服挂在了门把手上,说道:"我给你挂在门把手上了。"

"嗯,好!"乔锦月又问道:"我的衣服都干了吗?"顾安笙答道:"放心吧,锦月!我放在火炉上烘的,早就干透了。"

"好的,你等下我,马上就出来了。"

顾安笙坐在座椅上,等待着乔锦月。乔锦月刚刚沐浴完毕,披散着一头长发,缓缓走出了浴室,这模样好似出水芙蓉般楚楚动人。

"安笙,我……阿嚏!"话未说完,便打了个喷嚏。

"快,喝了它。"顾安笙将煮好的姜汤递给乔锦月,"赶紧喝了它,你着凉了,别感冒了。"

"好！"乔锦月将那碗姜汤一饮而尽，将碗放在桌子上，"这会儿感觉好多了，刚才我都觉得我要死过去了！"顾安笙又拿来了一张肉饼，递给乔锦月道："一天没吃东西了吧，快吃了吧！"乔锦月接过肉饼，问道："这么大的雪，文周社里又没有吃的，哪来的肉饼啊？"顾安笙说道："我师弟冒着雪去买的，快吃了吧！"

一天未进食，乔锦月也早已饿得腹中空空如也，忙接过那张肉饼，狼吞虎咽地吃了下去。顾安笙看着乔锦月那狼吞虎咽的样子，笑着替她拂去了鬓边的发丝，怜爱道："慢点吃，没人和你抢。"乔锦月吃了三张肉饼，胃里逐渐有了饱腹感，便坐在椅子上，感叹道："唉，这鬼天气。生煎没买成，倒是险些丢了一条命。"顾安笙亦坐了下来，正色严肃道："说到这事，我就要批评你了。明知道雪天危险，还硬往出跑，拦都拦不住。这回差点丢了命，长教训了吧！"

"我才不呢！"乔锦月撅起嘴来，反对道："如果不是我这次在丽珊桥上遇险，你也不会向我表述你对我的感情。冰雪遇险，换你一世倾情，那我丢了半条命也值了。"乔锦月虽说得轻巧，然顾安笙却悔恨不已，凝重了面色道："唉，都怪我之前一直没看清对你的感情。直到快要失去你的时候，我才明白，你对我有多么重要，我有多么爱你。这一次，你能回到我身边，真是谢天谢地。从今天起，我要紧紧抓住你，不会再让你离开我半步了。"乔锦月心下感动，抓住顾安笙的一只臂膀，喃喃道："安笙……"

"啊！"顾安笙被乔锦月拉住的那只手臂猛然痛了一下，不禁发出一声叫喊。乔锦月慌忙问道："怎么了安笙，是我抓疼你了吗？"顾安笙作势戳了下乔锦月的脑袋，宠溺道："还不是因为你，一路上是我抱你回来的，手都酸了。"

"欸，安笙，你还没告诉我呢！"乔锦月又问道："在桥上，我只听到了你说爱我，不会让我离开。之后的事我就浑然不记得了，这鬼天气，我们是怎么回来的？"

顾安笙讲述道："当时你在桥上昏了过去，我便抱着你过了丽珊桥。那会儿雨下得那么大，道路泥泞，我们险些回不来。还好当时有一辆车经过，人家好心肠，载我们一程，把你送到医院。医生给你把过脉了，说你是受寒过度，并无大碍，只需暖一暖就能苏醒过来。当时我出去的急，也没有来得及和他们说，我怕师父师娘担心，没在医院多待，就抱着你回来了。你这件事我没和师父师娘说，怕他们担心，我就直接带你回来了。你回来时依旧不醒人事，我给你烧了暖炉，又给你灌了药汤，你在这床上昏睡了一天才醒。"

"这样啊，倒是辛苦你了，安笙！"乔锦月转过头，看着顾安笙。含情脉脉地说道："别的我都不知道，但是我听得很清楚，也记得很清楚，你说你爱我，不会再让我离开。如此，便足够了。"顾安笙揽过乔锦月，将她的头按在自己怀里，说道："之前一直不清楚，直到差点失去你时，我才清楚我对你的感情。既然我明白了，那便一定会做到，这一生一世，我亦不会负你！"

乔锦月抬起眼，用一双杏仁般的眼眸望着顾安笙那俊美的脸颊，婉声道："安笙，那你是什么时候对我动心的？"回想往事，顾安笙不自知地嘴角上扬："不知道。许是初见时那落荒而逃的蓝色倩影触动了心弦，许是那日地洞遇险时暗生了情意，又许是登台共唱《白蛇传》时的琴瑟和鸣。只道那份感情藏在心底最深的地方，从前未曾发觉，待到发觉之时，却已情深入骨。真是应了那句'惊觉相思不露，原来只因已入骨。'你呢？"顾安笙含笑看着蜷缩在自己怀中的乔锦月，问道："你又是什么时候对我动心的？"乔锦月轻眨着双眼，眼眸中荡漾着幸福与欣悦，温声说道："我也不知道。或是那日躲在幕后已被台上那长身玉立的翩翩公子盗去了芳心，或是那日被困地洞时感动于那份患难与共的情意，抑或是那日同台赴唱时对那情深似海的夫妻情深假戏真做。"

"似乎从未细思量过这份感情，但却已用情至深。便是那'情不知所起，一往而深。'了吧。"顾安笙点点头，意味深长地笑道："台上戏，台下人。你我这台下人，倒真是应了台上戏中的柳梦梅与杜丽娘。"乔锦月的双手环紧了顾安笙的腰，绵绵说道："说的是呢。想当初你我初见时，便共和一曲《白蛇传》，后来在北平演出时，你我演绎了整本的《白蛇传》。而这一次，你我在丽珊桥上相聚而定情。就好比白素贞与许汉文，清明佳节，天降大雨，二人在西湖断桥上，游湖借伞生缘一样。"

顾安笙摇头道："我们不是他们，也不要做他们。"见顾安笙如此说，乔锦月诧异道："怎么说呢？"顾安笙款款说道："他们二人游湖借伞而定情的故事虽然浪漫，但你想想，他们两个人吃了多少苦，受了多少罪？最后只能生生别离，一个在雷峰塔，一个在金山寺，相对而不能相见。我们比他们强多了，怎么能拿他们来作比？"乔锦月才知失言，忙捂住嘴道："哎呀，我也真是的，竟拿他们来浑比。我们可比他们强多了！"顾安笙亦点头，"是啊，他们的缘断，一部分的原因是人妖殊途，饱受旧礼教的束缚，还有一部分的原因是因许仙的懦弱。况且我也曾说过，我要是遇到心爱的女子，一定会牢牢守住她，绝不会像许仙那般，对自己心爱的女子摇摆不定。"

乔锦月却推开了顾安笙的怀抱，侧过脸去，佯装生气："你现在说你喜欢我，我也喜欢你。但说起这事，我还生气呢，哼，都怪你！"顾安笙诧异，不知乔锦月为何突作此态，只好揽住了她的肩，温声道："好端端的怎么啦，什么都怪我？"乔锦月转过身，一双圆溜溜的眼睛紧盯着顾安笙，说道："既然你早就喜欢我了，为什么不早告诉我，害得我等了那么久。我一直不相信自己的感情，一直以为你对我的情份只是朋友之谊。你不知道一个人单相思有多苦，你要是再不说，恐怕我就要放弃了！"

顾安笙懂得乔锦月的感受，握紧乔锦月的手，有些惭愧道："可能真的怪我了，对不起。起初我对你并未有这样的感情，那时候是仲怀总在我耳畔说锦月怎么怎么好，你别错过了锦月这个好姑娘，那个时候我只当他胡扯，却不想在他的推波助澜下，真的对你萌生了情意。那时候那份情意若隐若现，我自己不肯承认，也不太自信。不是我不早说，只是我不知道该如何表达。早知道你等得那么苦，我就应该早些认定这份情意的。"

乔锦月想了想，亦说道："说起来，咱们之间的情意，还多亏了仲怀推波助澜呢。起初也是他在我耳边说，我也没当回事。可不知不觉间，就发现自己已经喜欢上你了。只是我不确定你对我是不是也有一样的感情，便也只能默默藏在心里。"顾安笙笑道："那看来我们今天能走到一起，他的功劳还不少呢！"乔锦月亦笑道："说的是，等下次见到他的时候，可要好好感谢他一下啊！"顾安笙的手温柔地抚摸着乔锦月的发丝，突然手一停，好似想起什么似的，"也可能，我一早就向你表白过了。"乔锦月未听清，愣愣道："什么？"顾安笙道："那次在北平演出，我们共赴庆功宴，你记得吧！后来你喝醉了，我也有些微醺，你要我带你出去醒醒酒。因为喝醉了，所以那日发生的事情我都记不清了，可在脑海中朦胧的有个影子，然后仲怀对我说……"

"你说那件事！"乔锦月知道顾安笙要说什么，忙道："那件事，仲怀也和我说了。我原本以为是醉酒后做的一个梦，他和我一番分说之后，我还真有些半信半疑。既然你也有这个印象，那便无疑了，一切都是实实在在发生过的！"

顾安笙目不转睛地看着乔锦月的眼睛，说道："所以，你都知道了？"乔锦月点头道："我当然都知道了。那日你的胸牌挂在了我身上，还不是因为你抱过我。不然好端端在你身上的胸牌，怎么会莫名其妙地跑到我身上？他是不是也和你说了，你身上沾染了我的"秋意浓"香水味，包括你的唇……"说到此处，乔锦月便戛然而止，她想说，"包括你的唇角沾染了我的口脂色"，可这样的话，对她这样一个需谨遵礼数的姑娘家，终是说不出口的。

顾安笙却邪魅一笑，说道："包括什么，你是想说包括我的唇角沾染了你的口脂色，就是说明我已经吻过你了？"乔锦月被顾安笙说得害羞，忙转过头去，小声道："瞧你说得这是什么话，一向谦谦有礼的顾公子，想不到也会如此不正经！"见乔锦月这羞涩可爱的神情，顾安笙心中更生爱意，捏过她的下巴，调笑道："怎么，还害羞了？"

"哎呀，走开！"乔锦月躲开了顾安笙的手，向窗边的一角奔去，走到窗边，又忽地转过身去。她朗声道："你既然吻过我了，那我就是你的人了。你可要对我负责，我这辈子赖定你了。"

顾安笙走近乔锦月，上前，拥抱住她的背脊，温声说道："我会对你负责的，无论是现在还是未来，等我，将来我一定会娶你进门。"

乔锦月心中涌起一阵温馨，环住顾安笙的腰，脸上洋溢着幸福的神情，陶醉道："真好，真希望此刻永恒！"

- 贰 -

"砰砰砰!"屋外传来一阵敲门声,只听得胡仲怀的声音:"师兄,你在里面吗?"

"是仲怀。"顾安笙松开乔锦月,对着屋外大声道:"门没锁,你进来吧!"胡仲怀推开门,大步流星地走进来,见乔锦月安然无恙地站在那里,讶然道:"锦月,你没事了?"乔锦月微笑着点点头,"是啊,没事了!"胡仲怀松了一口气,"那就好,那就好。你知不知道,师兄把你带回来时,你已经不醒人事了。你知不知道你那个样子真的要吓死我们了,还好我娘不知道,要不然她真得教训死我们。"

"大惊小怪的干什么!"乔锦月走到胡仲怀面前,转了一个圈,说道:"你看我,不是什么事都没有吗?我只不过是受寒过度晕了过去,医生都说了并无大碍。我这不是好端端地站在你面前了吗?"

"说起这事,锦月你真得要长教训了!"胡仲怀伸出一只手指,指指点点的对着乔锦月说道:"都说了,这么大的雪天不安全。你偏偏要往外跑,你要是乖乖听话,哪还有这档子事?"

"我才不呢?"乔锦月转过身,挽住顾安笙的胳膊,"如果没有这事,这个木头怎么可能会这么快开窍?"

"你们⋯⋯"胡仲怀见他二人亲昵的神态,惊讶道:"你们已经⋯⋯"顾安笙不说话,只是微笑着对着胡仲怀点点头。

"太好了!"胡仲怀双手一拍,振奋道:"我就说你们两个就是佳偶天成,天造地设的一对。这会儿终于在一起了,也不枉我这么久来的努力撮合!"

乔锦月亦笑道:"要说我们两个人之间啊,还多亏了你呢。"

"你就是我们两个人的红娘,为我们牵引着这条红线,我们现在终于走到一起了!哼哼哼!"胡仲怀狡黠一笑,说道:"那你们打算怎么谢谢我这个大媒人?"

"不如……"乔锦月作思考状,说道:"安笙,改下回咱们两个演一出《西厢记》,你是张君瑞,我自然就是崔莺莺,不如让仲怀来演这小红娘吧!"顾安笙点点头,笑道:"我看行啊!"

"不要不要不要!"胡仲怀忙摇摆着双手道:"你们俩这是谢我呢,还是坑我呢?"

"哈哈哈哈哈……"顾安笙与乔锦月都笑了起来。

"好啦!"顾安笙又道:"你光忙活我们俩的事了,你自己的事什么时候有个定数啊?准备什么时候把红袖姑娘追到手?"

"啊?"胡仲怀呆愣愣道:"师兄,我对红袖……你都看出来了?"顾安笙笑道:"当然,你那百般殷勤,是个人都能看出来你喜欢她。"胡仲怀垂下脑袋道:"可是现在还不知道她会不会喜欢我,我也不确定人家女孩子的心思,要是盲目告白,万一她不喜欢我,只怕以后连面都见不着了。"乔锦月白了胡仲怀一眼,说道:"你们师兄弟俩,还真是一个样子,明明喜欢就是不说!"胡仲怀看着乔锦月,央求道:"锦月,你看我都把你和师兄撮合成了,那我和红袖的事,你可不能不管啊!"

"放心!"乔锦月拍拍胸脯道:"交给我吧,逮到机会,我一定会为你们牵线搭桥的!"胡仲怀伸出一只手臂,攥拳道:"好的,我也一定会再加把劲,把红袖追到手!"乔锦月笑道:"对嘛,这才是我认识的胡仲怀!"

顾安笙看了眼窗外,见暴雨已变作淅淅沥沥的小雨,向胡仲怀问道:"仲怀,你来的时候,外面的雨下得不大了吧?"胡仲怀点头道:"早就变小了,这雨加雪的,下了三天三夜,这津城都快变成冰雪世界了。"

顾安笙道："不下了就好了，锦月困在这里三天了。再不回去，乔老板和妙音娘子怕是要担心死了。"胡仲怀亦道："估计这雨明天就能停了，锦月在这住一晚上，明天一早回去吧。虽然雨停了，可这冰雪路滑，锦月你回去的时候还是要注意安全啊！"

顾安笙握紧乔锦月的手，说道："我送她回去，一定会让她安全回到湘梦园的。"胡仲怀见状，调笑道："哎呦，多好啊！"乔锦月不说话，只管低头含笑，娇俏的脸颊上带着一层红晕。顾安笙将双手搭在她的肩上，深情款款地说道："既然她重新回到了我身边，那我就一定要守护好她，绝不会让她再从我身边离开。"胡仲怀笑道："好啦，我就不在这看你们俩卿卿我我，我去我爹那里了！"

"嗯，去吧！"

次日清晨，冬雨停歇，一抹朝阳初上，显然是一个晴好的艳阳天。乔锦月一早醒来，拉开窗帘，只见一缕金阳照耀在脸上。她伸了个懒腰，自言自语道："今天是个好天气！"想到与顾安笙之间的浓情蜜意，心中不免又泛起了如撒下蜜糖般的柔波。

梳妆完毕，正要出门之时。听得顾安笙敲门，"锦月，你好了没有啊？"

"好了，马上！"乔锦月打开门，见顾安笙一袭长衫立在自己面前，含笑道："你来的正是时候，我刚打算出门呢！"顾安笙点点头，"我算好了时间来的，我们走吧！"

"好！"乔锦月将房门推上，与顾安笙共同走了出去。刚刚出了文周社的大门，乔锦月上前几步，想找黄包车，却突然被顾安笙拉住了手，顾安笙低眉看她，满眼怜爱，"别走那么快，急什么啊！"

"安笙，你别……"乔锦月想撒开顾安笙的手，却被顾安笙握得更紧了，顾安笙笑道："怎么，不想让我牵你的手啊！"乔锦月当然不是不想，只是想起师父从前对自己教导的那些女子该守礼数，不得已，才要撒开顾安笙的手。她只好扭过头，小声而语："咱们男未婚，女未嫁的，这样不合礼数！"

瞧见乔锦月那想要但不敢的样子，顾安笙忍俊不禁，"想不到活泼机灵的乔锦月也有怕失了规矩的时候。"随后又说："我且问你，我们现在不是朋友是恋人，是不是？"

乔锦月愣愣地点点头。

顾安笙又说："既然是恋人，那我是不是应该牢牢地抓住你的手，保护好你？何况现在都已经是民国了，早就没有什么失德伤风雅那一说了，你就放心吧。只要你在，我就一定会握紧你的手。好啦，我们走吧！"乔锦月点点头，不再拒绝。未察觉，嘴角那一抹笑意早已荡漾在脸上。很快便叫到了黄包车，顾安笙与乔锦月一同上了黄包车，去往湘梦园。

黄包车上，顾安笙向乔锦月问，"锦月，你从小师父对你在礼数这方面要求的很严格吗？"

"那当然啊！"乔锦月说，"从小，师父就教导我们，女孩子一定要自重，不能伤风雅我们无时无刻不被这些礼仪束缚着。"顾安笙从上到下打量了一番乔锦月，"你这么个活泼好动的丫头，让你规规矩矩的守着礼仪，真是难为你了！"乔锦月眨着眼睛，"从前我是很不服这些管教的，总觉得这些都是束缚我自由的绳索。可现在想来，师父也是为了我们好啊。她是想让我们做规规矩矩的女子，更何况是做我们这一行的，更要规规矩矩的，不能受人议论。"

哪知顾安笙却道："我应该感谢你师父才是呢！"乔锦月转过头，看向顾安笙，满脸疑惑："为何如此说呢？"顾安笙抚摸着乔锦月的脸，笑道："感谢她教出这么好的你，来到我身边啊！"

"喊……"乔锦月害羞地转回头，低声说："还真是个说相声的，油嘴滑舌，净会说些甜言蜜语。"话锋一转："不过……"顾安笙问道："不过什么？"乔锦月转过身，含笑道："不过我喜欢！"顾安笙亦笑了，揽过她的肩，拥在自己胸口，道了句："傻丫头！"乔锦月摩挲着顾安笙的腰，轻声问道："安笙,过年这些天,你可有什么安排吗？"顾安笙说："年下这几天，文周社没什么事了。过了腊月二十八，我就要回北仓去了，估计得到正月十五才能回来。"

"啊！"听了顾安笙的话，乔锦月有些沮丧道："我们才刚刚在一起，你就要离开我这么长时间。安笙，你知不知道我舍不得你呀！"

顾安笙抚摸着乔锦月的背，"我也一样舍不得你呀，可是家是必须回的。现在文周社的演出排得那么紧密，我能回去见父母的时间也不多。这年下回家，我是一定要见父母和妹妹的啊，我想你应该会理解我的吧。你也不必太想念我，毕竟我以后和你在一起的时间比和他们在一起的时间多得多！"乔锦月的头在顾安笙的怀里蹭了蹭，"我明白，家人比什么都重要，你应该回去见他们的。我会在这里等着你，到时候你见到你家人，代我向你的家人问声好吧！"

"姑娘、公子，湘梦园到了，您二位下车吧！"

"嗯，好！"顾安笙先下了车，然后扶住乔锦月慢慢从车里走下来。

"你进去吧！"顾安笙对乔锦月温声而言，"你先进去，我看着你进去了，我再走。"

"安笙！"乔锦月望着顾安笙，满眼的不舍道："这一别，就要等年后再见了。"顾安笙将手搭在乔锦月的肩上，柔情笑道："就二十天的时间，很快就回来了。等我回来，马上就来找你。"顾安笙始终微笑对望，待到乔锦月的身影消失不见，他才缓缓离去。

过了腊月底，就到了新年。无论是相声班子还是戏班子，年底封箱后就没什么事了。顾安笙腊月底离开了文周社，回到了北仓家乡与家人共度新年。乔锦月在湘梦园和父亲，师父，以及一众师兄师姐一起过新年。

湘梦园的人多，年过得也热闹。这几天，是乔锦月一年来最轻松的几天。年初吃得不错，玩得也很尽兴。和家人一起过新年，确实是人生乐趣，可少了顾安笙与自己一同过年，总觉得是一件憾事。

- 叁 -

已至正月初七,年也算是过了一半。一切似乎已回归平静,但津城城里仍然保留着过年的气氛。

湘梦园没有开箱,乔锦月依旧无事可做。顾安笙不在身边,这些日子便只能偶尔陪陪父亲、师父,偶尔和师兄、师姐一起玩玩,或者自己一个人在房间里冥想。"正月初七了,嗯……距他回来还有八天。哎呀,这日子怎么过得那么慢呀!"乔锦月一个人坐在房间里自言自语,手中握着顾安笙为自己配的钻石月亮项链。百无聊赖间,只能一个人坐在椅子上,回顾与顾安笙之间相处的种种。一件件往事在脑海中回荡,那嘴角总是情不自禁的上扬。

忽然,电话铃竟然响了。听到电话铃声,乔锦月不禁纳闷,这个时候,谁会有事找湘梦园?既然自己在这里,便接了这莫名其妙来的电话吧。拿起电话,小声翼翼道:"喂,你好!"

"锦月,新年快乐呀!"听到那熟悉的声音,乔锦月惊喜得叫了起来:"啊?安笙,是你啊!"

"嘘!小点声。"顾安笙在电话那头却不慌不忙。乔锦月方才意识到自己的声音确实太大,即刻捂住了嘴,压低了声音:"安笙,你哪来的电话啊?"电话那头道:"我们镇里的,我们整个北仓就只有这一台电话,为了打给你可是真不容易呢。昨天我就打了一次,可是没有人接。我想今天再试一次,结果真的打通了。"

乔锦月欢喜:"那还真是咱们两个心有灵犀,照常过年的时候大厅里都是没有人的。今天闲来无事,我就来大厅里走走,没想到竟能接到你的电话!"

电话那边的顾安笙问："锦月，这个年过得怎么样啊，这些天都做了什么？"

"挺好的啊！"乔锦月答着："过年的时候和家人一起吃吃玩玩，都挺好的。今天正月初七，湘梦园也没这么快开箱，我这几天也没什么事可做，就安安静静的等你回来吧。你呢，你在做什么？"顾安笙答着："我在家里和爹娘、妹妹一起过年。你要是这几天没什么事，不如就……"

"不如什么……"乔锦月抢着问。顾安笙说道："不如你就来北仓玩几天吧，你可以住我家里，正好我也能陪你几天。"顾安笙话音未落，乔锦月忙喜得睁大了眼睛，"真的吗，那真是太好了！"顾安笙在那一边笑道："瞧把你乐的，你就坐明天早上的火车来吧。小镇离津城不远，坐火车一个小时左右就到了。来的时候记得看好东西，注意安全，到时候我在车站等你！"

乔锦月在另一边握着话筒，兴奋地直点头，"一定，一定，我一定会准时去的！"顾安笙说着："好啦，那便不多说了。这电话费很贵的，我就先回家了。锦月，明天见！"乔锦月亦说："好的，安笙，明天见！"

挂掉电话，乔锦月一路小跑回房间。想到明天能见到顾安笙，一颗心满满的都是欣喜。想到要去北仓见顾安笙，乔锦月兴奋的一夜未眠。第二日天未亮，便梳洗打扮好了准备出门。彼时，苏红袖还未起身。可乔锦月的梳洗声音已经惊动了苏红袖，苏红袖被惊醒时，乔锦月已准备出发了。苏红袖从床上坐起来，看着已经梳洗打扮好的乔锦月，不禁惊异，"小七，你今天是怎么了，竟然起得这么早，平时你可不会这么早起床啊！"

"哦，师姐！"乔锦月收拾着东西，"师姐，我今天要出去一趟。今晚我也不回来住了，一会儿师父问起你就说我出去玩了。晚上师父要是来看，你可千万不要让师父知道我没回来住啊！不多说了，师姐，我走了！"

一个小时后，列车终于到了北仓镇。乔锦月下了车，只见到乡间的一栋一栋房屋小舍,第一次来北仓,浑然不知哪里是哪里,竟四顾茫然。安笙,你在哪里呢?你怎么还没有来接我啊,是不是我来得太早了?

"锦月!"正四处张望间,忽然听到那熟悉的声音在呼唤自己。转过身,只见公子长身玉立,笑如春风,那不正是自己朝思暮念的人儿吗?"安笙!"乔锦月奔过去,紧紧拥抱住顾安笙,急促般地说道:"安笙,这些日子,我都要想死你了!"顾安笙亦搂住乔锦月的纤纤细腰,"锦月,我也好想你呀。"缓缓放开她后,细细打量她一番,发现她那水润的小脸变得圆润了。便轻轻捏着她的脸颊,调笑道:"几天不见,你是不是吃胖了,这小脸都长肉了。"乔锦月轻轻推开他的手,撅起嘴,"哪有啊,净胡说。"顾安笙牵起她的手,笑道:"好啦,我们走吧!"

乔锦月问道:"我们去哪儿啊?"顾安笙说:"去我家待一会吧,我爹娘和妹妹去了庙会,现在家里没有人。"

"好!"乔锦月又问,"欸,安笙,你怎么知道我这个时候到?我还以为我到的太早了,你还没有来呢!"

顾安笙轻轻弹了一下乔锦月的头,"我还不了解你?从津城到北仓的火车最早就是早上七点的,你来见我,一定会坐最早的一趟车来啊,是不是?"乔锦月嘻嘻一笑,"知我者,莫若安笙也!"

北仓小镇不比津城市里繁华,羊肠小道上,铺满了落雪。小道上,小舍房屋比比皆是,三三两两的几户人家,每一家的屋外,都有几处农田。乔锦月自幼在津城这般繁华城市长大,从未见过乡间小镇的简朴,一路上,看得出神。"锦月,你觉得我们这北仓小镇怎么样啊?"顾安笙问道。

"好幽静的一个小镇啊!"乔锦月说,"见惯了津城的繁华,倒觉得这里的简朴,更宁静,是我向往的样子。"顾安笙亦道:"也是我向往的样子。"

小镇不大,不出几分钟,便到了顾安笙的家。顾安笙将门锁打开,对乔锦月道:"进去吧,家里没人。"乔锦月满脸好奇,探头探脑地进了顾安笙家的小院,只见前院一侧有一口水井,院落中央是一张石桌,四个石凳。后院是一个菜园子,冬季里,用大棚罩得严严实实。

乔锦月在这方小院里踱步一周，"你家院子虽然不大，却闲适得很。倒让我想到了一壶茶，一盘棋那般的隐逸生活。"顾安笙亦道："我家不大，但这位置极好。在这里听不到外面的喧嚣声，闲暇之余在院子里闲坐，倒也是一件人生乐事。可惜现在是冬季，要是春夏秋季，我定能和你在这庭院中喝茶下棋。"

乔锦月道："在这宁静的小院里喝茶下棋，确实是人生一大美事！"

"欸，锦月！"顾安笙走到乔锦月身边，"不如在春夏季的时候，你再陪我回来一趟，到时候，我们在这院子里看日出日落，品茶对弈，如何？"乔锦月点头笑道："好啊，那我们便约好了！"复又伸出小拇指来，道："这就是我们的约定了，拉勾！"顾安笙禁不住"扑哧"一笑："你还真是小孩子心性！"乔锦月依旧天真地眨着那葡萄般的双眼，"我不管，既然是我们的约定了，就一定要拉勾！"

顾安笙无可奈何，便依言勾起了乔锦月的小拇指，宠溺般地笑道："好，都依你！"双指相勾，乔锦月念道："拉勾上吊，一百年不许变！"

顾安笙亦随她道："一百年，不许变！"大拇指相抵，二人相互对望，望穿秋水之间，双双露出了洋溢着幸福的笑脸。

朝阳如是，他如是，她亦如是。这一刻，只愿此情此景定格在这一瞬间，今生今世，生生世世，永远不要改变。

- 肆 -

"锦月,我们进屋去吧!"

"嗯,好!"

推开那扇屋门,映入眼帘的皆是古朴的家具摆饰。比不上文周社的富丽,却是别有一番风味。顾安笙指向小厅右侧的第二扇门道:"这个是我的房间,旁边那个是我妹妹的房间。左侧的那个稍大些的房间是我爹娘的房间。"随后,顾安笙推开自己的房门,对乔锦月道:"我们进去吧!"乔锦月道:"好!"

进入顾安笙的房间,只见一张方桌上摆满了各种书籍,还有各种老旧字画与笔墨纸砚。"哇!"乔锦月惊叹,走了过去,"原来你还收藏了这么多古旧字画啊!"顾安笙点头,"是呀,只不过这些书籍和字画算不得我的,是我幼年时,我爹娘的友人赠予他们的。我心里喜欢,就搬到了我自己的屋里。虽然我常年不在家,但每次回来,都会看上一看的。"

乔锦月细细看着那桌上的摆设,"我能看一看吗?"顾安笙道:"当然可以啊!"乔锦月打开摆在桌子上的卷轴,看见里面夹杂着一幅幅好似楷书字迹的宣纸,起初不太成形,字迹还有些歪歪扭扭。到后来就变得越来越有楷书的味道了,最后一张,倒是可以称得上是行云流水了。做梨园行的人,大多都是自幼学艺,很少有真正读过书上过学的。像乔锦月的师姐妹几个,有师父的悉心教导,能将常见字认全,背得上几首诗词就已经算罕见了,没想到顾安笙竟还会古笔书法。

乔锦月拿着这些字仔细端详,"安笙,这些字可都是你写的?"

"是啊！"顾安笙答道："小时候，看过欧阳询的《九成官醴泉铭》便因此喜爱上了楷书。可你也知道的，对于我们这些说相声的，说学逗唱是主业，也无暇去真正的学书法这些东西。我便只有在平常无事的时候，自己一个人对照着字帖练一练。我这样的字迹，终究是不成形的。"

对顾安笙能有这样的耐心乔锦月是佩服得紧的，依乔锦月的性子，做这种细致活儿是万万忍受不了的。她继续观摩着顾安笙的字，"我瞧着这前几片篇，字迹还不太成形，到后面的几张，倒跟这字帖上的字一般无二了。安笙，你真行，竟然在没有旁人的指点下，能把字写到这个地步。换作我，这种细致活儿是万万做不了的。"顾安笙凝视着乔锦月，"你真觉得你做不了？"

"那可不是嘛！"乔锦月扭过头，看了一眼顾安笙，"也不是一次都没有做过，唯一的一次细致活儿，就是去年你过生日那次。为你缝制的那件银色大褂，那是我第一次这么认真的把一件事做完，可都是为了你啊！"提起那件大褂，顾安笙自是忘不了的也不可能忘记。乔锦月缝制了几个日夜做成的那件大褂，那纤细的手指都布满了针眼，当时的那种感动与心疼，顾安笙一直记得。顾安笙从背后握住乔锦月的手，连带感动说道："所以说，你做的一切都是为了我，为了我你硬是改变自己的性子，锦月，安笙何德何能得你如此厚爱！"

"那当然了，为了你我可是什么都能做。"乔锦月转过身，俏皮的捶了下顾安笙的肩膀，"所以说，遇到我你知足吧，以后要对我好一点，知道了吗？"顾安笙另一只手亦握住了乔锦月捶在他肩上的那只手道："知道了，我的小公主。你是我心尖尖上的人，我不对你好，对谁好啊！"乔锦月莞尔一笑，"这就对了嘛！"

"欸，安笙？"乔锦月突发奇想,："你能不能教教我写楷书字啊？我可是从来都没有接触过这些东西的，今天看到你写的这些，突然想试一试。"顾安笙眯起双眼，像是不可置信般地问道："你当真想学？"

乔锦月点头，"你喜欢的东西，我自然也要试一试嘛！"

顾安笙道："好，你先坐好了，待我告诉你怎么写。"

"好！"乔锦月听了顾安笙的话，回到椅子上端坐好，等待顾安笙教她。

"这毛笔的拿笔方式和我们平时用钢笔的方式是大大不同的。"顾安笙将毛笔放在乔锦月的手中，扳起她的小手为她做好拿笔姿势。"这样知道了吗？"乔锦月点点头。顾安笙从背后握紧她的手，在宣纸上勾勒出"大""小""天""地"，几个字。乔锦月看这笔法刚劲有力，心中兴趣大增，便说道："好漂亮的字迹，安笙，我想知道你的名字怎么写啊？"

"马上写给你看。"顾安笙继续握着乔锦月的手，在宣纸上勾勒出"顾安笙""乔锦月"，这六个字。"这便是我与你的名字。"

"哇！"乔锦月端起宣张，仔细观看，那字迹端庄秀雅，不失大气，俱是用繁体字写出来的。她不禁惊叹，"想不到我们的名字竟是这么写的，好漂亮啊！"顾安笙微笑道："你可喜欢？"乔锦月猛烈地点头："喜欢，非常喜欢！"顾安笙又道："你自己写写看！"乔锦月拿起笔来，手指还有些微微的颤抖。顾安笙在一旁轻声道："别急，慢慢来！"

"嗯！"乔锦月用并不稳健的笔法，小心翼翼地在宣纸上写下"顾安笙""乔锦月"几个字。"哈哈！"顾安笙拿起乔锦月写好字的宣纸，看着上面的字迹，忍不住笑道："倒很像在纸上爬行的虫子。"乔锦月佯装气恼地站起身，捶打着顾安笙："哼，你居然笑话我。"

"没有笑话你。"顾安笙将宣纸放下，拍了拍乔锦月的肩膀，"初次练习，当然都是这个样子，慢慢的，就会更好了！"乔锦月低头看了看那写的歪歪扭扭的字迹，竟也同样忍不住笑道："确实很像在纸上爬行的虫子！安笙，你写的都是一个个的字，你会不会写整段的诗句啊！"

"待我写给你看。"顾安笙拿起笔，在纸上游走，霎时间，便勾勒出两行诗。顾安笙将纸放到乔锦月面前，"你可知道这句？"纸上端端正正的两行诗映入眼帘，乔锦月念道："不经一番寒彻骨，怎得梅花扑鼻香。"

顾安笙说道："是的，你可知道这句诗的含义？"

乔锦月点头："我知道的，小时候听师父讲过。师父也说过希望我们能够做松竹梅那样的人，在风雪中傲然挺立，不畏风霜。"顾安笙说："这是我最喜欢的一句诗，也是我一直想要追求的。但愿我也可以如那梅花一般，能忍进入骨的严寒，在风雪中绽放幽香。"乔锦月回想起初见顾安笙的模样，那样一个纤尘不染的翩翩公子，或许在这浊世之中，他本就是一株溢香脱俗的梅花吧！

顾安笙又道："我最喜欢的诗句一共有三句，这是其中的一句。"说罢提笔，又写了两行诗。乔锦月定睛一看，见得那两行大字写得是"千磨万击还坚劲，任尔东西南北风。"乔锦月端起纸来："是郑燮的《竹石》，千磨万击还坚劲，任尔东西南北风。说得正是那漪漪绿竹的气节。"顾安笙道："没错，梅与竹，都是我喜爱的花草。它们不畏艰难，在艰苦的环境中毅然茁壮成长，也是我一直以来努力的方向。"

梅与竹俱是在风雪中独立而生的花草。乔锦月含情细望顾安笙，他的那般清冷，那般淡然，亦如梅与竹在风霜中傲然挺立的气节。乔锦月放下纸卷，凝望着顾安笙："说得是梅与竹在风雪中毅然而顽强的气节，但我觉得，说得更像是你顾安笙独立台毯之上，自有心中阔澜的模样。"顾安笙放下笔，浅笑："梅与竹俱是我钦佩的花草，但我自知，我与它们相差甚远。不过我也希望，有一天我可以做到这样。"

"还有一句诗是什么呀？"乔锦月又问道。顾安笙重新提笔，在纸上写，"粉身碎骨浑不怕，要留清白在人间。"乔锦月看了一眼，说："这是于谦的《石灰吟》，我也知道。于谦所敬佩的是是石灰清白的本质与高尚的节操。可是……"乔锦月却有些想不明白："石灰的本质固然令人所敬，但与我们而言，是不是太遥远了？"

"并不遥远的！"顾安笙慢慢解释："我喜欢这句诗，自然有喜欢它的道理。清白和高尚，一直都是我所向往的，纵然有一天，跌到淤泥里了，也不能忘记了高尚的情操。这世道混乱，外界纷乱的事端比比皆是，但我不关心也不沾染。但这世道如此，也不是我们能改变的。如果真的有一天，人为刀俎，我为鱼肉，我宁愿像石灰那样'粉身碎骨浑不怕，要留清白在人间。'"这一番深沉的解释，乔锦月听得似懂非懂，便也只喃喃说道："既然是你向往的，那就努力去做吧。"

突然之间，乔锦月心中又生了个奇思妙想，抬起眼："安笙，你写这三句都是古人的诗句。何不自己创作一首代表你性情的诗呢？"

"自己创作？"顾安笙惊讶道："锦月，你这不是为难我吗，我不是诗人，读得书又不多，怎么能够像诗人一样作诗呢？"乔锦月摇着顾安笙的胳膊，撒娇道："试一试嘛，你自幼学艺，会那么多相声段子与太平歌词，我相信你在文采上是绝对不会逊色于那些诗人的，你就试一试嘛！"

"好好好，听你的，我试试。"顾安笙自然抵不过乔锦月这般的撒娇，轻轻拍了拍她的胳膊，提起笔。在脑海中思量一番，提起笔在纸上写下眷秀的七个字。乔锦月看了一眼，便露出了甜蜜的笑容。"锦绣年华空潭月。你这是为我写的吗？"

"不然呢？"顾安笙温柔地看着乔锦月，眉眼含笑："正是为我的锦月写的，把你的名字融在這幽静的意境中，亦是我对你最美好的祝愿。"乔锦月心下欣然，那嘴角的笑容变得更甜美。突然间，头脑中起了灵感，便道了句："你等下！"转而迅速拿起笔，用不太标准的楷书，同样在纸上写了七个字，递给顾安笙，问道："怎么样？"

顾安笙接过纸，看了一眼，便露出了如春风和煦般的笑容，说道："浮生安稳觅笙歌。是你对我的祝愿吗？"乔锦月道："浮生安稳，是一生所愿。觅笙歌，是闲暇寻欢。同样，是我对你的美好祝愿。"

"极好，极好！"顾安笙显然是欣然至极，揽过乔锦月道："锦绣年华空潭月，许的是静好。"乔锦月将头紧紧贴在顾安笙的胸前，亦款款而道："浮生安稳觅笙歌，愿的是平安。"顾安笙揽紧乔锦月，轻轻合上双眼，似是享受着这佳人相伴的锦绣年华。乔锦月亦紧紧靠在顾安笙的胸前，静听他沉稳的心跳声，这年华，仿佛永远不会老去。

"锦月，真好，这句诗有你亦有我的名字！"

"真好，安笙，这句是你也是我的祝愿！"

锦绣年华空潭月,许的是静好。浮生安稳觅笙歌,愿的是平安。只愿多年后的某天想起,不是浮生一场大梦。

乔锦月终究没有在北仓待太久,恐怕再晚些回去,师父就会发现,便也只能由顾安笙将她送去车站。"欸,安笙!"车站,乔锦月问道:"你什么时候回文周社啊?"顾安笙说道:"文周社正月十八开箱,原打算是正月十六那天回去。可是正月十五是元宵节,这样的佳节,我想和你共度,所以就打算提前了一天回去!"话音未落,乔锦月立刻兴奋:"好呀好呀,我们一起过元宵节是再好不过的事……"话未说完,突然想到一事,便皱了一下眉:"可是我们湘梦园是元宵节那天开箱,不出意外我爹一定会安排我一场演出的,这该如何是好?"

"欸?"乔锦月又一想,霎时间又眉开眼笑:"开箱远没有封箱隆重,如果我和爹说一声,让爹把我的节目放在第一个,他不会不同意的。这样演完了,我也就没事了,就能跟你去玩了!"

"好!"顾安笙刮了下乔锦月的眉心:"怎么样都行,等你演完了,就来文周社找我,我一直都在!"乔锦月莞尔一笑:"如此甚好!"

此时,二人已经到了车站,一辆列车驶过,乔锦月看到车号,正是自己回津城的那一列。便转过身,对顾安笙道:"安笙,我要回去了!"顾安笙拍了拍乔锦月的肩膀道:"你回吧,七天后,我们再见!"

"好!"乔锦月上了列车,车窗外,依然可以看到顾安笙长身玉立的身影在站台上。

乔锦月朝顾安笙招了招手,顾安笙依然以温和的微笑回应,鸣笛声一响,列车便渐渐远去。

第九章
上元佳节灯如昼

- 壹 -

从北仓回到津城后的几天里,乔锦月依旧陪在师父和父亲身边。

七天之后,就是元宵节。按照惯例,湘梦园都会在这一天在小剧场举行开箱仪式,每一次开箱出场的都是湘梦园有些名气的角儿,乔锦月自然也逃不过。这一天,乔锦月唱了一场三国时的戏《借东风》。这场戏中,乔锦月扮的是周瑜,也是她为数不多的生角儿戏。乔锦月按照之前所想,向父亲请求将自己与大师兄的节目放在第一个,理由是元宵节想出去逛逛。乔咏晖知道女儿的脾性,只当她是心性贪玩,便答应了她的请求。

乔锦月在台上唱着唱词,而心却不在台上。边唱边想着什么时候能结束,结束了赶快去文周社找顾安笙。瘦弱的乔锦月扮上周瑜,倒有一副少年老成之态。无论是与从前扮演贤惠的青衣相比,还是与娇俏的花旦相比,都相差甚远。

唱戏间，不知为何，乔锦月竟觉得台下有一种熟悉的气息环绕着自己，却又道不出缘由。念着唱词间，不经意往台下一瞥，却看到了自己心心念念的那抹身影。只见顾安笙着一袭银色大褂，正是自己为他缝制的那件，他端坐在第二排的角落里，正满目含情的看着自己。

他也看见了乔锦月瞧见了自己，对她温柔一笑。霎时间，乔锦月便增添了神采，一心想着把这出戏唱好，让顾安笙看到更好的自己。

演完这出戏，乔锦月便飞快的回了化妆间卸妆换衣。扮演诸葛亮的沈岸辞见乔锦月神色如此匆忙，诧异道："锦月，你这么着急干什么，灯会还没开始呢！"乔锦月兴高采烈的拿起了包，对沈岸辞道："师兄，我约了朋友，我再不去，人家就等急了！"

沈岸辞问道："你见哪个朋友啊？"

"就是一个朋友嘛！"乔锦月着急见顾安笙，无心回答沈岸辞的问题，便只道了句："师兄不多说了，我走了啊！"就跑出了门。"哎，师妹等下……"沈岸辞还想拦住乔锦月问些什么，可乔锦月脚步飞快，早已跑出了化妆间，不见踪影。"唉，这个锦月！"沈岸辞犹自无奈的叹了口气，继续收拾戏服，也没有多说什么。打开门，正准备跑去找顾安笙的乔锦月，却看到那长身玉立的身影正在门外等自己。

"安笙！"乔锦月扑上去抱住了顾安笙。顾安笙亦揽住她的腰，温声道："我的小月儿，你来啦！"乔锦月松开顾安笙，顿时眉开眼笑："不是说让我去文周社找你吗，怎么换成你来湘梦园看我演出了？"顾安笙抚摸着乔锦月的发丝，笑道："不是想要早点见到你吗？我知道你们湘梦园今天开箱，你也有表演，就早早的来买了你的票，可惜还是来晚了，没买到第一排离你最近的那个位置的票，只好买了第二排的票。"乔锦月抬起头，带着满脸的期待看着顾安笙："那你觉得我刚才演的怎么样呢？"

"嗯……"顾安笙摸着下巴做思考状："还不错……"乔锦月眨着那葡萄般的眼睛，满脸的疑惑："什么叫还不错嘛！"顾安笙的手背在乔锦月细腻的小脸上一刮："想不到你这小小的身躯，在台上扮起周瑜那种风流儒雅的生角儿，倒还真是有模有样的！"

"那当然了！"乔锦月眼中溢出骄傲的光彩："我乔锦月是谁啊，还有什么是我驾驭不了的？"回想起那日与顾安宁的对话，顾安笙不禁笑了出来："这不上次还说小乔吗，这回你还真扮起周瑜来了。"乔锦月也忍不住笑了起来："上次说得是我扮小乔，你就是周瑜，那今天我扮周瑜，那你岂不是……"顾安笙轻轻拍了拍乔锦月的胳膊："你要是周瑜，那我就勉强委身做你的小乔吧！"

"如此说来……"乔锦月故意仰起头，用手挑顾安笙的下巴："我的夫人，你可要听从夫君我的命令啊！"顾安笙配合的俯下身道："是，奴家遵命！"

"哈哈哈……"二人都被自己创造的这滑稽场面逗的笑了起来。一路行走，一路飘扬着一对恋人的欢声笑语。

"安笙，你真的觉得我扮的周瑜很好吗？"

"别的不说，就说你的扮相，倒真是一个活生生的周瑜呢！这要是在三国，不知道要迷倒多少少女呢？"

"那你呢，你是不是也倾倒在我'周瑜'的魅力之下了？"

"换作我是女子，也早就被你勾去心魂啦！"

"哈哈哈哈哈……"

"安笙！"乔锦月突然止住了脚步，不再向前走了。顾安笙拉着乔锦月的手，正要向前走，却不想乔锦月突然止步不前，便心生疑惑："怎么了，月儿？"乔锦月嘟起嘴，撒娇道："安笙，我有些饿了，走不动了。"顾安笙走回她身边，戳了下她的脑袋，有些无奈的笑了笑："饿了就说嘛，走吧，我带你去吃点东西。"突然又想起什么似的，对乔锦月道："月儿，今儿是元宵节，你吃元宵了吗？"

"没有啊！"乔锦月木木的摇了摇头："今儿一早就到剧场演出了，演完了就来找你，哪有时间吃元宵啊！"

顾安笙道："元宵节不吃元宵成什么话，我带你去个铺子，咱们去吃些元宵，好图个新的一年圆圆满满！"

"好!"乔锦月笑着把手放在了顾安笙手里:"我们走吧。"顾安笙宠溺的看了她一眼:"一提吃的你就开心了,真是个小吃货。"乔锦月侧眼:"小吃货也是你的。"顾安笙拉着乔锦月的手,进了一家餐馆。顾安笙随意点了几道家常小菜,却在最后说了一句:"再要一碗元宵,两个汤匙。"

"一碗元宵,两个汤匙?"乔锦月惊讶:"这这这……这怎么吃嘛,不怕把元宵吃到地上了?"顾安笙笑道:"恋人之间,干什么都要一起。吃元宵也是,这样吃不是更有情趣吗?"乔锦月笑着白了一眼顾安笙,翘起嘴角道:"亏你想得出来!"

不久,元宵便被端了上来。

"啊,终于来了。"乔锦月好久没有吃过元宵了,一看到元宵便双眼放光,用汤匙捞起元宵就迫不及待的往嘴里送。"啊,烫死我了!"元宵未来得及送进口中,乔锦月便被烫的将汤匙扔回了碗里。"我的小祖宗啊!"顾安笙拿起手纸,为乔锦月擦了擦嘴角,极尽耐心:"刚上来的元宵肯定会烫啊,你至于这么如饥似渴吗,要是烫到了你,我可会心疼的。"出了如此洋相,乔锦月也有些不好意思,低下头,讪讪笑道:"我就是太想吃了嘛!"

顾安笙拿起汤匙将元宵捞起,放在嘴边轻轻吹了吹,送到乔锦月的嘴边,温柔道:"我喂你吃,张嘴!"乔锦月满心欢喜的张开了嘴:"啊。"顾安笙将元宵送至乔锦月的口中,乔锦月在口中咀嚼了几下,只觉得香甜可口,便咽了下去,嘴里依旧回味着那甜甜的味道。

"怎么样?"顾安笙放下汤匙,问道:"这元宵的味道可还合你的胃口?""嗯……"乔锦月歪着头,故意拉长了语调,像是在细细品味:"非常的香甜可口,但甜的不止是在嘴里啊!"顾安笙笑了笑,偏着身子问:"什么叫不止是在嘴里?"乔锦月拍了拍胸口,美美一笑:"甜的是在心里啊,因为是你喂的我,所以满口满心都是甜的。""小滑头!"顾安笙刮了下乔锦月的鼻尖,故作孩子气:"那我也要心里甜甜的,你也喂我啊!"

"好啊!"乔锦月捞起一个元宵,对顾安笙道:"张嘴!"

顾安笙张开了嘴,以为乔锦月要将元宵送到他的嘴里,谁想那古灵精怪的乔锦月竟退后了一步,愣是让顾安笙吃了空。顾安笙笑骂道:"好你个小滑头,要我是不是?"说罢便作势要掐乔锦月的腰,乔锦月也笑着躲开:"别呀,别动手,我错了行不行!"

顾安笙却不依不饶:"现在知错已经晚了!"他的手已经在乔锦月的腰间轻轻拧了一下,乔锦月故意叫道:"哎呀,救命呀,好痛!"顾安笙又轻轻拍了一下乔锦月的头:"不愧是唱戏的,真会演戏,我就轻轻碰了一下,哪有那么疼?"乔锦月嘴上依旧不依不饶:"不愧是说相声的,嘴那么快,就会拿我这种良家女儿开涮!"

"你再说!"顾安笙又作势在乔锦月的腰间轻轻拧了一下。

"哎呀呀,好痛!"乔锦月配合的扑倒在顾安笙的怀里。"要你给我揉一揉,不揉我就赖着你了!"顾安笙故意点点头道:"那你就赖着我吧,我希望你赖着我一辈子!"

"哼!"乔锦月见计谋不成,便伸手去搔顾安笙的头发。

顾安笙急忙抓住乔锦月的手,制止道:"哎,这可不行,要是碰乱了我的头发,可就见不得人了。"

乔锦月见顾安笙吃这一套,偏又起了劲:"我就动,我就碰,让你不给我揉一揉!"

"好好好!给你揉一揉。"顾安笙见无计可施,便只好应了乔锦月。哪知他的手放在乔锦月的腰间,竟轻轻抓了一下。

抓得乔锦月好痒,不禁叫道:"哎呀,好痒,安笙你真坏!"

这一刻,时光浅淡,流年静好。

- 贰 -

这一餐饭吃得很开心,又极开胃。

吃完饭后,顾安笙便带着乔锦月在街上随意漫步。两人进了西洋影厅观一场名叫《莺莺传》的电影,大银幕上演绎悲欢离合,音乐的此起彼伏动人心弦。剧情一幕幕的变化,人的心也随着剧情的变化而起伏。"张郎,你就这么狠心抛弃我吗?"那银幕上的女子哭得声嘶力竭。"张郎,你负心,你无耻,你枉费我对你的一片痴情!"崔莺莺满脸泪水,绝望地跪倒在地上,可终究无人回应。大银幕逐渐变灰暗,那银幕上的女子的身影也逐渐变灰暗,直到消失不见。

"叮铃铃!"忽然一阵音乐响起,影厅的灯全数点亮,尽兴之时,戏已收场。情浓之时方至绝望,绝望之时戏幕收场。还未再见你最后一眼,便已没有了结局。影厅内,鸦雀无声,都已然沉浸于崔莺莺的绝望中。出了影院,乔锦月依然沉默不语。见状,顾安笙拉起乔锦月的手,问道:"怎么了,锦月,怎么看完电影就不说话了?"

"安笙!"乔锦月一双蓄满泪水的眼睛凝视着顾安笙,复又抱紧了他:"被张生抛弃的崔莺莺太可怜了。她一个人痴情错付,最终却无济于事。如果换作是我,我也不知道该怎么活下去。安笙,你无论如何,都不能离开我。"顾安笙拍拍她的背脊,安慰道:"傻月儿,就想那些有的没的。难道你还不相信我,我不会离开你,更不可能让你离开我。我会让你成为《西厢记》中幸福快乐的崔莺莺,绝不会让你让成为《莺莺传》中被抛弃的崔莺莺。"

乔锦月松开顾安笙,一双水汪汪的眼睛忽闪忽闪的看着他:"此话当真?"

顾安笙替乔锦月擦去了脸上和眼角的泪水,温和道:"当然当真,你这小丫头也真是的,看个电影就胡思乱想起来了。"乔锦月破涕为笑,擦了擦脸:"我也是被那电影中的情节打动了,那个演崔莺莺的女演员演得真好,她哭的时候我的心也跟着一起颤抖。刚刚好像听别人说,她叫曲卓然来着,她确实长得漂亮。"

顾安笙点点头:"他们说这个女演员是津城丽华电影公司老板的女儿,其余的就不知道了。"乔锦月回顾电影中的情节,说:"长得漂亮的女子我见过无数,我们湘梦园也有好多。但她那美貌确实是人间罕见,和我们都不一样,是一种英姿飒爽的美,连我一个姑娘都被吸引了,安笙,你说是不是?"

顾安笙想了想,又看了看身边的乔锦月,说:"也可能她真的是个美貌女子,但我对她没什么感觉。"乔锦月诧异道:"为什么你对她没什么感觉啊,你不觉得她很漂亮吗?"顾安笙揽过身边的乔锦月,深情的凝望她的眼睛:"我身边已经有一个世界上最好的姑娘了,我还会管其他的姑娘是美是丑吗?她们再美,都不及你在我心中的万分之一。"这番话触到了乔锦月心里最柔软的地方,感动之情溢于言表。

她何尝不知道顾安笙对自己的深情,此刻,只想紧紧的依偎在他身旁,不离开。"安笙,得你倾心至此,真好!"

出了影院已是下午五点了,冬季里这个时候已经黑了天。因为是元宵节又是花灯节,街市上格外的热闹,张灯结彩,卖花灯的、猜灯谜的,比比皆是。"来来来,猜灯谜,赢花灯!"路过一个猜灯谜的小摊,那柜架上的花灯样式不同,却都十足华丽,不禁吸引了乔锦月。"安笙,过去看看吧!"

"好。"

见顾安笙与乔锦月走近,那小摊的老板忙道:"姑娘,公子,猜灯谜吗,猜对了,花灯就是你的了。"

乔锦月的目光落在最顶层的那个骏马形的褐色花灯上:"最上层的那个最漂亮!"那老板道:"最上层的那个,十文钱。"

乔锦月点点头："我就猜这个了。"顾安笙准备拿钱付给小摊老板，却被乔锦月阻止了。乔锦月自己从绣包里掏出十文钱，递给小摊老板。"好嘞！"那老板拿下花灯上的灯谜，说："姑娘，公子，请听好了啊！这个字谜好多人竞猜，但都没猜对。"

乔锦月却信心满满的看着那个花灯，又看了一眼顾安笙："没事，我对自己有信心！"顾安笙拍了拍乔锦月的肩，笑言："我相信你可以！"那老板念道："四面山溪虾戏水。打一个字。"

"四面山溪虾戏水，这是什么字啊！"

"太难了，怎么猜啊！"

"别急，看看这个姑娘能不能猜得出来。"周围的人议论纷纷，却无一人能说得出答案。顾安笙也在细细思考，却仍未能得出答案。乔锦月未曾多说一句话，只见她拄腮沉思，眼珠不停的转动。几分钟过去后，见乔锦月仍然未得出答案，那老板便说："时间马上就要到了。姑娘，你再猜不出，这个花灯就不能是你的了。"乔锦月忙道："等一等！"又细细念道："四面山溪……虾戏水……啊！我知道了！"乔锦月猛然抬起头："是'思'字！"

那老板竖起大拇指："小姐，你真聪明，就是'思'，这几年每年花灯节都有人竞猜这个灯谜，但没有一个猜对的，你是第一个。这个花灯是你的了！"说罢，便将那个骏马花灯取下，递给乔锦月。

"真的是'思'啊，这个姑娘真聪明！"

"年纪不大，想不到脑袋转的这么快！"

"我可是一点都没有想到呢！"听到周围人的赞叹之声，乔锦月心花怒放，又是骄傲又是欣喜。

那老板又道："姑娘，我看你与这位公子真是郎才女貌，天作之合。今天花灯节，我就在此祝你们长长久久，美满幸福！"乔锦月接过花灯，对那老板行了一礼，笑道："多谢老板！"顾安笙亦道："谢谢老板，在下也祝老板生意兴隆，红红火火！"

"谢谢，谢谢！"

离开了小摊，顾安笙对乔锦月赞道："月儿，你可真聪明，那个字谜没有一个人猜到，没想到你一猜就猜中了！"

"那当然啦，你的月儿是谁呀！"乔锦月仰起头笑道，丝毫不谦虚。顾安笙满心的好奇，向乔锦月问："月儿，你是怎么猜到这个谜底的啊？"

乔锦月俏皮的看了顾安笙一眼，解释说："'四面山溪'就是把四个'山'字组合起来，就成一个'田'字了。再看后面，'虾'的形状像一个卧勾，就是心字勾，'戏水'就是卧勾上有几点水，就是'心'字喽！把'田'与'心'组合在一起，不就是'思'了吗？"

"原来是这样啊！"顾安笙恍然大悟，向乔锦月竖起了大拇指："月儿，你真聪明！"乔锦月婉婉一笑，将花灯递与顾安笙手中："安笙，这个花灯，是我为你竞猜的！"

顾安笙不明所以，接过花灯，愣愣道："为我竞猜的？"

"对呀！"乔锦月笑道："我首先看中的就是这个骏马形的花灯，心想骏马寓意着马到成功，这个寓意很适合作为相声角儿的你。那我就竞猜这个骏马花灯的灯谜，赢下这个花灯，赠予你。不然为什么这么难的灯谜我都能猜到谜底，我就是一心想着猜到谜底，好赢得花灯，赠予你啊！"最诚挚的想法却满含着深情。顾安笙心生感动，揽过乔锦月入怀中："月儿，谢谢你对我这般用心，你为我赢得的花灯，我会永远珍藏好。"

"还有啊，安笙！"乔锦月又道："正巧这个花灯灯谜的谜底是'思'字，如此也便留一个念想，我不在你身边的时候，这个花灯就是我对你的思念。"顾安笙将怀中佳人揽得更紧了，动情道："我会记得的月儿。自从你来到了我身边，我的心里便只有你了。四面山溪虾戏水，日日不见日日思。"

"四面山溪虾戏水，日日不见日日思。"乔锦月重复一遍顾安笙的话，微笑道："说得极是，从此往后便记得这句话吧。"

一对恋人相互依偎在这宁静的幽夜里，仿佛世间已无其他，只有彼此。深蓝的夜空中，月色皎皎，漫天星辰犹似大海珍珠。在这宁静而又绚丽的风景中，这对恋人为这画卷增添了一抹色彩。

　　寂静星月夜，一盏盏金黄的孔明灯渐渐升起，给这夜空增添了一抹炫色。每一盏灯，都是一个满含希望的寄托。还未升到上空的孔明灯，依然可以看到上面写的字。"愿家眷长安，亲朋喜乐。"乔锦月看着孔明灯上的字，说道："这大概是每一个普通人最美好的愿望吧！"顾安笙点点头，看向另一盏孔明灯，念道："愿风调雨顺，国泰民安。这大概是一个农民的心愿。"

　　"月儿！"

　　"嗯？"

　　"要么我们也放一盏孔明灯吧！"

　　"好呀！"乔锦月神采奕奕："我们也放一盏，就让它带着我们的心愿飞向远方。"

- 叁 -

顾安笙带着乔锦月去小摊上买了一盏孔明灯,顾安笙将笔递给乔锦月,让她写上自己的心愿。乔锦月却把笔还给了顾安笙,俏皮地说:"这盏灯是你买的,那就由你来写!"说着又靠在了顾安笙的肩上:"你的心愿,就是我的心愿。"乔锦月小鸟依人的样子让顾安笙心生爱恋之意,抚过她那柔软的发丝,宠溺道:"好,我来写!"

顾安笙想了想,提笔在灯面上写着"愿我如星君如月,夜夜流光相皎洁"。写完后,递给乔锦月:"如何?"乔锦月接过孔明灯,念道:"愿我如星君如月,夜夜流光相皎洁。"又看向顾安笙:"此言何解?"顾安笙抬头望了望漫天的浩瀚星辰,还有那众星捧起的一轮圆月。他又看了看面前的红粉佳人,温和笑道:"你是天上的圆月,我便是那漫天的星辰,永远守护着你,陪伴着你。"

乔锦月心中涌起了一阵莞尔的波澜,嘴角洋溢起甜蜜的笑容。脑海中却又突然一闪,这一句话好像似曾相识,便问:"安笙,我怎么感觉这句话,你好像很久之前就对我说过?"顾安笙摇摇头,眼神依旧落在乔锦月的身上:"我也觉得似曾相识,只不过今天突然想到了,就把这个心愿写了下来。"这时,乔锦月脑海中突然闪过一句话,便顺口说了出来:"如果我是夜空中的月,你愿意做我的星星吗?"忽然又抬头道:"难道是那晚……"

"北平庆功宴!"二人几乎是异口同声说出这句话。乔锦月的思路渐渐清晰,双手一拍,笑道:"就是了,这么一说我全都想起来了。那天庆功宴,我们都喝醉了,我问你,我如果是夜空中的月,你愿意做我的星星吗?而你说……"顾安笙道:"我说,如果你是天上的明月,我就做守护在你身旁的星辰。"

他会心的笑道:"我也全都想起来了,的确是在那一天晚上说的。不过第二天我们清醒后都记不清当晚的事了,事后我们都没有再提此事,这件事也便就此为止,后来便翻过了这一篇。"乔锦月荡漾着心中的温情,对视着顾安笙,甜甜一笑:"原来我们早就已经互诉真情了,真是的,怎么现在才想起来。"

"现在想起来也不迟呀!"顾安笙将双手放在了乔锦月的双肩上。他真挚道:"你的名字中有'月',我也喜欢将你比作月。因为月亮是黑暗中的光明,是混浊中的清澄,也是远离俗世喧嚣的那一种明净透彻。你就是我心中的白月光,我亦是你心中的浩瀚星辰。众星捧月般的守护着你,陪伴着你,不离不弃。"

乔锦月甜甜一笑,执住了顾安笙的手,道:"我是你心中的白月光,你亦是我心中的浩瀚星辰。我也愿将你比作星辰,星辰是迷茫时的知音,孤独时的守护,也是迢迢河汉中的点点光芒。你是照亮我心的那个人。愿我如星君如月,夜夜流光相皎洁。"这样的守护,何尝不是一生所求?二人将蜡烛点燃,将灯面罩在灯上。顾安笙与乔锦月各伸出一只手,拖住灯底,将灯送入深蓝的夜空。望着缓缓升起的金黄夜灯,承载着二人的心愿,越飞越远,直到与这漫天的夜色融为一体。皓月繁星下,一对多情人相互依偎,望着这漫天灯火,心内荡起层层涟漪。

"安笙,还能看到我们的灯吗?"

"看得到,在那里,在月亮旁边呢!"

"愿我如星君如月,夜夜流光相皎洁。这个心愿真好,是你亦是我的心愿。"

"你是我的月儿,我便是你的星辰。"

湘梦园的开箱典礼刚刚结束,作为湘梦园的大师兄,沈岸辞自然要留下打理收场的事宜,直到天黑了才忙完。

他心中始终想着乔锦月,忙完后便立刻买了一个蝴蝶花灯,准备送给她讨她欢心。却不知,另一边,乔锦月与顾安笙望着皓月繁星与满天金灯,相互依偎着彼此。

"月儿,你还记不记得,我曾说过要真正送给你一条项链,作为我与你之间的定情信物?"乔锦月抬起头,看着顾安笙的眼睛,又欣喜又惊奇:"什么?"顾安笙望着乔锦月那疑惑的神情,对她一笑,像变戏法似的从披风中拿出一个精致的小盒子,递与乔锦月手中:"打开看看吧!"乔锦月满心疑惑的拆开了盒子,打开盒子后,令乔锦月眼前一亮,不禁发出一声惊叹:"哇!"只见那盒子里摆放着一个红豆骰子的项链,玲珑剔透。骰子项链旁,有一串用红豆串成的手链。盒子底层,有一个叶脉书签,乔锦月拿出叶脉书签,见得上面用楷书写着一行小字"玲珑骰子安红豆,入骨相思知不知。"见乔锦月那惊喜的神情,顾安笙笑道:"怎么样,喜欢吗?"

"喜欢!"乔锦月爱惜的摸着那盒子:"安笙,这三样,都是你自己做的吧!"顾安笙道:"是呀,这骰子是我用红豆制成的,手链亦是用红豆所串的。叶脉书签上的字是我自己写的'玲珑骰子安红豆,入骨相思知不知。'如此,便是我对你的情意。"那项链、手链与书签虽然制作成本不高,但确实真真正正用了心的。乔锦月感动道:"安笙,你对我真的是用心了,这个礼物,我很喜欢。"顾安笙笑道:"月儿,我帮你带上吧!"

"好!"伸出素手,顾安笙为乔锦月在那纤纤玉腕系上那红豆手链,又从背后为乔锦月带上那玲珑骰子项链。乔锦月转过身,面相顾安笙,笑道:"还真是天意,我送你的花灯,是四面山溪虾戏水,你送我的项链,是入骨相思知不知。如此说来,都是'思'了。"

顾安笙点点头,笑道:"说得没错,这便是冥冥之中注定的缘分。我对你思,你何尝不是思我呢?"乔锦月看着顾安笙的眼睛,深情道:"那我们彼此都记住了,你未见我时,便是玲珑骰子安红豆,入骨相思知不知。我未见你,便是四面山溪虾戏水,日日不见日日思。"

顾安笙撩起乔锦月额头上的刘海,在她的额头上印上一个吻:"会的!"二人相互对望,乔锦月不禁动情,踮起脚尖,用自己的樱樱红唇吻上了顾安笙那温厚的唇。这一次,是她主动吻的他,此刻,再也顾不得什么礼教规矩,满心唯有他一人。四唇相接,顾安笙反客为主,揽上乔锦月的腰,热烈而又深沉地回吻着她。

那个吻,细腻而又纯情,是这一对恋人最赤诚的表达。在那撩人的夜色下,辉映着这一双璧人浓情交吻的画面。夜色下甜蜜交吻的两人,自然心中只有彼此,丝毫未得知,不远处还有第三人正咬牙切齿的观望着他们。躲在大树后的沈岸辞见他二人相互依恋,浓情亲吻的画面,刚才的喜悦瞬间化为灰烬。

只见他脸色惨白,一只手狠狠的握着光秃秃的树枝,渗出鲜血来。他所担心的一切,都已经发生了。小师妹已经不再是他的小师妹了,她真的已经和顾安笙在一起了。望见二人身旁那盏骏马花灯,瞬间,沈岸辞什么都明白了。自己兴高采烈为她买的花灯,而如今,她已经爱上了别人,自己就跟那个跳梁小丑一般,实在可笑可悲至极。

沈岸辞用自己的拳头狠狠的锤向大树,竟不想发出了一阵窸窸窣窣的声响,惊到了月下交吻的那对恋人。乔锦月惊慌的离开顾安笙的唇,躲到顾安笙身后,生怕被人看见:"什么声音?"

"没事,别怕!"顾安笙用臂膀护住乔锦月,带她走近那棵树,沈岸辞见二人走来,躲到了另一棵树后。顾安笙见四周无人,只有阵阵凉风吹来,未尝多想,便只道:"没事的,只是风吹树叶的声音!"乔锦月虚惊一场,拍了拍胸口,有些害羞地低下头:"吓死我了,我以为我们刚才那样,被人看到了呢!"顾安笙揽住乔锦月,笑着安抚:"没事的,没有人看见。"乔锦月瞧了瞧天空,向顾安笙问:"安笙,现在什么时候了?"顾安笙道:"现在应该快八点了吧!"乔锦月顿了顿,又说:"时间不早了,我该回去了,要是我再不回去,师父和师姐会起疑的。"顾安笙道:"好,我叫辆车送你回去。"

回到湘梦园,她拿出钥匙,打开门,竟发现沈岸辞一脸铁青的站在自己面前。乔锦月吓了一跳,忙捂住胸口:"哎呀,大师兄,你怎么在这儿站着呢,吓我一跳!"

沈岸辞面无表情的对乔锦月说:"小师妹,随我来一趟!"乔锦月不明白师兄要做什么,只得愣愣的跟在沈岸辞身后走。只见沈岸辞带她走进湘梦园的书房,关上门,又将窗户闭紧。见四周无人后,沈岸辞将乔锦月拉到书桌的一角,满面严肃的问道:"锦月,你老实说,你今天到底去哪里了?"

沈岸辞待乔锦月一向温和，不知为何，今日竟如此严肃。乔锦月已然被沈岸辞这严肃的模样吓到，呆愣愣的道："师兄你那么严肃干什么，我就是和朋友出去玩了啊！"沈岸辞抓紧乔锦月的胳膊，那模样好似要吃了她："你和谁出去的，是不是和文周社的顾安笙一起去的？"

"师兄，你抓疼我了。"乔锦月从沈岸辞手中抽出自己的胳膊，吃痛得皱眉道："干什么呀师兄，我是和顾安笙一起出去的，怎么了师兄？"沈岸辞冷着一张脸道："你为什么和他走得那么近？"乔锦月揉着那只被沈岸辞抓痛的胳膊，脸上有些不悦："我和他就是朋友，出去玩玩而已，师兄你怎么了，好像我犯了什么天大的错误一样！"沈岸辞无力的摇摇头，痛心疾首的看着乔锦月，带着忿忿之声道："你别瞒我了，我都看到了，我什么都看到了！你当真和他在一起了，你喜欢的人真的是他！锦月，唉……"

乔锦月一惊，忙抬起头："师兄，你……你都知道了，那刚刚的声音不是风吹树叶的声音，而是你？所以刚刚你都看到了……"说道此处，乔锦月羞涩又害怕，自己与顾安笙月下亲吻的画面，竟被自己的大师兄瞧得一清二楚。沈岸辞心痛的点点头："我都看到了，你老实告诉我，你什么时候和他在一起的？"见状，乔锦月自知便瞒不住了，只好老实交代："封箱那个时候，我就和他确认感情了。我喜欢他，他也喜欢我，我只道，他待我极好……"说道此处，乔锦月的脸上又洋溢起了幸福的神情，沈岸辞瞧着乔锦月这个样子，更心痛。

他渐渐走近乔锦月，用双手握住她的肩膀，脸已涨得通红："锦月，为什么，为什么你选择的是他啊，为什么是他，不是我？"这时，沈岸辞的声音已由颤抖化为嘶吼。乔锦月从未见沈岸辞有过这样的神情，不禁吓得红了眼眶，低下头，抵抗道："师兄，师兄，你不要这个样子……"沈岸辞这才自知失了态，松开乔锦月的肩膀，歉意道："锦月，对不起，方才是我太冲动了。可是我……"沈岸辞终于抬起头，目光坚定的看着乔锦月，将藏在心里已久的感情说了出来："锦月，我也喜欢你呀，你知不知道？我们自幼长大的情谊难道还比不过你和顾安笙相识不到一年的感情？为什么你选择的是他，不是我？"

"师兄……"面对一直以来最崇拜的大师兄突如其来的表白，乔锦月显然无所适从。"可是师兄，我一直都把你当成我最亲、最爱的哥哥呀。你在我心里很重要，我也很喜欢你。只是，我对你的这种感情和对安笙的感情是不一样的！"

沈岸辞摇摇头，悲声道："我不要你把我当成哥哥。锦月，是我对你说得太晚了吗？那我现在告诉你，我喜欢你，还来得及吗？你还能不能回到我身边，我等你，无论多久我都会等你！"面对沈岸辞那热切的目光，乔锦月不忍伤害他对自己的真心，却也无力再言其他。

她内心挣扎得落下了泪："师兄，对不起！感情的事从来就没有先来后到，我喜欢的是他，也只有他能给得了我这样的感觉。对不起，师兄，我对不起你对我的一片真心……"乔锦月倚着墙角，无力地蹲下哭泣。沈岸辞想上前一步将她扶起，但一想到她与顾安笙在一起的亲热状，便止住了。不忍见她那梨花带雨的模样，只好转过身，望着天花板道："锦月，我喜欢你这么久，你告诉我，你已经和旁人在一起了，你让我怎么接受，怎么接受，怎么接受！"说着，沈岸辞的情绪又激动了起来，用自己的拳头狠狠的锤着承重墙。

"师兄，你别这样，别这样！"见沈岸辞伤害自己，乔锦月忙跑过去制止，哭道："师兄你别这样，锦月求求你，你不要这样伤害自己……"沈岸辞收住了手，看着面前的小师妹，已然不是自己的小师妹了，沈岸辞心痛地闭上双眼，流下了眼泪。他拥住乔锦月的背脊，紧紧箍住她哀声道："锦月，你还是我的小师妹吗？你还能做回一直以来陪我唱戏，和我一起登台的小师妹吗？"乔锦月亦抱住了沈岸辞，边流泪边道："师兄，我一直都是，一直都是啊！"

"可是……可是你已经和顾安笙在一起了，你叫我如何再和你一起唱戏，一起登台？"乔锦月没有说话，只是拥着沈岸辞嘤嘤哭泣。

她无奈，她已经将所有的情爱都给了顾安笙，而沈岸辞的这份情爱，她承受不起。师兄妹二人相拥哭了一刻钟，彼此情绪都稍稍缓解了些，冷静了下来。沈岸辞自知失态，松开乔锦月，为乔锦月拭去眼角的泪，向她道歉道："对不起，锦月，方才是我太过激动了，锦月，你能原谅师兄吗？"

"师兄!"乔锦月诚恳地看着沈岸辞,摇着头:"我从来没有怪过你呀,师兄。在我心里,你一直都是我最敬最爱的大师兄啊!"沈岸辞看着面前的乔锦月,那纯真的神情与小时候与自己唱戏练功时的样子一模一样,丝毫没有变化。她还是自己的小师妹,只不过,她已经属于旁人了。罢了,沈岸辞避过乔锦月的目光,忍痛割爱的说道:"既然你与顾安笙是真心相爱的,那你就好好珍惜这份感情吧!我依然是你的大师兄,你还是我的小师妹。"

"真的吗,师兄?"听沈岸辞这样说,乔锦月淡去了眼里的哀伤,转悲为喜。"当然!"沈岸辞转过身,勉强挤出一丝微笑:"作为你的大师兄,要做到的当然是爱护好你,让你幸福,快乐!你放心,以后我会把你当成像媛儿那样的妹妹保护你,要是那个顾安笙欺负你,你一定要和师兄说,师兄不会让你受委屈的!"

"太好了,师兄!"瞬间,乔锦月又眉开眼笑,抱住了沈岸辞道:"大师兄,谢谢你的成全,你永远都是我最崇拜的大师兄。也希望大师兄,能够早日找到属于你的幸福。"听乔锦月这样说,沈岸辞的心又痛了一下,脸上却依然笑道:"会的,会的,我们都要幸福快乐。"

乔锦月的目光扫视到沈岸辞刚刚放在桌子上的蝴蝶花灯,问道:"欸,这是什么呀,好像在哪见过,好漂亮!"沈岸辞说道:"今天我在花灯小摊看到的,心想你会喜欢。你知道你师兄猜灯谜不成,没办法赢下这个花的给你。好说歹说,和老板商量,花双倍的价钱买下来的。"

"我说怎么这么熟悉呢!"乔锦月笑道:"师兄,我今天去那个花灯小摊了。我猜的是最顶层的那个花灯,你不知道那个灯谜有多难,但我还是猜出来了,我把那个灯送给……"乔锦月自顾自的说,未曾发觉已经戳到了沈岸辞的痛处,刚刚发现便止住了言语,没有再说下去。可话已说出一半,收不回去了。她只能尴尬在原地,进也不是,退也不是。

"没事的,锦月!"沈岸辞笑着安慰乔锦月:"我都想开了,我也知道你把那个花灯送给顾安笙了。锦月,你真厉害,你送给顾安笙的那个花灯,他一定会欢喜的。"看着自己给乔锦月的那个花灯,沈岸辞不禁黯然神伤，低下头："这个花灯是我花尽心思送给你的，可没想到你竟然赢得了最漂亮的那个花灯，唉……"

"不，师兄。"乔锦月拿过花灯，看着沈岸辞："我很喜欢这个花灯，谢谢你，师兄，你对我的好，我都知道。"沈岸辞无可奈何的笑了笑："你喜欢就好！"还好，她是喜欢这个花灯的。还好，自己的那一片真心最终送到了她的手上。只是，她的真心不会属于自己了。

乔锦月看了看天色，又道："师兄，这么晚了，我该回房间了。再晚些，师姐就要担心了！"沈岸辞点头："好，我送你回去。"

到了乔锦月房间门口，乔锦月又忽而对沈岸辞道："师兄，你能不能替我保密，不要把我和安笙的事情告诉其他人，现在只有红袖师姐和你知道。"

"为什么啊？"

乔锦月害羞的攥着衣角："因为，我还没有想好怎么说……"

乔锦月的这副小女儿家的神态，更令沈岸辞的心刺痛，但他的脸上仍然笑着说："放心，我一定会替你保密的，你有什么事，尽管来找师兄！"

"好的，谢谢师兄，师兄你最好啦！"乔锦月开怀笑了下："师兄，我回房了，你也早点休息吧！"

沈岸辞点点头："好！"乔锦月打开门，进了房间。沈岸辞却望着乔锦月的房门，久久不肯离去。许久后，黯然道："我怎么可能真的做到把你当成妹妹呢？罢了，看到你开心，我就知足了。"

"我还是喜欢你，只是这一生，你都不会属于我了。"

他望着那房门，深深叹了口气，迈着款款的步伐离去。

第三部分

流水意

第十章

此情此景道无常

- 壹 -

正月二十,过了元宵节,新年也就算是过完了。开了箱的湘梦园,一切都恢复了往常。新的一年,班主乔咏晖和妙音娘子陈颂娴似乎比上一年还要忙,各地的大小演出,一个接连一个,也就无暇打理湘梦园的琐事。便将整个戏班子的一切事宜,都交给了大师兄沈岸辞和大师姐苏红袖打理。师父与父亲都忙,自然也没有时间管自己,乔锦月便可以无所顾忌地去文周社找顾安笙了。

"那二月初五你有时间吗?"文周社内,顾安笙问乔锦月。乔锦月说:"现在还没有人请我们演出呢,就算有,我也不是必须去的,有师兄师姐们在,我大可以推了,怎么了安笙?"顾安笙点点头:"那便好了!"

"哎呀,安笙!"见顾安笙迟迟不说这个好消息是什么,乔锦月拍了一下顾安笙的胳膊,焦急道:"你快告诉我,你说的好消息是什么呀!"

顾安笙狡黠一笑，故意卖着关子："你先别急，先听我说。《西厢记》，你是不是会唱？"

"会唱会唱！"乔锦月等不及，几乎如口中炒豆说出这句话："我不仅会，而且唱过很多次，不仅唱过很多次，而且唱得很熟练。安笙，你快说吧，什么好消息？"顾安笙见乔锦月这焦急的样子，实在可爱，敲了一下她的头，调笑道："看你急的，不吊着你胃口啦。我是想告诉你，我们文周社下个初五在北平顺德剧院有一场演出。这次我不想说相声，想唱戏，而且你不是也说过吗，没有去顺德剧院演出始终是一个遗憾。所以这次我就想，要是可以邀你同去，并同台表演一出《西厢记》。既可以圆了你的心愿，又可以再次与你同台，岂非美事一桩？"

"好呀好呀！"乔锦月兴奋道："当然可以，《西厢记》我很拿手的。"顾安笙亦道："前几日咱们去看了电影《莺莺传》，我也叹惋那崔莺莺被抛弃的结局。不过《西厢记》就好多了，我就想着，咱们合演一出《西厢记》。我和师父说请湘梦园的人合演，并教我学戏，师父也一定会同意的。不过，我只做最后迎你过门的那个重情重义的张生。"

"可以呀！"乔锦月亦赞成："我也喜欢《西厢记》这出戏，能与你同台演出，还能在我最想去的顺德剧院演唱，真的再好不过了！"

这几日，乔锦月忙完湘梦园的演出，就去文周社找顾安笙与胡仲怀排练。对于此事，乔锦月没有隐瞒，直接告诉了父亲乔咏晖与师父陈颂娴。她自然不会对他们说自己与顾安笙的关系，只是和他们说，是文周社想唱一出《西厢记》，但无人能唱崔莺莺，便只得找自己来与文周社合演。这个理由很切合实际，师父和父亲没有多想，自然同意了乔锦月前去与顾安笙合演。

但是陈颂娴不放心乔锦月一个人去，一来怕她这样一个毛毛躁躁的丫头在文周社闯出祸端，二来怕她在路上遇到什么意外，便在演出那一天，让苏红袖陪她同去，在她身边照顾她。苏红袖向来仔细，这样陈颂娴便也可以放心了。

戏幕起落，好戏登场。

《西厢记》第一个上场的是张君瑞，随着报幕声落，顾安笙翩翩走到台前，唱道："扬鞭催马长安往，春愁压得碧蹄忙。风云未遂平生望，书剑飘零走四方。行来不觉黄河上，怎不喜坏少年郎！"

北平顺德剧院的看客，有认识顾安笙的，也有不认识顾安笙的。熟知他的，自然极爱他的表演，不熟知他的，也为那浑厚的唱腔深深陶醉。顾安笙已不是第一次在台上唱京戏了，有了前两次的经验，这一次自然不会再紧张。就如同在文周社说相声一样，波澜不惊，台风稳重。"这公子长得真是俊俏，要是报幕的不说，还真看不出来他不是本门唱戏的，这么一看，与正宗的戏角儿别无二致！"

"哎呀，你们北平本地的人可能不知道。他在我们津城可是文周社的相声名角儿呢，不仅相声说得好，戏唱得也好呢！"

"去年封箱能见顾二爷唱《牡丹亭》已经是人生大幸了，今天还能亲眼看到顾二爷唱《西厢记》，从津城到北平再奔波也值了！"台下看客所云纷纷，皆是赞美之词。

顾安笙的唱词结束，乔锦月迈着台步缓缓走上台，唱道："乱愁多怎禁得水流花放？闲将这《木兰词》教与欢郎。那木兰当户织停梭惆怅，也只为居乱世身是红妆。"这二人是第三次合作唱戏了，有了第一次的生涩与第二次的磨炼，这一次自然水到渠成，唱腔合的天衣无缝，动作搭配的也无不衔接。仿佛就是戏文中走出的，佳偶天成的张君瑞与崔莺莺。"这位姑娘是谁，这崔莺莺挺漂亮的，她就是刚才报幕的说的那个湘梦园的名角儿吗？"

"对，她是津城湘梦园的戏角儿，叫乔锦月，她的师父更是津城鼎鼎有名的戏角儿陈颂娴。乔姑娘今年也不过二十岁，年纪轻轻就已经能把京戏唱得这么精妙绝伦了，当真是天才！"

"是啊，乔姑娘之前就和顾公子合作过《牡丹亭》，他们两个的戏，总是有一种说不出的默契，我就爱看他们两个一起！"乔锦月与顾安笙听到了台下看客说的话，如今的他们已经不同于之前彼此心许却又未说出口的时候了。戏中是金童玉女，戏外更是才子佳人。一对有情人，心里满满的欢欣甜蜜。

乔锦月唱毕，下一个出场的就是胡仲怀了，他以俏皮的神姿走上台，口中道："老夫人治家多严谨，非召唤谁敢辄入中门？你既读圣贤书应知分寸，岂不闻男女间授受不亲！幸而是红娘我不来责问，老夫人知道了其罪非轻哪！"这小红娘一出场便惊艳四座，台下响起了雷鸣般的掌声。

"哇，好俏皮的小红娘啊！这姑娘真惊艳！"

"哈哈哈，什么姑娘啊，人家可是一个如假包换的公子，他叫胡仲怀，是文周社班主的儿子！"

"真没想到不仅顾二爷会唱戏，少公子也会唱戏，而且一上来就是反串花旦。这文周社一个个的角儿真是深藏不露，不得了啊！"

"你不知道，班主夫人，就是少公子的母亲以前也是个戏角儿，最具代表的角色就是小红娘。夫人唱得好，少公子自然也不会赖呀！"

那台下的掌声使胡仲怀信心增高到了最顶端，他自己也没有料到，一出场便会惊艳四座，得到了这么多人的赞同。站在对面的乔锦月悄悄对他竖起了大拇指，回头，台下的苏红袖亦对他微笑着点点头。一瞬间，那幕后的不自信与紧张消失的无影无踪。他也相信自己，一定会唱好这出戏，对得起看客的爱戴，对得起乔锦月与顾安笙的信赖，更对得起苏红袖的期盼。台上人唱一出离合悲欢，台下人醉一曲经年好戏。殊不知，演绎的正是这三个人之间的故事，顾安笙便是那俊秀多情的张公子，乔锦月便是那聪慧美貌的崔小姐，二人息息相依，本是一对为人称羡的才子佳人，奈何无人说和。

胡仲怀正如那小红娘一般，仔细的在二人之间穿针引线，最终使得那才子与佳人有情人终成眷属。这一出戏是美满的，亦是团圆的。张君瑞与崔莺莺终成眷属成了人人称羡的人间佳话，可谁又曾想过，中间穿针引线的红娘会花落谁家？胡仲怀促成了顾安笙与乔锦月，可是他对另一个姑娘的心，她又可曾知晓？

看着台下的她，一直微笑着看着台上的他。她温柔懂礼，她待他极好，可她对他又是不是和他有一样的情意？

"夫妻双双把马上，碧蹄踏破板桥霜。你看那残月犹然北斗依，可记得双星当日照西厢！"一双璧人将最后一句戏词儿合唱于口，一幕戏，便已收了尾。

"好！"伴随最后的唢呐锣鼓声，一出戏到了剧终。这结局，必然为人称羡。

"真好，这相声角儿能唱出这么好的戏，真真是意料之外！"

"文周社的角儿都是奇才，你想不到的多了呢！"

"乔姑娘与顾公子真是天造地设的一对，胡公子的小红娘也很美呢！"看客赞声不断，三人对这次的表演也甚为满意。——对台下的看客鞠了躬，按着次序走回了后台。

"嗯，这场戏唱的不错，比我那《莺莺传》里的崔莺莺的结局好多了！"看客席中，一个身着红衣的女子道。

"小姐，看完这场戏，心情好多了吧！"说话的是那女子身旁的丫鬟。

"是好些了，可我还是气闷。"那女子皱眉："爹娘真是的，非要给我安排什么亲事，这都什么时代了，非要整那老一套，这个时代都讲究自由恋爱了还不懂吗？小燕，你说是不是？"

小燕劝慰道："小姐你也别怪老爷和夫人了，他们也只是想让你有一个好归宿而已你要是真不想，和他们说出来你的想法，老爷和夫人那么疼你，他们也不会舍得你就这么嫁人的。"

"哼，他们究竟是真的想给我找个好归宿，还是为了他们自己的前程给我安排这么个联姻？"那女子气鼓鼓道，眉眼中含了几分凛冽："我曲卓然可不是认命的人，我要嫁，也一定要嫁给自己喜欢的人。"

她看了一眼旁边的丫鬟："小燕，我们出去！"

小燕答了声"是"，便跟着小姐出了顺德剧院。

- 贰 -

那女子一身红色皮衣，头戴一顶黑色纱帽，下身是丝袜皮靴。潮流的卷发，配上那烈焰红唇，张扬而美丽。她正是津城的当红电影演员，丽华电影公司老板的女儿，也是《莺莺传》中的女主角，曲卓然。

出了顺德剧院，曲卓然揉着脑袋，似乎已疲惫至极。"唉，这北平的戏什么时候能拍完，天天在这片场没日没夜的，搞得我脑袋都大了。在这北平，人生地不熟的，还是咱们津城好。"

"小姐！"小燕替曲卓然揉着太阳穴："小姐累了就歇一歇啊，而且还有老爷和夫人陪小姐一起呢，小姐有什么顾虑的。"

"你别跟我说他们！"曲卓然推开了小燕，气闷道："他们把我这场戏安排在北平，就是想促成我和这北平姜家少爷的婚事吧！那姜少爷就是个书呆子，满口的之乎者也，半点风情都不解，我曲卓然岂能嫁给那种人？反正我发誓，我再也不会再见他第二面了！"

"小姐别气！"小燕见曲卓然气闷的样子，忙劝道："小姐不想见就不见，反正北平这戏马上就拍完了，到时候咱们回津城，再也不见他，好不好？"

"啊啊啊！"曲卓然握紧了拳头，捂住脑袋，抓狂道："这几天的戏这么多，我好累啊。爹娘他们又一点儿也不理解我，就说我不懂事，不上进，再这样下去，我就要疯了。"

"小姐你别这样想。"小燕说道："累的话，闲暇时间咱们就多出去走走，缓解缓解压力。反正你做什么，都有小燕陪着你。"

"小燕？"曲卓然拉长了语调，用一只手托起小燕的下巴。她斜眯着眼道:"你老实告诉我,无论爹娘那头给我整什么乱七八糟的安排,你都是站在我这边的吧?"

"当然!"小燕微笑道,言语间的真诚不加任何修饰:"小燕从六岁就跟在小姐身边了,自然什么都听小姐的,站在小姐这边啦!"

"嗯!"小燕的回答很令曲卓然满意,她收起了手,并摸摸小燕的头,笑道:"这才是我的好小燕!"

曲卓然生于富贵人家,从小锦衣玉食,生活无忧。但父母却忙于工作应酬,无暇陪伴她,照顾她。能够陪她的人只有小燕一个人,虽然二人是主仆身份,但曲卓然从未当她是丫鬟。两人年龄相仿,曲卓然有什么心事都会和她说。小燕在她面前也没有什么顾忌,向来是想什么,就说什么。为了不让曲卓然想到那些烦心事,小燕转移话题道:"小姐,你觉得刚刚那场表演怎么样啊!"

曲卓然想了想,说道:"前几个相声先不说,那会儿就只顾着生气也没怎么听,但是最后一场《西厢记》倒是真不错。那张生和崔莺莺倒真是郎有情女有意的一对神仙眷侣,结局也圆满,我喜欢。比我那《莺莺传》好多了,不像我演的那个崔莺莺,最终只能落得个被人抛弃的下场。"

"小姐,我就说嘛!"小燕嘻嘻笑道:"我就说带你到顺德剧院买张票看看咱们没看过的表演,你还不想来,现在觉得好了吧!"

"嗯,也对!"曲卓然缓缓点了两下头,道:"看这喜剧的结局,比看悲剧的结局好多了!"小燕又道:"小姐,你刚刚没有听他们报幕人说吗?他们都是咱们津城的人呢,也是和你一样,到北平来表演的!"

"是吗?"曲卓然紧皱的眉头舒展了一半:"怪不得感觉那么亲切呢?原来是自家人。你知道他们是哪个戏班子的吗?"小燕说:"刚刚听他们说张君瑞和小红娘都是文周社的相声角儿,崔莺莺才是湘梦园真正的戏角儿。"曲卓然望着星空,似是回味道:"那两个我没多在意,我就觉得那扮张生的角儿是真心不错,戏唱得好,容貌也俊俏。"

"风流儒雅,翩翩公子,又情深义重,可不像《莺莺传》中那负心汉,凉薄无情。欸,小燕,你知道他叫什么名字吗?"小燕仔细想了想,又茫然摇了摇头:"我是听他们说了,但我没记住他叫什么名字,好像是姓顾的,又好像还被称作什么二爷。小姐要是想知道,回去打听一下不就知道了,这还不容易?"

曲卓然点点头:"确实也是,回津城有时间了,咱们去文周社支持支持他们吧,都是出门在外表演的也不容易。都和我一样是外表风光,而实际上,又不知道受过多少苦呢!我们也算是半个同行了,这些苦楚我又何尝不明白?"

小燕笑道:"是,知道小姐心善。回去后小姐想做什么,小燕都陪着你。现在真不早了,咱们出去也有一阵了,是时候该回旅馆了。"

"我不回去!"曲卓然又皱了眉,厉声道:"我一回去他们就叫我嫁给姜家少爷,回去干嘛?找气受啊!"再不回旅馆也说不过去,而曲卓然这气性又是说什么都不肯回去的,小燕只好故意在曲卓然身边撒娇道:"小姐,咱们出来了大半天,小姐不累,小燕也累了。小燕想回去睡觉了,小姐就算是为了小燕回去好不好,小姐心疼心疼小燕吧!"说罢便摇晃起了曲卓然的胳膊。曲卓然用手指弹了一下小燕的脑门儿,没好气的说道:"死丫头,就你事多。行了,回去就回去吧!"小燕挽起曲卓然的手,笑道:"还是小姐对小燕最好,走喽,回去喽!"

曲卓然带着小燕回了那豪华旅馆,曲卓然拿出钥匙,打开客厅的门。见灯是熄着的,以为爹娘都已睡去,便准备回自己的房间睡觉。"回来了?"一个带着凌厉的男子声音突然出现,给这黑暗房间内添加了一丝诡异的气氛。曲卓然被吓得打了个寒颤,忙打开灯,埋怨道:"爹,这么晚不睡还不打灯,你要吓死我吗?"

说话的男子正是曲卓然的父亲曲航瑞,丽华电影公司的老板。他看着曲卓然,一脸肃穆,目光中的凛冽让人不寒而栗:"你还知道回来啊?你怎么不露宿街头!"

父亲言辞中的犀利与责怪更激起了曲卓然心中的怒气,她冲着曲航瑞大声喊道:"你还知道我不回来,露宿街头估计你也不会管吧!"

"你一心想着把我嫁给姜家少爷,为了你所谓的前程联姻,你可曾有一点关心过我，考虑过我的感受？"见父女二人有要吵架的架势，小燕忙挡到曲卓然的身前："老爷，小姐她……"

"小燕，没你的事，给我回房睡觉去！"曲航瑞一声冷呵，让小燕不觉发慌，呆呆道："老爷，小姐没有……"

"回去，还要我说第二遍吗？"曲航瑞的话语未含一丝感情，听起来叫人毛骨悚然。小燕着实害怕自家老爷的责令，虽担心小姐，但也只能乖乖听老爷的话，灰溜溜地回了房去。小燕进了房之后，曲航瑞狠狠的盯着自家女儿，那满含怒火的目光，仿佛要将她烧掉："这是你跟父亲说话的态度吗，你自己不懂规矩，在姜家丢尽了你爹我的颜面，现在你还有理了？"

曲卓然也丝毫不买账，对着父亲嘶吼："那姜家少爷我死也不会嫁，如果再来一次，我还是会那么对他们！"曲卓然嘶吼的声音极大，几乎已响彻云霄。曲航瑞重重拍了下桌子："你吵什么吵，你娘都已经睡了，你就这么不体谅父母吗？哼！"曲卓然一屁股坐在沙发上，冷冷道："我离家这么长时间，她都不管不顾，还跟没事人似的在那睡觉。呵，要我体谅她，她有关心过我吗？"

"你你你……"曲航瑞指着曲卓然，气得说不出话来："好，真是我曲航瑞的好女儿，今天我就把话给你放在这了，你嫁也得嫁，不嫁也得嫁！"

"好，那我也把话给你撂这了。"曲卓然站起身，怒目圆睁，厉声道："我是死也不会嫁给他的，你要我嫁，我就死在他们家。到时候，让你们落得个逼死亲生女儿来成就自己前程的名声，让丽华电影公司也身败名裂！"一言出口，曲卓然的脸上已重重的挨了一巴掌，她呆呆地捂着脸，未来得及反应，另一边脸又重重挨了一巴掌。这一掌力度极大，直接把她打得瘫倒在地上，咬破了唇角，溢出鲜血。

曲航瑞却一点也不心软，一只手抓着曲卓然的胳膊，将她从地上拎起来。他狠狠道："这两巴掌是打醒你的，我告诉你，丽华电影公司是你的主心骨，没了丽华，你哪来今天的名气和地位？没了丽华，你什么都不是！你要是敢抹黑丽华，我就打死你！"曲卓然捂着红肿的脸，又是伤心，又是害怕，不可置信的看着父亲，颤声道："爸，你打我，在你眼里你的电影公司和前程比女儿的幸福还要重要。好，那我现在就去死，反正有我没我，你都不会在乎！"说罢，便重重摔了门，只身跑了出去。

"哎，小姐，你别做傻事！"小燕从房里跑出来，想拦住曲卓然。她自然没有睡，曲卓然与曲航瑞之间的争吵，她都听得一清二楚。

"你回来，谁也不许去找她！"曲航瑞气得坐在沙发上喘息："让她走，我看她能做出什么？"

"哦，是！"见自家老爷发脾气，小燕实在害怕，再担心曲卓然，也没办法去找她，只得怔怔地退了回来。

"没有人管我，没有人在乎我，我就算是个大明星又有什么意义！"曲卓然在寒风中哭着，奔跑着。泪水与风雪夹杂在脸上，现在的样子狼狈至极，早已没了大明星的风采。比起身上的寒冷，她心中的寒才是更让她窒息的。父亲对自己的冷漠，才真正令自己绝望啊！

"我要去哪，想不到这普天之下，竟没有我曲卓然的容身之地！"曲卓然边跑边哭，不知不觉跑到了一个无人之处。

"哎呀！"奔跑之间，高跟鞋被扭断，曲卓然重重摔在地上，脚腕被深深扭伤。"啊！"曲卓然狠狠地用手捶打地面，绝望道："老天，连你也要跟我作对吗？"她挣扎着想起身，奈何扭伤的脚腕疼得钻心，刚刚站起就又跌倒在地上。"有没有人啊，救救我！"四面环壁，无人响应，只剩自己的回声在街道中回荡。此时又痛又冷，她也后悔自己当时的冲动，为何要不顾一切跑出家门，在这没有人的角落里受罪？可奈何自己的性子一直都那么烈，那样的家，回去只会让自己更痛苦。虽然嘴上说着要去死，但她怎么可能真的去死，毕竟自己才二十一岁，还没有看到这世间的美好。可想这些又有什么用，如今在这里，动也不能动，又该如何是好？

"宏宇，我们快点走，一会他们怕是要等不及了！"

"角儿，都怪我太粗心了，害得你陪我跑一趟。"

深夜里,顾安笙与林宏宇两个男子在北平的红墙绿瓦间,急匆匆的行走。

演出结束后,顾安笙便与乔锦月、苏红袖、胡仲怀,这三个人一起去了餐馆用餐,用完餐后便回了旅馆。

临走时,告诉搭档林宏宇,让他带着两个师弟在走之前把唱戏的行头带回旅馆,可临走时太匆忙,林宏宇竟忘记了这件事。

待到顾安笙回旅馆后问起这件事,林宏宇才想起,行头落在了顺德剧院。

那一套行头可是祖师爷留下的,对文周社来说很重要。他们原想第二天回去取,可第二天还有别人到此演出,怕到那个时候自己没了通行证,又会因为人多杂乱而无法取回行头。

别无他法,顾安笙便只得和林宏宇深夜回顺德剧院去取回行头。

临走时,乔锦月很担心顾安笙,生怕他深夜会出意外。顾安笙反复劝慰乔锦月,取完行头后,一定尽快回去。

"行了,不用自责了。"一向温和的顾安笙当然不会责怪一直以来认真的搭档。

"谁都有大意的时候,以后多注意点就行了。反正没事,咱们东西都拿回来了。"

"有没有人,谁能来救救我啊!"

"宏宇,你听!"顾安笙凝神道:"是不是有人在呼救?"

林宏宇也凝神仔细听,确实听见了这若有似无的声音:"确实是有人在呼救,好像是个女子的声音。"

顾安笙点点头:"这么晚的天,这么声嘶力竭的呼救着,想必是遇到什么难事了,既然被我们遇见了就过去瞧瞧吧!"

"好!"

- 叁 -

顾安笙与林宏宇循着声音走去，见曲卓然满身狼狈的坐在胡同街角。绝望之际，见有人走来，曲卓然心里燃起了希望，用尽力气喊道："两位好心的公子，救救我吧，我现在真的是走也走不了了。"见曲卓然衣着华贵，却狼狈不堪的坐在地上，红肿着脸上满是泪痕，扭断的高跟鞋倒在地上，顾安笙惊道："姑娘，你这是？"

曲卓然啜泣道："我在这儿扭伤了脚，走也走不了了。这么黑的天，没有人来这么偏僻的地方，我只能在这里冻着。两位好心的公子，求求你们，救救我吧，救救我吧！"

见曲卓然着实可怜，顾安笙也不是个冷血的人，便对林宏宇道："既然遇到了哪有不帮的道理，宏宇，咱们把她送到医院去吧！"林宏宇点点头，答应了下来："好的，角儿！"见二人答应，曲卓然忙感激的点头道："多谢两位公子，我能遇到二位搭救实在是太好了，他日必将登门道谢！"顾安笙道："姑娘不必多礼，我们先送你到医院再说吧！"

顾安笙与林宏宇将曲卓然搀扶起来，送到了不远处的一家医院。

"医生，我的伤怎么样我什么时候能走路啊？"

"姑娘不用惊慌，你只是扭伤，没有骨折。"

"只是你的脚还肿着，现在还不能走，三个小时后，你脚上的药膏化开了，你就可以离开了！"

"那便好！"曲卓然松了一口气："谢谢医生了！"

那医生道:"你在这待会儿吧,三个小时过后,你才能走。不过你要记得药膏要坚持每天涂一次,以免伤势复发。"

曲卓然点头:"好的!"

那医生走后,曲卓然满怀感激的看着顾安笙与林宏宇:"多谢两位公子搭救,不然小女真的不知道该如何是好了!"顾安笙轻轻道:"举手之劳不足挂齿,既然姑娘没有事了,那我们便离开了。"

"哎,等一下!"顾安笙转身,正准备与林宏宇离开,曲卓然却伸出手想要抓住顾安笙,制止他离开。顾安笙转过身:"姑娘可还有别的事?"

"我……公子……"受了伤的曲卓然心里孤独至极,刚与父亲吵过架,小燕又不在身边,她想让顾安笙留下来陪她。可她这样一个骄傲的大明星,这样的话又说不出口,只得扭扭捏捏道:"公子……我……我自己一个姑娘家在这,又没有人陪。公子……能不能麻烦你,在这陪我一会儿,就一会儿,我心里实在害怕。天亮了,你就不用陪我了,好不好?"说话间,曲卓然一向骄傲的脸上竟露出了乞求的神情。

"这……"顾安笙本想着不让乔锦月挂心,急着拿回行头赶紧回去。哪知出了这等事耽搁了时间。他本想快些回去让乔锦月放心,可瞧见曲卓然实在可怜,既然把人送到这里,也不忍拒绝她。只好对林宏宇道:"这个姑娘受了伤,我们若就此放她在这里不管,着实说不过去。这样吧,宏宇,我留在这看着这位姑娘,你回去告诉月儿让她不要担心,我天亮之前一定回去。"林宏宇一直对顾安笙的话言听计从,点点头:"也好,角儿,你回来的时候也要多加小心啊!"顾安笙道:"知道了,你去吧!"

"好!"

见顾安笙答应了自己的请求,曲卓然的眼里放出光彩,沙哑的声音也亮了几分:"太好了,公子真是好心人,多谢公子!"

林宏宇走后,便留了顾安笙一个人在病房,陪着受伤的曲卓然。

医院的灯火通明，顾安笙也看清了曲卓然的脸。那脸上虽然多了肿胀的印记，花了妆容，却不失美丽。那张脸只觉得越看越熟悉，只是想不起是在哪里见到过。顾安笙一直盯着曲卓然的脸凝神，盯得曲卓然有些不好意思，捂住了脸，问道："公子一直盯着小女的脸看什么！"

"啊！"顾安笙这才意识到自己失了仪，忙移开目光道："唐突了姑娘，是在下失礼了，在下实非有心。只不过在下觉得姑娘看起来眼熟，好像是在哪里见过，但又想不起来了。"

"见过我？"曲卓然转了转眼珠，换了个坐姿道："可我没见过你呀，你是不是看过我演的电影才觉得见过我呀！"

"电影？"

"是呀！"曲卓然继续说道："我是个演员，拍过好多电影都上映了。像《浮华人生》《莺莺传》之类的，你是不是看过哪一部，才觉得见过我的？"

"《莺莺传》？"顾安笙想起元宵节那天与乔锦月在影院看得那场《莺莺传》，面前这个女子的确和那个崔莺莺很像。只是她完全没有明星的光鲜亮丽，也没有那个崔莺莺的神采，顾安笙惊道："你是曲卓然。"

"是呀，你认出我来了？"

顾安笙只记得那崔莺莺容貌倾世，曲卓然也是津城鼎鼎有名的大明星，而面前的女子憔悴不堪，要说大明星曲卓然深夜致伤被自己所救，顾安笙也不肯相信。见顾安笙怀疑的目光看着自己，曲卓然也是料想到了他的想法，自嘲的苦笑了一下："大明星曲卓然沦落到这个地步，你也不肯相信，是吧？"顾安笙看着眼前这个女子的容貌，又回想起当时的崔莺莺，虽说现在的她看起来憔悴又狼狈，但仔细看，容貌确实与那日的崔莺莺别无二致。顾安笙一惊，忙道："真的是曲小姐，在下失敬了。"曲卓然没有理会顾安笙的话，只是拿起了桌子上的梳妆镜，看了看镜中的自己，见镜中的自己鬓发凌乱，妆容昏花，脸颊红肿，早已不见那光彩照人的大明星的样子。

她拿过毛巾，擦了擦脸，边擦边自顾自地说："我现在这个样子，你认不出我也正常！"整理完了自己的脸，那脸颊不施粉黛，除了有些红肿，倒比平时浓妆艳抹的时候更多了几分清丽与安宁，丝毫掩饰不住天生丽质。曲卓然看出来了顾安笙心里的疑问，便道："我知道你想说什么，为何红遍津城的大明星在北平街角的胡同扭伤了脚却无人问津，你且坐下听我说，我都告诉你。"

曲卓然虽骄傲，但在这个时候她更希望的是能有人理解，便不再顾忌自己大明星的形象，只想找个人诉说自己的委屈。况且她本性就大大咧咧，毫无心机，也不担心顾安笙将自己的事情泄露出去，便将整件事情的前因后果都告诉了顾安笙。顾安笙仔细听完了曲卓然的叙述，唏嘘不已，想不到在别人眼里风光无限的大明星曲卓然，却是一个内心极苦，又极其孤独的女子。

"他们从来就没有真正的关心过我，也没有在乎过我，他们在乎的只是自己的名声。在他们眼里丽华的事一直比我重要，他们只希望我能嫁给姜家少爷，与姜家联姻使他们的前程发展得更好，可他们有没有想过我的终身幸福就会从此葬送？罢了，就算他们想到了，他们也不会在乎的。旁人都知道我是丽华电影公司老板的女儿，戏好、资源好，从小锦衣玉食什么都不缺，要名气有名气，要地位有地位。但他们谁知道我都经历了什么？为了我父亲的虚荣心，如他所愿，成了红遍津城的大明星，可这还不够，他还要牺牲我的终身幸福成就他的事业。小时候，父亲为了丽华的事业常常外出不在家，从来没有时间陪我。母亲也爱慕虚荣，成天办什么舞会，约人打牌，也没有在我身边多陪过我一刻。在我身边的人，只有小燕一个。他们只看到我年纪轻轻就成了红遍津城的大明星，但我的孤独，我的苦，他们谁会知道？"

说到此处，曲卓然已声泪俱下。

- 肆 -

顾安笙也大为震惊,没想到曲卓然这样一个光鲜亮丽的女明星,竟是这样一个可怜人。她的一些经历,他未尝没有经历过,他比她更明白从艺道路的艰辛。

他也因为年纪轻轻就成了津城的相声名角儿而饱受非议,可自己自幼学艺吃过的苦,别人都不知道,知道了也不会感同身受。可这个曲卓然,她比自己苦上千倍万倍。自己再辛苦也有师父、师娘疼,有师弟们陪伴,乡下小镇还有父母和妹妹支持。而她,竟是父母都不在乎的可怜人。

顾安笙最接受不了的就是曲卓然的父母让她联姻的事,和一个自己不爱的人在一起,的的确确是葬送了终身的幸福。现在他有了乔锦月,更明白爱情的重要与来之不易。如果是自己被迫联姻,那他也是万万不会同意的。他对曲卓然道:"曲小姐,令尊令堂的做法固然不对,但你也不能拿自己的身子出气。无论如何,爱护自己的身子最为重要。要是自己的身子毁了,哪还有精力对抗这桩联姻,只怕到时候就真的要嫁给那个姜少爷了。"

顾安笙此番言语,让曲卓然睁大了眼睛,惊奇又欣喜的看着顾安笙:"你竟然不劝我接受这桩联姻,反而支持我对抗?"顾安笙点点头,坚定道:"是,我支持你对抗这桩联姻。和自己不喜欢的人在一起的难过,在下理解,所以在下支持小姐对抗这桩婚事,寻求自己的幸福。"

曲卓然那红肿的脸上露出了久违的笑意,欣慰道:"那么多人知道我的事,都劝我理解爹娘,接受这桩婚事。你是唯一一个支持我对抗这桩联姻的人。"

顾安笙笑了笑："无论外界如何议论，小姐坚持自己的本心就好。"

"哦,对了公子！"曲卓然拍了下脑袋，笑言："我光顾着说我的事，忘了问公子的姓名了，敢问公子尊姓大名？公子的救命之恩，他日小女必登门致谢！"顾安笙道："免贵姓顾，名安笙。"

"顾安笙！"曲卓然一字一顿的说出了这几个字，只觉得分外熟悉，突然脑中一凛。忙道："你是不是有个别称叫顾二爷来着！"

顾安笙点头："正是在下，小姐可是知晓在下？"

看着面前这张俊俏儒雅的面孔，只觉得他的一举一动都与那台上人十分相似。虽然卸了粉黛换了便装，却挡不住那温润如玉的气质。眼前人与那台上的身影渐渐重合，只觉得越来越像，越来越清晰，曲卓然扭过头，语气坚定的说："公子，你就是台上的张君瑞，文周社的相声角儿，顾安笙顾二爷，对吧！"

顾安笙本不想承认自己是津城名角儿，但见曲卓然认出来自己，只好承认："是，正如小姐所言。"

想不到刚刚自己青眼有加的生角儿张君瑞竟然摇身一变，成了救命恩人坐在自己面前。曲卓然忘记了所有的烦恼，兴奋道："真的是你，顾公子，没想到救我的人竟然是你！"

顾安笙问道："曲小姐，你可是看过在下的《西厢记》？"曲卓然激动的点头："当然了，我刚刚看了从顺德剧院回来，没想到竟然真的碰到了张君瑞！欸，我还没问你呢！"她突然想起，便问道："你不是刚刚演出结束吗，按理说你应该回去了。又为何深夜行走于无人的街角，与我撞见了呢？"顾安笙说道："原本是已经回去了，但是我们的东西落在剧院，便赶着深夜回去取了。"

曲卓然点头，笑道："是这样，那我们还真的是有缘呢！你说，我们都是津城人，我是电影演员，你是相声演员，我们都因为演出在北平遇见。不光是如此，更巧的是你看过我的电影，我也看过你的戏，我们的相遇真是天意！公子救了我一次，而你人又这么好，小女愿交下公子这个朋友，公子可愿与小女相交？"

见曲卓然爽朗，顾安笙也没有推辞，微笑道："能与曲小姐为友，在下自当愿意。"

"太好了！"曲卓然拍着双手兴奋而言："等回了津城，我有时间就去文周社看你的相声，等我的电影上映了，你也要来看呐！"顾安笙依然微笑："好！"

此时三个小时已过，窗外晨雾缭绕，天蒙蒙亮起。见曲卓然的脚消了肿，顾安笙便起身："小姐，三个小时已过，想必你也能走了。天已经亮了，要是没什么事小姐就回去吧，在下也要回旅馆了。"

"可我往哪里回啊？"曲卓然哀哀道："我爹娘已经不管我了，我还回去干嘛？"

"曲小姐，你不能这样想啊。"曲卓然不肯回去也不是办法，顾安笙只得劝道："亲人之间哪有隔夜仇啊，虽然令尊对你说了些狠话，但那些话一定不是发自内心的，只是气话而已。"

"小姐要是真不回去，他们也会着急的！"

"可是……"曲卓然虽然心里厌恶，但自己若不回去，也没有其他的容身之地，便只好叹了口气："唉，好吧，我听你的，回去找他们！"顾安笙点头："这就对了，快些回去吧，我也要回去了。"曲卓然看着那双断了的高跟鞋，喃喃道："可是我的鞋也穿不了了……"

"这个好办！"顾安笙走过去，拿起另一只鞋，敲断鞋跟并递给曲卓然："这样你就能穿了。"曲卓然看着顾安笙认真又温柔的样子，不知不觉已经沉浸其中。

"曲小姐，曲小姐！"顾安笙的呼唤唤回了曲卓然的心神，她有些恍惚，结结巴巴的道了句："哦，谢谢……谢谢你，顾公子！"说罢便低头穿上了鞋。"顾公子，你能再最后帮我一个忙吗？"曲卓然抬起眼，满眼乞求的望着顾安笙："我这腿虽然可以走了，但是没有痊愈，你能送我回去吗？我怕我一个人走不了太远。我住的地方离这医院不远，不会耽误你太多时间的！"

见曲卓然乞求的目光恳切，顾安笙心想，既然把她带到了这里，索性就送佛送到西，把她安全的送回去吧。她这脚虽然可以走了，但也不保证一定能正常走路，难保路上不再出什么意外。于是点头道："好，把你送回去我再走！"

"我住的酒店就在马路对面！"曲卓然虽然能走路了，但始终是一瘸一拐的走不稳。顾安笙在一旁搀扶着她，慢慢走回她的住处。

"到了，曲小姐，你进去吧！"

"谢谢你，顾公子！"曲卓然转过身，刚迈出一步的脚却突然一软。

"啊！"她惊呼一声，扑在了顾安笙的怀里。

"曲小姐，你……"曲卓然直接扑在顾安笙的怀里，顾安笙有意想躲开，但她却紧紧地抱住了顾安笙，使他无法闪躲。

"小姐，你小心些！"顾安笙怕伤到她，轻轻的把她从自己怀里推开。曲卓然虽然被顾安笙推开，但那手臂的反应，分明是不想离开顾安笙的怀抱，还想紧紧抱着他。却也别无他法，只好松开了他，喏喏道："顾公子，感谢你今日相伴，你对小女的关怀小女没齿难忘。他日回津城，必当亲临文周社，去看公子的演出。"

顾安笙点点头："好，曲小姐，你先养好伤最重要。既已把你安全送到，在下就告辞了。"

"嗯！"顾安笙的身影渐渐远去。曲卓然没有立刻进房，而是躲在门侧，望着顾安笙远去的背影，不知不觉嘴角渐渐上扬。良久，自顾自欣然的道了句："或许这就是我想要的人。"

顾安笙将曲卓然送回了酒店，就回到了自己的旅馆。一回到旅馆，他就直奔乔锦月的房间。乔锦月趴在窗台上，一夜未眠。

"月儿，我回来了！"

"哼！"乔锦月看了顾安笙一眼，佯装气恼，撅起嘴道："你去陪别的姑娘，留我一个人在这等你一晚上。"

林宏宇回去后，告诉了乔锦月顾安笙的事。乔锦月对顾安笙于自己的情意当然是放心的，不会怕他和别的姑娘发生什么。但是顾安笙深夜不归，乔锦月却是十分担心，只怕以他名角儿的身份被看客认出来遭遇围堵，会有不测之险。顾安笙以为乔锦月真的生气了，忙走到她身边，从她背后揽住她："月儿，让你等了这么长时间，对不起，是我的错。可是我遇到别人有难向我求助，我不能不帮。我只是把她送到医院，她一个人受了伤又害怕，我便陪她待了一会儿，和她之间清清白白，什么都没有。我对你的情意，难道你还不清楚吗？"

　　"好啦，安笙！"乔锦月见顾安笙那紧张的样子，以为自己真的生气了，忙转过身笑道："同你玩笑而已，我是那么小气的人吗？我自然相信你对我的情意。只不过你彻夜不归，我生怕你会出意外，这我是真的担心了！"

　　说罢，便抱住了顾安笙的胳膊，顾安笙轻轻抚摸她的鬓发，温声道："好月儿，我知道你善良，怎样都不会怪我。但是让你担心这么久，我心里也过意不去。"

　　乔锦月笑了笑，说道："其实我都明白，我也是女子。那个女孩深夜里受伤，一个人缩在墙角没有人管，多可怜啊！换作我，我也会被吓坏的。所以安笙，你这么做是对的，我不会怪你。那个女孩后来怎么样了，你和我说说吧！"

　　顾安笙说："我救的那个女孩还真不是一般人，你可知道她是谁吗？"

　　乔锦月疑惑："不是一般人，那会是谁呀，我认识吗？"

　　顾安笙道："认识说不上，但你一定知道，她就是我们上次看的电影的女主角！"《莺莺传》？女主角？曲卓然？难道真的是那个大明星？乔锦月惊道："不会是曲卓然吧，你救的那个受伤的女孩是曲卓然？"顾安笙点头："没错，就是那个大明星曲卓然！"乔锦月依旧不可置信："可是曲卓然怎么可能深夜受了伤，还没人照顾？"

　　"这事说来话长。"顾安笙将曲卓然的事情一五一十的告诉了乔锦月。

乔锦月听完后，唏嘘不已："本以为曲卓然这样一个光彩照人的大明星是风光无限的，却没想到背后却有那么多的苦楚，她远比我们这样的人要辛酸。"顾安笙亦道："是呀，她也是个缺少关爱的可怜之人，比起她，我们幸福多了。"

"欸，安笙！"乔锦月扭过头，笑道："你阴差阳错的救了大明星曲卓然，她还对你感恩戴德。这样一来，你就和大明星成为朋友了。她资源条件又好，说不定以后有什么事，她还能帮到你呢！这是多少人求之不得的福气呢！"

"小月儿！"顾安笙俯下身，细细的端详乔锦月的脸："我救了曲卓然，一个女孩，你不但不禁止我和她来往，反倒还要我和她做朋友，你是当真一点也不吃醋吗？"

乔锦月望着顾安笙，眼神干净而澄澈："当然不会啊，刚才我只是装作生气而已，而你却当真了。看你那么紧张的和我解释，一定是比谁都在乎我的感受。若是以你对我的了解，一定知道我不会为此生气的，刚刚你也是因为太在乎我而关心则乱，难道我不明白吗？"

顾安笙眉眼含笑，溢于言表的感动涌上心头，紧紧将乔锦月拥住："月儿，谢谢你相信我！"乔锦月下巴抵在顾安笙的肩头，含笑道："你是我最在乎的人，我不相信你，相信谁呀！只愿君心似我心，定不负相思意。"顾安笙松开乔锦月，握住她的双手，凝神望着她的双眼："只愿君心似我心，定不负相思意？"

"对。"乔锦将那首《卜算子·我住长江头》倾口而出："我住长江头，君住长江尾。日日思君不见君，共饮长江水。此水几时休，此恨何时已。只愿君心似我心，定不负相思意。"当她说到那句"只愿君心似我心，定不负相思意。"时，眼神柔情又坚定："小时候经常听师父说这首诗。"

"前面几句都不重要，我只喜爱最后一句'只愿君心似我心，定不负相思意。'"

"只愿君心似我心，定不负相思意。"顾安笙重复一遍她的话，与她十指相扣："只要我顾安笙在这世上，定不会负你相思意。"

- 伍 -

北平的这场演出结束后,文周社这一队人就打算回津城了,苏红袖与乔锦月也和他们一起走。这些日子与苏红袖短暂而又亲近的相处,是胡仲怀最开心的几天。苏红袖的温柔体贴,让胡仲怀深深沉醉其中。

"师姐,东西都收拾好了吗,收拾好了我们就下去吧!"

"小七,你要是着急你就下去找安笙吧,我这里还需要再打扫一下。"

"好。"乔锦月说:"安笙和仲怀他们还在下面等咱们,那我先下去和他们说一声。"苏红袖系好包裹:"你下去吧,我随后就到。"

"嗯。"乔锦月刚打开门,准备下楼,却撞见了胡仲怀。"仲怀?你怎么上来了?"胡仲怀说道:"见你们还没下来,我就上来看看。"

"我们刚收拾完东西,马上就好,我先下去找安笙了。"乔锦月狡黠一笑,在胡仲怀耳边轻轻道:"只有师姐一个人在里面哦!"乔锦月说完便下去了。乔锦月走后,胡仲怀将门推开,见苏红袖在扫地,便叫道:"红袖!"苏红袖捋了捋垂下的发丝,转过身,见是胡仲怀,说道:"仲怀,你怎么上来了?"苏红袖面如桃花,这个样子是极美的,胡仲怀看着眼前的佳人,不由得愣了神,呆呆道:"我师兄在下面,见你们还没下来,我就上来看看。"

"这样啊!"苏红袖继续拿起扫帚,轻声道:"我把这里清理一下,马上就好。"胡仲怀忙上前,想抢过苏红袖的扫帚:"那我帮你扫吧!"

"不用不用,我自己来就好。"苏红袖躲过了胡仲怀,继续扫着地。

"没事我来吧,来都来了,不能在这闲着看你扫地吧!"

"那这样吧！"苏红袖见胡仲怀如此坚持，便道："那你去帮我把桌子擦一下吧！"

"好！"胡仲怀兴高采烈的拿起了抹布，擦起桌子上的灰尘，边擦边时不时地看一旁扫地的玉姿佳人。苏红袖扫完地，见胡仲怀没有擦完桌子，便又拿起了一块抹布，走到胡仲怀身边："我来吧！"胡仲怀道："不用，红袖，我马上就干完了。"

苏红袖却已经开始擦起了另一半的桌子，胡仲怀见状，便道："那我们一起干吧！"能与意中人一起做一件事，胡仲怀心里极爱这般情景，不知不觉，自己的手竟碰到了苏红袖的手。看似无心，却又好像有意，一时间竟没有撒开手。苏红袖显然十分不自在，不禁羞涩的皱了眉："仲怀，你……"

"啊，对……对不起！"胡仲怀这才知道自己失了方寸，撒开了手。苏红袖也没有多说其他，只是继续转过身，擦另一边的桌子。望着佳人倩影，胡仲怀不禁再次动情，此时再也克制不住压制在内心已久的暗恋之情。他大步流星地走到苏红袖身边，拉住她的双手，深情道："红袖，我喜欢你！"这样简单直接的表白，是苏红袖完全没有预料得到的，不禁惊得呆在哪里，久久没有发言。胡仲怀意识到自己言语太过唐突了，忙道："对不起红袖，现在和你说这些可能太过鲁莽了。但是我喜欢你，这是所有的人都看出来的事了，你是个聪明人，应该早就明白了吧！自从那日在厅堂第一次遇见你，惊鸿一瞥之时，我就喜欢上你了。只是我对自己还不自信，一直都没有对你说。我知道这个时候和你说这些可能不合时宜，但我喜欢你是认真的，我希望你能接受我！"

胡仲怀那热切的眼神看得苏红袖心里发颤，她忙躲过胡仲怀的眼神，背过身，佯装漫不经心道："你同我开什么玩笑，我比你还要大两岁呢！"她虽然口上这样说，但内心却已经颤抖得厉害，只能靠擦桌子来掩盖自己的心绪。

"红袖！"胡仲怀绕到苏红袖面前，认真道："我不是同你开玩笑，我是真的喜欢你！"

"别胡闹了。"苏红袖侧过脸,不去看胡仲怀:"这种话不要和我再说了,这次我就只当你是开玩笑。"

"红袖!"胡仲怀又一次握住了苏红袖的手:"这么久的相处,你对我的照顾更是无微不至,换作旁人你也会这样吗?我不相信,你不可能一点都不喜欢我!"

"我真的没有。"苏红袖挣脱了胡仲怀的手,走到屋内离他最远的位置:"我大你两岁,按年龄,你应该叫我姐姐,我对你就像对小七是一样的,对你好,只是当你是弟弟,你不要自作多情。"

"我不相信!"胡仲怀的声音提高了几倍:"你如果真的不喜欢我,为什么说话的时候都不敢看我!"

"好,就算我看你了,又如何?"苏红袖深深喘息了一下,回过头看着胡仲怀,而自己的双手却已经开始颤抖,她强装镇定:"仲怀,我们两个之间是不可能的。你是文周社的少公子,而我只是湘梦园的一个小角儿。况且我还年长你两岁,你就不要对我有这样的想法了。我只当你是朋友,你若执意如此,那我们连朋友都做不了了。"

"当真如此?"胡仲怀渐渐走近,用一只手臂将她抵在墙角:"现在已经不是大清朝了,没有人会在乎年龄的问题。只要我喜欢你,你也喜欢我,我们就可以在一起了。就像我师兄和锦月那样,他们多好啊!我们也可以和他们一样!"

"不,我们不能!"苏红袖额头已密布汗珠,声音带着丝丝颤抖:"可我不喜欢你,所以我不想,我们也不可能像他们那样,希望你明白!"苏红袖话说得决绝,但却丝毫没有底气,胡仲怀目光一刻也不肯移开苏红袖的眼睛:"不,你在撒谎。你是个不会撒谎的人,你现在的这个样子,分明就是不敢面对。我知道你也喜欢我,可你究竟在顾忌些什么?是我们的年龄,还是你的师父或我的父母?这些都不是问题的!"

"都不是,只是我不喜欢你。"苏红袖跑到一旁将行李拿起:"胡仲怀,你不要再自作多情了,也休要再提此事。我们以后还是不要再见面了,你好好清醒一下吧!"说完,苏红袖就推门而去,转身飞快地跑下了楼。"红袖，你别走……"胡仲怀亦追随而去。楼下的乔锦月与顾安笙已等候多时，见苏红袖才下楼，乔锦月忙道："师姐，你们都干嘛了，怎么才下来啊！"

"红袖，你……"胡仲怀追着苏红袖下来，见顾安笙与乔锦月都在那里，便收住了口没有再说话。见苏红袖面色苍白，胡仲怀的脸上写满了失望。乔锦月也发觉了不对，忙问道："你们……你们这是怎么了！"

"没什么。"苏红袖快速走到马车旁："小七，我们上车吧！"说话间，苏红袖自己也不知为何，回头看了胡仲怀一眼，二人眼中的神情皆是复杂至极。目光对接不到一刻，苏红袖又立刻将头转过去，撩开帘子进了马车。胡仲怀满眼失望地摇摇头，毫无神采地走到顾安笙面前："师兄，我们走吧。"乔锦月诧异地看了眼胡仲怀，又看了眼苏红袖的马车，完全不知好好的二人为何会这样，呢喃道："好好的两个人，这是怎么了？"

"没什么。"胡仲怀的声音也没了气力："师兄，我们走吧，锦月你们也回去吧！"乔锦月奇道："这是……"

"月儿，别问了。"顾安笙在乔锦月耳畔轻声道："他们两个可能是吵架了，也许是有什么别的事。现在问他们也不会说的，等回去了我细问问他。是时候该启程了，你们也走吧，我们津城再见。"见顾安笙这么说，乔锦月只好道："好吧，那我们走了。"与顾安笙道别后，乔锦月上了马车，见苏红袖无精打采的闭着双眼倚在轿角，乔锦月忙问："师姐，你们怎么了，刚才还好好的，现在就……"

"没什么。"苏红袖没有动姿势："小七，我累了，让我歇会，你先别和我说话了。"

"好吧。"见师姐确实是一脸疲惫状，乔锦月只好乖乖闭嘴，不再多问，但内心的诧异仍然没有消除。

比起胡仲怀的痴心绝对，苏红袖远比他的内心更复杂。其实她说的所有话，都是在自欺欺人，明明爱了，却不能相爱。只能怪差距太大，趁这份感情还未到浓烈时，尽快放下，才不至于伤得太深。

第十一章

落花有意流水情

- 壹 -

自从北平顺德剧院演出结束后，文周社和湘梦园依然是往常的状态。顾安笙和乔锦月也是一样，在演出之余，时不时会相约见上几面，日子过得倒也欢喜。只是自从胡仲怀那次与苏红袖告白之后，他二人便再也没有见过面。

那日在北平，顾安笙救了曲卓然之后，曲卓然的一颗芳心便暗许给了顾安笙。她回去后便立刻买了顾安笙场子的票去听相声，一场结束后，只听"吱呀"一声，文周社的大门又被人打开了。曲卓然听到这个声音，忙躲到了树后，却见出来的不是旁人，正是顾安笙。

曲卓然心里大为兴奋，忙挺直了腰，大步走到顾安笙面前，向他微笑："顾公子！"她依然身着一件红色皮衣，下身是蕾丝丝袜与皮裤皮靴。头戴黑色网纱遮阳帽，脸上的妆容浓艳又张扬。今天的她又恢复了大明星曲卓然的样子，完全不同于那日的狼狈。

顾安笙愣了几秒,才认出面前这个洋气十足的女子就是那日被自己救下的曲卓然,顾安笙微笑着向曲卓然微微欠身,行了一礼:"曲小姐!"

曲卓然喜笑颜开:"顾公子,你还认得出我啊,我终于有时间来看你的相声了。这是我第一次看完整的相声,你真的是能言善语,相声说得好极了!"顾安笙微笑道:"多谢曲小姐谬赞,只是曲小姐看完我的演出后,为何会出现在这里?"曲卓然眼珠转了转,撇撇嘴道:"我本来是想找你说说话的,奈何看你的人太多了。我又怕被别人认出来我是曲卓然,就跟着你过来了。哪想你竟然进去了,我以为见不到你了呢,可没想到你又出来了!"想到乔锦月还在等自己,顾安笙便也不再与曲卓然多说,便道:"曲小姐,在下还要去见朋友,要是没什么事,在下就先告辞了。"

"等一下!"曲卓然忙跑到顾安笙身边,将皮包打开,从中拿出一封信,交于顾安笙手中:"记得一定要仔细看!"说罢,便跑开了。曲卓然雀跃地跑到无人的公园,心中愉悦,便在公园里转了几圈,跳起舞来,边跳边大声道:"我这辈子认定他了!"

"安笙,你怎么才来啊,我都等你好久了。"小巷里,乔锦月对刚刚到的顾安笙撒娇道。顾安笙笑着拉起她的手,宠溺道:"我这不是来了嘛!"乔锦月嘟起嘴,佯装盘问状:"按理说你的演出早就已经结束了,结束后,就算收拾东西再来也应该早就到了,老实交代,你干嘛了?"

"我确实是遇见了一个人,说了几句话所以耽误了。"顾安笙没有隐瞒乔锦月,将刚才遇见曲卓然的事和与她说的话一五一十的都告诉了乔锦月。并把曲卓然写的信递到乔锦月手里,态度坚决的说道:"如果你要是不喜欢,这封信我就不会看,都交给你处理吧!"乔锦月接过信,见那信封精致,上面用眷秀的字迹写着"顾安笙公子收"六个字。乔锦月故意调侃道:"这么美的设计,想必她是费劲了心思为你准备的吧,先打开看看吧!"乔锦月拆开信封,只见信纸上写着:救命之恩,感恩于心。二十七日晚九点邀公子于皇家音乐馆一叙,以示感激。"

"二十七日晚,那可不就是后天吗?"见曲卓然有心约他,顾安笙不禁皱眉："这该如何是好，她把这封信递给我就走了，我又找不到她，没办法当面拒绝。若不去，那不就是失约于人了？"

乔锦月却没有在乎，反而调笑："她对你真的是用心良苦啊，不过她也够聪明，她是料定了你是个守信的人，所以选择了这样的方式，让你没有拒绝的机会。"

"唉！"顾安笙长叹一口气，想了想，又说道："要不这样吧，月儿，我当天加一场演出，时间长些。如果事后她问起，我就说约会时间与演出相撞，无法赶到。这样可以吧？"

"没事的，安笙！"乔锦月一双大眼睛纯澈的看着顾安笙："你去吧，不用顾及我的感受。对你，我也放心。我知道你心里只有我，所以不会在意这些有的没的。"

"我的傻月儿！"顾安笙轻轻掐了乔锦月的脸蛋，故意道："你的安笙都要被别人拐走了，你还一点都不在乎，你是真的不怕她对我另有所图啊？"

"我才不怕呢！"乔锦月依旧不忧不虑的笑着："你喜欢我就好了，我才不管谁喜欢你呢，喜欢你的人越多，才能证明我的安笙越优秀啊，你说是不是！"

"是啦！"顾安笙揽住乔锦月，温柔道："我知道我的月儿最相信我，我会去一趟看看她到底想做什么。但我的心里只有你，不会和她有什么的，你放心。欸，不说了，我们吃饭去吧！"

"好！"乔锦月把自己的小手放在顾安笙的手里，夕阳将二人的身影拉得很长。顾安笙感念于乔锦月的这份信任，他虽未言，但他都明白。如果一个女孩敢开自己喜欢的男孩和另一个女孩的玩笑，那么说明这个女孩十分相信这个男孩，她认定了这个男孩心里只有她。这份没有理由的信任，是二人之间最美好的心心相印。

当天晚上，顾安笙依照曲卓然说的地址与时间，去了皇家音乐馆。那里是个风尘之地，都是津城名媛之类的角色聚集在那里。活动都是一些男男女女穿着一些奇怪的衣服，一起唱歌、跳舞、喝酒。顾安笙在文周社这样传统的相声班子里长大，接触的都是传统的活动与礼仪，对于这种太开放的西洋活动，顾安笙是及其不适应的。但无奈，应了曲卓然之约，只能硬着头皮进去。

"先生，请问您是顾安笙顾先生吗？"音乐馆前台，一个身穿吊带裙的女子问道。那女子的穿着实在露骨，顾安笙是看不下去的，不禁皱起了眉，移开了目光："是的，我是。"那女子又道："你是曲小姐特意邀请的贵客，曲小姐说了，要我们特意招呼好你。顾先生，请随我来吧！"

"嗯。"顾安笙跟着那个女子走进去，音乐馆里交杂着各种繁杂的西洋摇滚音乐，好不吵闹。各种酒的味道与女人身上的香水味环绕着，实在刺鼻。顾安笙着实不喜欢这样的场地，但无奈，只得跟着那个女子走进去。

"小姐，我能邀请你跟我跳一支舞吗？"

"好的呢，少爷！"音乐馆里，全都是一些看似有钱人家的小姐少爷，满满的都是市侩气。他们的穿着打扮俱是西洋风格的华服，张扬而华丽。馆里唯有顾安笙一人穿着中式的长衫大褂，这样倒让顾安笙更觉得不自在。虽然顾安笙衣着简朴，但却丝毫掩盖不住那俊俏的容颜。"呦，这是哪家的俊俏少爷，来跳舞呀！"一个富家小姐看到顾安笙，忙走过去想拉住顾安笙。顾安笙打心底里抵触，下意识就闪躲开了那位小姐。那小姐见顾安笙躲开，尖叫道："哎呦，少爷你怎么这么不给面子啊！"

"都别碰他！"闻得那音乐声瞬间停止，只听见曲卓然霸道的声音："你们都听好了，顾公子是我请来的贵客。"

"他不是什么少爷，请你们都对他放尊重些，叫他顾公子！我不说话，你们都不许碰他！"曲卓然一发话，本是十足热闹的场面瞬间鸦雀无声。这场音乐会是曲卓然张罗的，凭曲家的声势，曲卓然的身份地位极高，没有人敢忤逆她。那小姐低下头，怯怯道："是，顾公子，您这边请。"只见曲卓然梳着飘逸的长卷发，头顶发冠，身着藏蓝色露肩连衣裙，脚踩水晶高跟鞋。犹如公主般的高贵冷艳，让人望而生怯。

曲卓然从舞台中央缓缓走出，周围的人自动散到了两侧为她让路。走到顾安笙身边，曲卓然微笑着挽住顾安笙的胳膊，笑容温柔而妩媚："顾公子，请吧！"又对那些少爷小姐道："你们都散了吧，该干嘛干嘛，不用管我们！"随之曲卓然又打开了音响，音乐继续响起，那些人便也继续跳起了舞，没有人再看顾安笙。

见他们都散了，顾安笙那紧皱的眉却依旧未舒展，低头向曲卓然问道："你把我请到这里做什么呀？"曲卓然笑道："这是我为了感谢你，邀请他们一起举办的舞会啊。来，我们一起跳舞吧！"

"唉！"顾安笙叹了口气，无奈的扶额："你知道我是个传统梨园子弟，怎么可能懂这些西洋的娱乐形式啊！"

"这有什么的！"曲卓然轻眨两下眼，魅惑一笑："你看着我跳就行了！"说罢曲卓然便飞速的旋转起来，旋转到舞台中央，跳起了纯熟的华尔兹。那高跟鞋细长的跟完全没有影响到她纯熟的舞技。周围的人都被她的舞姿吸引了，纷纷停止了自己的舞步，全部将目光聚集到舞台中央的曲卓然身上。

顾安笙这样性子清冷的人，对这些西洋舞姿是毫无兴趣的。任凭曲卓然的舞姿再美，都无法将他吸引，但无奈自己是应约前来，只得硬着头皮观望。

- 贰 -

曲卓然在舞台上舞了几分钟后，又旋转到顾安笙身边，用手攀上他的肩，姿势诱惑而妩媚。这样一个绝世美人环绕身侧，若是换作在场的其他公子哥，没有哪一个是抵抗得住的。偏偏清冷如顾安笙，对曲卓然的魅惑丝毫不心动，反倒被她这样绕来绕去更加的不自在。

曲卓然舞姿纯熟，转得又飞快，顾安笙想躲也躲不开。那边也不乏起哄的少爷小姐："哟，顾公子，你快抱住她呀！"

"曲小姐这身材这样貌谁能抵得住啊，顾公子还不快赶紧着点！"顾安笙既无奈又不自在，却终究无可奈何，只盼着舞会快些结束，快些离开这风尘之地。见顾安笙没有靠近她的意思，曲卓然又旋转到舞台中央，拿起话筒，跟着音乐唱了起来。

她唱的歌是津城音乐中最流行的一首《爱是唯一》，歌词曲调都饱含着爱意。"你是我的命中注定，我的唯一，你是我生命最重要的那个人，呜啊……"摇滚的曲调，现代的歌词。与顾安笙平时听的唱的京戏评戏，小曲小调，曲风大大不同。在梨园长大的他欣赏不来这样快节奏的流行音乐，只能怔怔地站在原地，等着她唱完。

"咿呀，我对你的爱，刻骨铭心！"快节奏的音乐渐渐停止，一首犹如示爱的情歌唱完，少爷小姐们都纷纷鼓起了掌。曲卓然满脸傲气的将话筒从话筒架上取下，借着扩音的话筒大声道："今天来就请你们做个见证，我要向我喜欢的人告白。顾安笙顾公子，自从那天在北平相遇，我就钟情于你了。我想做你命中注定的那个女人，伴你一生一世，如此可好？"这一番告白简单又明了，没有丝毫的扭捏与委婉。那些少爷小姐们都为曲卓然的勇气与直爽鼓起了掌。

"好，好样的，曲小姐！"

"还等什么呢，顾公子快答应她呀！"

"能得我们貌若天仙的曲大美人的芳心，这是你几辈子修来的福气啊！"在少爷小姐们的鼓动下，曲卓然仰起了头，高傲的向顾安笙走去。走到顾安笙身边，向顾安笙伸出她那修长的手。

"还等什么呢，快拉住她啊！"面对曲卓然的突然告白，既在顾安笙的预料之外，却又好似在情理之中。也许曲卓然本就想借着感谢顾安笙的名义，举办这次舞会，向顾安笙表白心意。刚听到她的告白，顾安笙的确是愣了神，但他很快就冷静了下来，他知道，既然自己不喜欢她，那她怎样花哨的告白都是无用的。顾安笙没有慌张，也没有局促，而是镇定的退后了一步，微微俯下身，行了一礼。他淡然道："曲小姐，感谢小姐对在下的抬爱。只是在下是学艺的梨园子弟，小姐是影坛的当红明星，我们本不是一个层面上的人，在感情上不可能有交集。得小姐不嫌弃，在下愿与小姐做朋友，但感情上的事是不可能的。在下也愿小姐，能够早日找到那个真正适合你的人。"顾安笙不卑不亢，恰到好处的拒绝了曲卓然的告白。这番话大大出乎了在场所有人的预料，那些少爷小姐们都以为曲卓然这样的女子不会有人不喜欢，万万没有想到，顾安笙连片刻的思考都没有，就义正词严地把曲卓然给拒绝了。

"天呐，他竟然就这么把曲小姐给拒绝了！"

"连曲小姐都看不上，他还能看上谁呀！"曲卓然愣在原地，伸出的手未及放下。她也没想到顾安笙会这么直接的把她给拒绝了，那些少爷小姐们纷纷议论，不论是替她鸣不平还是冷眼看笑话，在她听来都十分刺耳。好像是重重的几巴掌，狠狠地扇在她的脸上，比父亲打的巴掌还要狠好几倍。一时间，脸色骤变，泪水蓄满了眼眶，尴尬的站在原地，进也不是，退也不是。面对那些人的议论纷纷，顾安笙依然面不改色，平静道："曲小姐，在下不宜太晚回去。既然已经没有其他的事，在下就告辞了。"说罢，顾安笙又朝着曲卓然微微俯下身行了一礼，便转身踏步而去。却有几个小姐又跑到了顾安笙身旁，将他拦住："顾公子，你可不能走啊！"

"拒绝了我们曲大小姐,你还想走?"

"都别碰他!"曲卓然吼道,声音带着哽咽与颤抖:"你们让他走,谁都不许拦他!"

"是!"那几位小姐听了曲卓然的话,纷纷退到一边,给顾安笙让出了道路。顾安笙只淡淡的道了声"多谢",没有犹豫,亦没有回头,大步流星地走了出去。见顾安笙对自己没有任何的留恋与不舍,曲卓然又是伤心,又是羞愧,一时间头脑眩晕,竟一个踉跄跌得退后了几步,险些摔倒。

"曲小姐,小心点!"

"怎么样,没事吧,曲小姐!"那几位小姐见曲卓然这个状态,忙上前将她扶住。

"没事!"曲卓然站稳后,推开了身边扶着她的那位小姐。望着顾安笙走去的方向,已经不见了他的人影。曲卓然盯着那个方向,呆呆出神了几秒后猛然一个侧身,什么都不及准备,一个箭步上前,朝那个方向冲了出去。

"曲小姐,你干嘛呀!"

"曲小姐,你要去哪里?"曲卓然没有理会他们,自顾自的朝音乐馆外跑去。这一处是津城的繁华地带,黑夜里浮灯灿烂,犹如白昼一般。顾安笙没有走远,曲卓然在背后看到顾安笙的身影,忙朝他跑去。"顾公子,你等一等!"曲卓然跑到顾安笙的面前,已经上气不接下气。顾安笙停下了脚步,脸上依然看不出喜怒:"曲小姐,方才在下对你说的话已经很清楚了,你还不明白吗?"

"顾公子!"曲卓然刚刚平复下来,委屈的双眼中蓄满泪水,抬起头,哀声道:"你可知刚才你让我在他们所有人面前失尽了颜面,你真的忍心这么对我吗?"顾安笙淡淡道:"曲小姐,如果在下有什么地方说得过分了,在下向你道歉。但在下的意思说得很明白了,还请小姐不要做无谓的纠缠!"

"没事,我不怪你,我都不怪你!"曲卓然拭去了眼眶边溢出来的泪水。她急忙道:"也许是我考虑不周,没有顾及到你这样的梨园子弟可能接受不了这样的场合,是我的错,你不答应我也能理解。但是我是真的喜欢你,自从那日你在北平街角把我送到医院去,我就对你一见钟情了。如果我哪里做得不好,你告诉我,我一定改。你要是不喜欢我的这些活动,我以后也都不办了。你喜欢唱戏,我就陪你一起唱戏,总之你喜欢什么我就陪你做什么。我只求你能让我在你身边,做你命中注定的那个人,好不好?"面对曲卓然恳切的眼神,顾安笙依然没有被打动,只道:"曲小姐,不是你做的不好。其实你很好,你也值得找到一个真心相爱的人,只是这个人不是在下。实不相瞒,在下已经有喜欢的人了,有了她,无论遇到再好的姑娘,在下都不会再心动了。这一点,还请小姐明白!"

"什么?"曲卓然的心狠狠被刺了一下:"你已经有喜欢的人了!我不信,不可能。就算你现在喜欢她,也不可能一直会喜欢她的。我会向你证明我比她强的,总有一天,你会放弃她,喜欢我的!"

"够了,曲小姐!"听到曲卓然质疑自己与乔锦月之间的感情,顾安笙微微有些愠怒,冷冷道:"小姐,在下看你是一个单纯善良的好姑娘,在下尊重你。但请你不要一而再,再而三的纠缠不休了。在下对她的感情不会变,也不可能会抛弃她而喜欢别的姑娘。曲小姐,在下见你个性爽朗,愿与你结交。但你若触碰在下的底线,连朋友都别想做了!"

"不,不!"曲卓然心如刀绞,已经落下泪来,口中依然喋喋不休:"我不要与你做朋友,我只想与你做恋人!"顾安笙没有听她多说,只道:"小姐,夜已经深了。在下是时候该回文周社了,小姐你也快回家吧。"说罢,顾安笙便转身离去。"不,不,你回来,你不能离开我。"曲卓然已经失去了理智,朝着顾安笙离去的方向大声嘶吼。这一次,顾安笙没有止步。犹如没有听见一般,朝前方踏步而去,直到那长身玉立的背影消失在夜里。"你不可以这样,我不会放弃你的,你等着,我总有一天会证明我自己的。我一定会让你离开她,到我身边的!"黑夜里,只剩下曲卓然一个人,蹲在斑斓的路灯下,嘤嘤哭泣。

第十二章

多少恩怨多少情

- 壹 -

"我让你们打探的事,你们都打探好了吗?"曲宅内,曲卓然坐在高椅上,向两个小厮问道。其中一个道:"小姐,我们听你的,这几天盯紧了顾安笙。他除了每天在剧场演出,其余的时间会到长云街,等候一个女子。我们瞧着那女子和他亲热得很,估计就是小姐你要找的那个人吧!"

曲卓然道:"那你们可有给我打探到她的信息?"

另一个人说:"小姐,按您说的,我们这几天一直跟踪她。得知她住在湘梦园,是个戏子,在咱们津城曲艺界也算是个名角儿。她和那个顾安笙一样,也是时不时有几场表演,我们还打探到了,她是湘梦园班主的亲闺女,叫乔锦月。"

"乔锦月?"曲卓然凝神想了想:"这个名字怎么听着那么熟悉?"

"小姐，你还记不记得咱们在北平顺德大剧院看的那场戏？"一旁的小燕补充：“她就是那个崔莺莺啊！"曲卓然这才想起："原来是她呀！"随后又对那两个小厮道："这件事，你们两个做得很好，小燕！"曲卓然向小燕使个眼色，小燕立刻会意，从钱夹子中拿出几块大洋，分别交给那两个小厮："拿好了，这是小姐赏赐给你们的！"那两个小厮接过大洋，忙躬身谢道："多谢小姐赏赐！"曲卓然不忘叮嘱："切记，我叫你们打探的这件事万万不可让老爷和夫人知道，不然有你们好看！"

"知道了，小姐，小姐放心，我们一定不会泄露的！"

"很好，下去吧！"

"是！"那两个小厮走后，小燕对曲卓然道："小姐，接下来你打算怎么做？"曲卓然嘴角勾起一丝邪魅的笑："哼哼，那个小妖精正巧是咱们见过的，那顾公子多半是被那个戏子迷住了。既然知道了她的姓名身份就都好办了，我改日约个地方，叫她出来。给她一笔钱，让她离开顾公子。她一个戏子肯定没见过那么多钱，估计见了都会被吓傻了。我给她的钱够她吃吃喝喝大半辈子的，她还能不乖乖离开顾公子？到时候，她从顾公子身边消失，顾公子刚刚失去这个小情人，肯定得伤心难过一阵子。那个时候我就出现在他身边，陪伴他、安慰他，他一定会对我心动的，到了那个时候，我就如愿以偿了！"

"什么？这封信是给我的？"刚刚在湘梦园小剧场演出完的乔锦月，拿着手中的信惊讶道。"没错，就是给乔姑娘您的！"一个家丁打扮的男人道："送信的是个姑娘，她说她是乔姑娘你的戏迷，想约你见一面！她把想说的话都写在信里了，不多说了，我先走了，姑娘你自己看看吧！"

"哎，你等下！"乔锦月还有好多话想问那个家丁，但那个家丁已经远去。乔锦月只好自己拆开了信封，拿出信纸，只见上面写着"久听姑娘唱戏，小女甚为痴迷。愿于明天上午十一点于星光咖啡馆一叙，盼与姑娘结交为挚友，是为终生幸事。"只见那字迹眷秀，却不知为何竟那么眼熟，好像是在哪里见过，但又一时想不起来。但见这字迹，的确是个女子所写。

乔锦月从未得罪过什么人，自然不会觉得是有人故意约她要陷害她。既然是个女子，她便也没什么可顾虑的。她生性单纯，也没有顾虑其他什么的，只想着不如应了这约，前去看看究竟是谁。乔锦月如约去了包厢，见包厢的门是关着的，礼貌的敲了敲门，问道："请问里面有人吗？"

"是乔姑娘吧，门没锁，你进来吧！"只听里面传来女子热情如火的声音。

"嗯。"乔锦月轻轻打开包厢的门，走了进去："请问姑娘，是你找我吗？"只见一个女子身着红色皮衣，模样雍容而华贵，这女子正是曲卓然。她热情笑道："乔姑娘，不用那么客气，来，快坐下。"

"谢谢姑娘。"乔锦月有些发懵，却还是听了曲卓然的话，愣愣地走过去坐在了曲卓然对面。抬头时，看见了曲卓然的脸，看了第一眼只觉她一身雍容华贵的打扮，想必是大家闺秀。猛然间，又觉得这张面容熟悉得很，凝神一想，那模样竟和荧幕中的女子如此相像，难道真的是……乔锦月一惊，忙站起："你是，曲……"

"姑娘你别那么紧张嘛！"曲卓然依旧热情："你先坐下！"乔锦月怎么也没想到约自己的竟然是曲卓然，想起曲卓然约顾安笙的事，乔锦月越发觉得这件事情不简单。乔锦月不知道曲卓然是怎么知道自己的，只怕曲卓然约自己，很有可能是与顾安笙的那件事有直接关系。见乔锦月已然紧张的蠢立在原地，曲卓然又道了声："快坐下呀！"

"哦。"乔锦月听了曲卓然的话，呆呆坐下。见乔锦月坐下后，曲卓然继续说："乔姑娘不用紧张，我是曲卓然，但我也是你的戏迷呀。那天我看了你的戏，我是真的喜欢你呢！所以今天约了你在这儿，想亲眼见见你本人呢。果然啊，这平常的样子比台上还要美！"

乔锦月自从那日在影院看了曲卓然饰演的崔莺莺，对她也很是崇拜，若换作平时，曲卓然这样的大明星成了自己的戏迷，乔锦月一定会非常兴奋的。但因为曲卓然前几天约了顾安笙，计谋不成，今天又约了自己，自己和顾安笙又是那样的关系。曲卓然越是热情，乔锦月就越觉得曲卓然笑里藏刀，不由得不寒而栗。

曲卓然笑着安抚住乔锦月："乔家妹妹，你不用紧张。我知道你是顾安笙公子的心爱之人，我只是想问问你，你们在一起多久了？"乔锦月惶恐，含含糊糊的答道："我们在一起没多久，我们……我们之间都挺好的！"

"是吗？"曲卓然嘴角牵出一丝邪魅的笑，让人完全看不出她在想什么："其实呀我瞧着顾公子相貌确实英俊儒雅，你这样的小姑娘被他吸引也是很正常的事。但他未必就是最好的，他对你也不过就是一时的兴起，不一定就是真的喜欢你的。你自己想想，是不是？"

乔锦月一惊："你说什么？"

"妹妹先别急。"曲卓然不徐不疾地从包中拿出一张支票，递给乔锦月："妹妹你看，你应该没见过这么多的钱吧。这张支票是真的，货真价实的五十万元。我们曲家的支票，到银行兑换，保准能给你换钱的！"乔锦月没有接过曲卓然手中的支票，立刻防备道："曲小姐，你这是要做什么？"

"妹妹，你先接着啊！"曲卓然把手中的支票按在乔锦月手中，婉声道："妹妹，我就和你实话实说了吧，我知道你和顾安笙在一起了。这次我约你出来，一是喜欢你的戏，二是想求你件事。我看你也是爽快人，我就直说了吧，其实我早就认识顾公子了，我也喜欢他，但是因为你，他不肯接受我。你看，这个世界上好男人多的是，你就从他身边离开，把他让给我好不好？这张支票是交换条件，这么多的钱，够你们戏班子生活好久了吧！只要你同意，我们还可以继续做朋友的。你看在我一片痴心的份儿上，答应我好不好？"

曲卓然把事情的前因后果都挑明了，乔锦月猜想的果然没有错。如若之前，曲卓然的目的不明不白，乔锦月的心里还有些惶恐不安。但曲卓然已然将自己的目的明确地说了出来，乔锦月反而不害怕了。乔锦月站起身，朗朗道："所以，你这次把我约到这里，就是想让我把顾安笙让给你是吧？"曲卓然依然笑得温柔："当然不是让，是交换，用我的支票交换。这张支票够你们戏班花好多年了，这些是顾安笙给不了你的。看看，多划算啊！"

用钱来交换感情，尤其是像乔锦月这样的人，越发觉得是被羞辱，她"啪"的一声，将支票拍在桌子上，声音也提高了几度："你口口声声说你对顾安笙是一片痴心，在你看来感情就是用钱交换的？你把我乔锦月当成什么了，你又把顾安笙当成是什么了？在你看来，他就是一个可以用钱交换的物品，你就是这么爱他的？"

曲卓然万万没想到，乔锦月竟会这么直接的拒绝了这么多钱的交换。乔锦月的态度也让她有些愠怒，她站起来道："乔锦月，你什么意思？"

"呵，什么意思？"乔锦月冷哼一声道："那我不妨也明确告诉你，我和顾安笙的感情是任何条件都交换不了的。你是千金大小姐，眼里只有金钱，你哪里懂我们之间的感情？你如果是想用什么条件与我做交易，我劝你还是尽快放弃吧！"

曲卓然这样的身份身边的人对她都是毕恭毕敬，乔锦月这样的态度是丝毫没有把她放在眼里，这让她气恼到极致，厉声道："乔锦月，你别不知好歹。你别忘了，你只是个下九流的戏子，我可是当红电影明星。你拿什么跟我比，我想得到顾安笙，有的是手段，你算是个什么东西？"

乔锦月丝毫没有被她的气势吓到，说话间依旧掷地有声："是你自己说的，我们都是演员，你又比我们高贵到哪里去？你要说我是下九流的戏子，顾安笙和我一样也是梨园子弟，你又把他当作什么了？曲小姐，你还真是说变脸就变脸！"

"好……好你个乔锦月！"曲卓然被乔锦月一字一句的怼的说不出话来："你……你……你给我等着。我告诉你，我不会放弃顾安笙的，总有一天，我会让顾安笙心甘情愿地离开你，走到我身边来的，到时候，你哭都来不及！"

"哼！"乔锦月冷笑一声："你还真是异想天开！那我也明确地告诉你，你别痴心妄想了，我们两个的感情是任何条件都拆散不了的。我不会离开他，他也不会离开我。我劝你就别痴心妄想了，有这时间，不如多看看剧本，多拍几部戏吧！"

"你竟敢说我痴心妄想?"曲卓然被乔锦月气得脸色青红:"我告诉你,我总有一天会得到顾安笙的,你别得意忘形!"

"呵!"乔锦月白了一眼曲卓然:"我没时间和你理论这个,你把我叫过来费了不少心思吧。算了,看在你对我还算友善的份上我就不和你计较了。不过也请你明白,我们梨园子弟虽然没有你们高贵,但我们还是凭本事吃饭,不是你想践踏就能随意践踏的。我不和你多说了,我要回去了,我们以后也不需要再见了!"说罢,乔锦月便打算离开,曲卓然挡在乔锦月身前:"这是你想来就来想走就走的地方吗?"

"起开!"乔锦月刀马旦的身手不是白练的,一把就将曲卓然推开,拉开门就扬长而去。

"哼,那个小戏子,竟敢这么和我说话,她也不看看自己是什么身份!"曲宅内,曲卓然坐在大厅里气嚷道。

"哎呦,是谁惹得我的小表妹这么生气啊!"一个模样玩世不恭的少年走进大厅,看着曲卓然气恼的样子,笑道。小燕朝那少年打了个招呼:"表少爷!"曲卓然却不客气的白了他一眼:"你来干嘛,你怎么进来的?"那少年也没有生曲卓然的气,慢条斯理的找个地方坐下:"你家大门没锁,我就进来了。我想着舅舅、舅妈不在家,就来看看你。小表妹,你表哥来了你不好好招呼一下啊!"

曲卓然朝他撇撇嘴道:"你不陪你那几房小妾,来找我干嘛?"那少年一脸嫌弃的说道:"她们一个个庸脂俗粉,有什么意思,哪有一个及得上我表妹这样天姿国色的!"少年的话说得不知是真是假,但曲卓然还是爱听这话的,脸上的怒气也稍稍缓和了些:"这会儿倒觉得我好了啊!"

那吊儿郎当的少年不是旁人,正是程家三少爷程显威。程家与曲家是姑表亲,曲卓然的父亲是程显威母亲的亲弟弟。程家家大业大,麾下的产业也多,曲家的产业是津城最大的一家电影公司。

曲卓然站起来,气恼道:"表哥,我好不容易有了一个喜欢的人,我花尽心思追他,对他表白。但是他看都不看我一眼,反倒喜欢一个下九流的小戏子,那戏子还猖狂得很,我该怎么办呀?"

"哦？"程显威摸着下巴笑道："我表妹眼光那么高，竟然也有喜欢的人了？和表哥说说他是谁，表哥帮你搞到手。"

曲卓然不想让别人知道她喜欢的人是谁，表哥也不行，就只说道："他是文周社的相声名角儿！"没有提他的名字。

"文周社，你竟然喜欢文周社的人！"程显威忘不了文周社那次砸他场子的事，依旧怀恨在心。提到这个文周社他就心生厌恶："文周社的说相声也是下九流的戏子，表妹，你喜欢谁不好，怎么喜欢上一个卑贱的戏子了？"

程显威这样侮辱顾安笙是曲卓然不能忍的，她拿起一个橘子就朝程显威扔去，厉声道："他和我一样都是演员，谁许你侮辱他了，你再这么说话，就出去吧！"

程显威闪过了那个朝自己飞来的橘子，忙道："好了，表妹，别生气，表哥不说了。"

- 贰 -

曲卓然抱起臂膀，噘着嘴道："这还差不多，这是我喜欢的人，我不许任何人侮辱他。总之，得不到他我誓不罢休！"程显威看向窗边，做思考状："你想把他弄到手，也不是没有办法的，我这里倒是有一个好主意，你要不要听听？"

曲卓然忙打起精神，问道："什么主意？"程显威邪魅一笑，朝曲卓然招招手："过来，我说给你听！"曲卓然走到程显威身边，程显威在曲卓然耳边小声嘀咕了几句，曲卓然听完后脸色苍白："什么，你竟要我做这种事，万一不成，那毁的可不止……"

"别那么胆小嘛！"程显威玩世不恭的笑道："我保证，只要成了就一定行。到时候生米煮成熟饭，他想不负责都不行。他们文周社一直注重礼数的，到时候他一定会娶你，你的目的就达到了，是不是？"曲卓然心里有些认同这个想法，但依然顾虑道："说的是没错，可是……"

"别可是啦！"程显威打断曲卓然的话，继续道："你要想此事办成啊，就得先以他意中人的名义约他，这样他才肯去。"曲卓然顿了顿，犹豫了一会儿，最终还是同意了程显威的想法，"想要快点成事，也只有这个办法了。"

"小姐，按照你描述的，我们都给你买好了。"

"不错，下去吧！"曲卓然叫家里的小厮买了几套平时乔锦月所穿风格的中式衣衫，她对着这几件衣衫看了看，问道旁边的小燕："小燕，你看穿哪件更像那个戏子？"

"嗯……就这件吧，小姐你觉得呢？"小燕挑出一件简朴蓝色的对襟衣裙，向曲卓然说道。

曲卓然接过去瞧了瞧，点头道："我看着也挺像的，我去换上，等下你给我重新梳个妆！"

"是，小姐！"曲卓然很快就换好了衣服，并让小燕给她梳一个传统的发髻，再一改往日的浓妆艳抹，换一个浅淡的妆容。

下午时分，曲卓然特意打探到顾安笙正在剧场演出，到文周社剧场门口的售票处留了一封信给顾安笙。曲卓然走后一个小时，相声大会散场，顾安笙缓缓从剧场走出，那大爷叫住了顾安笙："小顾公子，你过来下！"刚才有一个姑娘自称是湘梦园乔姑娘的师姐，她说乔姑娘让你晚上八点到龙胜宾馆103房去一趟。小顾公子，那姑娘是谁？"顾安笙心里也在质疑，他和乔锦月的事没有别人知道。既然那个人知道，一定是乔锦月告诉她的，那就只能是乔锦月的师姐，而且是与她最亲近的，是苏红袖或者是夏漫莹。可是今天下午乔锦月也有演出，他约了乔锦月演完后，晚上七点在文周社碰面，怎么又突然改了？而且乔锦月一直守规矩礼法，不可能做出约他去宾馆这种失礼的事情，这完全不是乔锦月的作风。

虽然事情的前因后果都有依据，但是也让人觉得好生奇怪。也许是乔锦月真的有急事找他，来不及亲自去找他就让师姐代为转达。无论如何，还是去一趟吧。

天色渐黑，乔锦月的演出结束后到了约定的地方去找顾安笙。等了好久也没有到他，眼看着过了约定的时间半小时了，顾安笙向来守时，这次没来不会是出了什么事吧？乔锦月心里焦急又担心，便走到了售票处去问问。乔锦月敲敲售票处的窗，那大爷开窗说道："姑娘，今天的票已经买卖完了，你想买票明天再来吧！"乔锦月摇摇头道："大爷，我不是来买票的，我是来向您打听个人，顾安笙顾公子你可曾见着？"

"今儿怎么都来找他，他被一个湘梦园的乔姑娘约到龙胜宾馆了！"

"什么？"乔锦月大大吃了一惊："我没约他去宾馆啊，我就是湘梦园的乔姑娘，这是怎么回事？"

那大爷也奇道："不是你师姐过来让我带话说你约他到宾馆去的吗，怎么你又来要人了？"乔锦月心中一凛，顿时明白顾安笙是被有心人设计了，那人是冒充自己的师姐以自己的名义把顾安笙骗走了，她也不及多言便立刻跑去了宾馆。

　　龙胜宾馆，顾安笙进了门，前台的老板娘向他问道："公子，你是要打尖儿还是要住店？"

　　顾安笙说："老板娘，请问这里是否住有一位姓乔的姑娘？"那老板娘说："对，是的。她刚才特意和我们说了，一会儿会有一位姓顾的公子前来找他，她说你来了直接进103房就行。"顾安笙点头："好，多谢！"他走到了103门口，敲了敲门："月儿，你在里面吗？"

　　屋内迟迟没有回应。他又敲了敲门："月儿，我是安笙，你睡着了吗？"屋门依然没有回应，顾安笙见门没有上锁，就直接拉开了门，走了进去。"月儿！"顾安笙走进去后，只闻到一阵扑鼻香气，这香味极其浓厚。顾安笙不禁有些头晕，扶住墙道："月儿，你熏的是什么香啊，好浓烈的味道。"

　　可屋内依然不见乔锦月的身影，那香味越来越浓，几乎已迷乱了顾安笙的意识，不知不觉间眼前已经一片朦胧。这时，从屏风后走出一位窈窕佳人，她朝顾安笙勾了勾手指："顾公子，你过来呀！"那女子的衣着打扮与乔锦月极为相似，他意识已然不清，只道是乔锦月："月儿，你把我约到这里来干什么呀？"那女子慢慢靠近他，用手攀上他的肩，在他耳边轻声细语："顾公子，你看我今天美吗？"

　　顾安笙被那迷香迷得站不稳身，只得扶住她，颤声道："月儿，你怎么叫我顾公子了？"那女子抱住顾安笙，娇媚道："那我不叫你顾公子，叫你什么呀？"顾安笙沉沉浮浮道："你不是叫我安笙的吗？"那女子搂住意识迷离的顾安笙，将他推到床上："好的，安笙！让我们来享受这一刻春宵吧！"她的指尖划过顾安笙俊俏的脸庞，俯身就要吻下去。顾安笙虽然中了迷香，但意识还有一丝是清醒的，他知道乔锦月一向自重，是不会做出这样的事的。便抓住她的手腕道："不，月儿，你一向守礼，怎么可能会做这样的事，而且我们还未曾婚配……"

"怕什么呀？"那女子按下顾安笙的手，柔声道："我们早晚都会是夫妻的，还在乎这早一时晚一时的干嘛！"

正因为顾安笙以为那是乔锦月，所以更要克制自己，不能因为一时的冲动与情欲毁了她。他勉强抵抗道："月儿，我们不可以，真的不可以！我真的不能现在就毁了你……"那女子脱下了外衣，只穿了一个肚兜露出香肩，模样甚是魅惑。迷香催情，顾安笙只当面前这个女子是乔锦月，有些克制不住，在朦胧中呢喃："月儿，你……我们这样，就……"那女子见顾安笙被迷香催了情，不再抵抗，便见机行事，伸手去解顾安笙的衣扣，顾安笙亦无力反抗。

那女子见马上就要成功了，却突然被顾安笙抓住了手腕，狠狠将她推开。她丝毫没有防备，被顾安笙从床上推到了地下。"啊！"她重重摔在地上，发出一声痛苦的嘶叫。

顾安笙在迷离之际，用仅剩的一分意识分辨出了那个人不是乔锦月。虽然她的衣着打扮和乔锦月一样，但那种熟悉的感觉是改变不了的，身边这个人明显没有与乔锦月在一起时的感觉。以他对乔锦月的感情，哪怕仅存一丝意识，也能分辨出那不是乔锦月。顾安笙勉强站起身，扶着头说："不，你不是月儿，月儿是不会做出这种事的，你究竟是谁？"他狠狠地将头朝墙上撞了两下，那女子见状惊叫道："安笙，你别……"撞了两下，顾安笙的意识便清醒了些。这时他才发现，这迷香源自床头柜上的一盏香炉。他忙走过去，将那盏香炉打翻，那香炉便不再往外逸出香气。那女子见状，忙跑过去制止住他："安笙，你不能这样。"

"走开！"顾安笙知道了她不是乔锦月，便不会再顾及，一把将她推开。随后，他将桌子上的一杯水尽数倒在自己的头上。一阵冷冰冰的感觉袭入头脑，虽然冰凉入骨，但头脑已经清醒了。那女子惊叫道："安笙，你疯了！"

"我没疯，我清醒的很！"顾安笙转过身，看清了那女子的脸，果不其然，那女子虽然穿着打扮和乔锦月一样，但并不是乔锦月，而是那个对自己纠缠不休的曲卓然。顾安笙当即便冷下脸："你不是月儿，曲小姐，你费尽心机扮成月儿的模样，引我入局，你究竟想干什么！"那扮成乔锦月模样的曲卓然又惊又怕，退后了两步，颤声道："安笙，你知道我……我是……"

"是，我现在能认出你来了。"顾安笙声音振振："我知道月儿不会做这样的事，果然是你。我从前只以为你是性格直爽，不拘小节，没想到你竟然做出这么不知廉耻的事！"曲卓然惊慌的不知该如何是好，忙摇头否认道："不是的，不是的，不是你想象的那样，我没有，我没有……"顾安笙显然厌恶至极，看都不多看她一眼，扭过头厌恶道："事已至此你就别狡辩了，你这样的人，当真是无耻至极！"顾安笙刚刚说完这句话，又感觉头脑一阵眩晕，忙捂住头，皱起了眉。

曲卓然自知计谋已然成不了了，便只好从衣袋拿出一盒药，取出一粒药丸，递给顾安笙，并道："把它吃下，你就会好些。"顾安笙没有接过她的药丸，而是冷冷道："谁知道你又要给我下什么迷药！"

"你不信是吗？"曲卓然将那粒药丸吞了下去，又道："当真是解药！"顾安笙还是不肯接过，依旧冷冷道："这么卑劣的事你都做了，给自己下药再引我入局的事还怕你做不出来？"见顾安笙如此嫌弃自己，曲卓然内心悲戚，却还是硬将药丸塞入了顾安笙嘴里："真的不是迷药，你吃下就舒服多了！"

"你……"顾安笙向后挣扎开，但自己身中迷香，没了力气，拗不过曲卓然，便由着曲卓然把那粒药丸送入他的口中。顾安笙被曲卓然强行喂了药，没有力气挣扎。霎时又一阵头晕目眩便坐在了椅子上缓解片刻。不到一刻钟，头晕的感觉好了些，便也不觉得难受了。这才知道，曲卓然给自己的不是迷药，是真的解药。

曲卓然见顾安笙苍白的脸色变得红润了起来，委屈巴巴道："我就说这是解药，不是迷药嘛，你还不相信我，现在知道了吧！"

顾安笙对曲卓然这样为自己抱屈的态度更厌恶，冷冷地看了她一眼，转过身道："曲小姐，你能做出这么卑劣的事，你有什么资格让我相信你？我和你说过，你对我的抬爱我深深感谢，我也同样说过愿意和你做朋友。但是你做出这么卑劣下贱的事，就别想再让我同你交往了。看在你愿意给我解药的份上，我可以对这件事既往不咎，就当什么也没发生过。只是，以后我们也不要再见面了，我顾安笙不想和你这种小人做朋友！"

顾安笙的决绝让曲卓然心里阵阵难受，她绕到顾安笙身边，红着一双泪眼，委屈道："你就真的对我这么厌恶了吗，可我这么做，不都是因为爱你至深吗？"

"我为了能和你在一起，不惜放弃了我女儿家的名节，你就当真没有一点点感动吗？"

"呵，感动？"顾安笙冷笑一声，道："曲小姐，你还真是可笑。你明明知道我不喜欢你，你妄想得到我，就使用这种卑劣无耻的手段。我和你说过我已经有喜欢的人了，你不但不罢休，还故意扮成她的样子来诱惑我。幸好我意志力强，没中你的圈套。你有没有想过，万一我们真的有了什么事，毁的不仅是我们两个人，还有我们整个文周社和你们整个丽华电影公司！"

顾安笙的一番训斥，不禁让曲卓然恼羞成怒，她摔了桌子上的杯子，吼道："你对那个女人一往情深，真不知道，她有什么好，让你这么为她着迷？"

乔锦月一路跑到宾馆，生怕顾安笙会在这里出了什么意外，便不想管其他的，只想立即冲进去确保他的安危。可在窗下，就听到了一楼房间的争吵声。她听出了这声音是顾安笙与曲卓然的，便止住了脚步。确保了顾安笙没有危险后，她才松了一口气。

她好奇究竟发生了什么，便没有进去，只在屋外的窗户下听他们的对话。她刚好听到顾安笙说："曲小姐，实话告诉你。她家世、样貌或许远不及你，但她是我认定的人。就算她样样都不如你，她也是我喜欢的人，不论如何我爱的都是她。我认定了她，便只能是她，这辈子都不可能是别人，更不可能是你这种卑劣无耻的人！"

顾安笙这一席话表意明确，话音掷地有声，感动了窗外的乔锦月，也让屋内的曲卓然心如刀割，她失了神，一屁股坐在地上。抓起地上被打翻的香炉碎片,喃喃道:"不,不可能,我用的是最浓的催情香,不服解药是不可能克制得住的,为什么你能认出我,还能拒绝我?这是为什么,为什么?"

顾安笙站起身,向前走了两步,冷冷地看了曲卓然一眼,道:"那我便告诉你,不是你这迷情香不好使。我一开始,确实把你当成她了,但正因为我觉得是她,才更要克制自己,不能做出毁她终身的事。我们现在未曾婚配,我是绝对不能因为情欲而对她做出那种事的。正因为爱她,所以不能害了她。你这样的人只知道满足自己的私欲,又懂什么?"

曲卓然抬头,不可置信的看着顾安笙,目光凄迷:"不可能,这世上怎么会有你这样的人,你爱她,竟不想得到她?怎么会,怎么会?我这么浓的催情香,你后来又是怎么察觉到我不是她的?"

顾安笙语气不徐不疾:"你远远低估了我对她的感情,你的催情香再浓,也不过只能催发一个人的情欲,但改变不了一个人的感情。你虽然换上了她的衣着打扮,但你终究不是她。她给我的感觉是你给不了的,一开始,我中了你的催情香,确实把你当成她了。但这种感觉不一样,虽然当时意识迷离,但我凭着这种感觉就知道了你不是她。她的感觉我无论在什么样的状况下都能分辨得出来,并且不会认错。最重要的是,我了解她,我知道她一向自重守礼,不会做出这等卑劣无耻之事。且不说别的,就凭这一点,我就知道你不是她!"

曲卓然计谋失败,泄了气。坐在地上小声哭泣,边哭边喃喃道:"为什么,为什么我对你的感情那么深,你爱的却不是我而是别人?如果我再早些认识你,是不是就不会有她了?我们都在津城,那我应该早一点去看你的相声,早一点认识你,在她之前认识你,那你就是我的了。这样该有多好,不至于让我一个人苦苦相思了吧!安笙,你告诉我,如果我在她之前遇见你,你会不会爱上我?"

顾安笙看了一眼坐在地上的曲卓然,只觉得她的样子又狼狈又可笑,却都是自作自受,不值得怜悯。顾安笙叹了口气,无奈道:"曲小姐,看来你是真不懂我们之间的感情。别的我无须多说,我只告诉你,感情上没有先来后到。爱就是爱,不爱就是不爱。既然我已经有了她,那我爱的也只能是她,不可能是别人。无论发生任何事,哪怕是山崩地裂,海枯石烂也改变不了我对她的感情。罢了,多说无益,我和你说这些,就是想让你明白,我已经有了喜欢的人,你就不要再来干扰我们了。也请你自重,别把感情当游戏,为你所谓的爱,做出这种肮脏龌龊的事!"

顾安笙对乔锦月的爱越深,曲卓然就越痛苦,她仍旧不肯罢休,摇着头自欺欺人道:"你就是这么说说而已,我不相信。男人向来都是花心的,怎么可能对一个女人痴心不改。别骗我了,我才不信呢!"顾安笙不屑管她,只道:"你信也罢,不信也罢,只要你别再来纠缠我就好。罢了,我们也没什么好说的了,曲小姐,不奉陪了!"

"你别走!"曲卓然想抓住顾安笙的衣衫,奈何没有抓住,顾安笙早已踏步而去。"为什么,为什么会这样!"空荡的房间,只剩曲卓然一人,坐在地上抓狂痛哭。

顾安笙走出了宾馆,却见乔锦月就在自己面前。顾安笙一惊:"月儿?你怎么……"

"安笙!"莹莹灯火下,顾安笙看见乔锦月的眼中犹有泪光。顾安笙以为乔锦月是在因为他与曲卓然的事伤心,忙道:"月儿,你别难过。我是被她骗到这里的。你不用担心,我和她什么也没发生,我心里只有你!"

乔锦月嘴角含笑,走向顾安笙,并紧紧抱住他的腰,口中道:"安笙,你不用和我解释。我都听到了,你对她说的话我都听到了,原来你对我的感情竟然这么深。月儿今生得安笙如此痴心,不枉此生了!"顾安笙方才知晓,乔锦月不是生他的气,而是被他的言语感动了,他亦抱住她,柔声道:"小丫头,你也太容易感动了。我对你的情意,你应该早就清楚了啊!"

乔锦月松开顾安笙,拭去了眼角的泪,笑道:"我当然清楚你对我的情意,但是我没想到,你对我竟然如此情深。你中了催情香,以为她是我的时候,为了不毁我名节,努力克制那催情香的药效,绝不做那样的事。后来在那么重的药效下,你都能分辨出那个和我打扮很相似的人不是我。这份感情难道不足以让我感动吗?"

顾安笙点了下乔锦月的眉心，为她将散落的衣扣系好，边系边柔声道："这么冷的天衣服也不好好穿，不怕着凉了啊。这里风也大，我送你回去吧，我们边走边说。"乔锦月甜蜜地挽上了顾安笙的胳膊，道了声"好"，便随顾安笙在那小路上扬长而去。

欢愉的二人只顾着身边的那个挚爱的人，却不知，屋内的曲卓然将这一切看得一清二楚。妒火几乎蔓延了她的整颗心，她恨得咬牙切齿，握紧了拳头，几乎是从齿缝挤出了那三个字："乔锦月！"

"你说她故意设局把你骗到那里，想对你做那样的事情，她自己也是个女子啊！这个人怎么能做出这样的事！"顾安笙把事情的经过详细的告诉了乔锦月，乔锦月听后又惊又后怕。

"我也没想到啊！"顾安笙说道，"当时我也没想那么多，只以为你是真的有什么急事要找我，才去了那里，没想到是她！"

"就算我有什么事找你，也不会约在那样的地方啊！"乔锦月又道："这个女人心机也是够深，她不但设计了你，之前还找过我呢！"

"什么？"顾安笙拉住乔锦月的手，紧张道，"那她有没有伤害到你，你怎么不早告诉我，你有没有事？"

乔锦月摇摇头，安抚住顾安笙："我没事，安笙，你不用那么紧张。我不告诉你就是怕你担心，而且她也没对我做什么。我不知道她在哪里得知了我们的关系，那天她冒充我的戏迷叫人给我递了一封信。起初，我真的以为是我的戏迷呢，我就去了她信上说的地方。结果发现是她，她刚开始和我聊一些关于梨园的事让我放松警惕，后来又让我说出我们之间的关系。她给了我五十万的支票，说让我和她做交易，把你让给她。可她分明是羞辱人，感情岂能是用钱来交换的。我当时很生气，也管不得她是什么大明星大红人的，直接在包厢里就把她训斥了一顿。她当时很生气，可又能奈我何？她以为这些小伎俩就能拆散我们，可她根本不懂得我们之间的感情有多深，岂是一点金钱上的利益就能拆散的。"

"用金钱来交换感情，亏她想的出来！"想起曲卓然对他做的卑劣之事，顾安笙满心厌恶："她大概是找你不成，又想方设法来设计我，这个女人的心思太诡异。我只怕她以后还会想到别的招数来拆散我们，之前我们不知道，都进了她的局，以后我们都要多加防范一些。"

乔锦月点头道："我知道的，你也是啊！"顾安笙又道："月儿，我知道你性格一向直率，想什么就说什么，看不惯她就训斥她。但是我们以后还是不要招惹她的好，毕竟她有那层身份在，我怕她会因此记恨于你而加害于你啊！"乔锦月却不以为然地摇摇头："我才不怕她呢！我行的正坐的端，就算她想害我，也没有什么理由，她还不得顾及她大明星的身份呢！不过呀！"乔锦月扭头看着顾安笙，笑道："她那么喜欢你，你当真对她一点感觉都没有啊！"

顾安笙敲了一下乔锦月的头，温声道："明知故问！我要是真的对她有感觉，会在那么浓的催情香下，分辨出她不是你吗？"

"也对！"乔锦月依偎在顾安笙的肩膀上："你对我的感情我一直是相信的，我早就知道，像你这么好的人，肯定会有很多女子喜欢的。但是我都不害怕，因为我相信，她们再怎么喜欢你，你也不会喜欢她们。因为，你心里只有我一个人，我不会生气，也不会吃醋，就随她们好了！"

夜幕下，月光将这对璧人的身影笼上一层银辉。

第十三章

无可奈何巧成拙

- 壹 -

"表哥，我没想到他对那个小戏子的感情竟然这么深，我那么浓的催情香对他都没有用。你能不能再帮我想想别的办法啊？"

"那么浓的催情香竟然都对他没有作用？我表妹这样的大美人都看不上，这小子还是柳下惠！"曲卓然在那天的事情失败之后，因为顾安笙对她的嫌弃而伤心至极，却又想不出别的办法来挽回，只好来找表哥程显威出谋划策。虽然她不喜欢程显威，但她知道表哥这个人一向诡计多端，事到如今也只能找他来想办法。

曲卓然低着头委屈道："那件事失败之后，他对我厌恶至极，一心以为我是那种卑劣无耻的女子。我现在有什么办法能向他证明，我不是那样的女子，然后再让他爱上我啊！"程显威叼着烟卷，翘着二郎腿道："这小子可真难办啊，你跟我说说，他叫什么名字，是个什么样的人，平时都喜欢什么，我按照他的性子，才能给你出主意！"

程显威一向厌恶文周社，这样问一来是好奇这个人究竟是谁，能让他心高气傲的表妹为之神魂颠倒。二来是想知道这是个什么习性的人，只要是文周社的人，他自然不会放过刁难他们的机会，这回正好可以借着他这个表妹的手，整一整他。曲卓然不知道程显威的想法，只一心想得到顾安笙，便道出了所有实情："他叫顾安笙，是文周社的大师兄。我只知道他是一个中规中矩的人，不喜欢太花哨的东西。真不知道那个戏子乔锦月是用什么手段把他迷得这么死！"

"顾安笙？他喜欢的人是乔锦月？可是湘梦园的那个排行老七的戏子乔锦月？"程显威惊得坐直了身子。他一向记仇，当然忘不了这两个人。他那日把乔锦月绑架到荒山，乔锦月怎么骂他，又怎么对他拳打脚踢的，他记得一清二楚。他虽然对顾安笙不熟悉，但也记得是他那天设法阻挠的自己。

"是呀！"曲卓然点头道："表哥你认识他们吗？"程显威咬牙道："呵，没想到这两个戏子竟然勾搭到一起去了。"程显威说话声音小，曲卓然没听清，又问道："表哥你说什么，你认识他们两个吗？"

"没，不认识。"程显威想对付他们，自然不能让曲卓然知道他们之间的过节。于是便随便找个理由道："我们家麾下的明珠社也是个相声班子，我对文周社这样的相声班子也是有所听闻的，顾安笙也是个角儿，偶尔能听到几次他的名字。至于那乔锦月，是个唱戏的，之前我们请她们戏班子来家里唱过戏，所以我对这个名字有点印象。"曲卓然没有多问，又道："那表哥你帮我想想怎么样才能把顾安笙搞到手啊！"程显威的眼珠子在眼睛里贼溜溜地转了一圈，问道："先不说你的那个顾安笙，我问你，那个小戏子乔锦月，你觉得她是个什么样的人？"

"她呀！"曲卓然露出不屑一顾的表情："不过是个下九流的戏子而已，还一副清高的模样。真是不知天高地厚，摆不清自己的身份。反正就是一个很自以为是，很让人讨厌的人。"

"其实我觉得也是。"程显威顺着曲卓然的话说下去："那天她在我们家唱戏，我对她的印象就不怎么好。你说她不过是一个戏子而已，哪来的优越感！"

曲卓然撇撇嘴道："就是，就是！"见曲卓然逐渐上了圈套，程显威继续引她进局："既然你看不惯她，那就先整整她，给她个下马威，好解了你心中之恨，如何？"

"不行啊，表哥！"曲卓然急道："现在于我而言，最重要的事是把顾安笙弄到手。就算是整得了她，也不能马上得到顾安笙啊！"

"我的小表妹呀！"程显威走到曲卓然身边，拍拍她的肩，阴险一笑："那么心急干嘛，你听我把话说完了吗？我的意思是说，你先给那个小戏子一个下马威，然后再威胁她，这样她就会领教你的厉害了。而且她也不再敢与你争顾安笙了，之前你给她钱那招软的不行，咱们就来硬的，你看她怕不怕。这样一来，她就离开了顾安笙，然后就是你在顾安笙身边充分证明你自己的时候了！"曲卓然听他这番解释，心中有点动容："这……你这么说好像有点道理，可我用什么方法给她下马威呀，不能因为整她，坏了我电影明星的声誉啊！"

"这个好办！"程显威打了个响指，说道："我把青龙帮的人调遣给你，任你使唤。你让他们去整乔锦月，他们保管给你办的妥妥的，他们做事我一向放心！"

"青龙帮？不行啊！"曲卓然知道青龙帮是程家组建的帮派，他们听从程家指令游走江湖，背地里一直做打家劫舍的事。她也一直不喜欢这个勾当，她认为他们身上的戾气太重，于是便道："表哥，青龙帮做事一向狠辣。我只是想给她一个教训，又不是真要让她有个什么三长两短，怎么能让青龙帮的人来整她！"程显威勾了勾嘴角，瞅了一眼曲卓然，又背过身道："我说你怎么这么善良啊，要整她就不要留余地，用得着这么优柔寡断吗？"

曲卓然摇了摇头道："谁不是父母所生，我不能因为她是我喜欢之人喜欢的女子，就做伤人性命那么狠毒的事啊！我要做出那样的事，顾安笙估计会更厌恶我，传出去，我曲卓然的名誉就全毁了！"程显威不屑的撇了撇嘴，只道："那你做的小心点，不让他知道不就行了！"

曲卓然依旧不肯同意："不行不行，就算他不知道我也不能罔顾人命，这招是行不通的！"

"好吧！"程显威转过身道："那你就挑一个她演出的时候，带青龙帮的人到剧场闹一闹，让她演砸。我告诉青龙帮的人，小心行事，绝不说这件事与你有关，也不让他们伤害到她，这样行不行？"

曲卓然想了想，犹豫道："这个主意倒是可以，不过青龙帮的人当真可靠吗？我怕他们做事一向不留余地，会把事情做过了。"程显威道："当然不会，他们非常可靠，你放心吧！他们跟了我多年，最听我的话了。我不让他们伤那帮戏子，他们绝不会伤害他们。"

"好，那就这么定了！"如此，曲卓然便放心了："那就按你说的做吧，给我出了这么多主意，又把你的青龙帮借给我，真的谢谢你了，表哥！"程显威眯起眼，鬼魅笑道："你我兄妹之间客气什么，还有什么是我程显威办不到的。你什么时候安排好了，和我说一声，我就把青龙帮调遣给你。"曲卓然开心地点点头："好的，谢谢表哥，那我先回家了！"程显威挥挥手："去吧！"

"真是个天真的傻子！"曲卓然走后，程显威望着曲卓然的背影，露出一丝阴险的笑。

曲卓然打听到了乔锦月演出的时间地点，那天她在百惠剧院与她的大师兄沈岸辞唱一出《桃花扇》，时间是上午场。百惠剧院场馆较小，人也不算太多，这样闹起事来，波及的范围也不会太大，也不会对曲卓然产生太多不良的影响。曲卓然在场外候着，见其他的演员退场后，乔锦月便与沈岸辞走了上来，咿咿呀呀唱了几段后，唱到最起兴时，曲卓然一挥手，后面几个青龙帮的人便聚了过来。曲卓然小声对着他们说道："现在时机正好，是时候该行动了！"那为首的人拱手道："是，小姐！"

"哎，等下！"他们几个人刚打算走进去，曲卓然又叫住了他们。为首的转过头问道："还有什么事吗，小姐？"曲卓然不忘叮嘱道："记得我说的话，只是在这里闹一闹就可以了，千万不要伤害到任何人，更不要泄露此事与我们丽华电影公司有关，听明白了吗？"

为首的点头道："放心吧小姐，我们都记住了！"

曲卓然挥手："嗯，进去吧！"

"是！"那几个人进去后，曲卓然在剧院外心跳个不停。虽然说她因为顾安笙的事妒忌乔锦月，想整一整乔锦月出气，可毕竟做这样损人不利己的事，还是会良心不安。那几个人瞬间冲到剧场里，将戏台包围住，前一秒还是安宁祥和的场面，后一秒就突然变得危机四伏。

"干什么呀，怎么了？"

"我们在这看戏呢，这是怎么了，你们要干嘛！"见这几个凶神恶煞的人包围住戏台，看客们都慌了神。梨园的规矩是戏一旦开唱，无论如何都不能停。这样的状况铁定是唱不了的了，但不管出了怎样大的事，这出《桃花扇》都得继续唱下去，毕竟祖宗的规矩不能破。如此情况不得不管，见状，戏台上穿着戏服的沈岸辞开言道："几位大哥，我们的戏还没唱完呢，有什么事，能不能等我们唱完了戏再说？"

"呵，唱戏？"领头那人冷笑一声："都死到临头了还想唱戏？"刚刚受了一惊的乔锦月回过神，对面前的男人沉静道："这位大哥，如果有什么事，能不能等这出戏谢幕了再说，我们戏一旦开唱，中途是不能停的。"

"是啊，是啊，有什么事能不能看完戏再说？"

"这是干什么，戏一开唱哪有突然停了的道理？"乔锦月话音一落，看客们也纷纷替二人鸣不平。看戏的人都知道梨园的规矩，戏一旦开唱是无论如何都不能停了。

"都给我闭嘴，我看谁敢再多说一句！"那领头的拿出手枪，说着就朝戏台一侧的花束上开了一枪，将花的花瓣都打了下来。一瞬间，剧场鸦雀无声，便再也没有人敢多说一句。看客们个个都被吓得瑟瑟发抖，甚至有的都躲到了椅子下。

"哇……"鸦雀无声的剧场，突然响起了一阵哭声，众人朝声音的方向望去，只见一个五六岁大的男孩被吓得脸色惨白，大哭了起来。他的母亲也被吓得失了神，忙搂住孩子在怀里，瑟瑟发抖的哄着孩子："乖，别哭了，不怕不怕啊……"

他的哭声依然没有停止，其中的一个青龙帮弟子被他哭得不耐烦，一个箭步冲上去提起了那个男孩，并骂道："小兔崽子，我让你再哭，信不信老子一枪崩了你！"她的母亲瞬间被吓得面如土色，忙跪下求饶道："几位大爷对不起，是我们的错。您要有气就往我身上撒，千万不要伤害我的孩子，求求你们，求求你们……"

见那些青龙帮的弟子欺人太甚，乔锦月实在看不过去，也顾不得戏没唱完的事，忙对着那个男子道："这位大哥，要是我们有什么事得罪你们了，你们和我们说，我们为你们解决就是。你不要因为我们，伤害这些无辜的看客。"

"滚一边去！"那弟子将手里提着的男孩重重摔在地上，那母亲忙过去抱住孩子，向乔锦月投来一丝感激的目光。

那男子叉腰看着乔锦月，朝乔锦月投来色眯眯的眼神："哟，小娘儿们倒是识货，你这模样倒还真是不错。你要是愿意陪哥儿几个乐呵乐呵，咱今天就放过你们！"

见那男子如此羞辱乔锦月，沈岸辞心中瞬间燃起了怒火。这无论如何都是忍不了的，忙冲上前，将乔锦月护在身后："你们要有什么事就快说，羞辱我师妹一个姑娘家，算什么本事！"

沈岸辞的言语不留情面，惹得一众青龙帮弟子不悦，其中一个走上前道："呵，你这小白脸还挺横！知道爷是谁吗，敢这么跟爷说话！"乔锦月怕他们伤害到剧院的人，不敢得罪他们，便悄悄拽了拽沈岸辞的衣袖，轻轻道了声："师兄！"示意沈岸辞别再和他们杠下去。

沈岸辞却没有听她的，推开她的手，依旧不依不饶："我管你们是谁，有事说事，没事趁早滚开，别耽误我们唱戏！"见几个人脸上都有了怒色，他们手里又都有枪，乔锦月怕他们会伤害看客、师兄和自己，便上前一步，鞠了一躬。她向他们致歉道："几位大哥，我师兄说话有些冲，你们别往心里去，我替师兄向各位致歉了。几位如果有什么事，就和我们说，我们会尽力为你们处理的。"

"哼哼哼！"为首的那男子仰起头道："小娘儿们还是挺识趣的，告诉你，这百惠剧院是我们的地盘。在这演出就得给保护费，三百块大洋，拿出来吧！"

"三百块大洋？"对于湘梦园戏班子的人来说，三百块大洋足够他们一年的生活开销了，且不说不能给他们，就算是立刻凑钱也不可能凑的齐。

"这……"乔锦月为难道："我们戏班子生活向来拮据，这么多钱是不可能拿得出来的，还请几位商量一下，能不能换别的抵给你们？"

"哼，没钱？那就拿命来抵！要是把你自己抵给我们几个做压寨夫人，陪陪我们哥儿几个也行！"那些人一而再再而三的羞辱，乔锦月不禁在心里燃气怒火。乔锦月向来天不怕地不怕，哪怕他们手中有枪，也不曾有过一分畏惧。

若以她平时的性子，一定不会忍气吞声，早就和他们吵起来了。可是现在师兄在，还有这么多看客在，为了他们的安危，自己只能忍着不发作。

乔锦月攥紧了水袖，手臂在微微颤抖。

- 贰 -

沈岸辞看出了乔锦月的怒容，更加不能忍受，上前一步拉住乔锦月道："师妹，我看他们就是故意找事。咱们哪有那么多钱给他们，反正我们也做不了别的，不如就和他们拼了！"一个男子举起枪道："和我们拼了？你有什么资格说这话啊！"

但凡是有损乔锦月的事沈岸辞是不会顾及别人的，他也不管看客的安危，直接上前对着一众青龙帮弟子道："难道我们就要平白无故受你们欺辱吗？"乔锦月怕因为沈岸辞的冲动而惹怒他们从而伤害到剧场的人，忙拉住沈岸辞："师兄，你别和他们……"然而沈岸辞已经惹怒了他们，那为首的道："好，那今天就让你瞧瞧我们的厉害！"

说罢便拿出手枪，朝戏台上的天花板开了一枪，后面的几个跟着一起对着天花板开了一枪。几枪下去，那华丽的吊灯已然摇摇欲坠。

沈岸辞见状不好，忙护住乔锦月："锦月，小心！"可是动作太迟，二人终究没有躲开吊灯，那吊灯直直从天花板上坠落下去，见那吊灯正往乔锦月的头上坠落，沈岸辞自知躲不过了，便一把将乔锦月推开。"哗！"那玻璃吊灯径直落在沈岸辞的背上，玻璃溅得四处都是，天花板上的木屑和石灰也纷纷落了下来。

"天呐，这吊灯……"

"糟了，出事了，出事了！"霎时间，剧场乱做一团，看客们有的吓得在原地瑟瑟发抖，有的躲在了椅子下，有的从后门逃离了剧场。

"啊！"乔锦月未及反应，便已被沈岸辞推倒在另一侧，一片玻璃从脸上飞过，只觉得一阵刺骨的痛，用手一摸，全都是猩红色的血。

"咳咳咳！"乔锦月被掉落的石灰呛得直咳嗽，扑散了石灰，只见沈岸辞被那吊灯压在地上，他的身上，地下全都是血。

"师兄，师兄！"乔锦月慌忙跑到沈岸辞身边，也来不及管自己脸上的伤了。

"锦月，我……"沈岸辞挣扎着，用自己最后一口气叫出乔锦月的名字，便晕厥了过去，不醒人事。乔锦月哭喊着叫着沈岸辞："师兄，你醒醒，别吓我，别吓我啊……"奈何沈岸辞一身猩红，无半点回应。乔锦月用双手将沈岸辞身上的吊灯碎片移开，不留神自己的双手已经被玻璃划破了好几道伤口，可在这严峻之时，她也顾不上自己的伤了。

"哎呀，有人受伤了，快走……"

"娘，我害怕……"剧场中交杂着男女老少慌张的声音，那几个青龙帮的弟子见出了事，也没有再纠缠下去，走出了剧场。

"师兄，师兄……"乔锦月边移开沈岸辞身上的玻璃碎片，边呼唤着沈岸辞。见状，剧场的工职人员和后台备演的师兄师姐都跑上了前台。"小师妹，你这脸上的伤……大师兄，大师兄怎么了？"

"乔姑娘，发生什么事了，沈公子这是……"乔锦月对身后的几个人道："师兄，师姐，咱们快把这东西从大师兄身上搬走！"

"哦哦，好！"几个人合力，将沈岸辞身上破碎的吊灯移开。沈岸辞身上还扎着好几片玻璃碎片，其中一个湘梦园的女弟子要把那玻璃碎片拔出，乔锦月忙制止道："不行，这样大师兄的血恐怕更止不住了！"那个女弟子急得快哭了，看着沈岸辞血流不止的胳膊："可是……可是大师兄的胳膊还在流血啊，怎么办，怎么办啊……"

"别慌，师姐！"乔锦月虽然也害怕这样的血腥场面，但头脑还是冷静的："手绢，快拿手绢给大师兄把伤口包上！"

"手绢，手绢，哦，在这里！"乔锦月迅速从那女弟子手中接过手绢，在沈岸辞的伤口处系上，便止住了他的血。

"小七，我们怎么办啊！"

乔锦月道:"五师姐,你回去告诉大师姐咱们中午回不去了,其余的人咱们合力把大师兄抬起来送到医院。"乔锦月与那几个人一起,将沈岸辞抬出了剧院。叫了一辆马车,将沈岸辞送上车,几个人一道去了医院。

"什么,那个男人的伤是你们整的!"剧场外,曲卓然看着一行人上了车,又惊又怕地说道。那为首的青龙帮弟子拱手道:"小姐,遵照您的盼咐,我们都把事情办妥了。"

"妥你个大头鬼!"曲卓然懊恼地踢了那为首的一脚:"我是这么告诉你们的吗?我让你们在剧院闹一闹就行了,谁让你们把事情搞成这样了。就算要搞,你搞乔锦月也就罢了,干嘛要带上无辜的人啊!"那为首的怯怯道:"小姐啊,我们这不是给你出气吗,我们一开始是对准那个小娘儿们的,谁知道这小白脸突然挡了上来。"

"还嘴硬?"曲卓然怒道:"为我出气就能罔顾人命吗?我又什么时候让你们伤乔锦月了?我只是让你们给她一个教训,你们就给我把事情搞成这样?你们在你家少爷面前就这么办事的吗?"那为首的依然不服气:"可是是少爷告诉我们……"

"别可是了!"曲卓然疾言厉色地吼道:"今儿他们要是没什么事便罢了,要是出了人命,看我不废了你们!少废话,快走!"

"去哪儿啊小姐?"

"跟上他们,去医院!"

医院里。

"大夫,我师兄的伤怎么样啊?"

"病人尚在昏迷中,暂无性命之忧,其余状况还有待观察。"

"好的,多谢!"得知沈岸辞无性命之忧,一众湘梦园弟子才松了一口气。但提到嗓子眼的心始终没能放下,终归是怕沈岸辞因为这次的伤,再出了什么其他的不良状况。

乔锦月仍然穿着李香君的那身戏服没有换下，她紧张的在手术室门口踱来踱去，旁边的三师姐唐伊劝道："小七，你去换了衣服，洗把脸吧，大师兄这还有我们守着呢！"乔锦月虽松了一口气，但仍然放不下心，看着手术室的门道："可是，大师兄他……"唐伊继续道："大师兄现在还没有苏醒，你在这守着也见不到他啊！大夫不是说了吗，大师兄没有性命之忧，你先放宽心，去洗洗脸，换一件衣服吧！"乔锦月又看了一眼手术室的门，窗影中，望见自己妆花了一片又带着伤疤和鲜血的脸，模样又丑又惊悚，便点点头道："好的，三师姐，我去去就回。"

"好，去吧！"乔锦月走到洗手间将戏服换作便装，又洗干净了脸，重新梳了头。脸上的伤口已经结了痂，不再疼痛了。望见镜中的自己，还是那般精致美丽的面孔，只是被脸上这一道长长的伤疤影响了姿色。若是粉黛遮掩不住这伤疤，怕是近期登台唱戏都不能了。可眼下乔锦月也无暇顾及自己这点小事了，只一心担忧着沈岸辞的伤势。

从洗手间出来的乔锦月，正看见一个穿着华贵赤色皮衣的的女子在墙的一角，她正悄悄朝师兄手术室的方向望去，她那小心翼翼的神情，是生怕被自己的师兄师姐发现。如此这般打扮的人还能有谁？乔锦月一眼便认出了曲卓然的背影，瞬间什么都明白了。自己与戏班子从来没有得罪过什么人，为什么那些人无缘无故的就跑到剧院找自己麻烦？定是有人刻意指示，想必是曲卓然嫉妒自己与顾安笙在一起，就想到用这样的招数来害自己。好恶毒的心思，差点害的师兄丢了性命！

乔锦月满腔的怒火顿时迸发出来，朝着曲卓然大声叫道："曲卓然！"刚叫出这个名字，便想到自己的师兄师姐们还在。她不想让师兄师姐知道自己与曲卓然之间的恩怨纠纷，便上前一步拉住曲卓然就往外走。曲卓然为乔锦月的气势汹汹吃了一惊："乔姑娘，你……"乔锦月看也不看她一眼，厉声道："闭嘴，跟我走！"换作平时，有人用这种态度对曲卓然说话，以她的脾性定会发火。

可这件事是她自己有错在先，心中有愧，她自知没有资格发怒，只能任由着乔锦月把她拉出去。

乔锦月把曲卓然拉到医院外一个无人的角落,狠狠将她一推,厉声道:"说,今天的事是不是你指使他们做的?"曲卓然未曾想过,那平时乖巧的像小白兔一样的乔锦月发起怒来竟如此狠厉。虽说曲卓然自幼在名利场上游走,对什么都见惯不惊。但今日见她这个样子,又是曲卓然自己有愧在心,不免被她吓得心惊肉跳。她怯怯道:"乔姑娘,这件事是我做的。是我嫉妒你和安笙在一起,想整一整你出气,但是我没有想过要伤害你!更没有想过会有这样的后果,对不起,对不起!"

"果然是你!"乔锦月目光中的怒火好似要将曲卓然烧掉,她一步步逼近曲卓然,怒道:"你看不惯我,你有什么事都冲着我来,为什么要伤害我的亲人,为什么?"曲卓然喏喏解释道:"乔姑娘,这件事是我的错,我向你道歉,对不起。但是我真的只是想在剧院闹一闹而已。没有想要伤害你,我也没想伤害其他人。是他们办事不利,我回去一定说他们!"

"够了!"乔锦月怒火仍旧未消,紧紧地抓住她的手腕,将她按在墙上:"别在为你的罪状做解释了,要是我师兄有什么三长两短,我就算是死也不会放过你!"

曲卓然被乔锦月按得胳膊生疼,挣扎道:"乔姑娘,你别这样!"可乔锦月常年唱戏练功,虽然看似娇小,但力气还是很大的。曲卓然那瘦弱的身躯自然挣扎不开,乔锦月不管她是否难受,继续说道:"如果我师兄真出了什么意外,我要你和你的电影公司都身败名裂!"这是曲卓然最怕的,虽然她一向心高气傲,常常仗着自己电影明星的身份看不起旁人。

但这次毕竟是自己理亏在先,她不是不知道,乔锦月若将这件事闹大,是完全可以让自己和丽华电影公司身败名裂的。若真是这样,只怕父亲都会与自己断绝关系,自己终将会一无所有。

此时此刻,慌张之际的曲卓然没有想到乔锦月的身份无法做到这件事,她只怕乔锦月真的会把这件事闹大,她怕极了。忙带着哭腔,低声央求道:"乔姑娘,求求你,千万别……别这样,你要我做什么都行,就是别……"

"咔擦，咔嚓……"忽然听到四周接二连三响起好几声奇怪的声音，好像是照相机在拍照。乔锦月朝声音的方向望去："是谁在哪里？"

"月儿！"忽然听到一声呼唤，乔锦月扭过头，见顾安笙满面担忧的向自己奔来。

"安笙！"乔锦月松开曲卓然，朝顾安笙奔去。

"月儿，你吓死我了！"顾安笙紧紧地抱住乔锦月，颤声道："月儿，红袖和我说了你们剧院的事，我就赶过来了，你怎么样，有没有事？"说罢便松开乔锦月，从上至下打量一遍乔锦月，乔锦月握住他的手，安抚道："安笙，不要紧张我什么事也没有！"顾安笙看到乔锦月脸上这道长长的伤疤，惊道："月儿，你的脸，怎么……"乔锦月摸了摸自己的脸，低下头，轻声道："我没事，只是被玻璃碎片划伤了而已。可是大师兄他，唉……他为了救我受了重伤，到现在仍然昏迷不醒。"顾安笙皱眉道："好端端的在剧院演出，为什么平白无故出了这种事？"

想到此处，乔锦月心里涌起一阵恨意，狠狠的瞪着一边花容失色的曲卓然。看到一旁惊慌失措的曲卓然，顾安笙瞬间什么都明白了，现在一见到这个女人他就满心厌恶。顾安笙向前走了两步，愤恨道："曲卓然，你为什么一而再再而三的对我们纠缠不休，我早就和你说过了，难道你还不明白？现在你还要伤害我身边的人，你这个恶毒的女人，真的够了！"曲卓然早已不知所云，只慌张的摇头颤声道："我没有，我没有，不是我做的，安笙，你相信我，我没有想伤害任何人！"

乔锦月自知多说无益，便拉了拉顾安笙，摇摇头道："别和她多说了，我们上去看看师兄吧！"

"小七，你的伤是怎么回事？"

"小七，我哥的伤怎么样啊，他有没有事？"这时乔锦月才注意到，来的不仅是顾安笙，他身后还有苏红袖、沈嫒儿和杜天赐。只是自己当时和顾安笙说话，没注意到后面的几个人。

"没事的，师兄、师姐，你们都别担心。"乔锦月安慰道："大夫说大师兄没有性命之忧,只是现在还没有醒来。哎,不多说了,我们进去看看吧!"

"嗯,好!"乔锦月带着四个人进了医院。曲卓然怔怔地矗立在原地,看着他们几个进了医院正门,她愣了几秒,也跟着跑了进去。

手术室外。

"请问哪位是病人家属?"沈嫒儿忙站了出来:"大夫,我是他的妹妹,我哥怎么样了?"

大夫说:"病人因失血过多而导致晕厥,现在急需血源为他输血延续生命,你们谁能为他献血?"乔锦月忙跑到大夫面前:"大夫,用我的血的吧,师兄是为了保护我而受伤,我理所应当为他献血。"

"不行,小七!"苏红袖忙制止:"你身子骨那么弱,怎么能经得起这样的折腾?还是我来吧,我是湘梦园的大师姐,这些事都应该由我来承担。"杜天赐亦站出来:"师姐和师妹都是女孩,经受不起这样折腾的。还是我来吧,我是男子,献点血没什么的。"

"你们都别争了!"沈嫒儿将杜天赐推开:"大师兄是我亲哥哥,说什么都应该由我这个亲妹妹来!"杜天赐忙扯了扯沈嫒儿的衣袖,制止她:"嫒儿不行,你的身子骨承受不起的!"

"各位,你们先别吵!"那大夫说:"先听我说,不是你们想献血就能献的,必须要血型相匹配,才能献血给病人。"

"好,大家都别争了!"苏红袖首先说:"知道大家都关心大师兄,那我们每个人都试试吧,看谁的血型和大师兄匹配,谁就给大师兄献血。"一众人点头:"好!"

"你们跟我进来吧!"一众人便随着大夫进了手术室。验血报告出来,大夫拿着验血单说:"验血报告显示,只有沈嫒儿的血型与病人血型相匹配,其余人都不行!"

"啊?那怎么办呀!"在场所有人,包括顾安笙在内都验了血,却都与沈岸辞血型不符。然而大夫说需要两个人献血才可以,这样一来,一众人都没有了主意。"要不这样吧!"乔锦月说:"我们借个电话打给湘梦园,让其余的师兄师姐都来试试。"

"来不及的!"那大夫摇头:"现在情况危急,等你们的人赶来,病人恐怕撑不到那一刻了。"

沈媛儿急得要哭了:"那我哥他……难道真的没有别的办法了吗?"那医生又说:"还有最后一种办法,就是你一个人为病人献血。只是病人失血过多,需要大量血源,你献完血后会对你的身体造成极大的不良影响,乃至影响一生的身体健康。若是这样,你愿意吗?"

"没事,我愿意!"沈媛儿答的毫不犹豫:"只要能救我哥,怎么样我都愿意!"杜天赐惊慌的拉住沈媛儿:"媛儿,你真想好了,这样对你产生的危害是极其重大的。"

"我是一定要救我哥的。"沈媛儿扳开杜天赐的那只手,含着泪对他微笑:"天赐,我自幼失去双亲,与我哥哥相依为命,他的命无论如何我都要救。就算我因为救他而落下了病根,你也不会嫌弃我,也会把我照顾得很好,是不是?"

杜天赐心中无奈,更多是心疼,他抱住沈媛儿:"媛儿,我当然不可能嫌弃你,可我怎么舍得让你受这种苦?大师兄又是我们的亲师兄,我也不愿意眼睁睁地看着他……"

杜天赐的无奈,也是所有人的无奈。

众人都沉默不语,眼中含泪,心如刀割。他们既不愿意看到沈岸辞因失血过多而丧生,也不愿意沈媛儿因救沈岸辞落下病根终身痛苦。

可为今之计,只能两害相权取其轻,再无他法。

- 叁 -

沈嫒儿朝众人鞠了一躬，哽咽着说道："各位，我知道你们担心嫒儿，但现在我们只有这一个办法了。我的哥哥我一定要救的，就算以后会落下病根，我也不害怕，因为我有天赐在。各位，就让嫒儿去吧！"

"罢了！"苏红袖含泪说："就让嫒儿去吧，无论结果如何，以后我们都要呵护好嫒儿！"沈嫒儿向苏红袖鞠了一躬："多谢大师姐成全！"又对大夫道："大夫，让我去吧！"

正当那大夫要带沈嫒儿去献血之时，突然听到一个尖锐的女子声音："让我来试一次吧！"众人朝门口方向一瞧，是一袭红衣的曲卓然，曲卓然走进病房，低声道："对不起，各位，你们说的话我都听到了，毕竟事情是我造成的，就让我为沈公子试一次吧！"

乔锦月愤恨的目光看向曲卓然，恨恨而言："你来干什么，还嫌害我们害得不够惨吗？"沈嫒儿上去就推了曲卓然一把，满脸厌恶："罪魁祸首，你来干什么。用不着你假好心，别又想设计陷害我们！"

曲卓然解释说："不是的，我是真的想……"

"你走开，我们用不着你！"

"我们绝不会接受你的，毒妇！"曲卓然的声音已经淹没在众人的唾弃声中。

"都别吵！"苏红袖将他们制止住："让她去吧，没事，她做不了什么手脚的。"沈嫒儿惊讶的看着苏红袖："大师姐，你……"

唐伊又说:"不行啊,大师姐!"

"都别说了!"苏红袖知晓,这样的场合下不便多解释,便厉声而言:"别说了,也别问了,让她去!难道你们都想让大师兄丧命不成吗?"湘梦园中,弟子们除了班主乔咏晖和妙音娘子陈颂娴,最听的就是苏红袖这个大师姐的话。见苏红袖这般温柔的大师姐如此疾言厉色,其余的弟子便都敢不说话,都退到一边,低头道:"是,大师姐!"

那大夫说:"好,你随我来!"不到半刻钟,验血报告便出来了,那大夫拿着报告单说道:"报告显示,血型匹配,二位随我来吧!"虽然湘梦园的一众弟子都不喜欢曲卓然,但能救得了沈岸辞,一众人都喜形于色:"太好了!"

顷刻,二人便为沈岸辞献完了血。她二人出来后,所有人都去看沈媛儿,曲卓然便被晾在了一旁。

"媛儿,你怎么样,感觉还好吗?"

"二师姐,你晕不晕啊,用不用喝点红糖水?"沈媛儿按压住那抽完血的伤口,微笑着安慰她们:"没事的,一点也不疼,我现在感觉都挺好的。"曲卓然在一旁失意地呆呆望着他们,一言不发。她也知道自己理亏在先,虽然救了沈岸辞,但她们是不会感谢她的,她更不能前去邀功。乔锦月关心完沈媛儿,见曲卓然在一旁呆呆地看着她们,便走过去将她拉出来:"你跟我过来!"

走到门外,乔锦月面无表情的对曲卓然而言:"虽然我对你的所作所为十分厌恶,但是最终还是你救了我师兄一命。看在你愿意献血的份上,只要你以后不做伤害我们的事,这件事,我可以就此作罢。我不想给你们电影公司找麻烦,更不想再给我们湘梦园惹是非。你走吧,我不想再看见你!"

"我……"曲卓然嗫嚅着想说些什么,但却都没有说出口,只对乔锦月道了句:"我虽然不会再伤害你,但我也不会放弃顾安笙。"说罢,她便跑出去了。乔锦月看着她消失的背影,心中毫无波澜。便也不再管她,回头去看师兄、师姐去了。

"病人已成功输血，暂无大碍，各位稍候，一会儿病人就能够苏醒了！"

沈媛儿兴奋而言："太好了！"却没想到因为刚献完血，还在昏昏沉沉的状态，竟因为过度兴奋，一下跌坐在地上。

"媛儿！"杜天赐紧张的将沈媛儿扶起来："你怎么了，你别吓我啊！"

"哎呀，没事！"沈媛儿拍拍身上的尘土，又作势锤了杜天赐一下，笑道："就是刚献完血，有点头晕而已，别老什么事都这么大惊小怪的！"苏红袖又道："媛儿你还是好好休息会儿吧，我出去给你煮一碗红糖水。"沈媛儿点点头："好的，谢谢大师姐！"

见一切都平稳了下来，顾安笙将乔锦月拉到一旁，对乔锦月说："月儿，你刚才和曲卓然说什么了，她人呢？"乔锦月吸了一口气："我虽然对她的所作所为厌恶至极，但是她救了我师兄一命这也是事实。我不想把事情搞太大，惹得爹爹和师父担心，再连累湘梦园。便都和她说明白了只要她不伤害我们身边的人，这件事就既往不咎了。可是她说……"

"她说什么了？"

"她说，虽然她不会再伤害我们，但是她不会放弃你。"说罢，乔锦月便眯着眼看着顾安笙，调笑道："顾二爷，你到底有多大的魅力啊，让一个大明星对你这么不死不休的？"

"你还说！"顾安笙揽过乔锦月，嗔了一声："你知不知道，刚刚我在湘梦园听到红袖说你们出事的时候，我都差一点被你吓死了。还好你安然无恙，以后无论发生什么事，都要以你自身的安危为重，知道了吗。"乔锦月娇声笑："知道啦，不过以后也不会发生这样的事了。事后我仔细想想，曲卓然她可能真的不是故意要害我们的，不然她不会给师兄献血。更何况她也说了不会再伤害我们，且不说别的，就说她大明星的声誉，她是不可能不顾及的。虽然我也很讨厌她的为人，但她的这些话还是可信的。"

"好了，不说讨厌的人了。"顾安笙拉过乔锦月的手："你脸上还有伤呢，这回你师兄没事了你也可以放心了，我带你去处理一下你脸上的伤吧！"

"好，我们走吧！"

"还好，伤得不深！"二人到了皮肤科，那皮肤科的医生看着乔锦月的脸，对她说道："我给你开两盒舒痕胶，你记得每天涂抹，不出一个月，就可以恢复了。"

"好的，谢谢医生！"乔锦月说道。二人拿完了药，出了皮肤科，对着门外长廊的镜子照了照。师兄的事情安定了下来，乔锦月才顾及到自己的伤势，她是个及其爱美的姑娘，如今这花容月貌的脸上多了这样长的一道伤疤，心里难免失意。她摸着自己的脸惋惜道："这样长的一道疤，哪怕是再厚的脂粉也遮盖不住的，不知道什么时候才能好啊！"

"没事的，月儿！"顾安笙拍拍她的肩，安慰道："只要你坚持每天涂抹舒痕胶，用不了多久就会好的。"乔锦月还是有些失落："可是我现在这个样子，恐怕是不能再登台唱戏了。哪个看客能接受这么丑的演员在台上唱戏啊，还不得都被我这个样子吓跑了！"

"不许说自己丑！"顾安笙扳过乔锦月的肩，温声道："我的月儿永远是最美的。大不了你先歇一阵子，用不了多久，你的这道疤就会消失的。到时候，你还是那个倾国倾城的名角儿乔锦月！"

乔锦月想了想，"说得倒也是，大师兄受了这么重的伤，恐怕一时半会儿不能登台了。其余的师兄师姐能和我配戏的也不多，这段时间就先停一停吧。只要安笙你不嫌弃我丑，别人怎么说，怎么看，我都不在乎！"

"那当然！"顾安笙抚摸着乔锦月的脸，温和笑道："我的月儿无论在别人眼中是什么样子，在我心里永远是最美的。"乔锦月小鸟依人的靠在顾安笙的肩上："刚刚听到天赐师兄说，无论媛儿师姐是否健康，是否疾病缠身，他都愿意守在媛儿师姐身边，不会离去。听到他们说这些话时，我真的被感动到了。他们是青梅竹马，从小一起长大,在湘梦园中,也是最为人称羡的一对眷侣,他们之间的情意真的比什么都坚定。不过我感动归感动,可我一点也不羡慕,因为我有你。虽然我们没有他们两个青梅竹马自幼相伴的情意,但我们的余生,彼此都不会缺席。"

"我也知道,无论我变成什么样子,你也不会嫌弃我的!"顾安笙抱住乔锦月,将自己的下巴抵在乔锦月的额头上:"你说的没错,无论发生什么我都会在你身边,不离不弃。不过我还是希望看到你健康自信的样子,所以这段时间你一定要好好用药,别吃那些对恢复伤疤有害的东西,一定要好好保养,别让我担心,知道了吗?"

"嗯嗯好!"乔锦月嘻嘻笑着:"你放心,过不了多久我就可以变得像从前一样,还是那个自信满满,活蹦乱跳的乔锦月!"顾安笙点点头:"这样我就放心了,我不在的时候,你一定要好好照顾好自己。文周社里还有事,我不能再陪你多待了,等改日再来看你!"

"好!"乔锦月亦点头:"我不会让你担心的,你回去吧。算算时间,师兄快醒了,我一会儿也该进去看看师兄了!"

"那便再见了,月儿!"

"嗯,再见,安笙!"病房中,乔锦月看沈岸辞伤成这个样子,都是为了救自己,师兄才变成这样的,乔锦月不由得深深自责:"师兄,其实那个吊灯本是砸向我的,你没有必要来替我挡住的。本来躺在这里的人应该是我啊。师兄,你的阑尾炎手术才做过没多久,又因为我受了这么重的伤,我……"

"锦月,你别这样想。"沈岸辞毅然说:"你明白的,对你,我从来都是没有理由的奋不顾身!"

"师兄……"乔锦月默默低下头,心里不禁涌起阵阵难过,她知道沈岸辞对自己的用情至深,可偏偏上苍作弄人,自己已经将全部的情意给了顾安笙。于师兄而言,自己对他有的只能是兄妹之情。而男女之情,是无论如何都不可能许给师兄了。他的这番情意,自己真的还不了。沈岸辞又何尝不知道乔锦月的心思,只是自己一厢情愿罢了,他为她做这些,只是因为他爱她,也不想给她增加负担的。于是便补充道:"锦月,你是我的小师妹,就像是亲妹妹一样。哥哥对妹妹的保护哪还需要什么理由?"

乔锦月不知沈岸辞所言是真是假,但心里总归稍稍好受了些,可心底的那份愧疚终究是挥之不去的。

于是她便道:"师兄,这些日子,你有什么需要,想吃什么,尽管和我说。反正我这几天也不能再登台了,便留在这里好好照顾你,等你出院。"

"好!"沈岸辞满足的微笑着点点头:"我这会儿虽然受了伤,但是能有你们这么多人照顾,我还有什么不知足的?"还好,虽然她的心不在自己身上,但至少自己为她受伤,还能把她多留在自己身边一刻。尽管最终不可能留住她,但至少多一刻,便多一分的温存。如此,就算粉身碎骨也值了。其实沈岸辞真正想说的是"能得你倾心照料,我还有什么不知足的?"可他不想让她因此内疚,这份感情,只能埋藏于心底。为了不让班主和妙音娘子担心,苏红袖与几个人商量,这几个知道事情原委的人,谁都不许跟班主与妙音娘子说这件事,就当它是个意外。

乔锦月脸上的伤痕渐渐淡化,沈岸辞身上的伤也逐渐好转。这一天乔锦月在湘梦阁等苏红袖演出结束,与苏红袖一起去医院看了沈岸辞。胡仲怀在去的路上,正巧碰见了一同前往的苏红袖。胡仲怀心中一喜,忙叫住了苏红袖:"红袖!"苏红袖看到胡仲怀便站住了脚:"仲怀!"双双对视了不到一秒,竟都将目光移开了彼此,一时间相对无言。若是从前他二人在此相遇,胡仲怀一定会兴高采烈的叫苏红袖与他一起前往,苏红袖也会十分热情的与他同去。可是自从那日胡仲怀向苏红袖表白被拒后,二人再次见面,总觉得彼此间隔着些什么东西。

"嗯,那个……"尴尬了几秒,胡仲怀首先开言:"红袖,我爹娘知道沈公子受伤之事,所以让我代文周社来探望一下。真巧,在这里遇见了你。"

"哦,那……那谢谢你,也谢谢文周社了。"苏红袖言语间,始终没有看胡仲怀,平淡的语气多了好多不自在,却也看不出悲喜。"可是，我……"胡仲怀走近了两步："红袖，我只听我师兄说沈公子住在这个医院。但我不知道他在哪间病房，正巧在这碰见你，不知能否与你同去？"

"哦，那便随我来吧！"说着苏红袖便走向了医院大门，没有等胡仲怀，也没有回头看他。

"哎，红袖……"胡仲怀忙跟了上去，他想说"红袖你等等我"，但却如鲠在喉，始终没有说出口，只在苏红袖身后默默跟了过去。

一路上从一楼到五楼，二人之间没有说一句话。进了沈岸辞的病房，胡仲怀问候了一番沈岸辞，并和沈岸辞聊了几句。苏红袖只在一旁为沈岸辞煎药，从头到尾始终一言不发。"沈公子，看到你现在渐渐恢复，我就放心了，我爹娘也能放心了。若没什么事，我就回去了，我爹娘还等着我带消息回去呢！"

"好，多谢少公子了。烦请少公子回去，替沈某向胡班主与夫人道声谢！"

"嗯，好。告辞了！"胡仲怀临走时，看了一眼在一旁煎药的苏红袖。苏红袖还在煎药，在胡仲怀临走时也没有多说一句话。其实以胡仲怀那般机敏，早已看出来，那副药哪里需要煎那么长时间，其实早就煎好了。苏红袖不过就是想借着煎药的由头，避免与自己接触罢了。胡仲怀的心里失落了一阵，已知如此，便不必再做叨扰了。哪知正打算离开之际，沈岸辞突然说了句："红袖，你去送送胡公子！"

"哦，好！"苏红袖只能将药罐放下，脸上无悲无喜，随胡仲怀一起走出了病房。将胡仲怀送出医院，苏红袖只道："胡公子，多谢你对我大师兄的关怀。您请回吧，恕不远送了。"

苏红袖这冷漠的语气深深刺痛了胡仲怀的心，他再也抑制不住心中的情感，转过身，看向苏红袖。他哀声而言："红袖，你什么时候又叫我胡公子了，难道我们的关系真的就要变得如此吗？就是因为我和你说过我喜欢你？你若不喜欢我，不接受我，我也可以理解。可是就因为我说了，我们就连朋友都做不成了吗？你是当真因为这个就如此抵触我？"

苏红袖低下头，不敢看胡仲怀的眼睛，低声道："不是的，仲怀。只是我……我真的不知道该怎么样面对你。"

"你不需要想那么多的啊！"胡仲怀疾声道："之前我们是怎么相处的，现在就怎么相处啊，你我之间何须如此，你知不知道你这样让我心里很难受？"

"不是的！"苏红袖抬起头，眼中闪过一丝哀凄："仲怀，并非是我真的要躲着你。只是我也不知道我为什么见了你，就会不自在。我也不想这样，但我现在真的无法面对你。"

胡仲怀上前了两步，那语气好像是在恳求："不，红袖。你就当我什么都没有说，你要是不喜欢我，我也可以泯灭这份感情。你就当我什么都没说过，我们还像从前一样，好不好？"

苏红袖秀眉紧蹙，那声音已然带了哭腔："不是我接受不了你的这份感情，是我没办法像以前那样和你相处了……"

"师姐，仲怀，你们在这说什么呢？"二人未曾发觉，乔锦月不知何时走到了二人的身边。乔锦月好久没有见到胡仲怀了，本想与他说几句话，靠近他二人后，却发觉他二人的神情都有些异样。她看了看苏红袖，又看了看胡仲怀，奇道："师姐，仲怀，你们这是……"

"没什么！"苏红袖深吸了一口气，低声道："仲怀，你快些回去吧，我也要回去照顾师兄了。"

"哎，师姐……"乔锦月想叫回苏红袖，可她却未曾理自己，直接奔向医院大门。

第十四章

平地无常起风波

- 壹 -

"少爷，按您的吩咐那几家报社都找过了，您看这样合不合您的意？"招财将几张报纸递给程显威。"津城晚报、光明日报！"程显威侧卧在沙发上，叼着烟卷，接过报纸："戏子乔锦月对影星曲卓然无礼，竟目中无人，当街掐其脖颈。嗯嗯嗯，这个标题拟的妙啊，招财、进宝，你俩这件事办得不错，回头重重有赏！"

招财、进宝二人双双眼露金光，忙跪下："多谢少爷，多谢少爷！"程显威嘴角露出一抹阴险的笑："哼，下贱东西。上次没整死她算便宜她了，这次这么大的头条新闻也够她受一阵子了。这次我们不出手，也会有人去整她。青龙帮的人真不行，还是你们办事得力！"

"嘿嘿！"招财贪婪的笑了下，满眼巴结的看着程显威："那是小的们跟少爷时间长了，便学的和少爷一样聪明了！"

"咱们气没出，可表小姐她一点都不配合咱们啊！"进宝满脸不甘。

"本来就是青龙帮的人办事不利，少爷您让他们整死那个乔锦月，结果乔锦月好好的，伤的确是她那个大师兄。偏偏这表小姐又觉得对不住他们，还傻乎乎的给那个戏子献了血。且不说这么做多伤身体，表小姐这身份也不该做这种有损身价的事啊！"

"什么？"程显威吃了一惊，忙惊坐起来："当真有此事？"进宝点头："这消息没错，我和招财拍到这张照片时就听到有人说这个事了。"

"这个曲卓然！"程显威咬紧牙关，恨恨道："不知道自己什么身份吗，干这种下贱事，妇人之仁，终成不了大气候！"他又拿起来报纸，复又悻悻而言："不过还好你们俩聪明，拍到了这张照片，给了咱们这次制造舆论打垮她的机会。欸，不过你们拍照时，没有被人看到吧！"招财道："我们拍的时候四周看了一圈，的确没有人。不过那个戏子听到了拍照声，还往我们这看了一眼，但是她没有瞧见我们俩。"

"那便好！"程显威掐紧报纸，脸上透着一股阴狠："哼，津城晚报、光明日报都给她上了头条新闻。上次没让她身体上受罪，这次就让她精神上受罪。对当红影星无礼，看她垮不垮台！"

"可是少爷啊！"进宝还是有些顾虑："我们虽然报复了那个戏子，可是这场风波掀起后，表小姐也免不得要被卷入这场风波里啊！"

"那又怎样！"程显威神色悻悻，丝毫不见担忧："成大事者不拘小节，整死一个戏子，牺牲一个表妹算什么。要是都像曲卓然那样妇人之仁，还能做成什么事？"招财从窗外望去，瞧见那熟悉的红衣身影匆匆赶来，忙道："哎呀少爷，那个是不是表小姐？"程显威朝招财指向的方向望去，见那个人的确是曲卓然，一拍手，道了句："哎呦，说曹操曹操到，你们一会儿别出声，别让她知道是咱们做的。"

招财和进宝应着："是，少爷！"曲卓然推开门，慌张道："表哥！"

"怎么了，表妹，慌慌张张的！"程显威装作若无其事的样子，喝着杯里的咖啡。

"表哥，出大事了，我怎么办呀！"曲卓然焦急的走到程显威身边："表哥，你没看报纸吗？报纸头条都是关于我和乔锦月的新闻，说什么她目中无人，这都是些什么人在这断章取义，制造舆论啊！"程显威扭过头，对招财、进宝说："你们俩退下吧！"

"是！"二人退下后，程显威依然不慌不忙的喝着咖啡："哦，你说那个新闻啊！我都看到了，那是针对乔锦月的，和你也没什么太大关系啊！顶多她们说你太懦弱，竟被戏子欺负了。可是你再想，你那么骄傲的一个人，怎么可能被人欺负？他们不会不知道你的脾气。他们只会认为是你心地太善良，不忍心和一个戏子计较，她倒蹬鼻子上脸了。这样让她被舆论攻击，被众人唾弃，不是正合你意吗？对你没什么影响的，放心吧小表妹！"

"哎呀我担心的不是这个！"曲卓然摇摇头，皱眉而言："我自己倒是不担心，凭我现在的名气地位，没人敢质疑我的，也影响不到我以后拍戏。可是她是一个只能靠本事吃饭的戏子，这种舆论对她的打击得多大啊，搞不好还会有人来砸她场子。我之前弄出那样的事已经很对不住她了，现在又出了这种事，不是要害死她吗？"

"我说表妹！"程显威把杯子重重往桌子上一摞，斜睨着曲卓然："说你善良呢还是说你傻呢，她都当街掐你脖子了你还为她考虑。她不是你情敌吗，她抢去了你的顾安笙，你竟处处为她着想，没发烧吧你！"

曲卓然叹了口气："唉，表哥。我是讨厌她，如果没有她，顾安笙就是我的了。但是我不能因为我喜欢顾安笙就要伤害其他人，都是父母所生，血肉之躯，谁能那么狠心？"程显威狠狠瞪了曲卓然一眼，训斥她："你真是妇人之仁，如此能成什么大器！我问你，你是不是给那个戏子的师兄献血了，你是缺心眼还是傻，献血对身体的危害你不知道吗？你自己什么身份，你的体面不要了？好不容易打垮了他们，你还要糟蹋自己为了那帮戏子做下贱事，这要传出去，得让人笑话死！"

曲卓然不怕程显威的狠厉，她也生了怒气，厉声而言："难道为达目的就要不择手段，什么狠招都使出来吗？原是我对不住他们，弥补他们是情理之中，怎么就成不顾体面的下贱事了？我只要顾安笙，但是我不想伤害他身边的人。我说为什么我一而再再而三的叮嘱青龙帮的人所以不要伤到他们，结果他们还是伤害到他们了。我现在明白了，原来他们是你的人，都和你一样狠毒！"程显威愠怒："对，就是我让他们这么做的，就是我狠毒了怎么样？要是都像你这样的妇人之仁能办成什么事？我是在帮你，别不知好歹！"

曲卓然已然红了眼眶："我不要你因为帮我而害人，若是以害人为代价得到顾安笙，这样的感情我情愿不要。你和我爹都一样，都是为了目的不择手段的人！为什么，为什么都要这样！"程显威怒目圆睁："那也总比你心肠这么软要强！"曲卓然又伤心又害怕，不由得退后了两步，红着眼绝望的摇着头："我不该来找你的，早知道找你没有用。害人的事你的主意数不胜数，但救人的事你压根不会做。不用你了，我的事我自己解决！"说罢便跑出了程府大厅，又跑出了程府。

程显威看了眼前的咖啡盏，突然觉得一阵厌恶，将所有的杯具都打翻在地，恶狠狠而言："一天的好心情都被这个蠢女人给毁了！"

乔锦月脸上的伤已经好的看不出痕迹了，这一天是她伤好后的第一场演出。因为沈岸辞的伤还未痊愈，暂时不能登台，所以今天便是乔锦月一个主场唱《锁麟囊》。还是和往常一样，一早起床梳洗打扮后，便随师兄师姐们一起去了剧院，并在剧院等待演出。乔锦月的这场《锁麟囊》是三场戏中的最后一场，虽然已经近一个月没有上台了，但上台后的她并没有觉得哪里不适，依然像从前那样不惧满座惊堂的在台上轻拂水袖。然而不知是自己太敏感，还是哪里真的出了问题，总觉得看客们看自己的眼神与之前不大相同。

诧异中还带着一丝惊讶，乔锦月也想不明白这是怎么一回事。唱完戏退场后的乔锦月依稀能听到一些看客们的言语，只听有人说："没想到看起来柔柔弱弱的乔姑娘竟然这么大的胆子！"

"乔姑娘不像是这么粗鲁的人，这事一定有问题！"

"我也觉得奇怪，按理说乔姑娘不会这样啊！"

人多口杂，乔锦月听不太清楚他们再说些什么，只能依稀听见他们说什么"胆大啊""天不怕地不怕"之类的话。她也未曾多想,便走回后台卸妆去了。演出结束后,乔锦月和大师姐苏红袖一起走回湘梦园,不知为何,她总觉得路上有人用奇怪的目光看着自己,还有人对自己指指点点的。乔锦月诧异,向苏红袖问道:"师姐,你有没有觉得今天很奇怪啊。刚刚在剧院,那些看客们看我的眼神就很奇怪,好像发生过什么事一样。这一路上,我怎么也觉得老有人在看我。今儿这是怎么了?"

"哪有的事啊,我可没看出来!"苏红袖未曾在意,只当是乔锦月敏感多疑:"许是你受了伤一个月没登台,今儿是你恢复后的第一次登台,他们许久没见你太欣喜了吧!"

"嗯……可能吧,或许是我想多了。"乔锦月小声嘟囔道,虽然嘴上说着是自己多疑,可心里依然觉得奇怪。

"姐姐,那个就是乔锦月!"突然听到身后有人叫自己的名字,乔锦月刚一回头,却被一个突然飞过来的牛奶盒子砸中头部。

"哎呀!"乔锦月不设防,刚好被砸中,吃痛地叫了一声。苏红袖忙紧张的摸了下乔锦月被砸中的位置:"小七,怎么样,没事吧!"

"哎呦呦,都怪垃圾不长眼睛,真是不好意思啊!"只听得一个年岁不大的女子,阴阳怪气的说出这句话。乔锦月抬头,看清了那个女子的样貌,她衣着华丽,妆容浓艳,正仰着面瞪着自己。乔锦月霎时间心中怒火中烧,对着那个女子厉声道:"你砸到人了不道歉,还在这阴阳怪气你什么意思啊?"

"呦,这你可不能怪我妹妹呀!"另一个衣着打扮和她差不多的女子用着同样的语气:"都是垃圾不长眼睛,只会砸到卑贱的东西,这可怪不着我们啊!"见状,苏红袖上前一步,挡在乔锦月面前,语气依然平和:"二位姑娘,如果我师妹哪里得罪你们了,请你们直说,我们会处理的,请你们不要用这样的方式解决问题!"

那个年岁稍微大一点的女子上前一步一把推开了苏红袖:"你滚开,没你的事,别来找骂!"

"啊！"苏红袖毫无防备之心，被那女子推得一个趔趄。

"师姐！"乔锦月忙扶住苏红袖，转头对那女子怒道："有什么事不能好好说，上来就动手打人，可还有一点教养？"

"教养，哈哈哈，笑死我了！"另一个女子冷笑而言："你好意思说出教养这两个字，你对曲卓然小姐动手的时候，可曾想过教养？"

"什么？"乔锦月惊异："我……我对曲卓然动手？"

"呵，别装了！"那女子抱着手臂："你以为没人看见？我告诉你，现在全津城的人都知道了！"另一个女子将手中的报纸扔到乔锦月的头上："你自己看看吧，你自己做了什么事你还不清楚？敢碰曲小姐，你还真是不怕死！"乔锦月将报纸翻开，看到上面的照片和醒目的标题，瞬间变了脸色："津城晚报、光明日报，这照片，这是怎么一回事？"

那女子恶狠狠道："你敢碰曲小姐，真是不要命了。得罪曲小姐会有什么好下场，现在全津城的人都知道了，你就等着死吧！姐姐，我们走！"那两个女子未曾再与乔锦月多言，手挽着手，一同离去。乔锦月苍白着脸色矗立在原地，手中捏着报纸，喃喃而语："为什么会这样，是谁做的，谁做的……"

看到这张报纸，她瞬间什么都明白了。为什么那日在医院外听到了那奇怪的声音却没有见到人，原来正是有人趁机把那个场景拍了下来，自己是被别有用心之人利用了。又为什么从剧院到街上，会有那么多人用奇怪的眼光看着自己，原来都是因为这新闻。"怎么了，小七？"看着乔锦月这惊惧的样子，苏红袖拿过她手中的报纸看了下，瞬间也惊得变了脸色："小七，这是谁做的，这用心太险恶了。明明事情的真相不是这样的，他们却用这样的照片来断章取义。"

"师姐！"乔锦月又惊又怕，抱住苏红袖哽咽："说这些都没有用了，现在报纸上登了这张照片还有这样的标题，没有人会在乎事情的真相了。他们都会像那两个人那样，一致认为是我冒犯了曲卓然，她的影迷那么多，搞不好都会像她们一样来找麻烦。他们谴责我事小，但是现在都知道我是湘梦园的人了，若要连累了整个湘梦园，害得咱们大家都唱不了戏,那可就事大了。师姐,小七对不起你们!"

"小七,你先别怕!"苏红袖拍着乔锦月的背,温声安慰道:"出了事就要想办法,事情没有你想的那么严重,我们总会有解决的办法的。"乔锦月依然啜泣:"师姐,我不想因为我而连累你们!"苏红袖见四周仍有人对她二人指指点点,忙拉住乔锦月:"这里人太多,我们不适合在这里说事,回去我们再想办法吧!"

"嗯!"

"快,我们趁师父和班主没回来,赶紧去大厅把报纸扔掉。"回了湘梦园后,苏红袖对乔锦月叮嘱:"他们现在的事情已经够多的了,我们不能让他们为了这件事担心。"

"好,师姐!"乔锦月听了苏红袖的话,随她一起去了湘梦园正厅,乔锦月拿起桌子上的报纸,见接连三天每一天的报纸上面都有关于自己和曲卓然的消息。她不禁满心慌张,颤抖着手,啜泣着:"怎么办师姐,现在每一天都有我的新闻,恐怕明天还会有的。"

"趁他们没回来赶快扔掉。"苏红袖虽然担心,但作为大师姐的她依然保持着冷静:"还好再过三天班主和师父就要去南京演出了,他们现在忙的事多,也没有多大可能看报纸。记得,这三天的报纸送上来我们要赶快拿走,千万不要让班主和师父看到!"

见乔锦月依然惊慌的哭泣,苏红袖担心里心疼师妹,便走了过去抱住她:"小七,师姐知道这事不怪你,是他们断章取义。你没做错就不用怕,我们身正不怕影子斜!"

"没有用的,师姐!"乔锦月含着泪摇摇头说:"你不知道现在舆论的可怕性,他们只信报纸上说的,没有人会关注事情的真相。"

"别哭了,小七!"苏红袖擦去乔锦月眼角的泪水:"你这样,师姐会心疼的。其实这不算是什么大事,我们湘梦园在津城也是有地位的。总之你自己小心点就行,别被她们伤到。好啦,别想了,该做什么就去做什么吧!"

- 贰 -

"嗯！"乔锦月擦去了眼泪，虽然心里害怕，但不想让师姐担心。便听了苏红袖的话，走回了房间。乔锦月再惊慌也没有忘记与顾安笙的约定，第二天没有演出，便按照约定的地点在那里等着顾安笙。可一路上，心中一直慌乱得很，生怕有人因为报纸上的事对自己不利。

"月儿，我来了！"听到顾安笙的声音，乔锦月转身抱住了顾安笙，嘤嘤啜泣："安笙，我出事了，安笙，我该怎么办啊，不能因为我连累了整个湘梦园！"顾安笙亦抱住了乔锦月，柔声安慰："是因为报纸的事吗？没事的，月儿不怕，没有人会拿你怎么样的，也没有人会拿湘梦园怎么样的。"乔锦月松开了顾安笙，吸着鼻子："安笙，你都知道了？也对，这么大的事，没有人会不知道的。"顾安笙点点头，眼里流出一丝犀利，仿佛要杀死谁："这个曲卓然真是心肠歹毒，为了害你真是什么手段都能用上。大不了我们直接去电影公司找她，和她挑明了说这件事！"

乔锦月摇摇头，吸了一口气："按理说应该不是她做的，她能不惜自己的身子给师兄献血，就不会再为了陷害我做这样的事，而且这样的新闻对她也没有好处。以她的脾性，是不会牺牲自己的名誉做这些事的。若是她还好了，我们可以去找她说明缘由，撤了这新闻，可是这事都不知道是谁做的！"

顾安笙一脸严肃，凝视着乔锦月："你确定不是她做的，她这样的人可是什么事都能做得出来的。"乔锦月把曲卓然匿名给师兄换病房给自己送药的事告诉了顾安笙，并言："她这个人占有欲太强我确实不喜欢，但她也没有那么坏。这件事确实不像是她做的，这报纸新闻接二连三都是乔锦月不顾尊卑当街掐曲卓然的事，喜欢她的人会为她抱不平，不喜欢她的人还会觉得她懦弱无能。她又不傻，对她没有好处，损人不利己的事她不会做的。"

顾安笙想了想，乔锦月这一番推论确实有道理，便颔首："月儿，你说的的确有道理，她就算没有我们想象的那样坏但也不得不提防。罢了，不提她了，就算不是她做的也牵扯了你们两个人。但我们再想一想，事情的真相和报纸说的完全不一样，月儿你没必要担心，你又不是报纸上所说的那种人，怕什么呀？"

乔锦月无奈地摇头："现在的报刊媒体就会找这种花边新闻炒热度，没有人会管事情的前因后果，目光短浅的人定是会信报纸上所说，认定了是我欺负的曲卓然。昨天我和师姐出去演出时，所有人都用异样的眼光看着我，还有两个曲卓然的影迷来找我麻烦。接连三天都有这样的新闻出来，我都把湘梦园的报纸扔了出去，不敢再让师父和爹爹为我担心。我怕事情牵扯越来越大，到时候出事的不仅仅只是我一个人，怕是整个湘梦园了。"

顾安笙也深知此事后果的严峻，可不能让乔锦月小小的心灵承受这么多，便柔声劝慰："月儿，你所顾虑的太多了，不会有这么大的事的。报纸不可能天天都报道这样的新闻，等这件事的热度过去了，就没事了。"想到因为自己的事会累及整个湘梦园，乔锦月不禁又红了眼眶："我自己被舆论谴责倒是没事，就怕连累整个湘梦园。丽华电影公司的权势我不是不知道，就怕万一出了事，让湘梦园都无法再演出了。"

顾安笙刚想说些什么安慰乔锦月，突然听得一个小孩的卖报声："卖报，卖报，一个铜板一张，今天的头条新闻，曲卓然新电影《破茧成蝶》定档！"

"什么，曲卓然新电影！"听到小男孩的声音，乔锦月收住了情绪，奇道："今天的头条新闻竟然不是我和曲卓然的那件事！"顾安笙把卖报的小男孩叫了过来："小弟弟，我买一份报。"顾安笙将铜板放在小男孩手里，小男孩把报纸递给了顾安笙："好嘞，谢谢大哥哥！"

顾安笙打开报纸，铺在乔锦月面前，二人仔细地看了看，这张报纸上主要是曲卓然的信息，还有一些小新闻，没有任何新闻报道是关于乔锦月和曲卓然那件事的。乔锦月奇异："今天竟然没有那件事上头条，真是出乎我的意料了！"

"月儿，这是好事啊！"顾安笙又把那卖报的小那男孩叫了过来："小弟弟，你过来一下，我们问你点事！"那小男孩乖乖的走到了顾安笙身边："大哥哥，什么事啊？"顾安笙蹲下，轻声对小男孩说："小弟弟，你这里有昨天的报纸吗？"

"有的，哥哥你说这个啊！"小男孩将昨天的报纸递给了顾安笙。顾安笙接过报纸，站起身与乔锦月一同看了下，那报纸上的头条新闻依然是曲卓然代言鲜花的事，没有她二人的新闻。顾安笙与乔锦月相互对视了一眼，顾安笙又向小男孩问："小弟弟，哥哥再问你一件事，你还有前几天的报纸吗？"小男孩摇摇头，并说："大哥哥，你不知道吗？前三天的报纸已经被人收了去，不允许再卖了，现在整个津城都买不到前三天的报纸了！"顾安笙又问："那你知道为什么不能卖了吗？"小男孩依旧摇头："不知道，不过听说是有什么不实消息，报纸被收走后就不允许再出售了。"顾安笙点头："好的，知道了，谢谢你！"

那小男孩走后，乔锦月又细想此事，昨天之前的三天报纸头条新闻正是自己与曲卓然的事，这三天的报纸的不实消息，说的不就是那件事吗？乔锦月诧异道："禁止售卖的报纸头条新闻不就是我和曲卓然的那件事吗，这两天的报纸头条又都是曲卓然的消息。这么看好像是谁故意拿曲卓然的宣传来压制前三天的新闻一样，究竟是怎么一回事？"顾安笙亦惊奇："月儿你说的没错，我也好奇这件事，好像是有人在暗中帮你压下了这件事。我们去别处的报刊亭打听一下，看看是怎么一回事。"

"好！"

二人去了好多个报刊亭，所有人给的答案都和卖报小男孩的答案一样。都说是报社让把前三天津城晚报、光明日报的报纸销毁，不允许再出售，但没有人知道是谁做的。

乔锦月也松了一口气，压制住了这样的新闻，百姓的焦点集中在曲卓然的宣传上，便不会对那件事印象太深，自己与湘梦园的安危便多了一分担保。但自己却始终打探不到，这件事究竟是谁帮自己压制下的。大概过了十多天的时间，自从那几天的报纸禁止售卖后，便再也没有关于乔锦月与曲卓然那件事的任何消息了。

这几天头条新闻大多都是曲卓然的宣传，津城百姓的关注点也大多集中在了曲卓然的身上，关于那件事无人再提及，也就逐渐的被淡忘了。所幸的是，乔锦月是个戏角儿，没有曲卓然这样的影坛明星这样大的名气，只有爱好曲艺的人知道她是津城名角儿，平常百姓认识她的人并不多。虽然说那几天的新闻有人看见过，但大多也都淡忘了，喜欢她的人自然不会找她的麻烦，不了解的人也遗忘了那件事，自从报纸禁卖后，便再也没有人提及此事。

师父和父亲要去南京演出近两个月的时间，这段时间湘梦园的事情依然交给沈岸辞和苏红袖打理。既然那件事就此翻了页，湘梦园还和以前一样，师兄师姐们该唱戏时便唱戏，该练功便练功，任何事都没有受到影响。这一天乔锦月从剧场唱完戏回来，正与苏红袖走在回湘梦园的路上，又听见了几个小孩子的卖报声："卖报卖报，一个铜板一张报，今日头条新闻，曲卓然新电影《破茧成蝶》今日上映。"

"小弟弟，我买一张。"一个少女给了小男孩一个铜板，买了一张报，拿过报纸看了看。她感叹道："哎呀，咱们这曲大明星的名气真是大，随随便便拍个电影就能上头条。不得不说，长得漂亮就是好啊！"旁边陪她的一个中年妇人说："主要人家是电影公司老板的女儿，人家要什么没有啊。资源好是一方面，另一方面人家演技也不错啊！"那少女摇着妇人的手臂撒娇："娘，您知道我最崇拜曲小姐了，您陪女儿去看一场曲小姐的电影好不好嘛？"

那妇人宠溺地摸摸少女的头："闺女，你高兴娘就陪你去！"那少女开心地点点头："好耶，娘最疼女儿了！"

"真是奇了！"听见了那对母女的对话，乔锦月纳闷地朝那边看了一眼，感叹道："这些天的头条新闻，大多数都是曲卓然的宣传，不知道是她真的红火还是故意炒作新闻。"

"是也好，不是也罢。"苏红袖并不太关心此事："总之你的那个新闻已经压下去了，这样不是很好吗，你就不用担心有人找咱们麻烦了！"乔锦月点点头："这倒是，不过这事已经过去十多天了，到现在我们都不知道是谁做的。好像是有人刻意为了压制我的那个事撤回了那三天的头条新闻，而这几天曲卓然的头条新闻似乎是想故意掩盖那件事，让焦点集中在曲卓然的宣传上而忘了之前的事。"

"不知道是谁做的，也可能是为了曲卓然而并不是帮我，和我没有什么关系。不过都无所谓，总之那件事已经被压了下去，我们就什么也不用担心了。"苏红袖亦点点头："能有这么大权利禁止售卖报纸的人一定不是普通人，可能是电影公司做的，他们应该是为了曲卓然。不过既然我们没事了就好，和我们无关的事就不要管了，但你这些日子还是要小心谨慎些，以免再跌入陷阱。"

乔锦月抚了抚鬓发，依旧纳闷道："如果是电影公司的人做的，知道了是我对他们大小姐不利一定会找上我来说理啊！可是这么久他们一直都没有什么动静，这件事就不了了之了。像是他们做的，又好像不是，搞不懂。罢了，不想他们了，师姐我们走吧！"

"嗯，走吧！"总之二人一致认为，那件事就此为止没有起风波就是最好的，便没有再多想这件事，走在了回湘梦园的路上。

曲宅。

"荷珠、露珠，事情你们都办妥了吗？"

"都按照小姐的吩咐和报社说了，这几天的新闻都是关于小姐的电影宣传，那件事已经被压下去了。"

"很好，下去找管家领赏吧！"

"是，多谢小姐！"曲卓然一边饮着果汁，一边看报纸上的新闻，身边的小燕却十分不解："小姐，真不明白你为什么要花大价钱把那些新闻撤了？你可以宣传你自己的电影，但那件事对你不会有什么不良影响，你撤它干嘛，倒便宜了那个戏子！"

"小燕，我这么做不止是为了宣传自己的电影。"曲卓然放下果汁道："那件事是对我没有什么太大影响，但我们这个新闻要是闹大了，会让他们整个戏班子都受到影响的。人家赚钱不容易，我不想因为我的事伤害到他们，这对谁都不好！"

小燕皱眉："可是她怎么对你的你不知道啊，你这样一个大明星，她都敢当街掐你的脖子，你还为她说话？"曲卓然苦笑了一下，摇摇头："我是明星没错，但正因为我有名气我才更应该讲道理。是我做错了事情伤害了他们，她生我的气也是情理之中。我做错了那么多事已经让安笙对我厌恶至极，我不能一错再错了。都说我曲卓然性子烈，这是个事实，但我曲卓然光明磊落，从不趁人之危！"

小燕叹了口气："小姐，这新闻又不是你做的，还要你替她摆平，真是没听说过！你要放着她和顾公子在一起不管，你还怎么争取到顾公子？"曲卓然吸了一口气，缓缓说："小燕，有些事你不懂。经历了这些事，我也明白，安笙和乔锦月是拆不散的，但我爱的人我也不会轻易放弃。我会争取顾安笙，让他明白我对他的情意，了解我，改变对我的看法，并明媒正娶让我进门。我若有幸成为他的正妻，就必须有容人的雅量，我没办法赶乔锦月走，那就与她一并服侍安笙。唉，虽然我不喜欢她，但为了我爱的人，我必须接受她。既然是要做姐妹的人，又何必苦苦相逼呢！"曲卓然说得云淡风轻，小燕跟了曲卓然这么多年，她心里的苦楚小燕不会不知道。

小燕不免心疼自家小姐的忍让，凄然而言："小姐，你那么骄傲的一个人，何必为了一个顾安笙而委曲求全，你都不像是从前的那个小姐了！"曲卓然看着铜镜中的自己，样貌依然是和从前一样的倾国倾城，只不过似乎少了一分凛冽，多了一分柔和。

她摸着自己的脸颊，感慨着："都说女子遇到自己心爱的男子后性情会大变。从前我还不明白，直到我遇到了安笙我才明白。或许比起从前那个任性的曲卓然，我现在更能明白什么是为爱痴狂吧！"

小燕疼惜自家小姐，不禁红了眼眶，悲声说："小姐，你何苦为了一个男人，把自己变成另外一个人，我还是想要以前那个率真随性的小姐！"

叁

曲卓然拍了拍小燕的肩,勉强牵扯出一丝笑意:"小燕,我没有变,我还是原来那个什么事都肯和你讲的小姐,你就别那么多感慨了。罢了,不说这事了,你给我再榨一杯鲜果汁吧!"

"哦!"小燕没有再说别的,听了曲卓然的吩咐,用新买的榨汁机为曲卓然榨了一杯苹果汁。

"小表妹,你在这干什么呢?"听得这油腔滑调的声音,就知道是程显威。曲卓然横了一眼一旁走来的程显威,声音冷冷地说:"你来干什么?"

"怎么,还在生表哥的气啊!"程显威一屁股坐在沙发上,慢条斯理说:"表妹,那天是表哥的脾气太大了,不该对你发火的,表哥向你道歉。你别生气了,咱们俩之间有什么深仇大恨的啊!"曲卓然没有多看程显威一眼,自顾自的品着果汁,语气依旧冷冷的:"你真当这是你自己家,仗着你是表少爷想来就来,门都不敲一下啊!"程显威脸上堆笑,故意套近乎:"咱俩什么关系,用得着这一套吗?"曲卓然看了程显威一眼,撇起嘴:"怎么,你又闲的无聊了,来找我这个表妹消遣了?"

"嗐,你这说的是什么话啊?"程显威翘起二郎腿,脸靠近曲卓然:"我的确是在家里闷得慌,想来看看你,怎么能说是消遣呢?"他的目光四处游走,移动到了那个榨汁机上,惊奇而言:"欸,这不会就是报纸上说的那个新款榨汁机吧,表妹你连这个都搞到手了!来来来,小燕,给我也榨一杯!"

"啊……"小燕愣愣的答了一句,却没有立即动身,她不敢违抗程显威的命令，也不想让小姐因此不愉快，便尴尬的僵在了原地。直到后来曲卓然给小燕了一个眼色表示同意，小燕才开始榨汁。

"表少爷慢用！"小燕将榨好的果汁递给程显威，程显威喝了一口苹果汁，细细享受："哎呀，这味道真不错！"曲卓然看了一眼程显威这吊儿郎当的样子，无奈地叹了口气。曲卓然并不是真的生程显威的气，她虽与程显威是表兄妹，也经常因为没有人陪伴而去找程显威，但他二人的心性与观念相差甚远，志不同道不合，常因为这个吵架。不过这么多年曲卓然也习惯了，自己脾气不好，程显威也没脸没皮，每次都是他把曲卓然惹恼后主动找她道歉。这种事发生过也不是一次两次，曲卓然早就习以为常了。

程显威喝尽了那杯果汁后，将杯子放在桌子上，说："表妹啊，我看到前几天关于你和那个戏子的新闻的报纸都禁止售卖了，这事可是你在背后做的？"曲卓然还未开言，小燕却先忿忿："小姐也太好心了，为了那个戏子做那么多干什么，还花了小姐那么多钱。她什么身份，配得上小姐如此费心吗？可惜了我们家小姐……"

"小燕，多嘴！"曲卓然呵斥："你出去把院子里的花浇了。"

"哦！"小燕虽心里不平，但还是听了曲卓然的话，灰溜溜地走了出去。听了小燕的话，程显威狠狠地抓住了沙发上的靠枕，手臂青筋暴起，几欲将靠枕捏碎，可脸上却是微笑着的，他故作平和："那天是我说的不对，表妹你的心真好，你这么做是对的。"曲卓然点头："我不知道那件事是谁登在报纸上的，但终归因我而起，既然是因为我让她身陷舆论，那就由我来制止住这件事吧！虽说是压制舆论，转移焦点，可终归是我借着这件事为自己做了宣传，到头来还是我利用了这件事，是我对不住她。"

程显威问："你做什么了？"曲卓然说："我让报刊亭禁止售卖那几天的报纸后，在后来几天的报纸上登的全是我自己的宣传，一来是压一压那件事，转移津城百姓的焦点；二来也炒作了我自己让自己的名气更响些。总归借着乔锦月炒作自己终不是君子作为，是我对不住她。"程显威皱了皱眉头，说："你都为她做这么多了，还有什么对不住她的？我真不明白，她是你的情敌啊，没有她，你早就跟顾安笙在一起了，你为什么不想把她消灭而得到顾安笙，却偏偏要为她做这么多有利她的事？"

曲卓然叹了一口气，缓缓而言："表哥，有些女人的事你可能不明白。古时候，舜帝对二妃娥皇女英宠爱有加，不偏坦、不冷落，正是因为二妃之间相处和睦，无勾心、无斗角。起初我也以为赶走了乔锦月就能得到顾安笙，现在我才明白这样做只会背道而驰，不但赶不走乔锦月，反倒会让安笙更加的厌恶我。与其这样，倒不如接受了乔锦月，与她和睦相处。如果可以，我想让安笙明媒正娶将我迎进门，然后我主动张罗让他纳乔锦月为妾。她进了门后，我断然不会亏待她，这样安笙就会因为我的大度体贴，一样爱我了吧！我这次为她做了这些事，她若知晓应该会心存感恩，也便更能接受我。她接受了我，安笙也会接受我，我就可以拥有安笙了。我还想过几天寻一个恰当的时机，邀请她到家里做客，为自己从前的所作所为和她道歉，并和她道出我的想法，表哥你看行吗？"

"这，这……"程显威本就因为曲卓然毁了自己的计划心中怒火中烧，曲卓然的这种想法在他看来更是愚蠢至极。但他的目的是利用曲卓然扳倒乔锦月和湘梦园，便也不好发作，只随意的道了句："你觉得怎样好就怎样做吧，我家里有事先走了！"说罢便离开了曲宅正厅，走向园中，边走边气嚷说："我怎么会有这么蠢的一个表妹，要不是留她有用，我真想给她两巴掌！"曲卓然性子凛冽但毫无心机，不比程显威城府之深。她只当倾诉把自己的想法说于程显威听，却不承想程显威会利用自己加害他人。

程显威经过庭院，看见小燕在踢着石子，边踢边气嚷着嘟嚷些什么。他心里生疑，便走了过去，问道："小燕姑娘，我看你好像在发脾气，是谁惹着你了？"小燕见了程显威，一并将所有的委屈都吐了出来："表少爷，你说小姐何苦为了那个戏子做这些事？那个戏子又不会感谢小姐，我想说小姐还不让我说，真是气死人了！"

程显威眼珠在眼中狡猾地转了一圈，在小燕耳边小声道了句："你想不想报复她一下，给你家小姐出口气？"小燕噘着嘴道："当然想，可我只是一个小丫鬟，哪有这本事！"程显威阴险一笑，口中道："我有办法，只需要你配合，我们就能好好整整她，你答不答应？"小燕来了兴致，忙抬起头，睁大了眼睛："当真可以？"

"当然！"程显威眼角露出一丝阴狠，对小燕说："你过来，我说给你听！"小燕靠近程显威，只见程显威在小燕耳边嘟嚷了几句，小燕先是吃惊，然后面露喜色。说完后，程显威又说："怎么样，你答不答应？"

"当然！"小燕脸上露出一抹解恨的喜色："让一个唱戏的失去了嗓子，没什么能比这个让她更痛苦了！"

"嘘！"程显威把食指放在嘴前，示意噤声："可不能让你家小姐知道，她太善良我怕她不会支持我们这么做的。反正我们做完了她也不知道，那个戏子更不知道，神不知鬼不觉，多好！"小燕说："表少爷放心，我不会告诉小姐的！"程显威点点头："那就好，我先回去了，药我有时间给你拿来，记得按我指示行事便可！"

"是！"程显威走出了曲宅，刚刚的怒火瞬间熄灭转而化为欣喜。只要能看着湘梦园和文周社难受，就是他快乐的所在。哼，乔锦月，你有得罪受了！

这一天乔锦月在剧场唱了一场《三打陶三春》，演出结束后，正走在回湘梦园的路上。这一天是她自己回去的，苏红袖没安排这一天的演出，她和夏漫莹吃完饭后，夏漫莹说要去找高海辰，她便自己一个人回去了。突然一个熟悉的红衣身影朝自己走来，满面含笑："乔姑娘，好久不见！"乔锦月抬起头，看清了那个人的脸，竟是曲卓然，她退后了一步，警惕道："曲卓然，你来干什么？"

曲卓然一改往日的凛冽，温和而言："乔姑娘，我是想向你道歉的，你若愿意，可否赏脸到我家一趟，我想宴请你并诚心向你致歉！"乔锦月诧异："我都说不和你计较了，你何必呢？"曲卓然诚恳："我是真心想宴请你的，绝对没有别的心思，你能给我这个面子吗？

乔锦月想了想，只说："我不怪你了，宴请的话就不必了。"曲卓然顿了两秒，目光黯淡了下来，低声道："我是有些事情想向你解释的，你若是不愿意那便罢了吧！"乔锦月瞧着曲卓然的样子着实是诚恳，可谁知她这样一个演员是不是在做戏？可她也一心想要明白她想干什么，便应了下来："好吧，看在你为我师兄献血的份上，我答应你！"曲卓然微笑："谢谢你，乔姑娘！"

曲卓然带着乔锦月到了她家，一路上，她对乔锦月甚是客气，完全不同于前些日的状态。进了曲宅大厅，小燕正在桌前守候，曲卓然对乔锦月道："乔姑娘，坐吧！"又对小燕说："小燕，备糕点！"

"不必了！"乔锦月制止住小燕，并对曲卓然说："曲小姐，我答应与你前来，也是有些事要问你的，你无须费心招待我。报纸上的新闻……"

"你是说津城晚报、光明日报的事？"曲卓然解释："那报纸上的新闻不是我登的，不知道是谁断章取义，编撰出那样的新闻。也请你相信，我做这种对自己无利的事，完全没有必要。后来是我找报社禁止售卖那几天的报纸的，虽然说这件事不是我做的，但是因我而起，我是影视明星，知道身陷舆论的可怕性。我不想你因为我的事被人断章取义，陷入这样的危机中，便联系报社撤了报纸。也是我为了压制那三天的头条新闻，在之后几天的头条都登上我自己的宣传。算是我利用了这件事炒作了我自己吧，我知道这样做不光彩，所以乔姑娘，对不住了！"

闻言，乔锦月的语气也缓和了些："曲小姐，看来是我误会了你。"曲卓然笑："你这么说，就是原谅我之前的过错了吧。乔妹妹，我可以这么叫你吧！小燕，用新的榨汁机给乔妹妹榨一杯果汁！"

"是，小姐！"小燕榨好了一杯苹果汁，递给乔锦月："乔姑娘请用！"乔锦月没有接过，而是推辞："曲小姐，这就不必了，我……"

"妹妹你还在担心我会害你吗？"曲卓然打断了乔锦月的话，忙说："你若担心我会给你下毒，那我就先喝了这一杯！"说罢曲卓然便从小燕手中拿过杯子，"小姐，你别……"小燕大惊失色，忙打翻了杯子。"哎呀！"曲卓然吓了一跳，皱眉责怪道："你干什么，毛手毛脚的！"

"对不起小姐！"小燕忙道歉："是小燕愚钝，请小姐宽恕！"

"罢了罢了！"曲卓然无奈："你再给我榨两杯吧！"乔锦月见状，只说："曲小姐，你不必这么着急证明。我不是不相信，只是我不喜喝太冰凉的东西。我知道你光明磊落，你又为我做了这么多，是不可能会用下毒这种卑劣的手段做这种害人的事的。而且你就算要害我，也不会这么直接的害啊！这些道理我都是明白的！"曲卓然眼中闪过一丝欣悦："谢谢你，肯相信我！"乔锦月微微一笑："为了让你安心，我就喝了这一杯吧！"小燕忙将两杯果汁端上来，一杯摆在乔锦月面前，一杯摆在曲卓然面前："乔姑娘请用，小姐请用！"

"多谢！"乔锦月接过果汁杯，一饮而尽。小燕瞧着乔锦月将喝完的果汁杯放在桌子上，脸上露出一丝爽快的笑。乔锦月喝完果汁后，对曲卓然坦然："曲小姐，你正直、坦荡，我本是喜欢你的性子的。只因为上次伤到了我身边最亲的人，我一时情绪失控才会那样的，其实我不是真的讨厌你。之前的事，我都不会再计较了。只要你不和我争抢安笙，我们还是可以做朋友的。"

"我……乔姑娘，我……"曲卓然叫乔锦月来的本意是想和乔锦月说，要与她共侍一夫的事。

可没有料到乔锦月竟先说了"不和我争抢安笙"这样的话，更让曲卓然不知如何开口。她口中嗫嚅了两下，然后继续说："乔妹妹，我还是叫你妹妹吧。我就不拿你当外人了，实话和你说了吧！其实我和你一样，都很爱安笙。自从那日在北平他救了我之后，我就深深地爱上他了，并且爱的无法自拔。可我不知道，他已经有了你。我现在知道了，也明白了，你与他是无法被拆散的。我可以接受你，也希望你能接受我。我希望安笙能娶我过门，然后我会张罗你们的事，让他风风光光地纳你进门。我保证，我会和你一样爱安笙，我也会好好爱他，更会好好待你，把你当做我的妹妹一样，好不好？"

"什么？"乔锦月惊得立刻从沙发上站起身，要是往常时曲卓然要与她争顾安笙，她一定会生气的。可毕竟曲卓然帮了她那么多次，她也不忍对她发怒，便正色："曲小姐，我虽然感激你为我做的那两件事，但有的事我也应该和你说清楚。感情是不能分享的，我不知道你是怎么看待的，但我和安笙都是一样，他心里只有我一个，我心里也只有他一个。他有了我，也就不可能再娶其他女子了。曲小姐，你这样的身份、地位，要什么样的男子没有，你可以选择一个比安笙更好的男子，何必揪着我们苦苦不放呢！"

- 肆 -

曲卓然还未开言，小燕便先向乔锦月发怒道："喂，你个臭戏子，你别敬酒不吃吃罚酒，我们小姐什么身份，你什么身份，你不清楚吗？我们小姐都这样屈尊求你了，你别不识抬举！"乔锦月也不甘示弱，振振道："你护主心切我不同你计较，但感情的事我不会让步也不可能让步！"小燕忿忿哼了一句："你等着吧，等过上几天，你连戏都别想唱了！"

"小燕，闭嘴！"曲卓然呵斥一声，小燕虽然不服气，但也没有再说话。"乔妹妹，乔妹妹！"曲卓然带着哭腔走到乔锦月身边，竟"扑通"一声向她跪下，握着她的手。向她央求："我当你是我的亲人了，但我真的不能没有安笙，没有他我活不下去。我答应你，我会用我的身份帮助他成为名角儿的，我也不会亏待你，我也会让你在唱戏上拥有足够多的资源和条件，会想方设法帮你越来越红火，好不好？我求你帮我和安笙说说，只要你让他接纳我，他就会接纳我的。"

"曲小姐，你别这样！"乔锦月被曲卓然突如其来的举动弄得惊慌失措，忙将她扶起："曲小姐，有什么话好好说，你别激动！"小燕亦跑过去，一把扒开乔锦月的手，扶住曲卓然，并满心厌恶道："小姐，你别为了这卑贱之人做这种作践自己的事！"

"小燕，你先下去！"曲卓然命令道。

"小姐，我……"小燕还想说些什么。曲卓然厉声："我的话都不听了吗，让你下去！"

"哦，是！"小燕不敢忤逆，听了曲卓然的话乖乖退了下去。

曲卓然仍用恳求的目光看着乔锦月："乔妹妹，请你好好想一想，我说的对不对。我的身份，可以帮助安笙很多的，他想要什么，我都能帮他得到。你我若可以共侍一夫，你想要的我也可以帮你得到。而且，你们依然还能恩恩爱爱的在一起啊，我不会阻拦他宠你，我只希望能陪在他身边。你想想，这样不好吗？"

"曲小姐，这件事不是你想的那样！"面对曲卓然的执着乔锦月无奈又感慨，只得叹了口气："对不起，曲小姐。和你共侍一夫的事，我不能答应你，也办不到。我和安笙想要的只是一生一世一双人，不需要你说的什么身份地位，我们只要平平淡淡的在一起。曲小姐，还请你明白！"

"啊……"曲卓然伤心地落下泪来，悲声而言："我这样求你你还不肯答应我吗？难道我帮你做的一切，你都不肯相信我吗？我从前是刁蛮任性做了许多错事，但我以后真的不会了！请你相信我，好不好，好不好？"

"不是的！"曲卓然依然不明白乔锦月的意思，乔锦月无奈，却也只得再解释一遍："曲小姐，我的意思很明确，也不会因为任何原因改变。我想要的是一生一世一双人，仅此而已。不是你不好，也不是我不相信你，只是感情的事，没办法退让，更没有办法分享。这件事，我和你说声抱歉，我无法答应你。安笙于你而言，只是一场错相识，没必要较真的。希望你能早日找到真正爱你的那个人，和他白头偕老。"

"真正爱我的人？我只想要我真正爱的人！"曲卓然凄然道："罢了，既然求你没有用，我再另谋办法吧。不过我告诉你，我不会因为你说的这些话，就放弃安笙，我会自己想办法争取到他。我一定会光明磊落的争取到他，你放心，我不会用见不得光的手段，也不会伤害你。但希望你能清楚，这次我求你你不同意，如果我真正得到了安笙，就未必能接纳你了。到时候，你们没办法在一起，可别怪我！"

乔锦月深吸了一口气："谢谢你的坦诚，不过我也告诉你，我们两个的感情是不可能被击溃的，你还是尽早放弃吧。我先回去，不多待了，总之，你帮我的事情谢谢你！"说罢乔锦月便走出了曲宅正厅。

乔锦月刚出曲宅，就被小燕拦了住，小燕一脸厌恶地对乔锦月怒言："不识抬举的东西，曲宅是你想来就来想走就走的吗？"乔锦月不想与一个小丫鬟计较，一把将她推开继续向前走，哪知她又拦了上来，对乔锦月哼了一声："你这唱戏的下贱东西别不要脸！"

乔锦月本不想与她计较，但她一而再再而三的言语侮辱，乔锦月便不能忍了，一把拉过她的胳膊，向下拧。小燕反抗不过她唱戏练功的身手，直叫痛，她也没有放手，而是沉了脸道："我看在你护主心切，不与你计较，你倒对我蹬鼻子上脸了。你说我唱戏下贱，那你这个伺候人的奴才又是什么东西？按你这么说，你们小姐和我一样是演员，她又是什么？我不和你多说了，你好自为知吧！"乔锦月松开了小燕，头也不回的朝大门走了去。小燕向后跌了一个趔趄，她见识到了乔锦月的身手，也不敢再说她什么了。而是等乔锦月走出曲宅后，她锁上了门，对乔锦月大喊一句："唱戏的要是没了这嗓子啊，可就什么都干不成了！你不把我们小姐放在眼里，永远也别想好，就等着你的嗓子毁了永远不能唱戏吧！"她的话乔锦月都听见了，她没有理她，只觉得这个小丫鬟太可笑，自己的嗓子岂能她说毁就毁？

可她不知，这正是一个阴谋的开始。自从那日乔锦月唱完《三打陶三春》后，便总会觉着喉咙不舒服，起初以为是天气干燥引起的疾病，所以没有太在意。但不想后来竟发觉越来越严重，甚至唱戏时都觉着发声吃力，说话时声音也变得沙哑沉重。后来师兄与师姐们都发现了她的嗓音有异样，便去医院按照普通喉疾的症状为她开了些润喉的药，可乔锦月服用后不但不见好转，反而日益严重。

"安笙，我也不知道怎么回事，自打那日唱完《三打陶三春》之后，我的喉咙便觉着越来越不舒服，吃了药也不管用，再这样下去，恐怕戏都唱不了了。"

"月儿，才几日不见，你的声音怎么就成这个样子了！"顾安笙眉头紧皱，显然十分担忧。起初听乔锦月说话的时候，也以为只是天气干燥所以嗓子沙哑，但现在看她的症状，远没有想象的那么简单。

"我也不知道啊！"乔锦月一脸茫然的摇摇头："师姐们也以为我只是天气干燥而嗓子沙哑的，可现在都六月了，干燥季节早就过去了，可我还是这样不见好转。我服了几剂治疗喉疾的药，现在还没有好转，反倒觉着越来越严重，再等等看吧！"

"不行，月儿，不能再耽搁了！"顾安笙一脸严肃："可能你服用的药根本不对症，你或许是患了别的疾病。趁现在还没有严重，尽快到医院去看看吧。只怕晚了，就真的不能唱戏了。"听顾安笙所言，乔锦月也意识到了事情的严重性，便点点头道："好！"顾安笙带着乔锦月去了一家医院，挂了耳鼻喉科。大夫仔细的检查了乔锦月的喉咙，又根据她所描述的症状观摩一番后对乔锦月说："姑娘，你这不是喉咙干，而是中毒之症。还好发现得早，及时处理，不然恐怕就永远的失声了！"

"什么？"乔锦月又惊又怕："可我什么也没有吃啊，怎么会中毒，我不会以后再也唱不了戏了吧？"

"月儿，你别怕！"顾安笙安抚住乔锦月："且听大夫怎么说。"那大夫道："二位不必担忧，还好发现的及时，你放心，你不会失声的。若趁早处理便无大碍。"

"那便好，那便好！"知道自己不会失声乔锦月便松了一口气，又向大夫问："那么大夫，请问我中的是什么毒？"那大夫说："根据你的症状观看，是服用过一种叫桐桦散的毒素。桐桦散本是去热的良药，但对喉咙的危害却是极大。一般如教书先生这样靠嗓子吃饭的行当，是绝对禁忌用这种药物的。若是独服桐桦散，倒不至于后果如此严峻。但若要桐桦散与黄酮一起服用，对喉咙有着十分致命的危害，姑娘你现在的症状，大概是桐桦散与黄酮同时服用过了。"

"桐桦散，黄酮？"乔锦月从未听说过这两种药物，疑惑道："我最近没有生病也没有用过药，怎么会服用过这两种药？"

那大夫摇头："姑娘你说错了，黄酮是一种微量元素而不是药物。黄酮生活中随处可见，苹果与蜂胶中所含黄酮最多，姑娘若是食过苹果或蜂胶，就会摄入大量黄酮，黄酮本无害，这你无须担心。但是桐桦散是药物，极其罕见，任何食物中都不含此药，只有高热不退的患者才会服用此种药物。姑娘你想想你是何时服用了桐桦散？"

乔锦月想了想，茫然地摇摇头说："大夫，我近日没有发过烧，身边也没有高热不退的病人。按理说，我不会服用过桐桦散啊？"那大夫坚定而言："你的症状一定是服用过桐桦散的，不会有错。"乔锦月凝神想："我最近……"顾安笙向那大夫问："大夫，那这位姑娘的毒可否有医治的办法？"那大夫说："还好发现的及时，不至于造成失音。我给你开几副药剂，你记得按时服用。还要切记，这段时间不可大声说话，不可用嗓过度。只要你按我说的去做，不出一个月便会痊愈。另外，一定要查明姑娘在哪里服用过桐桦散，切记不可再碰，不然病情只会越来越重，到时候若造成失音，便再也不可医治了。"

顾安笙点头："好，知道了，谢谢医生。"说罢便带着乔锦月出去了，乔锦月还在纳闷："安笙，我没有服用过药，哪里来的桐桦散啊？"

"这件事没有你想象的那么简单！"顾安笙神色严峻："月儿，不是你无意服用，很有可能是被人下毒了。"

"什么？"乔锦月惊异："怎么可能？"顾安笙分析着："大夫说桐桦散是罕见药物时，我就已经猜到你是被人下毒了。你想，桐桦散是罕见的药物，我们平时不可能接触到，你怎么会误食？你再想，大夫说教书先生这样靠嗓子吃饭的行当是绝对禁忌桐桦散的，而你是戏角儿，你也是靠嗓子吃饭的。一定是懂医理的人刻意要陷害你，才给你下了这种毒。他们的目的就是让你嗓子失音，再也无法唱戏！"

乔锦月听了顾安笙的分析，霎时吓白了脸，不禁惊慌："安笙，你这么说，好像真的是，是谁这么恶毒，明知道我离不了唱戏，偏偏要对我的嗓子下手？"顾安笙将乔锦月拥入怀中，安抚着说："月儿，你别怕。好在我们发现的及时，没有对你造成什么严重的伤害。"

"你只需按时吃药，休息一段时间还是可以唱戏的。但是你必须要好好想想，这段时间你见过什么人，吃过什么东西，一定要把给你下毒的人找出来！"乔锦月点点头："嗯，我好好想一想！"顾安笙又言："我陪你回湘梦园，找最近经常和你在一起的师兄师姐帮你回想，务必找出那个人，事不宜迟，我们马上回去吧！"

"好！"

- 伍 -

"小七,你确定你觉得喉咙不舒服的时候是在那天唱完《三打陶三春》之后?"湘梦园正厅,苏红袖紧张地问道。此时此刻,顾安笙与苏红袖、夏漫莹都在湘梦园正厅,一同回忆乔锦月当时的事情。这几日,与乔锦月接触最多的就是他们三人,乔锦月的状况也只有他们三人最了解。

"是的,我记得很清楚!"乔锦月坚定:"陶三春是刀马旦,我扮刀马旦的时候不多,所以那次印象格外深刻。是那天晚上回了湘梦园之后,我才觉得喉咙不舒服的。"

"按理说和唱的那场戏应该没什么关系啊!"夏漫莹惊奇:"那场戏小七扮的是刀马旦,刀马旦的唱词不多,都是身手功夫,怎么可能是因为那场戏?"乔锦月摇头:"不是那场戏的事,和那天唱的戏没关系,是唱完那场戏后我中了桐桦散的毒!"顾安笙问:"你既然确定是那场戏过后,那你还记得那天去了哪里,吃了什么东西?"

乔锦月回想起那天,细细道来:"那天在悦华剧院演的戏,大师姐不在,我和六师姐一同吃的午饭。后来六师姐你说你要去找高公子,我就自己回来了,六师姐这你都知道吧!"

"是呀!"夏漫莹亦说:"那天我去见海辰了,你自己回去的,我们中午吃的都一样,也没有吃什么奇怪的东西啊。不然为什么我没事,偏偏你中毒?"顾安笙不肯放过一丝一毫的线索,凝重而言:"那你们还记得吃过什么,可有食过苹果与蜂胶?"

乔锦月想了想,说:"我吃了一碗牛肉面,还喝了一碗水,再没吃别的什么了。"

夏漫莹道："是的，我也记得清楚。我们一向不会碰蜂胶的，湘梦园这些天也都没有碰过苹果，小七应该不是和我们在一起时中的毒。那你再想想，前几天你有没有在别的地方吃过什么？"

乔锦月思考："我前几天一直在湘梦园吃饭食，然后就只喝过安笙的红豆薏米茶……哎呀！"乔锦月好似突然想到了什么，突然惊叫一声："不会是她吧！"

"谁，什么？"苏红袖忙紧张道。乔锦月吸了口气："提到红豆薏米茶我就突然想起来了，那天我还见了一个人，没有和你们任何人说。我虽然没有吃过苹果，但是喝了苹果汁。"乔锦月把见了曲卓然和在她家里的经过都说与三人听。说完后又担忧："我在她家喝了苹果汁，但是她也一样喝了一杯，不会是她害的我吧！"

顾安笙凝重的思考了一番："依你这么说，她是向你道歉并有求于你，她在背后也帮你做了好多对你有利的事。若是因为她害你师兄受伤的事自责不已，以她的个性不会再用这种方式加害你的，而且她还有求于你，就更没有这个必要了。苹果确实是在她那里食过的，但毒应该不是她下的。"顾安笙做事一向谨慎，虽然他对曲卓然之前的所作所为十分反感，但他没有因为之前的事，带有偏见的认定这件事是曲卓然所为。仔细思考这件事的前因后果，他亦觉得曲卓然的本性没有他从前认为的那样恶劣，也分析出这件事的确不像是她做的。

乔锦月说："她没有勉强我喝，是我自己喝的。而且她也喝了，按理说应该不是她做的，可那又会是谁？"苏红袖又问："那你一定是服食苹果后中了桐桦散的毒的，那天晚上你吃了什么？"

"那天晚上……"乔锦月仔细的思考，突然脑海中回荡起了一句话。"唱戏的没了这嗓子啊，可就什么都干不成了！你不把我们小姐放在眼里，你永远也别想好，就等着你的嗓子毁了永远不能唱戏了吧！"乔锦月记得，曲卓然的丫鬟小燕那天在曲宅愤怒的对自己说出了这句话，自己当时没有在意，但也许事情的关键之处就在她！

想起这件事乔锦月不禁毛骨悚然，颤抖道："曲卓然不会做这种事，但不代表她不会，她一直看我不顺眼的！"

"是谁？"乔锦月把那天在曲宅，小燕对自己的冷嘲热讽，冷言冷语都说给了他们，包括出了曲宅正厅后，小燕对自己说的话。

"我记得苹果汁是她榨的，当时我没有立刻就喝。曲卓然要喝时她还很慌张的打翻了杯子，又重新给曲卓然榨了一杯。事情的蹊跷之处似乎就在这！"夏漫莹亦说："很有可能。小燕一心护主，看不惯自己家小姐背后帮了你，又低三下四地求你。你不同意她更恼火，所以想害你唱不了戏作为报复。"

顾安笙凝眉："照你这么说，那杯果汁就是她故意打翻的，可能那杯果汁她已经下了药，她以为你会喝，可你没有喝。曲卓然要喝时，她不能看着自己家小姐中毒，所以故作慌张地打翻了杯子，换一杯没有下毒的。而且你临走时，她气愤的对你说出那句话，将自己的精心设计泄露出去了。她不会无缘无故对你说出那样一句话，想必这件事十有八九和她有关系。"

乔锦月觉得顾安笙的分析有些道理，但仍然疑惑："话是这么说，可她只是一个小丫鬟，若是没有曲卓然，她什么权利都没有。而且桐桦散那样罕见的药物她又是哪里弄到的，她这种连学都没有上过的丫鬟怎么可能知道这些医理？"顾安笙想了想："可是现在好多事情都证明了是她所为，她虽然不懂，但一定有人懂。恐怕事情远远没有我们看到的这么简单，真正想害你的人或许在暗处，曲卓然和小燕都是被利用的。这个幕后黑手才是操控这件事全部经过的人，你在明，他在暗。曲卓然和小燕都是他害你的工具，小燕或许是被这个幕后黑手指使的，她也是被操控者，但她一定知道那个人是谁。"

"什么？"乔锦月睁着一双恐惧的双眼，显然畏惧至极，颤声道："是谁，是谁要害我，是谁不想让我唱戏？"听了顾安笙的分析，苏红袖与夏漫莹亦惊惧的很，苏红袖担忧："安笙，若你说的是真的，那一定是有人对小七虎视眈眈，害她一次不成，一定有第二次！"

乔锦月带着哭腔捂住头："师姐，安笙，怎么办，我该怎么办？"

顾安笙却依旧保持淡定，抱住乔锦月温声安慰："没事，月儿。我和你的师姐都在的，有我们在你不用怕，只要谨慎些就不会有事的。"

乔锦月哭泣道："可我们不知道背后操控的人是谁，我们在明他在暗，我们怎么防他？"顾安笙抱紧乔锦月："我一定会帮你找出那个人的，这件事的幕后操控者，小燕一定会知道。我们需要去曲宅找曲卓然盘问小燕，她一个小丫鬟不经世事，一定是被人利用了还不知情。我们只需要恐吓她一番，就能从她嘴里套出实情的。事不宜迟，现在太阳还没有落山，我们马上去吧！"

乔锦月点头："好，安笙！"

顾安笙带着乔锦月来到了曲宅门口，不承想曲宅大门竟然没落锁。事出紧急，二人未顾礼节，没有敲门，直接进了曲宅。曲航瑞和曲夫人不在家，二人只在曲宅正厅的门口听见了曲卓然在放映的流行音乐声，得知了曲卓然在正厅中。为了防止乔锦月进去后再出意外，顾安笙对乔锦月说："你在这里等着我，我先进去问她！"

"好！"顾安笙走了过去，见正厅的门也没有锁，便轻轻扣了两下门，径直走了进去，他面色从容："曲小姐，冒犯了！"

顾安笙的突然出现让曲卓然一惊，虽然他来的冒昧又没有遵守礼数，可还是令曲卓然心中一喜，哪管他语气平平，只要一见到他，她心中的欣喜就抑制不住。她忙从沙发上站起身，欢喜道："安笙，你怎么来了？"又对小燕道："快去把音乐关了！"

"是！"小燕关了放映机后，顾安笙欠身，对曲卓然微微施了一礼："曲小姐，我这次冒昧前来是有急事问你。见你家的大门没锁，厅门也没关，未曾通告就直接进来了，失礼之处还请曲小姐见谅！"见顾安笙待自己的态度完全不同于那日的厌恶，曲卓然哪管他是否合乎礼节，忙欣喜道："没事没事，你能来我求之不得，小燕，快备茶！"

"不必了！"顾安笙伸手制止："我这次匆忙前来实是有急事询问，小姐不必如此款待。"听顾安笙这般言语，曲卓然愣了一下，又有些惊讶："你……有什么事要天快黑了才来问我啊？"她停顿了一下，后说："你若有事便问吧，我知道的都会告诉你。小燕，你先下去吧！"

"是。"小燕刚要离开，却被顾安笙厉声叫住："慢着，你可别走，你这关键人物怎么能走呢？我要问的事，和你关系大着呢！"

顾安笙目光凌厉地看着小燕，他的目的就是要虚张声势吓住小燕，利用她的恐惧迫她道出实情。小燕果然就吃这一套，被顾安笙吓得心惊肉跳，颤颤巍巍："顾……顾公子，小……小燕只是小姐的丫鬟，什么事……能和小燕有关？"曲卓然亦奇："安笙，你有事要问我和她有什么关系啊，她只是我的小丫鬟，能有她什么事！"顾安笙犀利的目光依然紧紧盯着小燕，凛凛然言："她是一个小小的丫鬟没错，可她和这事关系大着呢！"

小燕被吓得浑身发抖，躲到曲卓然身后，弱弱叫了声："小姐！"曲卓然以为小燕是害怕顾安笙问起青龙帮的事，扭过头安慰："小燕，别怕，都是我做的，和你没关系。"顾安笙上前了一步，眼角带着质疑盯着小燕："平生不做亏心事，夜半不怕鬼敲门。你要是真的什么都没做，你心虚什么？"曲卓然挡在了小燕面前，对顾安笙乞求："安笙，百惠剧院的事是我做的，和她没有关系。她只是我的丫鬟，别的什么都不知道，你别吓她！"

顾安笙只语气淡淡："我说的不是这件事，是另外一件事。我问你，前些日子，你是不是请乔锦月到你这来做客了？"

"是啊！"那次曲卓然没有伤害乔锦月，所以很坦然地点点头："我请她来是为了之前的事向她道歉的，还和她说了一些关于你的事。这一次我绝对没有伤害她，她只在我这坐一会儿就走了，你不信可以问小燕！"曲卓然看向小燕，想等她替自己作证，小燕早已被吓得不成样子，瑟瑟发抖："小姐……没……没有……"顾安笙睥睨了小燕一眼，没有理会她，而是对曲卓然欠身微微行了一礼，语气稍微缓和了些："曲小姐，那天的事月儿都说了。我现在知道有些事情是我误会了，我也相信百惠剧院的事不是你有意为之。你能做出医院转病房和撤报纸新闻的事，说明你是个本质不坏，光明磊落的好人，凭这一点，我相信你不会害月儿。但是！"顾安笙话锋一转，又看向小燕："你不会这么做，不代表别人不会这么做！"

"不是我！"小燕吓得忙往曲卓然身后缩："我什么也没做，什么也没做！"

"呵！"顾安笙冷哼一声："我还没说什么呢，你自己就乱了阵脚了！"顾安笙这般言语，小燕这般反应，曲卓然不禁起疑，她看了看顾安笙又看了看小燕："安笙，究竟是怎么回事，和小燕有什么关系？小燕，你那么惊慌干什么，难不成真的和你有关系？"顾安笙不缓不急："曲小姐，你别急，先听我说。那一天你是不是给月儿喝了一杯苹果汁，这杯苹果汁还是小燕亲自榨的？"曲卓然回想了一下，点头："是呀，苹果汁就是普通的苹果榨的汁而已，我没有在里面下什么药的。起初乔姑娘还担心我在里面加了什么东西，我还把她的那杯喝了呢！"

顾安笙厉声："苹果汁是没有毒，但是苹果中含有的黄酮和桐桦散夹在一起就是有损咽喉的剧毒！"曲卓然完全没有听懂顾安笙的话，愣愣："安笙你说什么呢？什么黄酮，桐桦散的？"顾安笙只冷冷的道了句："问问你的好丫鬟小燕吧！"曲卓然疑惑的看了一眼小燕，小燕带着哭腔跪下说道："小姐，顾公子，放过我吧，我什么也没做！"

"什么也没做？"顾安笙又走上前一步："那我问你，你家小姐要喝乔姑娘的那杯果汁时，是不是你故意打翻了，又为她重榨了一杯？我应该说是你本想害乔姑娘，可她没有喝，而差点被你家小姐喝了。你在里面下了桐桦散，你可不能害你家小姐失声，所以你故意打翻，又换了一杯没有加桐桦散的给了你家小姐，又榨了一杯有桐桦散的给了乔姑娘。"

"不是的！"小燕吓得跪捂住了头，红着眼颤声言："我不知道什么果汁，我没有什么桐桦散，我不知道喝了什么会失声的！我真的不知道，我什么也不知道！"

"不知道？"顾安笙又用犀利的目光盯着小燕："那你为什么会在乔姑娘临走前对她说什么唱戏的没了嗓子就永远唱不了戏之类的话？"

"没有没有！"小燕吓得失了神，只蹲在地上猛烈地摇头："不是不是，你记错了，不，是乔姑娘记错了，我什么都没有说，我没有说过这样的话！"

"是吗？"突然听到一个沙哑而又愤恨的声音从身后袭来。

曲卓然转过身，见到那身影，惊异道："乔姑娘？"

- 陆 -

"没错,是我!"乔锦月逐步走向小燕,冷着脸说:"小燕姑娘,你好算计,你自己做过了什么,难道还不清楚?我嗓子现在成了这个样子,合了你的意了吧!"曲卓然听得乔锦月原本清灵的声音变得如此沙哑不堪,惊奇道:"乔姑娘,短短几日,你的声音怎么会沙哑成这个样子?"乔锦月目光如烈火般地看着小燕:"不是沙哑是中毒,你问我嗓子怎么会变成这个样子的?那你要好好问问你的丫鬟小燕对我做了什么!"

"小燕?小燕能做什么?"曲卓然还被蒙在鼓里,正犹自纳闷,突然回想起那天小燕的一句话:"你等着吧,等过上几天,你连戏都别想唱了!"想到这里曲卓然不禁打一个激灵,小燕自幼跟在她身边,她的性子她了解,她不会无缘无故说这些无厘头的话。她当时就说乔锦月过上几天戏都别想唱了,而今乔锦月的嗓子又坏成这样,该不会真的和她有关系吧?她又回想起那天的细节,是自己要喝那杯果汁后小燕突然打翻,当时自己没多想只当她太毛躁。细细想来,却如顾安笙所说那般,那杯果汁是小燕亲手榨的准备给乔锦月喝的,可是乔锦月没有喝。

当她准备喝时却被小燕突然打翻,小燕在她身边做事一向谨慎,绝不会这样毛躁的。而且小燕本就看不惯乔锦月,三番五次在自己面前说乔锦月不配自己为她做那些事。想必是那杯果汁被小燕下了毒药了,见自己要喝便出手将下了药的果汁打翻,现在看来她不是行事毛躁,而是刻意为之。

"小燕,你来!"曲卓然把身后的小燕拉出来,对她凝重道:"你老实告诉我,乔姑娘嗓子中毒的事和你有没有关系?"

"小姐！"小燕扑通一声跪在地上，哭着说："小姐明鉴，小燕什么都没做，他们误会小燕了。小燕只是个手无寸铁的丫鬟，拿什么来害乔姑娘中毒啊！"曲卓然眉心蹙了蹙，像是有些认可："倒也是，你一直以来都是跟在我身边的，你不可能有什么毒药，你也不懂药理。安笙，是不是你们搞错了啊！"顾安笙将目光移向跪在地上的小燕，声音振振："她是不懂，但不代表所有人都不懂。曲小姐，她这几日真的一直在你身边吗？你有没有想过，她是背着你跟别人勾结起来陷害月儿的。这个幕后黑手，才是操控整件事的真正受益者。"

"这……"曲卓然想了想，这几日小燕确实没有日日跟在自己身边，自己问她去了哪里，她也没有细说，该不会真的……曲卓然又惊又怕，将小燕从地上拉起，认真道："小燕，你老实告诉我，你不在我身边的时候去了哪里？你到底有没有跟别人勾结做什么害人的事？"曲卓然的目光带着期待又含着失望，她生怕自己最信赖的小燕背着她做出什么伤天害理的事。

小燕也不想让小姐对自己失望，嗫嚅了几句，仍是没有承认："不不不，小姐，你相信小燕，小燕没有！"顾安笙进一步恐吓："不肯供出你的主谋是吗？我不怕你不说，你若不说我便全当这件事是你一个人做的。你做这种害人的事是犯法的，若我将你送到警察局，你这条命就别想要了，到时候你家小姐也保不了你！"

小燕不懂这些事，以为顾安笙说的是真的，吓得瘫倒在地上，目光恳切的看着曲卓然："小姐！"曲卓然深吸一口气，闭上双眼："你若真的做了伤天害理的事，我也保不了你！"小燕绝望地流着恐惧的泪，坐在地上，说不出话来。顾安笙继续引诱道："你是在想背后指使你的人会救你吗，我告诉你不会的。他把你搭进去了他就不会有事，有个替他背锅的，他只会乐得开怀。你成了他的替罪羊了，他怎么可能救你出去？你若老实交代了幕后主使者，我便饶你一回。你若不说，别怪我不顾你家小姐的情面将你送到警察局，到时候你们曲家名声都会被你连累！"

听顾安笙说的越来越可怕，小燕再也经受不住了，忙道："别，千万不要。顾公子饶命，小燕知道错了。小燕说就是了，说就是了！"

曲卓然心中一凉，退后了一步，失望道："小燕，当真是你做的。你真的瞒着我和别人联手，做了伤天害理的事情！"

小燕转身面向曲卓然，向她磕了个头，恳切而言："小姐，小燕对不起你，是小燕没听小姐的话，一时冲动，做了错事！"小燕又转身面向顾安笙："顾公子，我全都说给你听。那天表少爷来了我们家，小姐和表少爷说起要找乔姑娘到家里的事。我心中不服气，被表少爷看出来了。表少爷临走前对我说他有报复乔姑娘的办法，只要我协助他，就能让乔姑娘永远不能唱戏。我因为对乔姑娘心有怨恨，一时冲动，便答应了表少爷。过了几天，表少爷来给了我一包药。他说等小姐请乔姑娘到家里来的时候，让我把这包药下在苹果汁里。他说这是他从自己家产业的医药师傅那里问到的药方，很少有人知道。这种药本无害，但只要和苹果同时食用，对嗓子的危害极大，服用后先是嗓子会变哑，然后会日益严重，不出十几天就会永远失声。小燕一时鬼迷心窍，竟听了表少爷的话，害了乔姑娘。乔姑娘饶命，顾公子饶命！"

"真的是你！"曲卓然脸上写满了失望，一把将小燕拉起并狠狠的在她脸上甩了一个巴掌，厉声喝："我和你说过什么？不许做这种见不得光的害人之事，不许背着我和别人勾结。你竟然跟程显威联手做这种事，你把我说的话都听到哪里去了？"

"小姐，小燕错了！"小燕跪下抱着曲卓然的腿哭道："是小燕的错，小燕再也不敢了。请小姐饶恕小燕一次吧！"曲卓然痛心疾首的闭上眼睛："你做出这样的事，毁了我的名誉，我如何饶你？"

"等等！"乔锦月打断曲卓然的话，问："曲小姐，你刚刚说是程显威主使的，敢问程显威与你是什么关系？"曲卓然哀声："他是我表哥，他做事一向狠厉。都怪我疏于防范，竟把自己的想法都告诉他了。我没想到他竟然会找这个机会害你，都怪我，又是我害了你。乔姑娘，对不起，对不起！"

乔锦月没有理会曲卓然，而是和顾安笙对视一眼，双双大惊失色："竟然是他！"曲卓然看着他二人的表情，奇异："你们认识我表哥？他为什么会利用我们来害你？"

乔锦月无奈的叹了口气:"曲小姐,你们都被他利用了。他之前就害过我们湘梦园,我得罪过他,他到现在还对我怀恨于心。他不但对我们湘梦园有敌意,他还几次三番的找过文周社的麻烦。你还被他蒙在鼓里,他是暗中借了你的手,来一次次陷害我们!"

"怎么会……"曲卓然不可置信的摇着头:"我和他说了你们的名字,他从没说过认识你们。可是他……难道……"曲卓然一惊,之前好多的事都浮现在了脑海里,程显威让她诱惑顾安笙,程显威给她出主意到剧院整乔锦月,原来这些事都不是他在帮她,而是借自己的手报复他们。而自己竟然还对他感恩戴德,认为他是在帮自己出谋划策。默默帮他做了这么多害人的事!想到这里,曲卓然的悔恨交织眼泪从眼眶里流了出来,她悔恨不已,也自责不已,"扑通"一声跪倒在乔锦月面前,啜泣:"乔姑娘,对不起,都是我的错。我竟然被表哥利用了这么久都不知道。之前我到宾馆给安笙下迷香的事是他出的主意,带青龙帮到百惠剧院闹事也是他的主意,我竟然做了他手里害人的那把利刃。你打我吧,骂我吧,都是我的错!"

顾安笙走近曲卓然,将她从地上拉起来,凝重道:"你先别激动,你说的这些事都是他在背后给你出的主意?"

"是的!"曲卓然流着泪点头:"是他借了我的手害了你们,安笙,我竟听了他的话,为了得到你,鬼迷心窍对你们做了那种卑劣之事。还有百惠剧院,我说为什么我一再叮嘱青龙帮的人不许伤人,他们还是伤着了沈公子。原来一切都是表哥安排好的,我竟然相信了他,他好歹毒的计谋!"乔锦月秀眉紧蹙,看向顾安笙:"原来一切都是他做的,我们都被他害惨了!"曲卓然握住了乔锦月的手,诚恳道:"乔姑娘,我做过太多对不起你的事了。让我慢慢弥补你好吗,我会给你送上最好的医疗药品,程显威做的事我也会找个机会给你报复回来的,小燕我也会处置的。求求你,原谅我好吗?"

像乔锦月这样心善而又明事理的人,更觉得曲卓然这样被别人当枪使的人可怜。她看着曲卓然悔恨不已的模样,心下不忍地摇摇头,反握住曲卓然的手:"不必了曲小姐,你为我做的事已经够多的了。我知道这件事你也是被利用了,我不会怪你,要怪就怪程显威太恶毒。

好在我的喉疾发现的及时，没有造成不可挽回的后果，你不必自责。只是你以后要提防好程显威，也要提防好你的贴身丫鬟。"

曲卓然凄然的目光又看向顾安笙，想说些什么，却又不知该说什么，只喃喃而语："安笙……"顾安笙吸了口气，深沉而言："曲小姐，我和月儿这次冒昧前来，只是想探寻事情的真相，不是来追究你的。你在背后帮月儿做的那两件事，我感恩于你，之前的事情你是受人蛊惑，我也可以既往不咎。程显威与我们的恩怨是我们的事，不需要你多费心了。其余的事情我们会处理好，既然已经知道事情的真相，我们就无须多耽搁了。曲小姐，我只叮嘱你一句话，程显威这个人阴险狡诈，你勿要因你与他是亲属关系，就轻信于他。其余的我不必多说了，你都明白。"

顾安笙又转身拉过乔锦月的手，温声言："天快黑了，月儿，我们回去吧！"乔锦月点点头："好，安笙！"

曲卓然看他二人在她面前如此亲昵，心不由得刺痛了一下。可自己做错了这么多事，已无颜再去面对这份感情了。但爱了这么久的人，她不甘放弃，于是便上前一步，叫道："等一下！"

他二人转过身，曲卓然却不知该如何开口，她哀求般的看着顾安笙："安笙，我有些话想对你说，你能听我说完再走吗？"顾安笙只道说："曲小姐，该说的都已经说完了，你还有什么要说的？"曲卓然哀求："我知道我做错了很多事，无颜再面对你。可我对你的感情从来都是认真的，这一次，请恕我厚颜无耻，请求你留下，听我把话说完再走，好吗？"

"这……"顾安笙犹豫了一下，看向了乔锦月，乔锦月点点头，顾安笙便道："好吧！"曲卓然感激："安笙，谢谢你！"又转身对乔锦月说："乔姑娘，谢谢你的理解与成全。只是我有些话想单独对安笙说，不过你放心，我不会再做什么伤害你们的事了。我……能否厚颜请求你回避一下？"

"好！"乔锦月点点头，走出了正厅。

曲卓然又对跪在身边的小燕言："小燕，你也先下去！"

小燕被吓得瑟瑟发抖不敢乱动一下，曲卓然厉声喝道："让你下去没听见吗，你敢背着我害人，现在连我的话都不听了是吧！"

"不，小燕不敢！"小燕忙站起身低头："小燕这就下去！"小燕退下后，偌大的屋子里只有顾安笙和曲卓然两人。顾安笙站在正厅中央，面无表情的对曲卓然说："曲小姐，你有什么话就快说吧！"

曲卓然与顾安笙之间保持着六尺的距离，她不再靠近，而是在原地对顾安笙鞠了一躬："安笙，无论是旅馆的事还是剧院的事，都是我的不对。是我太自私，只因为我一心爱慕你，总想着拆散你和乔姑娘并从中趁虚而入。不承想竟鬼迷心窍勿中奸人诡计，差一点害了你和乔姑娘，对不起！"见曲卓然态度诚恳，是真心的悔过，顾安笙便伸出手虚扶了曲卓然一把："知错能改，善莫大焉。你既然知道错了，我也没有理由揪着这些事不放了。况且你也是被人利用，成了他对付我们的工具。你能够在背后为月儿送药，并帮她解决了报纸之事，说明你不是一个坏人，所以我不会怪罪你。此事过去了就休要再提，让它就此过去吧！"

曲卓然含泪的双眼闪出一丝光芒："真的吗？安笙，你现在不厌恶我，你可以接受我了吗？"顾安笙点点头，声音也变得轻柔了些："你做的这些错事是受人蛊惑，我也知道你是因为对我用情太深才做了错事。从前我不知道是程显威的主意，也没想到你会在背后做了这么多，是我误会你了。现在知晓了事情的真相，我自然不会像从前那样看待你。"

"是吗，安笙！"曲卓然顿时脸上增添了神采，走到顾安笙身边拉住他的袖子，兴奋道："安笙，那你是接受我了！我和乔姑娘说的话你也知道吧，我不会再想着拆散你和乔姑娘了。我愿与她共同服侍你，你若愿意接受我，你娶了我之后，我会主张你纳她进门。从此以后，我会利用我的身份让你拥有足够丰厚的资源，在更大更好的场馆说相声，我也会帮你扬名成为更红的津城名角儿。乔姑娘与我做了姐妹，我也不会亏待她，我也会用同样的方法帮她，让她成为更红的戏角儿的。你看这样好不好？"

"曲小姐！"顾安笙迅速将袖子从曲卓然手中抽出，躲开了曲卓然，退后了几步与她保持距离："曲小姐，你误会我的意思了。我是不怪你了，但我不爱你是不可能娶你的。我这一生只会爱月儿一个人，我也只能娶她一个人！"

曲卓然摇摇头，目光带着恳求与期盼："我不求你能像爱乔姑娘一样爱我，我只求能做你的妻子在你身边。而且，你娶了我也一样可以爱她啊，我也会善待她，不会阻拦你和她的。就像从前娥皇和女英相亲相爱，舜帝同样爱这两个妃子一样，我们三人也可以这样啊！"

顾安笙摇摇头，毅然道："舜帝是舜帝，顾安笙是顾安笙。我不需要一夫多妻，我只要一生一世一双人，所以只会娶她一个人。我接受不了这样的方式，月儿更不会接受！"

曲卓然顿了一顿，又抬起头，决然而言："安笙，你是怕这样委屈了乔姑娘吗？如果真是这样，也不要紧。我可以委屈一下，我不在乎名分的，我的身份地位我都可以不要了。让她做你的正室，你纳我做偏房。我不求什么正妻名分，只要陪在你身边就足够了。这样我更不可能打扰到你们，可不可以？"

顾安笙躲过曲卓然带着恳求的热切目光，深感无奈地摇头："曲小姐，你对在下的这一份用心，在下着实感动，也感谢你的抬爱。并非是你不好，只是在下心里只有一个人，不可能再接纳其他人了。曲小姐，天涯何处无芳草，凭你的条件，完全能找到比在下更好的伴侣，你何必要这样委屈自己，纠缠在下不放呢？"

曲卓然心痛的退后了两步，绝望而言："可我爱上了你，心里便只有你一个人了，再好的人我心里都容不下了。像我这样的影坛明星，多少男人求之不得。为什么你偏偏就是对我不心动呢，为什么我委身给你做妾，你都不肯要我？"

面对这样痴情又决绝的曲卓然，顾安笙虽然于心不忍却也无可奈何，只得闭上双眼，沉沉的道了句："曲小姐，感情的事真的勉强不来。对于你的抬爱，我只能和你说声对不起，安笙已心有所属，实非你的良人。"

曲卓然依然不肯罢休，心痛的扶着桌子，垂泪道："不，你怎么能这么狠心，这么绝情……"顾安笙欠身施了一礼："狠心也好，绝情也罢。只希望小姐能早日脱离情网，找寻真正属于自己的所爱。这些时日，我们的生活已经被接二连三发生的这些事搅和的一团乱。虽说这些事是程显威幕后主使的，但也是因你而起的。我不怪你，不代表这些事就彻底的和你没有关系了。以后我们也不要再见面了，给自己一些时间，让我们的生活回归正轨吧！"

顾安笙这一席话说得委婉有礼，没有任何伤她心的言辞。可曲卓然这样聪明的人，早已听出了他的言外之意。是的，没有错，是因为她的出现，打乱了乔锦月的生活。他不再想与她相见，就是不想再因为她，让乔锦月受到伤害了。他虽然不再生她的气，可还是因为之前的事对她介怀于心。安笙，为何你面对她就如此温情，对我就如此绝情？想到这里，曲卓然的心被狠狠地刺痛了一下，这种绝望而又无力的感觉，让她说不出话来。

顾安笙亦没有多言，只说："曲小姐，你也好好梳理一下自己吧。天色已不早，在下就告辞了。在下已经把所有话都说清楚了，以后的日子，你不要再来找我，也不要再来找乔姑娘了！"

说罢便离去，亦不再顾曲卓然的呼唤。

第四部分

生风波

第十五章

大祸临头起波涛

- 壹 -

不知不觉间,竟过了一个月。这一个月的时间里,乔锦月按时吃药,听了顾安笙的话,没有去唱戏,加上顾安笙与师姐们的细心呵护,喉疾已渐渐痊愈。当师父陈颂娴与父亲乔咏晖回湘梦园后,乔锦月只对他们说是自己吃坏了东西得了喉疾,他们由于事务繁忙也没有多细问,只是教训了乔锦月一顿,并叮嘱她不许再乱吃东西。曲卓然这些日子正在和家里闹矛盾,父亲一怒之下将曲卓然禁足,从此便也一直没有她的消息。

这一日,乔锦月如约在池塘等待顾安笙,可等了好久都没有等到顾安笙,她约么着顾安笙或许是文周社里有什么事耽搁了,便又等了一会儿。从清晨到晌午,乔锦月在那棵树下足足等了一个上午,可顾安笙仍旧没有来。顾安笙不是言而无信之人,心里涌现了一种不祥的预感,总觉得是出什么事了。但她宁愿是顾安笙失约,也不希望他出了什么意外。可心里始终惶惶不安,她便决定去文周社问个究竟。

她跑到文周社剧院门口,见剧院大门禁闭。而平时这个时候都是会有相声表演的,她心中诧异,便跑去售票处敲了敲窗,找售票的大爷问一问。那大爷打开窗,说:"姑娘,这几天文周社剧场暂停演出了,你要看相声表演,过些日子再来吧!"

乔锦月惊奇:"好好的,怎么突然暂停演出了?"

"唉!"那大爷叹了口气:"出了这样的事,谁也不想这样啊!罢了,这类事不便多说,你过些日子再来吧!"听了大爷话,乔锦月心中更加不安,忙问:"出了什么事了了,大爷您能否告知小女?我不是来买票的,我是顾安笙公子的朋友。"

"唉!"那大爷长叹一声,哀声言:"小顾公子啊,可惜,他年纪轻轻就……"乔锦月的心瞬间紧绷了一下,颤抖着声音急切的发问:"什么?大爷,您说顾公子怎么了?"那大爷摇摇头,凄然而言:"姑娘,你是文周社的朋友那我就告诉你吧。文周社的巡演队伍前天就已经回来了。可是偏偏小顾公子出了这样的意外,生死未卜。据说是回津城后,从车站附近十余米高的天桥上摔落,现在还不知怎么样了。因为他的事,文周社暂停演出,所有的人都在医院等候小顾公子的消息呢!"

"什么?"乔锦月的心霎时凉了,瞬间只觉得山崩地裂,天旋地转。她颤抖着双手扶着售票处的窗沿,用颤抖的不成声的嗓音问:"大爷,他在哪个医院?"

"唉,钟山医院啊!"大爷话音刚落,乔锦月便朝着那医院的方向奔去。此时此刻她什么也顾不得了,只觉得她的半边天已经塌了下来。明明说好了要提亲的,明明说好了要明媒正娶迎自己进门的,怎么会在这一夜之间就变成了这样,怎么会在我们最幸福的时候遭遇了这样的劫难?安笙,你一定不要有事,你一定要挺过去!你若不在了,你要我怎么活得下去?你说过要娶我,你不可以食言,你绝不可以离开我,你一定要活着!

乔锦月以平生最快的速度奔赴了钟山医院,她那瘦弱的身躯片刻不停歇的奔跑了好几公里,此时已经累得虚脱了。可眼下她也顾不得自己了,她只要他平安!

她问了前台顾安笙的手术室，飞快地奔跑上楼去。"安笙，安笙！"她叫着他的名字到了手术室门口。此时鬓发蓬乱的她，脸上的汗水与泪水已然分不清，她的身子承受不住这样的折腾，竟双腿一软，跌坐在地上。"月姐姐，月姐姐！"顾安宁见到乔锦月，忙过去把乔锦月扶起来："月姐姐，你这是……"

"安笙，他……"乔锦月回过神，抓住顾安宁的胳膊，迫切道："宁儿，你告诉我，安笙他怎么样了！"顾安宁低下头，默默垂着泪，不言语。乔锦月环视一周，在手术室门口看到了好多认识的人，顾父、顾母、胡远道夫妇、胡仲怀、林宏宇，还有好几个文周社的弟子。他们都红肿着双眼，不说话。顿时，乔锦月的心又凉了半截，更觉山崩地裂，摇晃着顾安宁的肩，颤声疾言："你告诉我安笙怎么样了，怎么样了，你快说，快说啊！"顾安宁被乔锦月这疯狂的样子吓得说不出话来，胡仲怀忙走过去拦住乔锦月，劝慰："锦月，你别这样。你要相信他，他一定会挺过去的！"

"仲怀！"乔锦月复又抓住胡仲怀的胳膊，眼神中带着一丝期望"仲怀，你告诉我，这一切都是假的，对不对？是老天爷跟我们开的一个玩笑，对不对？安笙他没事，他一定会活着的，对不对？"胡仲怀不忍心告诉乔锦月实情，却也不想欺瞒她，他沉默了两秒后又说："锦月，我们都相信他会挺过去，他那么坚强，一定会活下去的！"可胡仲怀说这句话时，眼睛不忍直视乔锦月，他脸上的神情是担忧的，他的声音也没有底气。再看其余人脸上的神情，乔锦月已经明白了一切。他真的可能永远……

"怎么会！"乔锦月的泪终于流了出来，想起顾安笙的诺言，再看面前手术室冰冷的门，她跌跌撞撞向前走了几步，恍然间，已失去了理智，朝手术室的门奔了过去。她仿佛是要闯入手术室，并拼命哭喊着："安笙，你不能丢下我一个人，你说过要陪我一辈子的……"

柳疏玉瞧见她这般冲动，忙惊呼道："天呐，不能让她冲进去，快拦住她！"顾安宁、胡仲怀，还有几个文周社的弟子都跑去拉住了她。

"月姐姐，你不要这个样子！"

"锦月，师兄还在手术中，你冷静点！"

"不，放开我！"乔锦月哭吼着："安笙你回来啊，你不能丢下我不管啊，你怎么舍得丢下我一个人，你不能走啊，安笙……"此时此刻，她什么也顾不得了。她失去了理智，她早就忽视了一切，心里只有他。若是此生都见不到他，自己便也没有什么勇气再活下去了。最终，她挣扎到没有力气，哭到双眼红肿，哭到嗓子沙哑，直到头晕目眩，眼前一黑，晕了过去。

"安笙，安笙！"昏迷中，乔锦月不断呓语，叫着顾安笙的名字。迷离之中，已无意识，只有双手紧紧的抓着被角，手心已被自己掐的红肿，却仍未停手。仿佛只要自己松懈一刻，顾安笙便会永远的从身边消失。

"锦月，醒醒，孩子，快醒醒！"在一阵呼唤声中，乔锦月从昏睡中醒来。醒来后，只发现自己在医院的病床上，身边只有柳疏玉和胡仲怀两个人。抬起头，只觉得头部阵阵生疼。此时此刻，乔锦月的头脑是懵着的，愣愣看向柳疏玉："玉姨，你怎么在这儿啊，我这是在哪里？"看着乔锦月虚弱的样子，柳疏玉一阵心酸，拭了拭眼角的泪："孩子，刚才你因为情绪波动太大而晕了过去，现在是在病房里呢！"

乔锦月愣了几秒，突然脑中一颤，想起来所有事。她打了个寒颤，立刻从病床上弹起身，口中不断地叫："安笙，不，安笙不能走。安笙不能离开我，我要去见安笙！"柳疏玉忙拦住她，担忧道："锦月，你别激动，你现在虚弱的很，不能再冲动行事。你放心，安笙会没事的！"胡仲怀亦点头："锦月，你现在身子很虚弱，先休息会儿吧。师兄他会没事的，你要相信他能挺过去！"

乔锦月停止了挣扎，望向柳疏玉与胡仲怀，眼中充满了担忧与质疑："什么叫他会没事的，那是不是说他还可能出事，是不是我可能永远都见不到他了？玉姨、仲怀，你们告诉我实话，安笙他到底怎么样了？"

柳疏玉与胡仲怀对视一眼，沉默了几秒，柳疏玉先开言："好，我全都告诉你，你千万别激动。文周社在南方演出回来时，安笙失足从火车站附近的天桥上摔落了下去。他骨折了，现在正在手术室中抢救。你不要太担心，他那么坚强，一定能平安渡过这一关！"

乔锦月心如刀割，眼泪止不住地流了下来，悲声道："从那么高的天桥上摔落下去,他得有多疼啊!我的安笙,他为什么要受这种苦啊,明明一切都是那么好,偏偏在他说要向我提亲的时候突遭此劫!不对,不可能!"乔锦月好似突然想到什么,心中一击,警然扭过头:"那天桥上是有护栏的,再怎样安笙也不可能失足从那里掉下去。玉姨,你没和我说实话是不是,你老实告诉我,安笙究竟是怎么受伤的?"

柳疏玉不知该如何回答,哑然道:"我……"

"罢了,娘,我们别瞒锦月了。"胡仲怀走上前一步,拍了拍柳疏玉的肩:"娘,锦月那么聪明不会想不到的,她早晚都会知道事实。锦月,我实话告诉你吧,师兄从天桥上摔落是事实,但他不是失足,是被人谋害的。"说道此处,胡仲怀眼中也涌起了泪花,眼神更起了愤恨。乔锦月讶异,恨恨问:"什么?是谁,是谁做出了这等丧尽天良的事?"胡仲怀闭紧了双眼,叹了口气,又睁开双眼:"听我从头说起吧。那一天我们在南方演出结束,连夜坐列车回津城,下了车经过天桥……"

正是两天前的一个凌晨,文周社的一支分队乘列车回到津城,到达津城时,正是凌晨三点左右。那一天胡远道与顾安笙坐的不是一趟列车,这一支分队便是顾安笙带队。黑夜蒙蒙,天桥上只有一盏路灯,一行人看不清道路又着急回到文周社,所以走的匆忙了些。本以为这个时候走在天桥上的只有文周社的人,不会再有他人,却不想夜黑灯光微弱,文周社的一个弟子竟撞到了别人。

"哎呀,神经病啊,没长眼睛啊你!"被撞到的人明显很恼火。

"对不起,对不起!"文周社的弟子向那人道了声歉,想着快些回去,没有等那人开口说原谅,便打算离去。

"站住!"那人抓住了文周社弟子的袖子,怒声道:"你撞了老子就想走啊,要不要点脸啊!"那文周社的弟子有些不悦,却还是耐着性子再次道歉:"夜黑风高,没看见尊驾,撞到尊驾实在抱歉。还请尊驾宽恕,让在下等人过去!"

"呵呵呵!"那人冷笑道:"让你过去,可没那么容易!"

文周社的弟子见他言语如此强势,也有些怒了,言语间也少了客气：“我撞到你和你道歉了，而且也没把你撞坏。你不肯让我们离去，是想闹哪样？"

"呦呵！"那人仰起脸，痞里痞气道："小赤佬，跟老子说话还挺冲啊！"

"你是什么东西，敢这么和我们大师兄说话！"

"小子，对我们大师兄放尊重些！"他身后的一众人也随他一样，得了理便不饶人。文周社的其余弟子也看不过去了，纷纷说着："我们都向你们道歉了，你们还不让我们走，要我们怎样！"

"光天化日，是想碰瓷不成！"见双方又要吵架的态势，顾安笙见状不成，忙走过去制止住一众师弟，对那人施了一礼道："这位兄台，我师弟撞到了你，是他的不对。作为师兄我代他再次向你道歉，还请兄台大人大量，放我们过去！"那人从上至下打量了一遍顾安笙，斜着眼轻蔑："你们是师兄师弟的关系？练武的还是学艺的？"

"瞧着你文绉绉的样子，也不像是个武学奇才，是个学艺的吧？报上姓名身份，爷就放你们一马！"顾安笙见那人一身痞气，不想得罪他们惹上是非，便实话说："在下顾安笙，是文周社的弟子，他们都是我的师弟。"

"哟，文周社！"那人眼中瞥出一股嫉恨的神情："那还真是巧了，我们是明珠社的弟子，我是大师兄，大家都是说相声的，算起来也是同行啊！"顾安笙微笑了一下，轻声道："是啊，好巧，在此相遇也是缘分。还请兄台看在同行的份上，宽恕我们，让我们过去，大家都落得愉快。"

"我呸！"那明珠社大师兄啐了一口，恨恨而言："你少和我们套近乎，你们文周社什么德行我还不清楚？既然是文周社的，就更别想走了，咱们在这好好较量较量！"

文周社的一个弟子气不过，上前一步愤声而言："大家各自学艺有什么好较量的，你们明珠社的人都这么无礼吗？"

顾安笙拦住了他在他耳边低声说:"别乱说话,退下!"

既然是明珠社的人,便更不能得罪了。文周社与明珠社虽为同行,但却不睦已久。文周社的事业红火,每次演出都座无虚席。明珠社虽为程家的产业之一,其中弟子的相声水平却大不如文周社,常常卖不出票,门可罗雀是常有的事。因此,他们把卖不出票的原因都怪罪于文周社,认为文周社抢了他们的生意,背后妒忌文周社妒忌的发疯,却也无可奈何,票卖不去就是卖不出去。所以,当明珠社大弟子听到这一行人是文周社的弟子时,心中怒火更盛,便更不会放过他们一行人。

那大弟子闻言,更为恼怒,厉声:"好,说得好!我们明珠社就是这么无礼,你们能奈我何?你们文周社不是号称礼数周全吗?我倒要看看你们有多识礼数!"那明珠社的大弟子不依不饶,顾安笙虽心中有恶,但此时此刻只想着快些回文周社,不便多做口舌之争,生惹事端。他只平平道了句:"大家都是从事文艺之人,必然都是守礼之人。还请兄台不要计较我师弟言行无状,让我等过去。"

"哟,我还就偏不让了!"那明珠社大弟子推了顾安笙一把,斜睨着顾安笙,蔑视:"都说你们文周社相声说得好,全津城都捧你们文周社。不是叫文周吗,不是号称文艺周全吗?在老子看来,也不过如此。一群宵小之辈,别跟老子假清高!"

顾安笙毫无防备,被他推的退后了一步,后有文周社的弟子实在看不过去,冲到顾安笙面前,愤恨道:"你们也是学艺之人,做这种事,可还有一点礼数吗?我说你们为什么卖不出票,现在是明白了,这种蛮横无耻的相声班子,活该没人捧!"此言正戳到他们的痛处上,后面一个明珠社的弟子也冲上前,凶巴巴道:"你们卖出票就了不起吗,不知道背后使了什么卑鄙无耻的手段!"

另一个文周社的弟子走上前,大声说:"我们可都是凭本事赚钱,不像有些人,吃不到葡萄说葡萄酸!"

"你说什么呢你,想找打吗?"

"你们明珠社的人个个如此蛮横,这就是你们的规矩吗?"

- 贰 -

见双方又要争吵，顾安笙忙将一众师弟拦在身后："安静安静，我们不要吵！"后又对明珠社的大弟子朗朗道："兄台我们已经一而再再而三的忍让你们了，你们不要得寸进尺。我们文周社以礼法为规矩，不和你们计较不是怕你们。你们要是再拦我们的路，就休要怪我们无礼了，我们文周社可不是那么好欺负的！"

"哎哟哟！"那明珠社大弟子仰着头："按耐不住了？要发作了？我就说你们文周社全是道貌岸然之徒，没一个好东西！"

胡仲怀也站了出来，对他们厉声喝道："我们是什么样的轮不到你们来说，师兄，和这类人没什么话可讲的。我们走我们的路，不用管他们！"顾安笙点点头，冷着脸："既然如此，那就对不住了！"转身对身后的师弟们说："我们不必管他们，我们走！"

"哼，想走？可没那么容易！"那明珠社大弟子一挥手，对身后的弟子而言："兄弟们，我们上！"

"是！"明珠社的弟子远没有文周社的弟子人多，可文周社的弟子还是被明珠社的弟子纷纷围住，文周社的弟子众志成城，团结一心，并不害怕他们的气势，丝毫不顾忌他们，直直冲出他们的包围。

"站住，还想走！"

"小王八羔子，谁让你过去的！"

"我们想走就走，你当这路是你家开的啊！"场面一时乱成一团，顾安笙大声叮嘱："我们尽快离开，别和他们多做纠缠！"

明珠社的弟子虽然人高马大，但远没有文周社的弟子矫健灵敏，加上他们人数少，他们拦不住文周社的弟子，不多时，文周社的弟子都冲出了包围。那明珠社的大弟子气得脸色发紫，抓住一个行走在最后身材矮小的文周社弟子，上去就是一巴掌，并抓住他的衣领悻悻道："小瘪犊子，老子今天打死你！"说罢，又打了他一巴掌。那文周社的弟子身材矮小，挣扎不开，只得受着这两巴掌。顾安笙见状不成，便对胡仲怀说："仲怀，你带他们速速离开，我去救小师弟！"

胡仲怀点点头："好，师兄你一切小心！"胡仲怀走下天桥后，顾安笙又折了回去，将那师弟拉过挡在身后，怒声道："你们明珠社的弟子做如此卑鄙无耻之事，对得起梨园古训吗？"

顾安笙不屑与他们多言，拉住那个师弟："师弟，我们走！"那明珠社大弟子上前一步抓住顾安笙的衣袖，恶狠狠而言："想走，没那么容易，爷今天就要跟你较量较量！"

"走开！"顾安笙再好的脾性也忍不住发怒了，他一把甩开了那明珠社大弟子，顾安笙的力气可不小，将他推撞在了天桥的栏杆上，他的头撞在了铁栏杆上，发出一声痛苦的嘶叫："啊！"其余的明珠社弟子忙跑过去，扶住他"大师兄，没事吧！"那明珠社大弟子恼羞成怒，咬紧了牙："兄弟们，给我整死这个姓顾的！"

"是！"他们一行人上去包围住了顾安笙，顾安笙与师弟两个人抵抗不过这一群人，被他们死死的包围在天桥的一角。顾安笙已经被挤得没有落脚的地方，皱眉道："你们究竟想干什么？"

"干什么，要你死！"

顾安笙半个身子已经被挤到了天桥外，眼看着就要从天桥上摔下去，他倒仰在天桥栏杆上，已经头晕目眩得喘不上气。下意识的抓住了一个人的手臂，却不知被谁一推，他竟双脚离地，整个人从天桥上翻滚了下去。

"呀，他掉下去了！"明珠社的弟子也没想到会如此，大惊失色："大师兄，怎么办，他掉下去了！"

那明珠社大弟子狠狠跺了一下脚:"蠢材,谁让你们真搞死他了!"其中的一个弟子面如土色,颤抖:"出人命了,大师兄,怎么办?"那大弟子急忙道:"还等什么啊,快跑啊!"

"是!"见惹出了大事,明珠社的弟子如一溜烟似的,全数从天桥上逃走了。

顾安笙从十余米高的天桥上坠落,左半面身子着地,摔在冰冷的地面上。他只觉得浑身一阵发寒,挣扎了几下,便是一阵锥心的痛袭来,似乎已有鲜血从身上溢出来。此时此刻双眼一片蒙眬,已不能视物,最后他想叫些什么却已发不出声,顿时眼前一片漆黑,晕了过去。

"我们看见师兄从天桥上摔落,他倒在地上时,已浑身是血,动也不能动。我们见到都吓坏了,就找了辆车,把他送到了医院。"说到此处,胡仲怀心中大为悲恸,泫然欲泣:"我们前天凌晨把师兄送到了这里,医生说师兄浑身上下多处骨折,五脏六腑都移了位。他在手术室里抢救了两天,到现在还没有结果。短短两天,医生就下了七八张病危通知书,医生说师兄仅剩一口气在了,他随时会断气,让我们准备好后事。真怕师兄渡不过此劫,不能生还……"

"仲怀,别说了!"柳疏玉怕乔锦月承受不了这个打击,大声呵斥一声,不许胡仲怀再说下去。"啊我……"胡仲怀自知说漏了嘴,忙捂住嘴否认:"锦月,我瞎说的,你别当真。师兄他只是骨折了,现在在手术室中抢救,不会有大碍,一定会没事的!"

"安笙,安笙,安笙……"本以为乔锦月得知真相后会大哭一场,不想她的反应却大出意料。她目中无神,犹如一具死尸一般,木木倚靠在墙角,除了口中呼唤着顾安笙的名字,除了还会说话,便与木偶无差别了。

"锦月,你怎么了,你别吓玉姨啊!"柳疏玉大惊失色,摇晃着乔锦月的身体:"锦月,你能听到我说话吗?"乔锦月任由柳疏玉摇着她的身体,一点抗拒都没有,好似被牵着线的木偶。

胡仲怀也被她的样子吓得不轻,忙说:"锦月,你说句话啊!你要是难过,就哭出来吧,你不要这样!"

"锦月，锦月！"母子二人不停地呼唤乔锦月，可乔锦月依然没有反应，好比没了灵魂的躯壳。

"娘！"胡仲怀惊惧："锦月不会是受到刺激，精神失常了吧！"

"别胡说！"柳疏玉斥责："锦月这么坚强的姑娘，她不会的！"说罢她又摇晃着乔锦月，忧心道："锦月，你能听到玉姨说话吗，你理一下玉姨啊！"良久，乔锦月抬起手，握住柳疏玉，有气无力的道了句："玉姨，我能听得到，我没事！"柳疏玉与胡仲怀都松了一口气，柳疏玉握紧乔锦月的手，仿佛握住一块差点失去的珍宝，哽咽道："锦月，我的孩子，没事就好，你没事就好！"乔锦月抬起一双满含着忧伤和绝望的眼睛，无助而言："玉姨，仲怀，安笙……他真的挺不过去了吗？"

"不会的！"胡仲怀说："我们都相信师兄，他会挺过这一关的，就算为了你，他也会活下去。"可他的语气中丝毫没有底气，他也不敢确保顾安笙是否能苏醒，乔锦月看着他们的样子，已经全然知晓。

"明珠社！"乔锦月狠狠的抓住被单，眼中露出了从未有过的凶意与杀气，声音恨恨："我要杀了他们，我要让他们偿命替安笙报仇！"乔锦月说着就要起身而去，柳疏玉忙制止住她："锦月，我知道你对安笙情深义重。但现在我们不是报仇的时候，我们要等安笙苏醒。这个仇，我们一定会报的，但不急于一时啊！"

"是呀，锦月！"胡仲怀亦说："那明珠社仗着是程家的产业就如此猖狂，程家的程显威早就和我们不对付了。这个仇我们早晚都会报的，只是君子报仇，十年不晚。我们现在要守在师兄身边，等他醒来。"乔锦月又一次瘫倒在床上，眼中弥漫着恨意，一字一句的从口中吐出："程显威！"她缓缓抬起头，忍了很久的眼泪终于流了下来，无比悲痛："程显威这个混账欺人太甚，他差一点害得我师兄丧命，他的人又要害死安笙。可惜我们什么都做不了，我们什么都做不了……"

乔锦月无力的痛哭着，柳疏玉看着心里着实难受，替她拭了拭泪，悲声道："好孩子，玉姨知道你心里难受，也知道你心里的恨，可我们谁又不是呢！"

"孩子,你要坚强,我们这么多人一起等着安笙,他一定会从鬼门关回来的!"

"玉姨!"乔锦月看向柳疏玉,眼神凄迷而悲戚:"你说安笙他从十余米高的天桥上摔下来他该有多疼啊,他的腿是不是都摔断了,他流了那么多血,该是怎样锥心至骨的疼啊,他要承受多少痛啊!"

柳疏玉也忍不住流下了眼泪,不知该怎样安慰乔锦月,只拍了拍她的肩,低声道:"孩子,你别难过了……"乔锦月哭得不能自已,她的眼泪如断了线的珠子,一刻也不曾停,自顾自地说:"安笙他承受了那么大的痛苦,我竟然不知道。他从天桥上摔落的时候,我还在睡觉。他究竟能不能苏醒啊,他能不能挺过这一关?我真没有用,我什么也做不了,我不能替他承受一分一毫的痛苦。他若不在了我怎么办啊,我还有什么希望再活下去?玉姨,安笙他怎么办,他还那么年轻,他才二十四岁……"

乔锦月的不停垂泪已变成了号啕痛哭,柳疏玉抱住她的背并轻轻拍抚着,温声安慰:"锦月,没事的,都会好的,不哭了啊……"乔锦月依然不停的痛哭着:"为什么会这样,他说他要娶我的,为什么之前都好好的,今天他会性命垂危的躺在手术室!他要是有个什么三长两短,我该怎么活下去……为什么要让他受这么多的苦,为什么不是我,我们好不容易在一起了,要这么折磨我们……"

乔锦月已悲痛欲绝,哭得不能自已。她哭到双眼红肿,哭到嗓子沙哑,她伏在柳疏玉的肩上,无力的流着泪。到最后,她连哭的力气都没有了,只能从嗓中发出几丝沙哑的声音,泪已流尽,再流不出眼泪来。她哭得干呕,奈何一天没有进食,腹中没有东西,什么也呕不出来。

胡仲怀被她这个样子吓得不轻,忙对柳疏玉说:"娘,不能让锦月再这么哭了,再这样哭下去,她会哭坏嗓子的!"

柳疏玉抱着乔锦月的背,看不见她的面容,本想让她哭出来发泄发泄便能减缓些痛苦,听了胡仲怀的话,才将她从自己肩上扶起。她这才看到乔锦月的面容,脸色煞白的吓人,双眼红肿不堪,眼中布满血丝,她已哭不出声来,浑身上下开始抽搐起来。柳疏玉也被她这样子吓得失了神色,忙把她搂在怀里,晃了几下:"锦月,你不能再哭了,听到玉姨的话了吗?你说句话啊!"

"嗯……啊……"乔锦月已说不出话来,只发出几声不成语句的声音。她勉强抬起手,用一丝力气呼唤出:"安笙……"便已耗光了所有的力气,又一次晕了过去。

醒来时,顾安笙发现自己躺在病床上。四肢僵硬不能动的感觉让他难受无比,胸口一阵闷,喘不上气,也说不出话。他在床上挣扎了一会儿,床头的警报器响了起来,医生忙走到他身边,对他说:"你身上有伤口,不能乱动。"说罢那医生给顾安笙灌了一碗汤药,顷刻后,顾安笙便感觉好受些了。那医生又说:"现在好些了吧,你可以说话了。"

"咳咳咳……"顾安笙张口欲言,奈何嗓子沙哑,咳了一阵,有气无力的说:"多谢医生救我……救我性命。我……我现在的状况如何?"那医生深深吸了口气:"唉,谢天谢地,你这条命总算是抢救回来了。你家人把你送来时,你身上多处骨折,五脏六腑都移了位。你好几次心跳濒临停止,我们已经给下过好几张病危通知书了,差一点你这条命就留不住了。我们打算放弃时,主任决心再试最后一次,没想到这一次真的把你这条命救回来了。你现在放心,你已经渡过危险期,不会再有生命危险了。"

顾安笙费力地点点头,感激道:"医生,谢谢你们,烦请您代我谢谢那个坚持救我的主任。"

"救你是我们的责任,你这说的是哪里话。"

顾安笙又说:"医生,我的家人,他们在吗?我能不能见见他们?"

医生言:"你的家人都在外面守着呢,我现在就去叫他们进来啊!"

"劳烦您了!"

- 叁 -

那医生推开病房门,对等候顾安笙的一众人说道:"病人已苏醒,家属可以进来探望了!"

"真的吗?"一张张面带忧愁的脸纷纷扬起了喜色。顾父、顾母、顾安宁三人冲进了重症监护室,顾母一见到顾安笙,就哭:"儿啊,我的笙儿啊,你受苦了,你终于回到娘的身边了!"顾安宁也喜极而泣:"哥哥,太好了,你终于挺过这一关了,我们一家人终于又能在一起了!"顾父亦激动得语无伦次:"好,笙儿,活着就好,活着就好!"

"爹,娘,宁儿!"顾安笙费力的扯出一个微笑:"你们别哭啊,我这不是没事了吗?"

"好孩子,你平安了比什么都好!"

顾安笙在鬼门关走了一遭,所幸命数未尽,终于苏醒过来了。所有人悬在嗓子眼的心总算是放下了,在重症监护室外面守着的人都一一来看过顾安笙,得知他性命无忧后,都放下了心。有的人继续留在医院照顾顾安笙,有的人得知他平安后便离开了医院去忙自己的事了。顾安笙虽然醒来了,但虚弱得很,和亲人朋友聊了几句后便睡着了。虽然他已无性命之忧,但他的伤势很重,恢复后也难保与从前一样无恙了。

顾安笙苏醒时,向医生问起他的伤势,医生只说他骨折了,别的状况都没有和他细说。虽然他一再追问,但医生始终都是这一番说辞,他不知道实情,也以为自己只是骨折了,其余的都无大碍。身边的人在顾安笙苏醒时,也都不敢提起他的伤情,怕他得知真相后无法承受这么重的打击。

其实他伤势的实情，医生不说，他们也都能看出一二。虽然他们看着以往台上意气风发，长身玉立的顾安笙现在躺在病床上，虚弱得不堪一击，心里都不是滋味，但在顾安笙面前俱是面含笑意，怕他接受不了这个结果，心里的难过都不敢在顾安笙面前表露出来。

顾安笙睡了一觉醒来后，见病房内没有人。可病房外正有人对话，病房内的顾安笙将这声音听得清清楚楚。"大夫，你跟我说实话，我这徒弟的伤势究竟怎么样？他还能不能恢复得和以前一样了？"能听得出来，这是师父胡远道的声音。那个为他手术的医生问："你们是文周社，相声班子的相声角儿？"

"正是，我是胡远道，是文周社的班主。里面的是我的徒弟，顾安笙。"

"顾安笙？我记得这个角儿，我还去文周社听过他的相声。孩子相声说得不错，可惜啊……"听得那医生低沉的语气，胡远道焦急："大夫，您这是什么意思，难道小徒他……"

"唉！"那医生叹了口气："实不相瞒，你们把他送来时他已经有心脏停止跳动的征兆了。他的骨盆已经摔断了，摔断骨盆随时都可能当场毙命，但他却一直撑到了你们把他送到这里。能活下来已是万幸，你们就别奢求太多了。他左半面身子多处粉碎性骨折，肋骨几乎都摔断了，肺部也有划伤，已切除一块，脚部已摔成畸形。若能恢复最好的状态，便是还有自理能力。但若要站立行走，是永远也不可能了。"

"啊？那您的意思是，他不能再说相声了？"

"很可惜，考虑转幕后吧！"短短九个字，病房内的顾安笙听得一清二楚。如雷贯耳，让他心如死灰，躯似枯木。殊不知他有多爱相声，多爱传统曲艺，若不能让他再说相声，比让他死还要难受。医生这句话给了他致命一击，他心里再也承受不住，眼泪顺着眼角滂沱而下。这时床头的警报器再一次响起，胡远道和医生停止了对话，忙冲进病房，医生问："小公子，你是哪里不舒服吗？"

顾安笙摇摇头，沙哑的嗓子说不出任何话来。医生给他服了一剂药,稍作缓解后,顾安笙才好受些。他绝望而又吃力地抬起眼带着几分乞求向医生问:"大夫,您和我师父的话,我都听到了。我真的不能再上台说相声了吗?"

那医生沉默了几秒,低声道:"孩子,你能活下来已经是万幸了,就不要奢求那么多了。"

"不可以,真的不可以!"顾安笙绝望的流下了眼泪,撕心裂肺:"师父、爹、娘,我从小就和师父学艺,我真的很爱相声。现在告诉我以后不能站立了,不能说相声了,这不是等同于要了我的命吗?若我不能说相声,我活着还有什么意义,不如让我死了算了,为什么要救我?"

"你这孩子,瞎说什么?"顾母又是呵斥又是心疼:"你能活着比什么都好,你不能说相声,但你还可以做别的。相声我们不说了,娘只要你好好活着!"顾安笙已心如死灰:"可我不能说相声,怎么好好活着,这样活着只会让我生不如死!"

"说什么死不死的?"顾安宁含着眼泪劝:"你不为自己想想,你也要为月姐姐想想啊!她那么爱你,你死了她怎么活?为了她,你也要好好活下去啊!"

"月儿,月儿!"想到乔锦月,顾安笙更心如刀绞,眼泪止不住得流了下来:"可我以后若瘫痪了,不能站立了,还有什么资格和她在一起?"

"我不能说相声了,拿什么养家糊口,拿什么娶她?我还会拖累她,让她唱不了戏。我就是一个废人了,什么都干不了,还要连累身边的人为了我受苦!"顾安宁心里也不好受,背过身拭了拭泪,哽咽着说道:"月姐姐那么爱你,她不可能嫌弃你,她会一直照顾你的。"

"再不济,班主和夫人,仲怀哥哥和林大哥,还有我和爹娘,我们都在,就算你不能说相声了,还有我们,我们还能照顾你!"

"不!"顾安笙绝望的垂着泪:"我不想连累你们,我这样活着,还不如死了算了!"

顾安笙的情绪起伏太大,他的身子又虚弱,因为情绪的变动,让他的胸腔更加难受,喘不上气来,憋得脸色发紫。

"小公子,你不能再情绪化了!"那医生严肃道:"养伤期间情绪大起大落对伤势恢复有很大的影响的!"顾母哽咽着劝着:"笙儿,听医生的话,别哭了!"顾父亦道:"没事,没事,笙儿你不能说相声了爹养你一辈子!"

"是啊,哥哥,你的未来很长,出路很多的!"可是偏偏他们越劝,顾安笙越觉得自己一无是处,心里便越难过,眼泪一直止不住的流。"安笙,我的徒儿。"胡远道走到顾安笙床前,坐下拍拍他的肩:"师父知道你受苦了,从小到大你就是师父最予以厚望的弟子,现在师父更不可能放弃你的。要是你想上台,机会还是有的!"

"师父,您别劝我了!"顾安笙摇摇头,绝望道:"我知道自己不可能站立,不可能再说相声了!"

"为师说得不是相声!"胡远道说道:"你若愿意,好好休养身子,待你康复后,为师教你说书。虽然你不能站立了,但你一样可以上台谈天论地,还和以前一样!"听到胡远道的话,顾安笙止住了眼泪,绝望的眼里闪过一丝期望:"真的吗,师父,我真的还能上台吗?"

胡远道点头说:"当然,只要你愿意好好接受治疗,你恢复好了,为师当然也愿意教你!有师父在,你什么都别怕,一切都不是问题。"胡远道的一番话让顾安笙心中有了底,感觉到背后支撑着自己的那股强大的力量,他的情绪也好得多了,他想了想,说:"师父,我愿意,只要能上台,我怎样都行!"顾母见顾安笙燃气了希望,拭去了泪,露出沧桑的笑:"孩子,你一定要听师父的话,好好接受治疗。爹娘和宁儿,都等着你上台说书呢!"顾安笙点点头,擦干脸上的泪:"我会的,娘。只要我还有上台的机会,我就一定会好好接受治疗的!"

胡远道欣慰道:"好,打起精神好好活下去,这才是师父的好徒儿!"

顾安笙点点头,忽然好似想起什么似的,扭过头问道:"月儿,她还不知道我受伤的事吧!"

众人都迟疑了，不想让顾安笙知道乔锦月昏迷的事而担心。

"呃……哥哥……"顾安宁首先说："月姐姐她……"

"罢了！"顾安笙低沉的叹了口气："我现在这个样子她看了只会伤心，先别让她知道了，我现在这样也配不上她了。"顾安宁沉默了，心里为这一对有情人难过，却也不知该说什么安慰顾安笙。其余的人也没有说话，他便不知道乔锦月已经来了医院的事。

第二天清晨，顾安笙一早醒来看到的第一个人就是他的搭档林宏宇。看着一直以来与自己荣辱与共的兄弟守在自己床前，顾安笙心里涌起一阵暖流。想起往日种种，二人立于台前谈天阔地，而今看来一切都是虚妄了。往日辉煌已不在，再想并肩而立，尽是奢求。"宏宇……"

林宏宇看到顾安笙这虚弱的样子，心里也不好受，忙说："角儿，你别说话了。"往日情景浮现，顾安笙一阵心酸，看着林宏宇忧心："宏宇，我已经这样了，你以后怎么办啊？"

"你说的什么啊？"林宏宇又是感动又是难过："你现在都这样了，还考虑我干什么呀！其余的不要想了，好好养伤，我等着你。等你伤好了，我们还可以一起上台！"

"不能了。"顾安笙无力的摇头："医生说了，我恢复得再好，也不可能站立了。对不起，宏宇，我以后不能陪你一起说相声了。你还有大好的前途，我不能耽误你，你尽早换一个搭档吧！"

"不可能的。"林宏宇摇摇头，坚定说道："我自幼就跟着你一块说相声，我只跟你一个人说相声，我不可能换搭档的。你若不说相声了，我也不会再说了，总之你做什么，我就做什么。你虽然不能站立，但是我是健全的，以后我就做你的腿，你若坐轮椅，我就推着你上台。换搭档这件事，不可能，想都不要想！"

"唉！"顾安笙感动于林宏宇对他的情义，可心中更多的是忧虑他的前程，他急道："宏宇啊，你怎么那么傻呢。我都不能走了，你还跟着我干什么呢！你还有大好的前程呢，何必要被我一个废人拖累！"

"不！"林宏宇毅然地摇摇头："你不需要劝我，我说什么都不可能换搭档！"

"你……"顾安笙还想再说些什么，却听见屋外轻轻的扣门声："师兄，你醒了吗，锦月来看你了！"前一天，乔锦月得知顾安笙从天桥坠落的事，在医院哭到崩溃。她接连晕过去两次，又因为顾安笙的事心里煎熬，不吃不喝。她身体险些承受不住，在医院输了液后，才有所好转。柳疏玉与胡仲怀反复劝说，她才勉强吃了点东西。但她说什么都不肯回去湘梦园，要在这里一直等到顾安笙醒来。第二天早晨，乔锦月才得知顾安笙渡过危险期的消息，饭都没吃就随着胡仲怀与柳疏玉来到了顾安笙所在的重症监护室。

"月儿？"顾安笙一惊，忙言："她怎么来了？不行，不能让她看到我现在这个样子，宏宇，你快和仲怀说，我不想见她，让她走！"

"角儿，你没事吧！"林宏宇又惊奇又意外："你从鬼门关走了一圈回来，连乔姑娘你都不想见？"顾安笙皱眉道："别废话，快去告诉仲怀，让她走！"

"哦。"林宏宇虽不明所以，但还是听了顾安笙的话，打开病房门。只见胡仲怀站在自己面前，身后的柳疏玉扶着脸色苍白的乔锦月。

"林大哥。"

"少公子。"林宏宇悄悄在胡仲怀耳边说："角儿已经醒了，但是我们角儿说，他现在不想见乔姑娘，让你带乔姑娘走！"

"什么！"林宏宇的声音虽小，可乔锦月还是听到了，她又诧异又难过，艰难的迈向前一步，哀凄道："林大哥，安笙他为什么不想见我？"

林宏宇摇摇头，对乔锦月说："乔姑娘，我们角儿不想见你，一定是有他的原因的，你还是请回吧！"

"为什么，安笙！我等了你这么久，你为什么不想见我？"乔锦月哭着想要冲进病房，可她已经没有力气再挣扎了，一个踉跄便跌倒在了地上。

"孩子，别这样，快起来！"柳疏玉忙将乔锦月扶起。

林宏宇关上了病房的门，走回了顾安笙的床前，诧异道："角儿，你这一番历经生死，你最想见的不应该就是乔姑娘吗？她人都来了，你为什么要把她推开？"

顾安笙心如刀绞的摇摇头："让她走吧，此番劫难，我已深知我与她缘分已尽。我就算是痊愈了，我也没有能力娶她，照顾她了。她那样一个如花似玉的姑娘，还有好多福气没有享受到呢，怎么能跟着我这样半身瘫痪的人受苦受累啊。她若跟了我一个瘫痪的人，会被我拖累的。我不能让她的幸福就此葬送在我的身上，她应该有更好的归宿，不如让她尽早离开，别在我这多费心思了。错爱一场，缘分到此，多见无益。"

- 肆 -

"哎呀,你真是……"林宏宇可气又无奈:"你要把你的搭档推开,现在还要把你心爱的姑娘也推开吗?以她的倔强性子,是不可能离开你的!"顾安笙闭上了双眼,锥心般地道了句:"无论如何,不可能让她跟着我一个瘫痪的人!"短短几个字,话是自己亲口说出的,每一个字,都如同利箭般,狠狠刺在自己心上。正是因为太爱她,才不想连累她受苦,才要狠心推开她。"安笙,你为什么不想见我,你告诉我为什么?你知不知道我等了你一天一夜,每一分一秒我都在煎熬?你说好要娶我的,你为什么现在连面都不想见我一次?"乔锦月在门外狠狠的敲着病房门,撕心裂肺的哭喊着。

"锦月,锦月,你不能这样激动了!"柳疏玉忙拦住她,担忧道:"你现在身子这么虚弱,会吃不消的!"

"不,我不!"乔锦月依旧不管不顾地敲着房门;"安笙,我知道你能听见我说话。你理我一下好吗?没了你,我怎么活的下去?"屋内的两个人,完全能听得见屋外撕心裂肺的哭喊,林宏宇都忍不住心痛:"角儿,你看乔姑娘都伤心成这个样子了,你真的不打算见她吗?"顾安笙扭过头,不去看门的一侧,坚决道:"别理她!"面如铁石的表象下,如何的心如刀绞只有自己知道。

柳疏玉一边抱着乔锦月劝慰,一边责怪:"这个安笙,他怎么想的,锦月等他等得这么苦,他连面都不愿意见人家!"胡仲怀也在一旁劝:"锦月,你别哭了,你的身子受不了,要不你就先回去吧!"乔锦月猛烈地摇头道:"我不,我不!安笙,你开开门好不好,安笙你回答我一句啊!"眼看着乔锦月就要虚脱了,胡仲怀也看不下去了,握紧拳头咬牙:"这个师兄是疯了吧!对锦月都这么狠心,这可不成啊!"目光环绕,胡仲怀见到病房外的窗户是开着的,突然脑中灵光一现:"对不住了!"只见他搬了个椅子到窗前,柳疏玉惊异道:"仲怀,你要干什么?"

胡仲怀没有回答,站在椅子上,就从窗口跃了进去。胡仲怀从窗户中一跃而下,林宏宇见此状,惊讶道:"少公子,这是医院,你怎么能跳窗户呢?"

"别说那么多了。"胡仲怀走到顾安笙身前,严肃而言:"师兄,你摔伤了,难道脑子也摔糊涂了吗?你知不知道锦月为了你受了怎样的煎熬,我都看不过去了,你竟然忍心把她拒之门外?你前几天还说要准备聘礼娶她进门,今天就这么狠心对她,你究竟是怎么想的?"

"别说了,仲怀!"顾安笙头依旧扭向一边,面容平静的看不出悲喜:"让她走吧,我以后也不可能守在她身边了。"胡仲怀跺了下脚,急道:"你那么爱她,她也那么爱你,你怎么能够让她离你而去?"顾安笙转过头,凄然道:"仲怀,我现在的身体状况你不是不知道。我以后都不能走路了,也不能说相声了,而她现在正直大好年华,难道要我这样一个瘫痪的废人拖累她一辈子吗?"

胡仲怀目光如炬,凛凛而言:"师兄,你以为你这样做会赶走她?但你知不知道,你这么绝情是会逼死她的?"顾安笙的脸上稍微有些动容,胡仲怀顿了顿,说:"师兄,她对你的感情有多深,你比我清楚,你觉得她会离你而去吗?其实她昨天早晨就来了,那时你正在手术室抢救,生死未卜。她知道这个消息后都要崩溃了,先后哭晕了两次,又不吃不喝。她的身子吃不消这样的折腾,我和我娘好说歹说她才吃了一点东西,医生又给她输了液,她才稍有好转。她现在身子虚弱的很,你要是再将她拒之门外,她这么哭喊下去,恐怕真的会出事。她那么爱你,你若留不住了,她是不会独活的。你现在没事了,却把爱你入骨的人拒之门外,你于心何忍?"

胡仲怀的口气已经由叙述变为了斥责,顾安笙红了眼眶,从床上挣扎起来,认真而言:"仲怀,你说的是真的,你没骗我?"胡仲怀倒反问顾安笙:"凭你对她的了解,你觉得她不会这样吗?看她这个样子我都心疼,你就无动于衷吗?"

顾安笙的心已经被刺痛得鲜血淋漓,他怎么忍心让乔锦月为他受这样的煎熬?此时此刻,任凭顾安笙再不想拖累乔锦月,也不忍再将她拒之门外了,忙变了脸色:"还等什么,快让她进来啊!"

"你终于想明白了!"胡仲怀大步流星的走过去,将门打开,乔锦月依然在哭着说:"安笙,你让我进去看看你好不好?"胡仲怀刚打开门,乔锦月便冲了进去,此时她身子又极其虚弱,一步没站稳,竟摔在了地上。胡仲怀忙将她扶起:"锦月,小心点啊!"

"安笙,安笙!"乔锦月顾不得自己,扑上去就抱住了顾安笙,一瞬间所有的委屈都发泄了出来:"安笙,你终于肯见我了。我还以为我永远都见不到你了呢,安笙,你终于回来了⋯⋯"

"月儿,没事了,不哭了啊!"顾安笙拍着乔锦月的背,轻声安慰道,而自己的眼泪也止不住的落了下来。一对苦命鸳鸯相拥而泣,胡仲怀与林宏宇看了也忍不住心酸难过。许久,乔锦月松开顾安笙,看着顾安笙憔悴的面容,缠满绷带的身子,早已不复往日的意气风发。想起他往日的样子,心中止不住的难过,边抚摸着顾安笙的脸,边哭着说:"安笙,你这是受了多大的苦啊!从那么高的天桥上摔下来,你得有多疼啊!为什么不是我,为什么我不能替你受了这苦!"顾安笙勉力扯出一丝笑容,握住她的手,温声安慰道:"没事的,都过去了,我现在不疼了,也不难受了!"顾安笙反观乔锦月,她发髻蓬乱,面容憔悴的不成样子,双眼布满血丝,嘴角起了皮,连嗓音都变得沙哑不堪,亦不如从前的明艳活泼。

顾安笙深知,乔锦月是因为他的伤饱受煎熬,硬生生将自己折磨成这个样子的,一瞬间,难过又自责,他的手抚过她的肩,忧伤的开口:"月儿,你何苦因为我的事,这么折磨自己?你不要自己的身子了?"

"不!"乔锦月流着泪摇摇头道:"你若不在了,我靠什么活得下去,还要这身子做什么?你生我便生,你死我绝不独活。说好了一生一世一双人,生与死,都不能食言!"沙哑的声音,说出这短短的几句话铿锵有力,而又斩钉截铁。顾安笙深深感动于乔锦月的这一片痴心,于此同时,那份藏在心底的愧疚也一涌而出,他低下头,自责道:"对不起,月儿,都是我害得你受如此的煎熬。"

"好了都没事了，只要你活着，一切都不是问题！"乔锦月擦干了眼泪，微笑着说：“从此以后，我就守在你身边，照顾你，陪伴你，等到你痊愈，等到你出院！"

顾安笙嘴角的一抹笑意僵在脸上，他怕的就是这样的事发生。明知自己以后不能再如正常人一样行走，却还要拖着她陪自己一起受罪。他感动于她的这份情，却也承不起她的这份爱。见顾安笙默默出神，不说话，乔锦月的手附上他的肩，疑问：“安笙，你想什么呢！"

"啊！"猛然袭来的一丝疼痛，让顾安笙发出一声呻吟。

乔锦月紧张地收回手：“安笙，怎么了，我碰疼你了吗？"

"没事的。"顾安笙吃力："伤口痛了一下，无碍的。"

这一日，乔锦月一直在重症监护室陪伴顾安笙，片刻都没有离开。二人都没有提及伤势的事，乔锦月是怕顾安笙难过，不敢问，顾安笙是怕乔锦月担心，不敢说。瞧着乔锦月憔悴的身形，顾安笙自责又难过，他不能，也不可以这么自私，把她留在自己身边拖累她。终有一天，他会放手，让她离开他身边，寻找更好的归宿。只是现在他舍不得，也放不下，他还贪图她片刻的温存。

傍晚，高海辰从文周社前来探望顾安笙，进了病房门，见到顾安笙正苏醒着坐在床上，又惊又喜："师兄，你真的没事了啊！太好了，可吓死我们了！"

"是啊！"顾安笙微笑着点点头：在鬼门关走了一遭又回到人世间了，让你们担心了！"

"没事就好，没事就好！"高海辰喜道，又看到了一旁的乔锦月，惊讶道："乔姑娘，你竟然在我师兄这里！你的两个师姐找不着你，都找到了文周社，我看到她们时，她们都要急疯了！你在这里怎么不告诉她们，你快回去给她们报个平安，不然她们都要报警了！"

"啊？"乔锦月这才想起，自己在医院待了两天，一心担忧顾安笙的伤情，竟忘了湘梦园的师姐们还不知道自己在这里的事。

第十六章

几许泪雨断愁肠

- 壹 -

想到此处,她也十分担忧,敲了下脑袋,自责道:"哎呀,都怪我,没和她们说我在这里,害她们为我担忧!"高海辰道:"那你快回去报个平安啊,她们真的要为你担心死了!"

"可是……"乔锦月看着床上的顾安笙,又犹豫着开口:"安笙的伤势……"

"月儿,我没事了,你回去吧。"顾安笙亦劝道:"你也看到我了,这不是都好好的吗?快回去吧,免得你的师姐们再为你担忧。"

"嗯……"乔锦月思量了一会儿,便答应了下来:"那好吧,安笙,你要好好休息,明日我再来看你!"顾安笙微笑着点点头:"好,回去吧!"乔锦月说罢就离开了,开门时,又扭头看了一眼顾安笙。

望着她憔悴的面容,回想起昔日的恩爱,好比一把锋利的刀刃刺在顾安笙的心上。他不能留她在身边，终有一天，他要亲手把她从身边推开。终究是一场痴心错付，到头来只是一场浮华空梦。以往的恩爱，便留给余生做回忆吧！

这些日子，乔锦月每天都在医院陪伴照顾安笙。早晨天不亮就去了，晚上直到太阳下山才回去。这七八天以来，没有一天间断过，演出什么的她全都推了，功也不练了，一颗心全都扑在了顾安笙身上。

看着乔锦月那般劳累的留在医院照顾自己，顾安笙感动归感动，心疼也是真的心疼，但更多的还是愧疚。是自己害得她伤心、担心，不能去做她想做的事，还要让她每日那么疲惫。柳疏玉和胡仲怀他们都劝过乔锦月，让她不必每天都来，也让她多照顾自己的身子。可是谁说她都不会听的，她已决定留在医院照顾安笙，就不可能轻易离开。

这几日顾安笙与乔锦月相处的每一分，每一秒，都觉得分外珍贵。他知道以自己现在的身体状况，是没有能力照顾她一辈子的，反倒要连累她舍弃自己的理想照顾他。他已经想好，要如何把她从自己身边推开了。可那么久以来的相爱相守，那么多的海誓山盟，他终是舍不得将她从自己身边推开，可自己没有能力爱她，这份情只能到此为止。明知不可能相守一生了，可他总是想自私的再多留她些时日，还想再贪图她几日的温存，留给余生做留念。"哈哈，猜猜我是谁？"乔锦月从背后轻轻蒙上顾安笙的双眼，调皮的问道。

"还能有谁啊，当然是我的月儿了！"顾安笙轻柔地抚下乔锦月柔软的小手，温声笑道："你这小手啊，我一摸就知道是你！"

"嘻嘻！"乔锦月伏在顾安笙的床前，娇笑道："我今儿一早就过来了，你想吃些什么，我去给你买一些。"

"不用买了，吃的都有。"顾安笙指向对面桌子的一角："我有些口渴了，那里有红豆薏米茶，你去给我泡上一杯吧！"

"好的！"乔锦月转过身走向桌子，转瞬间已泪湿衣襟，趁顾安笙看不到，偷偷拭去了眼角的泪。

在他面前笑意盈盈，可背过他，心里的痛楚却再也抑制不住。他半身瘫痪，早已不同往日的意气风发，每每看到他这个样子，乔锦月总是会心如刀绞，可她不想让他难过，始终不敢在他面前将伤心难过表露出来。顾安笙望着乔锦月日益消瘦的背影，想到她憔悴不堪的脸颊，也不由得落下了泪。

这几日乔锦月都是在医院里陪他度过的，她一颗心都在顾安笙身上，已无暇顾及她自己了。眼看着她一日比一日憔悴，一日比一日消瘦，已与从前神采奕奕的乔锦月判若两人。顾安笙看在眼里，难过在心里，一切都是自己造成的，而他却无能为力让她过得舒适些。他二人相见时，还是像什么都没发生一样嬉戏玩闹。可在欢声笑语中，却多了好刻意，殊不知，这欢笑声中，隐藏着的是两个人的心酸。

乔锦月怕顾安笙因为他的伤情而伤心难过，不敢在他面前提他的伤势，也不敢在他面前表露出自己的难过。每次与他相见时，总是会将心里的那份难过隐去，在他面前依旧笑意盈盈。

顾安笙亦是怕乔锦月担心自己的伤势而忧心难过，也没有在她面前提起自己伤势的严重，在她面前始终表现的云淡风轻，毫不在意。可暗自里却是心疼乔锦月为他的日日操劳，也为自己不能伴她终生而难过。一对有情人就这样互相隐瞒着，在对方面前俱是风轻云淡，而把所有的伤心难过留给自己。"好了，安笙！"乔锦月将泡好的红豆薏米茶端给顾安笙，转身时，依然笑意盈盈。

"这么快啊！"顾安笙将茶水一饮而尽，将杯子放在床头柜上。他看向乔锦月消瘦的脸颊，问："月儿，这些日子你一直在这照顾我，你没有去唱戏吗？"

"没有，不去了。"乔锦月摇摇头，说："在你恢复之前，我哪都不去了。这段时间，我要一直守在这里陪着你，照顾你。你什么时候能说相声了，我就什么时候唱戏。"提起相声，顾安笙心中又一酸，他摸了摸乔锦月的脸颊，低声道："月儿，真是苦了你了，为了我你牺牲了那么多，这几天你都瘦了！"

"哪有的事！"乔锦月连连否认："我们本来就是荣辱与共的啊，照顾你是我的分内之事，我一点也不辛苦，我心甘情愿！"

顾安笙低下头沉默了两秒，后又凝视着乔锦月的双眸，认真问："月儿，我问你一件事。假如，我只是说假如，假如这一次我的命没留住，离开了这人世间，你怎么办啊？"乔锦月想都没想就脱口而出："你若不在了，我活着还有什么意义？我会陪你一起，黄泉路上不能让你一个人孤单的行走。"顾安笙心中一紧，又问："假如我瘫痪了，再也不能行走了呢？"

乔锦月依然不假思索："那我就什么都不做了，留下来陪你，照顾你。我会照顾你一辈子，做你的双腿替你行走！"

"这怎么行呢！"顾安笙皱起了眉，焦急道："你还有大好的前程，怎么能照顾我一辈子而什么都不做了呢？"

顾安笙的这几句问话让乔锦月的心里又伤感了起来，为了掩盖自己的情绪，她遮住顾安笙的嘴。又扯出一个微笑："好啦，别说这些不可能发生的事了，总有一天你会好的。等你痊愈的那天，我们还一起唱戏，我还在台下听你说相声！"

乔锦月顿了顿，又说："我看屋子里也没什么新鲜东西吃了，我去买点吧。"说罢，她好似落荒而逃的离开了病房。跑到屋外，乔锦月再也忍不住眼中的泪，靠在冰冷的墙壁上，失声痛哭。为了不让顾安笙听到她的哭声，她捂住了口鼻，不敢哭出声音来。往昔的意气风发都已褪去了颜色，台上长身玉立的他，而今已成一个瘫痪在床的病人。上天啊，你为何这样折磨一个热爱曲艺的少年，为何受苦的不是我乔锦月？

顾安笙望着乔锦月离去的背影，一瞬间，落寞而又彷徨。月儿，对不起，我无法兑现许给你的承诺。我无法以我之力，照顾你余生。你值得更好的归宿，我这样一个半身瘫痪的人，不该成为你未来的绊脚石。相爱一场，那静好的年华，留给我们余生做回忆吧。月儿，对不起，我不能一拖再拖了，我已经把你留在我身边这么久了，我不能再让你受这种苦。月儿，从明天起我就要讨厌你了，从明天起我就要处处寻你不快，处处对你狠心斥责了。抱歉，我没有别的办法，我只能以这种绝情的方式，让你恨我，让你离开我。

接连几日，乔锦月很明显的感觉到顾安笙对自己态度的转变。

他向来性情温和，从不对人发脾气，这几日却不知什么时候开始变得暴躁、易怒。这种变化很反常也很明显，前几日都还好好的，不知为何，似乎从某一日起他就突然对自己变得很冷淡，也常常对自己发脾气。所有的人都觉得奇怪，顾安笙待人温和友善，不知哪来的这么大的脾气。若说是因为他受了伤而心情不好，可他对所有人都很温和，偏偏对最不应该发脾气的乔锦月时常发怒，他的这种怪状让人很想不明，猜不透。

起初乔锦月未曾在意，只当他因为受伤而心情不好，他对自己发脾气自己便受着。可不想他的脾气竟越来越大，常常对自己冷言冷语，批评斥责。不仅如此，他甚至对自己的话也少了，也不愿意与自己交心，乔锦月很奇怪顾安笙对自己的态度为何突然转变这么大。想到他以前待自己的深情，如今却爱搭不理的，这么大的反差乔锦月的心里自然是难过的。她也询问顾安笙为何这么对自己，是不是自己做错了什么，可顾安笙连一句多余的话都不肯对她说。她既伤心，又无奈，她舍不得离开顾安笙，只得默默受着他的脾气。

"安笙，喝杯热水吧！"乔锦月小心翼翼的将一杯热水递到顾安笙面前。顾安笙瞥了乔锦月一眼，又转过脸去，冷冷道："不用！"乔锦月又一次劝说："你嘴角都干裂了，还是多喝点水吧！"顾安笙转过身不耐烦道："都说了不用了，你怎么这么磨叽啊，烦不烦！"说罢又白了乔锦月一眼，抢过那个水杯："给我吧！"

他刚喝了一口水，又立刻将水吐出来，将水杯扔在地上摔得粉碎，对乔锦月厉声斥责道："倒这么热的水，你是想烫死我吗？"乔锦月未及反应，被突然摔在地上的玻璃杯吓得肩头一凛。顾安笙嗤笑一声："哼，大惊小怪的干什么，做这么楚楚可怜的姿态给谁看，还委屈着你了？"

顾安笙的冷言冷语让乔锦月心里一阵难过，可她顾及顾安笙的伤情，也没多和他计较，忙道歉："对不起，安笙，是我的错，我去把地扫了。"说罢便起身打算拿笤帚，顾安笙疾言："回来，谁让你去了！"乔锦月止住脚步，愣愣然："怎么了？"顾安笙皱眉道："你一天毛毛躁躁的，我看着就心烦。你回去吧，以后都别再来了，我不想见到你。"

"什么！"顾安笙的一句话，让乔锦月整个人都惊了一下，她不可置信的瞪大了眼睛看着顾安笙："安笙，你赶我走？"

"是！"顾安笙厉声道："我让你滚，滚的越远越好！"

顾安笙的冷言相对让乔锦月心寒到极致，她的眼泪潸然而下："安笙，你这几日究竟是怎么了？是我哪做错了，让你这么嫌弃我？"

"呵！"顾安笙将头扭向另一边，"我就是嫌弃你了，不想见到你了，我说的不明白吗？"

"不，你在骗我！"乔锦月抑制不住地流着泪："我们之前的恩爱你都忘了吗？我们之间的海誓山盟你都不记得了吗？你说过，你要娶我的。你这几日一反常态，你究竟怎么了，你倒是说啊！"

"娶你？"顾安笙冷笑一声："乔锦月，你可真好笑，你觉得我现在娶得了你吗？还有，你也不想想自己是什么姿色，我对你早就腻了，你凭什么让我娶你？"冷言冷语间，却藏不住顾安笙眸子中的忧伤和不忍。"不是这样的！"乔锦月哭泣："你说过的话不可能不算话的，你真的不爱我了吗？"

"没错，我就是不爱你了，如何？"

"我不信！"乔锦月哭着抱住顾安笙的背脊："我们之间那么多过往，你不可能忘记，我不信你现在对我一点感情都没有！"

"别碰我，我嫌脏！"顾安笙冷冷的把乔锦月从身上想推开，不想却牵动了伤口，猛地疼了一下。

- 贰 -

"啊!"顾安笙痛得发出一声呻吟,与此同时乔锦月被顾安笙推开,猝不及防的正撞在桌角上,正好撞在腰间,也撞得生疼。

"安笙,你怎么样?"乔锦月顾不得自己的痛,忙紧张的去看顾安笙的伤势。

"别过来!"顾安笙厉声制止住乔锦月:"我牵动伤口都是因为你,你这个扫把星,离我远些,我看到你就烦!"

"安笙!"乔锦月颤声:"你到底怎么了,你告诉我啊我哪里做错了我改啊!你以前不是这样的,什么时候你开始对我冷言冷语,话都不和我多说一句了。我为你受了那么长时间的煎熬,照顾你那么艰辛,却换来你冷言冷语相对,你知不知道你这样我很伤心啊!"却不见顾安笙心软,他依旧声音冷冷:"打这苦情牌给谁看呢,谁逼着你过来的,你委屈给谁看呢。我现在很明确的告诉你,乔锦月你给我滚,滚的越远越好,我一刻也不想见到你!"

乔锦月已然心痛得无法站立,扶着墙,慢慢蹲在地上,无声的哭泣:"我不信,我不信你不爱我了!"

"乔锦月,还真没见过你这么死皮赖脸的!"顾安笙厉声道:"我就是厌弃你了,你看不出来吗?我实话告诉你吧,我早就嫌弃你了,我不可能娶一个我腻烦的人,你别痴心妄想了。看在你往日对我照顾的份上,我不想骂你,你走吧,别再回来了!"话说到最绝情时,顾安笙的眼角已溢出泪水,他趁乔锦月不注意,悄悄拭了去。话说得再绝,可心底的那份爱却是藏不住的。

乔锦月无力再言，蹲在墙角低声哭泣不止。

"师兄，锦月！"听到了几声敲门声，进来了两个人，一个是胡仲怀，一个是顾安宁。见乔锦月蹲在地上，顾安宁忙过去将乔锦月扶起："月姐姐，你这是做什么，怎么蹲在地上了？"胡仲怀见二人这剑拔弩张的架势，看了看顾安笙又看了看乔锦月，愣道："师兄，锦月，你们这是干嘛呀！"乔锦月拭去了脸上的泪，犀利的看着顾安笙，振振道："顾安笙，你说的话都是真的吗？"

顾安笙厉声道："我说了多少遍了，你听不懂是吗？好，我再说最后一遍，赶紧滚，我永远都不想见到你！"听此言，顾安宁也听不下去了，忙上前一步皱眉开口说："哥哥，你这是在做什么，月姐姐为你付出了那么多，你怎么能这么对月姐姐？"乔锦月甩开顾安宁的手，凛冽地看着顾安笙："好，你让我滚，我滚就是了！"

顾安宁紧张地开口："月姐姐，你别……"顾安笙又一次厉声："宁儿，别管她，让她滚！"

胡仲怀亦看不下去了，对顾安笙斥责："师兄，你疯了吧，你赶锦月走！"乔锦月最后看了顾安笙一眼，淡然道了句："安笙，保重！"便离开了。顾安宁想再一次拉住乔锦月，却被乔锦月一把甩开："走开啊！"

"哎，锦月！"胡仲怀看了眼冲出去的乔锦月，又带着怒气的看了眼顾安笙："师兄，你是疯了还是傻了，锦月是你最爱的人啊，你竟然对她这么狠心！"哪知乔锦月刚走，顾安笙就变了脸色，忙对胡仲怀道："仲怀，你快跟上她，看着她，别让她出事！"一句话又说得胡仲怀发懵，愣愣然道："师兄，你俩这是玩什么呢？"

顾安笙急道："别废话，快去啊！"

"哦……哦！"胡仲怀愣了愣，又追了上去。乔锦月的心痛到了极致，被顾安笙冷言中伤后，伤心的从重症监护室跑到了医院外。站在医院门口，看着车水马龙从面前驶过，一切都和往常一样，只是自己和顾安笙的感情不复往昔了。想到这里，乔锦月伤心欲绝，无力地蹲在地上痛哭起来。

"锦月！"身后有一人将她扶起。转过身，看着胡仲怀复杂的神情，乔锦月摇摇头："仲怀，你回去吧，我没事。"

胡仲怀百感交集，不知该说些什么安慰她，又怕再次伤到她的心，只得小心翼翼道："锦月，你别难过了。师兄说的那些话，一定不是真心的，回头我好好劝劝他。"乔锦月却是什么也听不进去，绝望地摇摇头说："不必了，他厌恶我了，我走就是了。"胡仲怀顿了顿，又说："也好，你劳累了这么久，该回去歇息歇息了。我叫辆车，送你回去吧！"乔锦月没有说话，胡仲怀就当乔锦月是默认了，在大街上叫了一辆黄包车，与她共同乘上。

一路上，乔锦月眼神凄迷，好似万念俱灰一般的靠在车壁的一角，不哭不闹也不说话。胡仲怀想劝劝她，可不知该如何开口。"锦月……"

"别说了！"乔锦月闭上双眼，沉沉而言："我现在不想说话，你什么也不要问了。"见此状，胡仲怀也不好再多言了，只好闭上了嘴，不再说话。"客官，湘梦园到了！"

"好，锦月，我们到了。"胡仲怀扶着乔锦月下了车。

"锦月，你回去吧，记得要照顾好自己。"

"仲怀。"一言不发的乔锦月终于说了句话，她扭头看向胡仲怀："谢谢你送我回来，至少你还重情重义，不比……"说到此处，乔锦月不再说下去了，她默默的低下了头。胡仲怀吞吞吐吐："我师兄……他……他不是……"

"什么都别说了，我都知道。"乔锦月止住了胡仲怀，顿了顿，又说："我以后也不能再去照顾他了，你一定要照顾好他，别让他生气，别让他难过。一定要看护好他，直到他平安出院。"胡仲怀沉默了两秒，后又点头："好的，你也要照顾好你自己。"

"嗯。"乔锦月点点头："我回去了，你也回去吧！"

说罢乔锦月便走进了湘梦园，胡仲怀望着她消瘦的背影，摇摇头，深深叹了口气，便离开了。回到医院，顾安笙正坐在病床上默默出神，见胡仲怀归来，他忙扭过头，急切地问："怎么样，你把她平安送回去了吗？她怎么样？"胡仲怀点头："我把她送回了湘梦园。师兄，你这几天是怎么了，对我们都很正常，偏偏要对她冷言冷语。你看你现在还这么关心她，为什么在她面前就要摆出那么一副冷酷无情的样子呢？"顾安宁亦不解道："是啊，哥哥。仲怀哥哥说的没错，你明明在乎的很，却为什么要装作无情呢？她那么爱你，我不相信你真的不爱她了，你一次次伤她的心，你自己就忍心吗？"

顾安笙黯然神伤，沉沉道："仲怀，宁儿，你们不明白我的用心。让她伤心难过，其实我心里比她还要难过百倍。可是以她的性子只有用这种最绝情的办法，才能逼她从我身边离开。我自己的身体什么情况我清楚，我不能拖累她陪我一起受苦。她这几日为了照顾我，什么都不顾了，戏也不唱了，人憔悴的不成样子，我怎么能因为自己而耽误了她？她现在是最好的年华，她值得更好的归宿，我不能再强占着她了，我必须尽快让她离开我。哪怕用最绝情的方式，哪怕让她伤心难过，让她余生恨我入骨，总比她在我身边受苦的要好！"顾安宁摇摇头，亦伤情道："哥哥，你总是为别人考虑，你可曾为自己考虑过？你想推开林大哥，让他再寻一个搭档。现在还要狠心的推开月姐姐，让她另觅良人。可你有没有想过，那你自己怎么办？"

顾安笙淡淡道："孑然一身总比拖累旁人要好！"胡仲怀皱起了眉头，半斥半劝："可他们谁是你的旁人？林大哥伴你风里雨里那么多年，台上台下风雨同舟，你觉得他会因为你的一两句话就离开你吗？锦月我就更不用多说了，你心里比我更清楚她对你的情意。"胡仲怀顿了顿，又说："你知道吗，我在医院外寻到她的时候，她哭得快崩溃了。你这么做是让她离开了你，可你知不知道，她离开你不是因为恨你，而是因为不想因为看到她而生气，她是在为你的身子考虑啊。让她伤心难过，你做到了，但要让她恨你入骨，这辈子怕是都不可能！"

顾安笙何尝不懂乔锦月的深情，此时此刻他心里的苦不亚于她，他闭上了双眼，掩饰住心里的痛："这样也好，至少她见不到我，就会忘了我。时间久了，伤痛淡化，她就不会难过了。那个时候，她也该寻找真正属于她的归宿了！"

胡仲怀摇摇头,扬声道:"你说她的伤痛会淡化,那你扪心自问一下你的伤痛会不会淡化。我临走时,她还不忘叮嘱我要照顾好你,而你对她又这么割舍不下。你们两个明明心里都有彼此,为什么要这样互相折磨?"顾安笙提高了声音反驳:"可你看我现在这个样子,不仅不能照顾她,还要连累她照顾我。就算我痊愈了,也不可能行走了。难道你忍心看着一个花样年华的姑娘嫁给一个半身瘫痪的人吗?"

顾安宁摇摇头,劝言:"哥哥,你只是不能行走了而已,你别的什么也不差啊!胡班主不是说过,你不能说相声还可以说书啊!月姐姐都不嫌弃你,你还顾忌什么?难道仅仅因为你不能行走,就要孤苦伶仃一辈子吗?"

"什么都别说了。"顾安笙制止道,他躺了下来,拉上了被子:"你们出去吧,我不想说话了。我累了,要休息会儿。"

"可是师兄你……"胡仲怀上前一步,还想说些什么,却被顾安宁拉住了,她摇摇头道:"别说了,仲怀哥哥。让我哥他自己想一想吧,我们出去吧!"胡仲怀看了一眼顾安笙,道了句:"好吧!"与顾安宁一同离开了重症监护室。

顾安笙躺在病床上,用被子蒙住了头,眼泪止不住的流了下来。他的心痛不亚于乔锦月,甚至比乔锦月更心痛。狠心将自己最心爱的人儿亲手推离自己的身边,比杀了他还让他痛苦。可终究无可奈何,因为他是顾安笙,他是最爱乔锦月的顾安笙,就是因为太爱她,才要亲手把她从身边推开。如若可以,他情愿她忘了自己,忘了情伤,快活的生活下去。他情愿守着与她的回忆,在孤独和怀念中,度过余生。

月儿,对不起,往后余生,我不能陪你了。愿你三冬暖,愿你春不寒。愿你孤独有人伴身侧,愿雨天有人为你撑伞。只是,那个人,不会是我。

乔锦月恐真是被顾安笙伤透了心,接连好几天都没有去看顾安笙。把她从身边赶走,正合了顾安笙的意,可他却始终开心不起来。这几天,他的话也少了,常常一个人默默出神,总一副失魂落魄的样子。

"师兄,师兄,想什么呢?"

"啊，仲怀！"顾安笙才回过神来："你什么时候来的，我都不知道？"

"你怎么了这是！"胡仲怀无奈："我都来了好久了，叫你好几声你都没回应，你想什么呢？"

"哦……是吗……"

"唉！"见顾安笙失神落魄的模样，胡仲怀坐了下来说："师兄，你这几日总是一副心不在焉的样子，你也不怎么说话，你是不是还在想她呀？"顾安笙心中一紧，脸上却仍然淡淡的："该放下的总是要放下的。"

"你别自欺欺人了。"胡仲怀朗声："你就是放不下她，我都看出来了。你若是想她，我这就帮你把她找回来，还来得及的！"

"没有必要了。"顾安笙摇摇头："明知道不可能相守，何必硬要在一起互相折磨？"

"你怎么就是不明白呢！"胡仲怀皱眉，语重心长的劝他："你们现在这样才是互相折磨，你只是不能行走了而已，何必把自己看得这么一无是处？你不能说相声还可以说书啊，谁说这样就是拖累她呢！你现在放不下她，她又何尝会放得下你，她恐怕比你还要难过。你若是想余生都带着对她的回忆活下去，那岂不是要伤心一辈子？而她，她爱你已经超过了爱自己，你认为她可能放下你跟了别人吗？她被你伤透了，怕是现在还在心痛呢吧！"

顾安笙心中泛起一阵难过，低下头，掩饰住悲伤："别说了，我终究不是她的良人。"可心里的真情却是抵不住的，哪怕强迫自己不去想她，可还是忍不住的去回忆，会挂念。她现在怎么样，还有没有为自己的冷言冷语伤心，他都不知道，可他是真的挂念她啊！

"仲怀！"顾安笙终究忍不住心中的挂念，抬起头："仲怀，师兄求你一件事，你帮帮师兄，行吗？"

"什么？"

- 叁 -

顾安笙顿了顿，说："你有时间了，去湘梦园看看她，看她现在过得怎么样了。你劝一劝她，让她早日放下这段感情，让她忘了我，好好生活。还有你要以朋友的名义去看她，不要说是我让你去的，行吗？"

"唉，师兄你呀！"胡仲怀叹了口气，无奈道："你这不还是没有放下嘛！"他顿了顿，随即又说："好了，我答应你，替你去看看她就是了。"

"锦绣年华空潭月，许的是静好！"

"你是我心中的白月光，我是你的浩瀚星辰！"

想起往日的恩爱日常，乔锦月嘴角的那一抹笑若隐若现，但笑着笑着就落下了泪。没去见顾安笙的这几天，她什么都无心去做，演出全都推掉了。整个人犹如泄了气一般，不是对着天空发呆，就是挂着桌子冥想。茶饭不思好几日，人比从前更消瘦了。

"我就是不爱你了，如何？"

"我让你滚听到没有，滚的越远越好！"再一想到顾安笙的冷言冷语，乔锦月的心犹如被撕裂成了好几瓣一样痛，眼泪止不住的往下流。"小七，我熬了一碗粥，你多少吃一点吧！"苏红袖端了一碗粥，递到乔锦月面前。

"师姐！"乔锦月泪眼婆娑的看着苏红袖。

苏红袖见她这般难受，心里也不好受，拍拍她的肩，安慰道："小七，别想那些事了。乖，把粥喝了！"

"师姐！"乔锦月忍不住心中的痛苦，抱着苏红袖大哭起来："师姐，他不要我了，他不爱我了怎么办？他明明说好了要娶我的，他现在不要我了。可他现在还卧病在床，我不在，他怎么办？"

"小七，不哭了啊！"苏红袖心里也不好受，亦心疼的流下了眼泪，拍着她的背安抚道："小七，我们别想他了好不好？世上好男子多的是，回头让班主指给你一个好人家，我们不要他了。没事的小七，都会过去的！"乔锦月听了苏红袖的话，愈加难过了，她猛烈地摇着头哭道："我不要，我不要。我只认他一人，他已经是我生命中的一部分了。要是没了他，我怎么活下去……"

苏红袖看不下去她这样难过，心疼地说："小七，你不能因为他就这样不吃不喝什么都不做啊！班主和师父马上就要回来了，你这个样子他们回来了必然看得到，我们这些事，怎么瞒得住他们？"乔锦月依然止不住的哭："没了他，我做不到，我真的不能没有他……"

"砰砰砰！"忽然听到了一阵敲门声："红袖，锦月，你们在吗？"

"小七，你听，有人敲门！"苏红袖凝神："小七，你先别哭了，我去看看是谁。"苏红袖松开了乔锦月，朝门外走去。

"谁呀？"苏红袖打开门，只见二师兄毕哲和胡仲怀站在门前。

苏红袖惊异："你们这是？"

"是这样的。"毕哲解释道："文周社的少公子说要来看看小师妹，我就带他来找你们了，锦月她在吗？"

苏红袖点头："我知道了，二师兄，谢谢你了！"

"小事！"毕哲一笑，说："胡公子，把你带到了，我就回去了啊！"

"好，多谢毕大哥！"毕哲离开后，胡仲怀与苏红袖双双对视，看到苏红袖，胡仲怀百感交集，一时语塞，竟不知该说些什么，嗫嚅："红袖……"苏红袖为乔锦月受欺的事气愤，也顾不得与胡仲怀之前的事了，她凝重而言："你跟我来，我有话要问你！"

她把胡仲怀拉到一个角落,沉着脸问:"顾安笙到底对小七说了什么,为什么她一回来就这么一副万念俱灰的样子?"

"啊?"胡仲怀亦惊:"那她现在还好吗?"

"你们觉得她会好吗?"苏红袖瞪着一双秀眼看着胡仲怀,脸上带着从未有过的愤愤之情:"实话告诉你,小七她这几日一点也不好。她饭也不吃,水也不喝,演出都推了。整日里以泪洗面,谁劝也不听,再这样下去,整个人恐怕就要废掉了。顾安笙他到底有多狠的心,他受了那么重的伤,小七非但没有嫌弃他,那几日还废寝忘食的去医院照顾他。小七对他的感情有多深,他比我们都清楚,难道他非要这样把她弄得遍体鳞伤才肯罢休吗?我本来看着顾安笙这个人体贴沉稳,以为小七跟了他不会吃亏,看来真的是我看错了,他这个人真的是铁石心肠!"

"什么,锦月她竟然……"胡仲怀也不禁深深担忧,却又忙着解释:"红袖,你误会了。我师兄不是不爱锦月,也不是故意伤她。他是为了她好,不想拖累她,所以才……"

"我不管他是为了什么!"苏红袖别过脸去,不看胡仲怀,冷声道:"爱也罢,恨也罢,反正现在把小七折磨成这个样子的人是他,你还跑过来说什么!"

"红袖,不是你想的这个样子!"胡仲怀焦急:"是师兄放不下锦月,让我过来看锦月的!"

"死了这条心吧,不可能!"苏红袖转过身,一脸凛然:"既然那么狠心的伤害她,又来看她干什么?别说什么放不下,是想先给一个巴掌,然后再给一个甜枣吗?他若不爱她了,就离她远远的,别再来干扰她。小七他不懂珍惜,自然由我们珍惜!"

"红袖,你别这样绝对啊!"胡仲怀温声央求道:"红袖,我师兄做得不对,我替他和你们道歉。但是我和锦月是朋友,我去看她和师兄没关系啊!你不让师兄见她我理解,但师兄是师兄,我胡仲怀是胡仲怀,这不能相提并论啊,我只是作为朋友来看看锦月,你就让我进去看看她吧,好不好?"

"不行！"苏红袖决绝而言："我不可能让你进去，让小七再受伤害的！"胡仲怀又一次央求："我不会提让她伤心事，我只是作为朋友来看看锦月的。我是来劝她的，不是来说别的。说不定我劝劝她，她就好了，就能好好吃饭，好好唱戏了呢，你说是不是，红袖？"

"这……"苏红袖犹豫了一下，觉得胡仲怀所言未尝没有道理。

她慎重的考虑了一番，便答应了下来："好吧，我答应让你进去看她。不过，你不许再提她的伤心事，她已经受了太多的刺激了，你不能再让她伤心难过了！"

"一定不会的！"胡仲怀点点头道："你放心，我会好好劝她的！"

"门没锁，你自己进去吧！"

"嗯，好，多谢了！"

胡仲怀轻轻打开了门："锦月！"

乔锦月缓缓抬起头，看了眼胡仲怀，又垂下眼，面无神色的道了声："你来做什么呀？"

"你这几日一直都没有消息，我就不能来看看你吗？"胡仲怀看清乔锦月的面容，几日不见竟与从前判若两人。她已憔悴的不成样子，面容枯瘦，双眼深陷，眼圈都是红肿的，他不禁大吃一惊："锦月，几日不见，你怎么把自己搞成这个样子了！"乔锦月淡淡道："那又怎么样，他不会在乎的！"胡仲怀走近乔锦月，皱眉："那你也不能糟蹋你自己的身子啊！"

乔锦月心又一次被刺痛，落下了泪，悲声："可我这样活着真的是生不如死，我见不到他的每一日，我都饱受煎熬，这样的日子我也受不了了！有时候，我真的想死了算了！"

"你说的什么浑话啊！"看着乔锦月悲痛欲绝的样子，胡仲怀也不免心疼："你年纪轻轻的，说什么死不死的，你身边爱护你、关心你的人那么多，你死了让他们怎么办？"

"你放心，我再难过也不会寻死的。"乔锦月擦去了眼角的泪，平复了心绪后说："左不过，带着这副空洞的躯壳活着罢了！"

她顿了顿，又抬起头，带着一丝期盼向胡仲怀问："既然你来了，你就告诉我吧，他现在怎么样了？身子恢复的好吗？有没有按时吃药，还发脾气吗？"胡仲怀心里一酸，摇了摇头，感叹道："你看，你们两个人还真是像。明明都在关心对方，明明都放不下这段情，却都要互相折磨彼此！"乔锦月心中一紧，奇异道："你说这话什么意思？"

胡仲怀叹了口气，说："怕你伤心难过，其实本不想说的。我答应了红袖，不会让你再难过，也答应了师兄，不会对你道出实情。可我实在不忍心看着你们这样互相折磨下去，罢了，我实话告诉你吧！"

乔锦月的心剧烈的起伏着，她也不知道自己在担心些什么，带着颤抖的声音问："你说什么？"胡仲怀深吸了一口气，款款道来："其实我师兄他不是真的厌恶你，他其实比谁都爱你，他就是因为太爱你了，才把你从他身边赶走的！"乔锦月木然："从何说起呢？"

胡仲怀继续说："那日他和我说起他的病情后，能看的出来，他心里很苦。医生说他受了这么重的伤，能活下来就是万幸了，要想再站起来走路，是不可能的事了。师兄那么热爱相声，让他不再说相声，对他来说比死还难受。可是他那样的性子，纵使再难受，也要为别人考虑的。他想要赶走的不仅是你，还有他的搭档林宏宇大哥。他不能说相声了，但他不想因为他耽误了林大哥的前程，所以他劝林大哥换个搭档。可是林大哥与他风雨同舟这么多年，以他们之间的情义，林大哥是不可能舍下他不管的。他不能说相声了，林大哥也不会再说相声了。而你，就更不必多说了。他爱你入骨，他更不可能因为自己的身体而耽误你的锦绣前程，他不想你嫁给他一个半身瘫痪的人，让你后半生陪他一起受苦。可他知道，你性子倔强又难劝说，所以他便用最绝情的方式，让你以为他厌恶了你，逼你离开。可他狠心把你推开后，他的心里比你更难受啊！"

"原来是这样，原来是这样！"乔锦月已经听的潸然泪下。她哽咽："安笙他怎么这么傻啊，他以为他半身瘫痪就会耽误我的锦绣前程，可他自己怎么办啊？他知不知道没了他我会生不如死！"

胡仲怀心里也不是滋味，沉声说："他以为他是在为你着想，可这样伤得最深的还是你们两个人。实不相瞒，这次是他让我来看你的，他和我说，别让你知道是他让我来的。他让我劝你忘记他，好好生活。可他不知道，他那样放不下你，你又如何能放下他！""我就知道，我就知道他不会不爱我的！"乔锦月此刻又是欣喜又是难过。她哭着笑，又好似笑着哭："他和我说那些话时，虽然冷言冷语，可他眼里的柔情是藏不住的。我不相信他不爱我了，我就知道他一定不可能厌弃我。"

胡仲怀拍了拍乔锦月的肩，安慰道："锦月，你别哭了。你现在这个样子，任凭我们谁看了都会心疼的。你若爱他，就听我的，不能再这么消沉下去了，你一定要好好吃饭，好好休息，他那边我会帮你劝说的。"乔锦月止住了眼泪，看着胡仲怀，目光中带着一丝期待："那我还有可能再回到他的身边吗，他还会接受我吗？"

胡仲怀愣了一下，复又点头："当然，他最怕的就是让你受苦。他狠心把你推开，就是希望你过得好，寻找更好的归宿。但他若知道，你没了他会这么难过，他一定不会把你从他身边推开的。"他说完这句话时，已经决定要重新把他二人再次撮合到一起了。乔锦月笑着拭去了眼泪，却又止不住的流下欣喜的泪："好的，我等着。无论再苦再艰难，我都要陪着他一辈子！"乔锦月斩钉截铁的话语让胡仲怀心中大为感慨，他又一次问道："锦月，你真的想好了吗？他若是不能行走了，就要你照顾他一辈子了。"

"以后的路，可能更难走。你现在做了选择，你以后不后悔吗？"

"当然！"乔锦月毅然道："我乔锦月这辈子是赖定顾安笙了，哪怕是受苦受难，只要在他身边，我就什么都不在乎，哪怕再苦都甘之如饴！"

"好！"胡仲怀说："难为你的一片痴心了，有你这样的人在师兄身边，真是他几辈子修来的福气啊！既然我做了你们之间的媒人，我就帮人帮到底，你们这次的事也由我来调和吧！回头我劝劝他，让他回心转意。只要说起你，他一定心软，不怕他会不接受的！"乔锦月点点头，露出了久违的笑意："仲怀，谢谢你了。我和安笙之间的许多事都要麻烦你,我都不知道怎么谢你好了!"

胡仲怀拍了下乔锦月的肩,笑着说:"我说你跟我客气什么呀,你们的事我就帮到底了。不过你要听我的话,好好吃饭,好好休息,把自己照顾的好好的。等我下次看到你时,你一定要变回那个活泼靓丽,光彩照人的乔锦月。要是你还这幅萎靡不振的样子,我可不会帮你的哦!"

乔锦月点头,笑着答应:"你放心吧,我会好好吃饭和休息的,再也不会意志消沉,萎靡不振了。只要有安笙在,我就有活下去的希望。这段时间,我一定会好好调整的。我得先把自己调整好了,才能好好的照顾安笙啊!"

"嘿嘿,这就对了嘛!"胡仲怀开怀一笑:"把你劝好了,我也该回去劝我师兄了。你们两个啊,真是让我操碎了心。"

"好啦,回头再感谢你啦!"

"那行了,把你劝好了我就大功告成了。我也不多待了,我回去照顾师兄了。"

"去吧,回见!"胡仲怀走出门,见苏红袖依然守在门口,她见自己出来,忙紧张问道:"小七怎么样了,你刚刚和她说了些什么?"

胡仲怀莞尔一笑,说:"红袖你放心吧,我把她劝好了。她答应我以后会打起精神,好好吃饭,好好休息的,再也不萎靡不振了!"

苏红袖不可置信地看着胡仲怀:"真的吗,我劝了她这么久都不管用,你和她说了几句话,她就想明白了?"

胡仲怀狡黠一笑:"山人自有妙计,不多说了,我走了啊!"说罢,胡仲怀就转身离去。"仲怀!"没曾想苏红袖竟突然叫住胡仲怀。胡仲怀愣了一下,回过头:"怎么了?"苏红袖对他露出久违的温和的笑容:"谢谢你,仲怀!"

苏红袖的笑容如同三月春风一样,霎时间温润了胡仲怀的整颗心。这一笑仿佛回到了那年初夏,二人初见之时。这一刻,仿佛所有的隔膜都消失了,她还是那个待她温和对他无微不至的苏红袖。二人相视一笑,胡仲怀便踏步而去。这一刻,他心里泛起了久违的温情。

顾安笙失魂落魄地坐在床上默默出神,见胡仲怀归来,忙收回思绪,问:"仲怀,怎么样,她还好吗?"胡仲怀没有直接回答顾安笙的问话,反倒说:"师兄,你看你这么关心她,难道你真的舍得让她离开吗?"

"哎呀,别说这些了。"顾安笙急切地问:"她到底怎么样了?她现在过得好不好?"

"唉!"胡仲怀轻叹一声,摇头说道:"你没了她在身边,便日夜挂念。你想,她若没了你,她会好过吗?"

顾安笙心里一紧,忙问:"什么,你是说她……嘶……"慌乱之际,牵动了身上的伤,猛烈的痛了起来。胡仲怀心下担忧,忙跑上前问:"师兄,你怎么了?"

"没事。"顾安笙吃力的直起了腰,一心惦念乔锦月,无暇顾及自己的伤忙问:"你先告诉我她现在怎么样!"

"好好好,我说我说。"胡仲怀说:"你先不要担心,我劝过她,她也答应了我会好好生活的。可你知道我见她第一眼时她是什么样子的吗?她面容憔悴,意志消沉,整个人消瘦的不成样子,做什么都无精打采。离了你以后,她每天以泪洗面,从来都没有开心过。看她那幅萎靡不振的样子,我都忍不住心酸,师兄你难道真的舍得让她难过吗?"顾安笙摇摇头,低下了双眸:"唉,你都知道心疼她,她怎么就不能好好心疼心疼她自己呢!"

胡仲怀深吸一口气,又继续说:"她把自己折磨成这个样子,都是因为你啊!她虽然伤心得很,但她见了我,开口最先问到的还是关于你的病情。你以为她离开了你就能不被你拖累,可是她离了你她生不如死啊!她和我说了好几次她要活不下去了,她那样倔的性子,要是没了你,我真怕她做出什么傻事来。"

"什么!"顾安笙闻言又惊惧又担忧,蹙紧了眉心问:"那你有没有好好劝她啊,千万不能让她因为我出了什么意外。"

胡仲怀点点头,说:"我劝她了,但我不是按照你所说的那样劝她的,看她这个样子,离了你,她是真没办法好好活下去的。师兄,莫要怪我。我没有劝她忘记你好好生活,我把所有的实情都告诉她了。她若不知道你逼她离开的实情,以为你是真的厌恶了她,恐怕她真的会伤心死的。我告诉她,你不是真的厌恶她,只是怕你拖累她才那么对她的,我告诉她,她和你还有可能,她才答应我再也不会意志消沉,好好生活的。"

"哎呀,你真是!"顾安笙皱起了眉,斥责道:"你怎么能把这些事都告诉她呢,那我的苦心不就白费了?而且你也晓得,我现在的身体是不可能照顾她一辈子的,你真是胡闹!"

胡仲怀摇摇头,反过来斥责顾安笙:"我若不告诉她实情,让她知道她和你还有可能,她能答应我好好生活吗?让她能好好活下去,唯一的办法就是让她回到你身边。她爱你至深,你却伤她至深。你以为你是在为她好,但你这样只会害惨了她!"

"唉!"顾安笙叹了口气,黯然伤神:"她爱我至深,我何尝不是爱她至深?若她离了我会生不如死,但若要她跟着我,只会让她饱受艰辛。为何上天要这么折磨我们这一对有情人,我既不想看到她因我痛苦,也不想让她跟着我受苦受累,我该如何是好?"

"师兄,你大可不必如此。"胡仲怀劝说他:"师兄,你想想,你只是不能走路了,虽然不能说相声但还能说书啊。我爹不是说过,只要你肯学,他就肯教你吗?到时候你一样可以登上戏台,赚钱养家,又哪来拖累她一说?你再想想,她不在你身边,你心里会好受吗?若没有了她,你的心情也不会好,心情不好,又怎么能快速恢复?"

顾安笙低下头,若有所思:"话是这么说,但她跟了我,终归是跟正常人不一样的,该受的累也不会少。"

胡仲怀道:"那又怎样,她那么爱你,她不会在乎这些的。只要你肯爱她疼她,这些对她来说都不算什么,你们在一起还是会幸福快乐。"顾安笙的心里不断做挣扎:"可是……"

"别可是了！"胡仲怀又言："别的且不说，她离了你她会生不如死，你也会痛苦难过。难道比起她和你在一起受点艰辛，你要看着她这么一辈子痛苦下去，你一辈子相思下去吗？"

"我……"顾安笙顿了顿，随之又毅然的摇摇头："不，我不能。我怎么可能让她为了我痛苦一辈子，可我之前那么对她，我有何颜面挽回她？"

"师兄你这是答应了！"胡仲怀见顾安笙动摇，喜道："我这一番功夫没白费，你终于肯回心转意了。你放心，有我在，保管把锦月完完整整的送回你身边，你就不用担心了。不过这回她回到你身边，你可要牢牢抓紧了，这回可千万别再放手了！"

顾安笙点头，如醍醐灌顶："我已经伤她够深的了，我不可能再让她受任何委屈了。更何况，她跟着我这样一个不能走路的人在一起，本来受的累就要比旁人多，我更要好好爱她，不会让她再为我难过了。"

胡仲怀欣慰的笑："你终于肯听我的了，这就好了，不枉费我一片苦心。正好有她这样细心体贴的姑娘照顾你，我和爹娘也能放心了。你等着吧，过几日忙完了，我就去找锦月，把她带到你身边。"

"好！"

顾安笙答应了让乔锦月回到他身边，虽然不忍心让她跟着自己受苦，可是心里却多了一分坦然与安定。她离了他痛苦万分，他离了她又何尝好过？他最终也明白了，与其两个人分开，带着回忆与思念度过余生。不如执子之手与子偕老，在艰苦而平凡的日子里，相濡以沫的度完余生。

- 肆 -

胡仲怀与乔锦月道出了实情后,乔锦月的心情便好了些。后来的日子她便没有再以泪洗面,她听了胡仲怀的话,重新振作起来,好好吃饭、休息,一心等待着顾安笙。即便有了希望,可她还是放心不下顾安笙。

这两天胡仲怀一直也没有消息,也不知他是否劝动了顾安笙,顾安笙又是否能同意重新接受她,她心里一直惶惶不安。考虑再三,她决定去医院看看他。进了医院,她走到了顾安笙的病房门前。可不知为何,站在门外的她脚上似乎被拴了脚镣一般,怎么也迈不出一步。她的心里一直在打鼓,竟不敢上前一步,走进去看他。她只在窗口默默徘徊,她看到了,病房里除了顾安笙,还有照顾他的顾安宁和胡仲怀。顾安笙的面容依然憔悴,眼眶还有黑眼圈,想必是没有睡安稳。乔锦月心里一酸,落下了泪,此时此刻她好想什么都不顾地冲进去抱住他,可她却没有勇气走进去。

"宁儿!"她见顾安笙对顾安宁说道:"帮我倒一杯红豆薏米茶吧!"

"好!"当顾安宁将茶杯递给顾安笙,顾安笙正要伸手去接过时,竟扯到了手臂的伤口处,疼得他嘶叫一声:"哎呀!"

"怎么了,哥哥!"乔锦月也猛然一惊,竟惊得将自己的手链撞到了窗户的玻璃上,发出"当啷"一声响。

"什么声音?"三人都惊得同时朝声响的方向看,都瞧见了站在窗边的乔锦月,乔锦月的半截身影明晃晃的暴露在三人面前。

顾安宁奇道:"月姐姐?她怎么会在这里?"乔锦月心中一凛,像做错了事的孩子一样,落荒而逃。"锦月,别走啊!"胡仲怀忙追了上去。乔锦月飞速地逃离,却还是被胡仲怀追上了,他抓住了乔锦月的胳膊:"锦月,你人都来了为什么不进去啊!"

"你先放开我!"乔锦月从他手中将胳膊抽离,又落下了眼泪:"我见不到他放心不下,可我不敢面对他,我怕他还不接受我!"

胡仲怀拍拍她的肩,说:"我们都知道这些日子你受苦了,师兄他也想明白了,他愿意接受你,也想让你回到他身边了!"

"真的吗?"乔锦月心里一喜,扭头看向胡仲怀,却还是忐忑:"我……可我不知道怎么再面对他,我……等等再见他吧!"

"来都来了,再走像什么话?"胡仲怀劝她:"随我进去吧,师兄他也一定想你了。"

"可是……"乔锦月犹豫了一下,在心里挣扎了许久,最终点点头:"好吧!"

"锦月,你进去吧,师兄在里面呢!"乔锦月忐忑不安地走进病房,刚走进去,便对上了顾安笙复杂的眼神。"月儿……"他的声音依然与往日般清幽,只是这声音中饱含了好多情绪,有不舍,有悔恨,还有爱。

"安笙……"乔锦月哽咽着叫出了顾安笙的名字,一瞬间,再也忍不住心绪,泪如泉涌。胡仲怀朝着顾安宁打了个手势,顾安宁会意,与胡仲怀走出病房,把空间留给了他二人。"安笙!"乔锦月等不及讲任何话语,冲上前去紧紧抱住了顾安笙的背脊,这一刻恍如隔世。曾经她以为,她永远也不可能再这样拥抱他了。"安笙,你知道吗,没有你的日子我活不下去。我时时刻刻不在挂念你,安笙我真的好想你,我好想你呀!"

乔锦月边哭边说,明明只有几天不见,她却感觉犹如过了几个世纪,这几天她受了太多的煎熬,这一刻,所有的委屈都化作了泪水流了出来。

"月儿，对不起，对不起！"顾安笙拍着乔锦月的背，亦流下了悔恨的泪水。"我不应该说那些话来伤你的心，若我知道你那么难受，我无论如何也不会那样伤害你的。我和你说的那些话都不是真心的，月儿，我一直都是爱你的呀！"

"没关系，没关系，我不怪你！"乔锦月松开了顾安笙，流着泪笑着。"我知道你对我说的那些话不是真心的，你和我说那些狠话的时候，你都不敢看我，可我偏偏还傻傻地相信了。不过都无所谓了，只要能回到你身边，别的什么都不重要了。"

顾安笙握住乔锦月的手，看到乔锦月纤细的手腕上戴着的是他送给她的红豆手串，一时间百感交集："月儿，这个红豆手串你现在还带着，你是一刻也没有忘记啊！"

"是的！"乔锦月含着泪点点头："我一刻也没有忘记，你说的玲珑骰子安红豆，入骨相思知不知。我现在算是真正知晓这入骨相思的滋味了！"乔锦月说得淡然，可她的重情也令人心酸，顾安笙抚摸着乔锦月枯瘦的脸。那一刻，心疼又愧疚："月儿，你又瘦了。都是我不好，是我低估了你对我的感情。我怕因为我的伤拖累了你，总想着相濡以沫，不如相忘于江湖。本来以为伤了你的心后，你就会离开我寻找更好的归宿。可我没有想到，我这么做竟把你害得这么苦，都怪我。"说着顾安笙又流下了悔恨交织的泪水，乔锦月用手抹去了顾安笙的泪水，微笑道："我们都别哭了，没关系，现在都不重要了，只要我能陪在你身边，再辛苦也甘之如饴。"

顾安笙点点头，深情地说："月儿，谢谢你还愿意守护我。我半身瘫痪，你还仍旧不离不弃。我把你伤成这个样子，我心里也很难受，我原是见不得你受苦，结果却把你害得更苦了。"乔锦月摇摇头，否认道："说什么呢，安笙，我这辈子认定你了，哪怕前路再不平，我也要陪你走下去。只要能和你在一起，就是幸福，哪里有什么苦不苦的！"

顾安笙握住乔锦月的手，面色豁然开朗，说道："月儿，起初我以为我受了重伤，以后都不能行走了。我怕拖累你，所以对你冷言冷语，想逼你从我身边离开，寻找更好的归宿。"

"可我却没有想到，我没了你会失魂落魄，你没了我你更会痛不欲生，这样做不是救你，而是在害你。现在我想明白了，相忘不如相守。与其我们两个分开后带着伤痛和回忆过完一生，不如相守在一起相爱一生，苦一点累一点也无所谓，因为我们都拥有彼此。月儿，我不会舍得再让你难过了！"

乔锦月将她的另一只手附在顾安笙的手背上，温柔笑道："这就对了嘛，再苦再难也有我陪着你！"乔锦月笑着，却又流下了眼泪。

顾安笙替乔锦月拭去了脸上的泪，柔声说："月儿，你怎么又哭了呢。都说了我们都不要哭了，你这样我会心疼的。"乔锦月微笑着摇摇头，感慨道："我不是伤心，而是开心。安笙，你想，我们相识以来，从误会到理解，从相知到相爱。走过了这么多的路，也经历了这么多。这过程有甜蜜，有心酸，而今经历了这么大的事，我们还能相守在一起。从此以后，再没有什么能阻止我们在一起了！"

顾安笙亦望着乔锦月的双眸，感慨说道："是啊，经历了这么多，我们还能在一起。得月儿如此倾情相待，我顾安笙何德何能？不过你放心，我不会辜负你的深情的。我会振作起来，好好养伤，到好起来的时候，跟着师父学说书。我虽然半身瘫痪，但我还可以赚钱，还是可以不负期望的。只可惜，月儿，我对不住你。我之前说过要下聘礼娶你，可现在我的身体状况还不能娶你，只能委屈你再等一等了。"

乔锦月似乎并不在意，温柔的笑："你要下聘礼娶我的事我不着急，只要你爱我就足够了。你能好好养伤就是最好的，我会等着你，这些日子，我会不离不弃的守着你。"

顾安笙握住了乔锦月的双肩，面容严肃："月儿，虽然现在你是回到了我的身边，但有一件事情，你必须答应我，你不答应我，可不行！"

乔锦月被他突如其来的严肃弄得吃了一惊，木然道："什么事呀！"

顾安笙说："你陪伴我归陪伴我，但是你不能耽误你自己的事。前些日子，你为了照顾我，每天都往医院跑，戏也不唱了，功也不练了。看着你憔悴消瘦的样子，你知不知道我有多心疼？"

"你因为我打乱了一切，会让我的心里更过意不去的。现在，我要你的生活回归到正轨，你要好好唱戏，好好练功，不能因为我耽误自己的事。"

"你不用每天都来看望我，闲暇之余来照顾我就好了，切记，以你自己的事为大。"

"还有，这段时间你憔悴了不少，也消瘦了不少，你一定要将自己的状态调整过来。我想看到的，是那个光彩靓丽的月儿，是戏台上曼舞水袖的月儿！"

乔锦月思考了几秒后又坚定的点点头："好，安笙！我答应你，我会继续唱戏，我也答应你，会好好调整自己的状态，还你一个光彩靓丽的月儿！但是……"

乔锦月话锋一转，伸出一只手指指着顾安笙，撅起嘴俏皮而言："你也必须答应我一件事？"

"什么？"

乔锦月诚挚："安笙，我不相信你以后真的不能行走了。哪怕是医生说你不能行走了，我也不相信。我要你在伤好之后，努力尝试着站起来，尝试重新走路。"

"我相信没有什么事是凭决心和毅力做不到的，你一定可以重新站起来。哪怕学走路的过程辛苦一些，有我陪着你，你也一定可以的！"